约瑟夫·罗特研究
—— 作家、作品及哈布斯堡神话

刘 炜 ◆ 著

上海外语教育出版社
SHANGHAI FOREIGN LANGUAGE EDUCATION PRESS

图书在版编目(CIP)数据

约瑟夫·罗特研究:作家、作品及哈布斯堡神话 / 刘炜著.
—上海:上海外语教育出版社,2021
ISBN 978-7-5446-6994-8

Ⅰ. ①约⋯ Ⅱ. ①刘⋯ Ⅲ. ①德语—文学研究—世界—现代 ②约瑟夫·罗特—人物研究 Ⅳ. ①I106 ②K835.215.6

中国版本图书馆 CIP 数据核字(2021)第 207215 号

国家社会科学基金一般项目(项目号 18BWW068)

出版发行：**上海外语教育出版社**
（上海外国语大学内） 邮编：200083
电　　话：021-65425300（总机）
电子邮箱：bookinfo@sflep.com.cn
网　　址：http://www.sflep.com
责任编辑：石东利

印　　刷：常熟高专印刷有限公司
开　　本：890×1240　1/32　印张 10.25　字数 228千字
版　　次：2022 年 1 月第 1 版　2022 年 1 月第 1 次印刷
书　　号：ISBN 978-7-5446-6994-8
定　　价：46.00 元

本版图书如有印装质量问题，可向本社调换
质量服务热线：4008-213-263　电子邮箱：editorial@sflep.com

为了女儿带给我的快乐

目录

第一部分 引　论

第一章　从谁说起？——正名之难 …………………… 3
　第一节　众说纷纭的摩西·约瑟夫·罗特 …………… 3
　第二节　被神化的哈布斯堡王朝 ………………………… 18
　第三节　奥地利的前世今生 ……………………………… 29

第二章　从何说起？——结构与思路 ………………… 38

第二部分　约瑟夫·罗特笔下的社会与人

第一章　约瑟夫·罗特对社会的批判（1918—1926） ………… 53
　第一节　红色的维也纳与红色的约瑟夫 ………………… 53
　第二节　约瑟夫·罗特早期的社会批判小说 …………… 64
　　一、飞黄腾达者的黄粱梦——《蛛网》 ……………… 65
　　二、最后一根救命稻草的幻灭——《造反》 ………… 73
　第三节　丑恶时代的牺牲品——人民大众 ……………… 83
　第四节　丑陋时代的橱窗——一战后的维也纳咖啡馆 … 90

第二章　约瑟夫·罗特对芸芸众生的反思（1926—1933） …… 98
　第一节　约瑟夫·罗特的苏俄之行及其世界观的转变 …… 98

i

第二节　第一次世界大战前后的时代众生相 …………… 109
　　一、没落的市民阶层 ………………………………… 110
　　　　1. 父辈 …………………………………………… 110
　　　　2. 子辈 …………………………………………… 116
　　二、不合时宜的人——东欧犹太人 ………………… 126
第三节　特立独行者对人性的呼唤 …………………………… 135
　　一、孤独的冷眼看客——《无尽的逃亡》 ………… 137
　　二、特立独行者的玩世不恭与沉默——《沉默的先知》
　　　 ………………………………………………………… 145
　　三、从希望到失望——逃离看不见的罗网 ………… 154

第三章　约瑟夫·罗特在流亡中的呐喊（1933—1939）……… 164
第一节　约瑟夫·罗特的流亡生涯 …………………………… 164
第二节　对群氓的批判与警示 ………………………………… 177
　　一、群氓时代的降临 ………………………………… 177
　　二、群氓的形成 ……………………………………… 181
　　三、被动型群氓及群氓的被动性 …………………… 188
　　四、主动型群氓及群氓的主动性 …………………… 200
　　五、丑陋世界的始作俑者——群氓 ………………… 210
第三节　绝望中的希望——信仰之光 ………………………… 217
　　一、皈依上帝的大地过客——《塔拉巴斯》 ……… 217
　　二、放下屠刀的暴君——《百日》 ………………… 226

第三部分　没落帝国的挽歌

第一章　奥地利文学中的哈布斯堡神话传统 ………………… 237

第二章　约瑟夫·罗特笔下的哈布斯堡神话 ················· 251
　　第一节　特罗塔家族的华屋丘墟与老帝国的世路荣枯 ······ 254
　　第二节　远离现代文明的乌托邦 ························ 267
第三章　奥地利哈布斯堡神话的余响 ······················· 283

第四部分　结　语

参考文献 ··· 296
一、约瑟夫·罗特著作 ··· 296
　　1. 中文 ··· 296
　　2. 德文 ··· 297
二、其他参考文献 ··· 297
　　1. 中文 ··· 297
　　2. 德文 ··· 299

跋 ··· 315

 # 第一部分 引 论

开宗明义，本书以奥地利犹太作家约瑟夫·罗特（Joseph Roth）的文学作品为研究对象，以对其文本的阐释为主要研究方法。从结构上讲，本书分为两大部分。其一是遵循时间的线索，研究约瑟夫·罗特文学作品中对社会与人的观察和思考；其二是分析他笔下的哈布斯堡神话，阐释这一奥地利文学与文化中所特有的现象。本项研究尝试将文学研究与历史研究的视角与方法结合起来，形成互文。历史研究揭示了文学作品形成的时代背景，为理解作家和作品提供宏观的框架；而文学研究提供时代演变以新的关注点和可能性，能起到管中窥豹之效，从侧面勾勒历史进程中的微观细节。二者相辅相成，能令今人分别从宏观视角和微观视角把握约瑟夫·罗特所处时代的脉搏及其创作成长之路。

第一章 从谁说起？——正名之难

第一节 众说纷纭的摩西·约瑟夫·罗特

作家与其作品构成一个整体，因此对文本的阅读和理解自然不可能完全脱离作家的生平背景。约瑟夫·罗特生逢乱世，经历坎坷，曲折的人生轨迹为后世的传记作家提供了充分的写作素材。此外，他本人在不同的创作时期，出于不同的目的，对自己的过往经历也进行了演绎和创作。这使得流传坊间的掌故乃至传奇在众说纷纭的同时，也会相互矛盾。时至今日，有关作家的一些经历还在被不断地考证和纠正。

约瑟夫·罗特1894年出生在今天属于乌克兰布罗迪（Brody）的一个犹太家庭。当年，这里属于奥匈帝国的加利西亚地区，距离沙皇俄国的边界不远。在此后很长一段时间，作家本人都刻意隐瞒这一信息。因为当时出身加利西亚的东欧犹太人在西欧大城市谋生不易，经常被人冷眼相待，甚至恶意取笑，所以他从1920年起就在官方注册文件中将自己的出生地填写为德国在东欧地区的一处飞地——施瓦本村（Schwabendorf）。不过在他的文学世界中，却到处能看到老帝国加利西亚边疆区的影子。另外，按照当时正统犹太人的习惯,证件上使用的全名是摩西·约瑟夫·罗特(Moses Joseph Roth)。第一次世界大战爆发前,这里生活着信仰不同宗教的居民,其中大部分是犹太人。作家的母亲深居简出,话语不多,生活中一切的一切都围绕着这颗早慧的掌上明珠。父亲是个木材商人,在一次生意失败后因备受打击而精神失常,最后不知所终,所以约瑟夫·罗特从小在亲戚的接济下和母亲一同生活。因此,他对自己的出身讳莫如深,在给友人的信中将自己说成是一位奥地利铁路职员和一位具有波兰及俄国血统的犹太女人的孩子。[①] 至于那位从未谋面的父亲,则被演绎出了更多的故事,用来在不同的场景下讲述给不同的人。他有时说自己的父亲是位有名的奥地利军火商,有时候又说是画家。更有甚者,他还曾说自己是一位波兰贵族的非婚生子。这让约瑟夫·罗特的出身在朋友的回忆中笼罩上了一层神秘的面纱。

1901年,约瑟夫·罗特上了一所官办的犹太社区小学,这与当时东欧犹太人习惯送孩子去犹太教经院学校念经识字不同,说明他的母亲在教育方面比较开明。1905年小学毕业后,他上了当时在加利西亚地区很少见的一所德语文理中学。也正是在这里,他遇见了赏识自己写作天赋的导师马克斯·兰道(Max Landau)教授,开始接触德语文学,并得以窥睹堂奥。于是,莱辛、歌德、席勒、荷尔德林、海涅等人的作品都出现在他的阅读清单上。1913年,约瑟夫·罗特中学毕业后,离开故乡前往当时奥匈帝国东部的重要城市伦贝格(Lemberg)上大学。但这所大学对他而言只是一

---

① Kesten, Hermann (Hg.): Briefe 1911－1939. Köln 1970. S. 239.在本书中无译者名的中文译文都为著者自译。

个跳板,随后他又转入维也纳大学学习日耳曼学。

在1914年第一次世界大战爆发前,维也纳是座拥有无限活力和可能的城市,对来自东欧的年轻人有着一种无以名状的吸引力。带着世纪末的余晖,这座城市达到了自己的历史巅峰,给当时和后世留下了无限遐想和阐释的空间。对此,卡尔·休斯克(Carl E. Schorske)在他的学术经典《世纪末的维也纳》一书中,以文学、音乐、建筑、政治为例,绘制了一幅令人神往的全景图。只需设想一下,弗洛伊德和希特勒此时都生活在这里,或者读一读罗伯特·穆齐尔(Robert Musil)的《没有个性的人》和约瑟夫·罗特的《拉德茨基进行曲》(Radetzkymarsch)中对维也纳的描写,就会发现这座城市具有独特的兼容并蓄的风格。具体到犹太人,这座城市当时大约有十万犹太居民,①是中欧最大的犹太聚居地。同样,犹太文化精英也反哺了这座城市。毋庸置疑,没有他们的参与,文学和文化史中的维也纳现代派是不可想象的。约瑟夫·罗特在大学二年级时来到这座城市后,租住在维也纳第二十区,即布丽吉特区。读过弗朗茨·格里尔帕策(Franz Seraphicus Grillparzer)的《可怜的乐师》的读者会发现,这正是这部著名的中篇小说中故事的发生地,由此可以推断这里是个穷人聚居区。而大城市底层生活中的点点滴滴,后来也反映在他的一些文学作品如《萨沃伊饭店》(Hotel Savoy)中。在维也纳大学,这位年轻的大学生执经叩问于著名学者瓦尔特·布莱希特(Walther Brecht)教授,很快就凭借对文学敏锐的感悟脱颖而出。但萨拉热窝的一声枪响,不仅断送了奥匈帝国皇储的性命,也直接改变了约瑟夫·罗特的求学乃至生

---

① Nürnberger, Helmuth: Joseph Roth. Hamburg 1995. S. 38.

活轨迹。

并没有做好战争准备的奥匈帝国从开战伊始就经历了一系列屈辱的惨败,战争初期的狂热很快就被现实中的丧师失地所熄灭。战争爆发两年后的 1916 年,约瑟夫·罗特报名参军,在靠近前线的军事通讯社服役。同年,他发表了自己的处女作——短篇小说《优等生》(Der Vorzugsschüler)。在战时,约瑟夫·罗特先是服役于第 80 步兵团,随后作为一年制志愿兵转隶驻维也纳的第 21 猎兵营。1916 年 11 月 30 日,老皇帝弗兰茨·约瑟夫一世(Franz Joseph I)大殓时,他正好在维也纳驻防。这一经历被记录在 1928 年发表的一篇名为《奥匈帝国的圣徒陛下》(Seine k. und k. Apostolische Majestät)的文章中。在战争期间,约瑟夫·罗特并未真正上过前线作战,而是发挥特长,在后方以战地记者的身份为军报和其他报纸撰稿。不过这段简单的从军经历在他生花的妙笔下却变得扑朔迷离,有着许多令看客眼花缭乱、在史家笔下却相互矛盾的版本。例如,他说自己曾是名军官,服役于著名的维也纳皇家禁卫军,还曾在沙皇俄国的战俘营中熬过一段时日,甚至还获得过不同等级的勋章和表彰。这些故事有的出现在给友人写的信件中,有的栩栩如生地演绎在文学作品中,还有的出现在讲给女友的情话中。随着后来酗酒的情况愈加严重,他自己对此也变得确信无疑,而且细节也越讲越生动,不由得别人不当真。直到今天,这些故事还以不同版本出现在专业文学史研究中,令人不得不叹服其影响之深远。[①]

[①] 例如 2012 年出版的由波兰研究者撰写的奥地利文学史中,依然出现了早被证伪的有关约瑟夫·罗特曾在第一次世界大战时身陷俄军战俘营的经历。参见:Kaszynski, Stefan H.: Kurze Geschichte der österreichischen Literatur. Frankfurt am Main 2012. S. 139.

第一章 从谁说起？——正名之难

1918年，奥匈帝国战败并解体，约瑟夫·罗特从前线辗转来到曾经的帝都维也纳，因为此时的加利西亚及伦贝格都已变成了新成立的乌克兰的领土，他在自己的家乡成了外国人。这一代年轻人中断了正常的人生轨迹，投入到一场万劫不复的战争中，最后却不得不拖着伤残疲惫的身体面对毁灭和消失了的家园。就像约瑟夫·罗特推崇的作家埃里希·玛利亚·雷马克（Erich Maria Remarque）在小说《西线无战事》中所描述的："我们既像小孩子被遗弃，又像老年人有丰富的经验；我们既粗鲁，又悲伤，而且肤浅——我相信，我们毫无希望了。"①

这位重返战后维也纳的年轻人穷困潦倒，放弃了学业，靠给不同报社撰稿谋生。凭借着此前发表的一些作品，约瑟夫·罗特与一些报社主编建立了联系，并很快成为多家杂志文学副刊受欢迎的投稿人。而那种带有伤感和辛辣讽刺的写作风格从此就伴随着他，成为了一种标志和特点。时隔不久，年轻作家凭借早期的几部作品如1923年的《蛛网》（Das Spinnennetz）、1924年的《萨沃伊饭店》、1924年的《造反》（Die Rebellion）等步入文坛，并很快为时人所认可。此时的约瑟夫·罗特意气风发，世界观明显左倾，在一些报纸文章上甚至用自己的名字玩起了文字游戏，署名"红色约瑟夫"（Der rote Joseph）。他的世界观不仅体现在明显带有社会批判色彩的写作内容上，还表现在他对小市民阶层种种不堪的鄙视，如在1922年写给报社《财经通讯》的一封信中，他直言不讳地说道："我要不是每天都违背自己的社会主义观点的话，就根本无法去顾

---

① 埃里希·玛利亚·雷马克：西线无战事，李清华，南京：译林出版社，2011年，第87页。

及市民阶层的读者并在星期天撰文和他们闲扯。"①不幸的是,酗酒带来的后果已经显现在日常工作和生活中。对此,约瑟夫·罗特自己也心知肚明,在 1925 年给朋友布伦塔诺(Bernard von Brentano)的一封信中写道:"我病了,肝脏喝坏了,心脏也不好。"②不过,他在这一年与弗里德尔·赖希勒(Friedl Reichler)完婚,生活算是暂时走上了正轨。

到了 20 世纪 20—30 年代,约瑟夫·罗特已是德语国家的明星记者,尤其以撰写系列旅行报道而出名。他就职于《法兰克福报》,也就是今天《法兰克福评论报》的前身。小说《萨沃伊饭店》首先以连载的形式发表在这家报纸上。1925 年,报社派他前往法国南部。这段时间在他的整个人生中算是美好时光,在写给朋友的一封信中,他也将这段经历称为"我人生中最美好的时日"。③ 他从法国南部的不同城市发出系列报道,最终结集并以《白城》(Die weißen Städte)命名。这些素材本来打算用于创作一部以马赛为主题的小说,但最终却未能付梓。《白城》描述了一派祥和安宁、与世无争的景象,这在他以表现现实为主的文学创作中是少见的。另外,除了报刊文章外,约瑟夫·罗特还发表了短篇小说《四月——一个爱情故事》(April. Die Geschichte einer Liebe)和系列文章《漂泊的犹太人》(Juden auf Wanderschaft)。

1926 年,作家受《法兰克福报》委托考察苏联,并发回系列报道。这趟旅行的观感,都作为创作背景出现在此后出版的一系列

---

① Kesten, 1970. S. 40.
② Kesten, 1970. S. 50.
③ Kesten, 1970. S. 54.

以苏俄革命为背景的小说中,如 1927 年的《无尽的逃亡》(Die Flucht ohne Ende)、1928 年的《齐珀和他的父亲》(Zipper und sein Vater)、1929 年的《右与左》(Rechts und Links)和《沉默的先知》(Der stumme Prophet)等。同时,这趟旅行也成了他世界观的拐点。瓦尔特·本雅明(Walter Benjamin)在《莫斯科日记》中曾经提到与约瑟夫·罗特的见面。后者曾向前者承认说:"我几乎是作为一名有信仰的布尔什维克来到俄国的,然而却是作为保皇党离开了这里。"①在这一时期的许多文学作品中,可以清晰地看到新写实主义的影子,虽然作家本人对这种归类极为反感。无论是小说《无尽的逃亡》开篇对读者的声明,还是文本中经常出现的各种信件、日记、回忆录,都仿佛是在刻意烘托讲述者和故事之间的距离感,好像讲述者是个局外人,在随意讲述着一段与己无关的往事。这种刻意的疏离感并非以写实为目的,而是更着意于抒情,营造约瑟夫·罗特最为擅长的伤感气氛。这一时期的作品中,他关注的都是战后社会与民生的问题,主要刻画落魄的返乡者和沉沦的下一代的命运,有着明显的写实风格。

在苏俄之旅后,约瑟夫·罗特又被报社派往阿尔巴尼亚、前南斯拉夫、波兰等国,继续发回深受读者欢迎的系列报道。在当地,他尤其关注民族主义思潮的发展对人与社会造成的影响,思考着群氓现象带来的种种问题。在紧随而来的大萧条时期,作家本人除了亲身经历动荡时局带来的种种弊端,还不得不面对家园的丧失和理想的破灭。另外,妻子精神病的爆发对他无论在精神还是

---

① Benjamin, Walter: Gesammelte Schriften Band VI. Herausgegeben von Rolf Tiedemann und Hermann Schweppenhäuser. Frankfurt am Main 1985. S. 311.

物质上都造成了很大的负担。多重打击之下,酗酒的恶习又被唤醒,这对他的处境而言更是雪上加霜。债务缠身的约瑟夫·罗特不得不离开了偏左倾的《法兰克福报》,转而为当时属于右倾保守的《慕尼黑最新消息报》,即后来的《南德意志报》撰稿。这次转换门庭令当时很多人感到诧异,觉得这位明显思想左倾且具有社会批判精神的作家与右倾保守且带有强烈民族主义色彩的报纸格格不入。究其原因,就是《慕尼黑最新消息报》所开出的在当时属于天价的2 000马克月薪,这对他而言无异于雪中送炭。作家希望由此能够安顿生活,同时也能保障继续创作一部自己很看重的小说《约伯记》(Hiob),不过酗酒和生活的压力造成的恶性循环越来越明显地侵蚀着他的健康。一位朋友向他善意地指出,这部小说的主人公和《圣经·约伯记》中的约伯对信仰的理解并不相同,因为后者虽然历经磨难,但终究没有放弃信仰,也最终找到了上帝。对此,约瑟夫·罗特语带悲伤却目无下尘地回敬道:"我的约伯却没能找到上帝。"[1]这种"六经注我"般的自信显然与酒精的作用脱不开干系。这部小说虽然并不是一部宗教小说,但的确与此前以社会不公为主题的批判现实性作品大相径庭,因此也经常被研究者当作作家前后不同创作时期的分水岭。

没落的哈布斯堡王朝对这位出生于前奥匈帝国的犹太作家一直有着深刻的影响。在经历了现实中的诸多打击之后,他对过去的时代产生了深深的眷恋。1932年出版的小说《拉德茨基进行曲》正是在这种背景下创作的,并且取得了巨大的成功,半年之内五次再版,直到今天都还是现代奥地利德语文学中哈布斯堡神话

---

[1] Bronsen, David: Joseph Roth. Eine Biographie. Köln 1993. S. 389.

的代表性作品。哈布斯堡神话在他的讲述中被具体到帝国领地的一隅，并以帝国的没落为界线，通过作品中的亲历者，给读者刻画了充满希望和令人绝望的两个黑白分明的世界。此前的世界祥和安宁，此后的世界充斥着堕落。在作家的笔下，希望与绝望总是相伴而生，强烈的对比引导着读者的思考。

  果不其然，在20世纪20—30年代混乱的欧洲政局中，法西斯得势崛起。1933年1月，在希特勒被任命为魏玛共和国总理的第二天，约瑟夫·罗特便乘早班火车离开了柏林，此后同许多左翼和犹太出身的作家一样，开始了"七千里外二毛人，十八滩头一叶身"的寓居他国的流亡生涯，并同他们一起构成了流亡文学中的主要创作群体。在这一非常时期中，历史人物和历史题材引起了许多流亡作家的兴趣。当时在这些作家所处的环境和背景中，历史小说有着其他文学体裁所不具备的优势。1936年，阿尔弗雷德·德布林（Alfred Döblin）在一篇文章中指出："历史小说本身并不是一种应急之作。但在有流亡作家的地方，历史小说这一体裁还是很受欢迎的。究其原因，除了因为流亡外国而与国内读者群隔绝外，人们希望通过寻找历史上相同的例子，明确自己在历史中的定位，并对自己的状况做出判断。同时，通过历史小说的创作，可以激发自己的思考。再者，就是基于自我安慰的需要。"①这一观点是当时人们对历史小说的期望，也符合多年以后人们对流亡文学中历史小说的理解。由于借古可以喻今，历史小说这一文学体裁在短期内得到了充分发展。当时很多成名的作家都涉猎于此，如

---

① Döblin, Alfred: Der historische Roman und Wir. In: Das Wort. Heft 4. Moskau 1936. Wiederabgedruckt in: A.D.: Aufsätze zur Literatur. Olten 1963. S. 183.

茨威格、布莱希特、托马斯·曼、海因里希·曼等等。在这一背景下,约瑟夫·罗特也发表了多部以历史事件为背景的作品,如1934年的《塔拉巴斯》(Tarabas, ein Gast auf dieser Erde)、1935年的《百日》(Die Hundert Tage)、1938年的《先王冢》(Kapuzinergruft)等。他坚信欧洲之所以面临今日灾难性的"果",正是因为先前的历史中早就埋下了"因"。1937年,在一篇名为《格里尔帕策》(Grillparzer)的文章中,作家向这位文学先辈致敬,对格里尔帕策1849年所作《语言的斗争》中的诗句"从人文经民族到野蛮"做了进一步的发挥:"这意味着自伊拉斯谟始,续之以路德、弗里德里希、拿破仑、俾斯麦,他们共同成就了今天欧洲的暴君们。"(Roth III:745)将欧洲文化历史上著名的改革者伊拉斯谟和路德与希特勒相提并论,不免偏颇,但这种执念也的确出现在了他许多文学作品中的人物身上。

在流亡时期的许多作品中,约瑟夫·罗特笔下的主人公往往会经历一条从"凶徒"到"圣徒"的心路历程。他们以冷血暴君的面目出现,但随着故事情节的发展,内心世界却不断受到宗教信仰的冲击,从而经历善恶搏斗,最后善会战胜恶,人性得以升华。这种人物形象善恶间的转变是和作家本人对人性善恶的理解密切相关的。在他看来,区别人之善恶本质的界限,不在于社会地位或所持信仰,而在于善恶对人所起的作用。正是基于这一认识,作家的笔下才会出现带有理想化色彩的拿破仑和塔拉巴斯。当人物恶的一面占上风时,他们是不折不扣的暴君;但当人性中善的一面被宗教信仰唤醒时,他们就变成了一个善人,成为了一个正面形象。于是读者不禁要问,这种靠战争发迹和崛起的人物,居然也能够驻足于教堂的圣殿前,完成人性向善的转化,进而达到一种作家所向往的完美境界吗?那么,究竟是什么因素能促使善的一面在人性中发挥主导作用呢?约瑟夫·罗特的答案是宗教信仰,即对天主教的信仰。他本人虽然是犹太人,但在成年后皈依天主教。他认为天主教有两个作用:其一,他认为对上帝的信仰能引导人心向善。在约瑟夫·罗特看来,只有传统的价值体系和道德标准,才能促使人在其内心世界以人性为前提,形成正确的善恶标准,而这一切都只能建立在宗教——天主教的价值观念之上。在当时混乱纷争的时代,宗教信仰能够使人具备区分好坏善恶的判断能力。其二,他认为人性中恶的一面始终存在,但对上帝的信仰能克服和扼制恶势力在人心中的膨胀,也就是说,对上帝的信仰是一剂救世良药,它能使人摆脱各种恶念的毒化,净化心灵。也正因为如此,约瑟夫·罗特才在后期的作品中,一再讴歌天主教对人性改造的重要意义,并尽一切可能加以美化和理想化,甚至夸大其词也在所不惜。正是宗教对人的正面影响决定了拿破仑和塔拉巴斯那种类似于"放下屠刀立地成佛"的大彻大悟般的转折。

在流亡时期,约瑟夫·罗特对逝去的哈布斯堡王朝的向往更是与日俱增。而他对过去时代美化、理想化,甚至乌托邦化的创作思路,往往为同时代的左翼作家所诟病,他们认为这是一种逃避现实、毫无斗志甚至自暴自弃的落后保守态度。例如,左翼文学理论家乔治·卢卡奇(Georg Lukács)虽然十分推崇《拉德茨基进行曲》这本书,但又指出作家存在"理念上的弱点"。[①] 他们认为,法西斯和反法西斯是两大黑白分明的阵营,非此即彼,绝无中间路线可

---

① 参见:汉内斯·安德罗施:奥地利:过去、现在和未来,杨丽、李鸥、赵梦等译,维也纳:克里斯蒂安·布兰施塔特出版社,2010年,第361页。

言。在当时,凡是不直接批判纳粹政府的作品和作家,常被戴上思想守旧的帽子。其实,约瑟夫·罗特对现实有着清楚的认识,不曾抱有任何幻想。他在给许多朋友的信中都对时局做出了准确的分析,认为战争不可避免,生灵将受涂炭。他不认为纳粹政权会在短期内倒台,因而需全力投入与纳粹的斗争,不做任何形式的妥协。流亡生活虽然艰辛,但他从未停下手中的笔。一方面,他笔耕不辍,写出犀利的文章鞭答纳粹当局,指出什么是恶;另一方面,又在文学作品中塑造一个理想世界,告诉人们什么是善。在后一点上,约瑟夫·罗特与左翼作家也有根本的分歧。因为他所塑造的哈布斯堡神话,在左翼人士眼中恰是封建残余势力的堡垒,实乃万恶之源。

在对抗纳粹的斗争中,约瑟夫·罗特的思路的确与众不同。他认为只有恢复已经崩溃了的奥匈帝国,才能真正从根本上与纳粹抗衡。纳粹政权建立在民族主义和种族主义的基础之上,是独裁与暴政,而奥匈帝国的传统却恰恰相反,它的基础是多民族共生,具有包容性,这正好与纳粹的理论针锋相对。此论一出,复辟的帽子随之而来,保守落后的标签也更是躲不掉。这种观点在今天看来多少有点不可思议,但在当时却有其合理性。

给过去时代献上一曲挽歌,对本身生活在困苦中的流亡作家而言已显得不合时宜。但约瑟夫·罗特并未就此止步,他还想把神话变成现实,试图恢复哈布斯堡王朝的统治。早在 1933 年,他就不仅在给好友斯蒂芬·茨威格(Stefan Zweig)的信中透露了自己的打算,而且还真的试图通过当时奥地利共和国的总理多尔富斯(Engelbert Dollfuss)恢复帝国,只不过对方对此毫无兴趣。后来,他还曾潜回维也纳,联系志同道合者,希望重建帝国,恢复哈布斯堡王朝,以此来与纳粹抗衡。这种不切实际的想法,随着 1938 年纳粹德国吞并奥地利而灰飞烟灭。甚至在奥地利被纳粹德国吞并一年后的 1939 年初,约瑟夫·罗特还试图从奥地利流亡者中招募士兵组建军队,通过恢复哈布斯堡王朝来改变历史的进程。再后来,哈布斯堡王朝最后一任储君,同样因纳粹迫害而流亡美国,且早已门可罗雀的奥托·冯·哈布斯堡(Otto von Habsburg),还多次赞扬约瑟夫·罗特为此投入的精力和做出的努力。

然而,神话在现实里终究难寻容身之地。20 世纪 30 年代的纳粹政权如日中天。它先是在萨尔区通过公民投票赞成归属德国,旋即德国宣布重新武装,并单方面取消了凡尔赛条约的限制。同时,纳粹政府还与法国、波兰等邻国签订了一系列和平条约。希特勒不但巩固了政权,而且骗取了德国国内大众的好感。今天的读者可以设想,当约瑟夫·罗特落笔写下《皇帝的胸像》(Die Büste des Kaisers)和《先王冢》时,面对纳粹的所谓文治武功该是何等绝望。希望与绝望像对孪生兄弟,在约瑟夫·罗特的作品中交替出现,而现实中作家也经历着二者的此起彼伏。但在希望与失望的交替中,尤其是在失望取代希望时,受伤最深的莫过于作家自己。在希望中创作,在失望中酗酒,约瑟夫·罗特最终毁了自己的健康,于 1939 年在流亡地法国首都巴黎去世。他的身后之事多亏朋友帮忙打点,才不至于因贫困交加而落得"旅榇网虫悬"的境地。不过这种"不知何处是昭丘"的结局似乎成了那一代犹太文人无法回避的宿命。

约瑟夫·罗特笔下的哈布斯堡神话与历史上的哈布斯堡王朝出入颇大。前者取材于历史,但又不恪守史实,于是才会有读者眼前政治清明、人民和睦、疆域广大的理想社会。其实,神话与现实在他的生活中从来都纠缠不清。同样,他的文学世界也被世人按照不同需求和取向进行解读。尤其在流亡时期,不同的意识形态阵营都曾将他视为知己和同志,以至于1939年约瑟夫·罗特死后的葬礼上出现了混乱的一幕。天主教牧师、犹太教经师、哈布斯堡王朝继承人奥托·冯·哈布斯堡的代表、左翼人士、复辟分子都出现在了他的葬礼上并致词,歌颂他为各自阵营所做出的贡献。造物弄人,哈布斯堡神话中的共存现象居然以这种形式在约瑟夫·罗特身上得以印证。

约瑟夫·罗特在中国的译介线索较为简单。1939年6月底,他去世一个月后,在沪流亡犹太人办的《黄报》(Gelbe Post)上刊登了一篇相关报道,悼念了这位作家,同时也介绍了其生平和重要作品。但这份报纸的语言为德语,加之孤岛时期和抗日战争的影响,约瑟夫·罗特去世的消息在国内并没有引起进一步的关注。

直到20世纪80年代改革开放国门洞开后,国人才真正接触到约瑟夫·罗特的文学创作。他的一些短篇作品配上简短的介绍相继在《外国文学》和《世界文学》杂志上发表,如《优等生》《四月——一个爱情故事》《一个虔诚酒徒的传说》(Die Legende vom heiligen Trinker)等。同样,名篇《拉德茨基进行曲》也在此时翻译出版,但书名为《特罗塔一家》。译者是笔名为关耳和望宁的王演红与郑寿康先生,前辈早在改革开放后就注意并翻译了这部小说,说明他们当时对奥地利文学史有着深刻的了解和把握。同样在20世纪80年代,《约伯记》也曾有过以《一个犹太人的命运》为名编译出版的节选本,但删节不得章法,添加亦无踪迹可寻,不足为论。

在改革开放后对外国文学翻译的热潮中,约瑟夫·罗特在国内的反响并不热烈,他笔下的故事显得沉重,给读者带来的不是轻松洒脱,而是一种对即将发生浩劫的警示。此外,他对逝去的哈布斯堡王朝的怀念,因涉及相当的文化和历史背景,也很难在国内读者群中产生共鸣。同样,作家对小人物悲惨命运带有伤感的描述对经历了"文革"的国人也并没有多少冲击。因此,当年读者对他的一些零散译本反应平平,是可想而知的了。

2016年起,漓江出版社开始组织出版十二卷本约瑟夫·罗特作品集,涵盖了作家在不同创作时期的作品,这是国内第一次系统地翻译和整理他的作品。这次翻译主要根据基彭霍伊尔&维驰出版社(Kiepenhaeuer & Witsch Verlag)最新出版的简装单行本系列。这套图书在德语读者群中接受度高、影响大。但在没有此版单行本的情况下,出版社采用的德语原本是1989年版的六卷本作品集。中文系列译本的出版,有助于读者从总体上把握约瑟夫·罗特的创作之路和写作特点。当20世纪发生的一切成为历史后,我们重读作家笔下的故事,则能对那个时代、那场战争灾难有更深刻的认识,也应能更好地理解他作品中人文精神和人文传统的价值和意义。

这样一位在德语国家文学史中占有重要地位的作家,以及奥地利文学与文化史中的"哈布斯堡神话"现象,在中国的译介和研究却并不充分,在学界也未引起广泛关注。2011年夏,哈布斯堡王朝最后一位王储奥托去世。此事件在欧洲反响巨大,标志着一个时代的终结,但在国内甚至未见诸报端。究其原因,主要是约瑟夫·罗特的译本在当时不完备,零敲碎打,在图书市场与学界都没有形成合力,因而影响有限。在国内的介绍和研究中,如1991年南京大学张威廉教授主编、上海辞书出版社出版的《德语文学辞典》，仅有简单信息条目。其他有关约瑟夫·罗特的成果仅见于个别与德语国家文学史相关的出版物中，如2008年版的五卷本《德国文学史》和2004年版的《20世纪奥地利瑞士德语文学史》。因此，约瑟夫·罗特作品集的翻译有其必要性和紧迫性，无论在图书市场还是在学界都可算填补空白。翻译的系列化加之推送的专业化，很快就在读者群和学术群中见到效果。国内学界出现了多篇以约瑟夫·罗特作品为研究对象的硕士、博士论文。由此可以相信，研究之路已经铺就，有待后来者拓展。

   **被神化的哈布斯堡王朝**

哈布斯堡本来指欧洲的一个贵族家族，其先祖源自瑞士北部的阿尔州，1020年筑起哈布斯堡城堡。从此，哈布斯堡家族的后人开始了自己的历史叙述和演绎。此后的岁月中，这个家族作为德意志神圣罗马帝国皇帝的代表，纵横捭阖，将自己的领地和势力逐渐扩展到今天的奥地利和德国南部，史家对哈布斯堡的评价是"一个朝臣多于勇士的家族"，① 这一特点在日后更显突出。1273年，选帝侯在法兰克福将当时已经五十五岁的哈布斯堡伯爵鲁道夫（Rudolf von Habsburg）推举为德意志国王，成为鲁道夫一世（Rudolf I），但他并没有去罗马接受教皇的加冕，所以并不是严格

---

① 安德鲁·卫克安著，哈布斯堡王朝：翱翔欧洲700年的双头鹰，李丹莉，韩微译，北京：中信出版社，2017年，第23页。

意义上的德意志神圣罗马帝国皇帝,不过这并不影响后人将他视为哈布斯堡家族出来的第一位皇帝。其实所有人都知道那个皇帝头衔不过是个没有实际意义的虚衔而已。真正给鲁道夫一世带来实惠的是自己的六个女儿,通过她们与当时的选帝侯联姻,他成了所谓"德意志的岳父"。接下来的数百年间,哈布斯堡家族统治着奥地利、波希米亚和匈牙利的广阔疆域。正因如此,这个家族自视甚高,自比于古罗马时期的凯撒和尼禄。

不过,在1308年阿尔布雷希特一世(Albrecht I)被自己的侄子"弑亲者约翰"刺杀后,直到1438年阿尔布雷希特二世(Albrecht II)登基为止,哈布斯堡家族离开德意志的皇位达一百三十年之久。这之后的三百余年中,德意志神圣罗马帝国的皇帝都是出自哈布斯堡家族。其中最强大的帝王是查理五世(Karl V),他接受了富格尔(Fugger)家族的资助,战胜竞争对手,于1520年在亚琛被教皇加冕称帝。富格尔家族像吕不韦一样懂得奇货可居的道理,在中世纪争夺皇位乃至教皇的斗争中屡屡精准押注,堪称传奇。此时的哈布斯堡家族成员还是西班牙和葡萄牙的国王,并由此间接影响着其在美洲、非洲和亚洲的殖民地。当年查理五世曾资助过麦哲伦的环球航行,这次伟大的航海之举最终证明了地球是圆的。因此,查理五世曾骄傲地称自己的帝国为"日不落帝国"。

这种无可比拟的辉煌也反映在哈布斯堡王朝的徽章上,头顶皇冠的双头鹰加上胸前十六个代表属地的盾徽彰显了家族的荣光。① 这

---

① 林纯洁著,德意志之鹰:纹章中的德国史,杭州:浙江大学出版社,2016年,第86页。

些徽章本身就是一部历史的缩写符号,在今人眼中花里胡哨的旗帜、徽章、标识所构成的象征艺术氛围中,诉说着这个家族血淋淋的历史辉煌以及对宿敌的仇恨。查理五世在位长达三十五年之久,曾在与法国和奥斯曼土耳其的战争中取得过胜利,但在与德意志信奉马丁·路德宗教改革后出现的新教诸侯的斗争中却接连败北,没能完成统一德意志的大业,诚为憾事。1555 年,心灰意冷的查理五世将治下的"日不落帝国"分为两部分,西班牙和低地国家传给了儿子菲利普二世(Philipp II),使他成了西班牙哈布斯堡王朝第一位国王;又把神圣罗马帝国的皇权交给了弟弟斐迪南一世(Ferdinand I),使德意志的皇权继续留在哈布斯堡家族。而他则遁入空门,成了西班牙尤斯特修道院的隐士并在那里度过余生。

此后很长一段时间,奥地利哈布斯堡家族波澜不惊。直到 1740 年卡尔六世(Karl VI)死后,家族才开始了新的篇章。卡尔六世没有留下男性子嗣,于是长女玛丽亚·特蕾西亚(Maria Theresia)和丈夫弗兰茨一世(Franz I)继承王位,自此揭开奥地利历史上哈布斯堡-洛林王朝的一页。其后裔于 1804 年建立奥地利帝国,一直延续至 1918 年战败解体。

哈布斯堡-洛林王朝,即日后以偏概全的奥匈帝国的真身,在建立之初所经历的风雨注定要为日后的哈布斯堡神话提供最佳素材:其实际掌权者是一位强势的年轻女性。当时二十三岁的玛丽亚·特蕾西亚面对的是男权社会对女性从政固有的偏见和厌恶,人们宁愿称她为公爵夫人,而不是把她当作一国之君。不过在时局的动荡中,她很快便有了展露自己政治才华的机会。在王位斗争、对石勒苏益格地区的争夺和随后的七年战争中,她凭借娴熟的政治手腕,不但稳定了自己的统治地位,还使帝国获得了好处并扩大了疆域。[①] 18世纪下半叶,她的帝国成为西方政治生活中日益重要的一个因素。而这一段创业的坎坷和成功,无疑成为日后人们对先辈歌功颂德时不可或缺的主题,让人莫不佩服这位女性的魅力和才能。

帝国疆域的拓展为日后老大帝国的局面奠定了物质基础。而帝国内部的变化才是本质性的,从1740年至1792年的半个世纪中,特蕾西亚和她的两个儿子约瑟夫二世(Joseph II)及莱奥波德二世(Leopold II)对哈布斯堡王朝进行了彻底的现代化和中央集权化改革,这一时期被称为"开明君主专制"。统治者的治国理念要比其前辈开明而理性,其最重要的目标是国家和人民的福祉,这在18世纪下半叶的欧洲绝对算是摩登思想了。在治国方略上,特蕾西亚致力于推行政令畅通的中央集权制,使得传统意义上的君主专制得以改良,进而形成了系统且绵密的统治网络,能够对臣民进行有效的监督统治。由此可见,"开明君主专制"中的"开明"是为"专制"服务的,与我们今日对开明的理解完全不同,特蕾西亚的手段和手腕更为她的"开明"作了最好的注脚。

由特蕾西亚建立推行且行之有效的统治体系,使她得以对帝国进行现代意义上的极权统治,这一体系运作于行政、军事、司法、教育等所有重要方面,此即后世官僚体系的前身。由此可见,这位奥地利历史上炙手可热的女性实在值得让人大书特书

[①] 玛丽亚·特蕾西亚和丈夫弗兰茨的婚姻使王朝的疆域大为拓展,并保持了对多瑙河流域的控制。1772年,哈布斯堡-洛林王朝又获得了加里西亚(Galizien)和罗多梅里(Lodomerien),1775年得到了布科维纳(Bukowina)。

并为之骄傲。① 于是,在今天的奥地利到处都能看见特蕾西亚的雕像和以她的名字命名的街道和广场。在日后奥地利的文学作品中,对官僚体制的描述是标志性的,它成了老帝国的名片,毁誉参半,但却不能视而不见。

1789 年爆发于巴黎的法国革命,对哈布斯堡王朝造成了巨大的冲击。首先,同拿破仑的战争给帝国带来了巨大的损失,奥地利军队的战绩不但乏善可陈,而且在多条战线上丧师失地。② 其次,法国的新思想给四平八稳、按部就班的奥地利帝国带来了巨大的震动,这里不能不提到民族主义和自由主义思想的影响。对哈布斯堡王朝这样由不同信仰的多民族组成的中欧大帝国而言,民族主义无疑给分裂思想提供了温床,而自由主义又与中央集权制的政体格格不入。统治者看到了两种思想的颠覆性威胁,对其的打压也可谓不遗余力。1806 年,德意志神圣罗马帝国被拿破仑的武功所埋葬,③哈布斯堡的历史不得不揭开新的一章。自此,哈布斯

---

① 玛丽亚·特蕾西亚在奥地利史家笔下早就被理想化,被套上了多民族大帝国的国母、父辈遗产的捍卫者、充满活力的改革家等光环。19 世纪奥地利国家档案馆馆长阿尔费雷德·冯·阿略特(Alfred von Arueth)就出版了一部长达十卷本的《玛丽亚·特蕾西亚传》,为其歌功颂德,这本书的影响一直延续至今。参见:Hochedlinger, Micheal: Abschied vom Klischee. Für eine Neubewertung der Habsburgermonarchie in der Frühen Neuzeit. In: Österreich in Europa, herausgegeben von Thomas Angerer. Wiener Zeitschrift zur Geschichte der Neuzeit. Innsbruck, 2001. S. 16.
② 拿破仑曾于 1805 和 1809 年两次占领维也纳。
③ 1806 年弗兰茨二世(Franz II.)卸下了德意志神圣罗马帝国的皇冠,从而给这段历史画上了句号。但他的这一行为却与当时法理多有抵触,一直为人诟病。因为这完全是他的个人行为,既没有通知帝国议会,也没有与帝国其他选帝侯进行沟通。

堡就只是奥地利帝国的皇帝。意大利学者克劳迪奥·马格利斯（Claudio Magris）也因此认为，如果要给奥地利哈布斯堡神话设定一个起始点，那就应该是1806年。① 在拿破仑终结了德意志第一帝国后，奥地利开始寻找和建立一个新的自我认知和定位，最终形成了多民族、多信仰的国家。不同于后来以普鲁士为基础的德意志民族国家，奥地利从立国伊始，就强调其多民族、多信仰的融合性，也正因如此才会形成日后奥匈帝国这样的二元王朝，而非19世纪在欧洲所常见的民族国家。

看似不可战胜的拿破仑最终还是被放逐到远离文明的小岛上。哈布斯堡王朝经此磨难，更加看重专制统治的必要性，因而对其从多方面进行了加强，约瑟夫二世所推行的许多改革被搁置。在反拿破仑战争后的维也纳会议上，列强重新建立了欧洲政治秩序，而哈布斯堡的首相梅特涅（Klemens von Metternich）无疑是此次会议中最耀眼的明星。这位被称为"欧洲的马车夫"、并在马克思《共产党宣言》中被提及的复辟保守派领袖，使哈布斯堡王朝在领土和政治格局上获得了有利地位。其所谓梅特涅体系以及形成于维也纳会议的神圣同盟的高压统治，使奥地利帝国和沙皇俄国承担了欧洲宪兵的角色，起到了稳定政局的作用。但同时，它又使帝国错失了一次现代化的良机，并因此而为后世所诟病。

梅特涅的高压统治持续到1848年的革命，文化生活虽受监督压抑之苦，却并不影响其结出累累硕果。通过这一时期奥地利音乐界几个响亮的名字，就可以管窥帝国文化界的盛况：莫扎特、海

---

① Magris, Claudio: Der Habsburgische Mythos in der modernen österreichischen Literatur. Wein 2000. S. 36.

顿和他的学生贝多芬、舒伯特、施特劳斯等等。其中前三者是音乐史上所谓维也纳古典时期的三位巨匠。就凭这些名字,奥地利首都维也纳作为音乐之都是当之无愧的。而音乐的魅力为奥地利成就了其政治所不能企及的声望,并将其理想化为一个唯美的家园。

1848年的革命,再次动摇了哈布斯堡王朝的统治,首相梅特涅逃往英国,缺乏执政能力的皇帝费迪南被迫退位,接替他的是年仅十八岁的弗兰茨·约瑟夫一世。这位皇帝前后执政长达六十八年之久,与其政绩相比,他的名气要更为响亮。而他的名气又与另外两个人有关:一个是他来自巴伐利亚的妻子,人称"茜茜公主"的伊丽莎白(Elisabeth);另一个是老骑兵元帅拉德茨基(Radetzky)。前者因其美貌和后世的一部电影而芳名永驻,后者则因为老施特劳斯1848年的一首"拉德茨基进行曲"而广为人知。19世纪中期后,帝国本身的文治武功和同时期的欧洲强国相比,显得黯然失色。但正是这个拉德茨基,凭借着帝国军事史上虽不算辉煌、但却少见的军事胜利,激发了音乐家的创作灵感,成就了日后维也纳新年音乐会中不可或缺的旋律。仅此一例,便可看出奥地利人在创造神话时的热情和天赋。

年轻的皇帝接手的是副烂摊子。广大的疆域带来的并不是强盛,而是多民族共处与融合的难题。皇帝陛下在经历了自下而上的革命之后,推行了新式君主专制。他的统治建立在军队、官僚和天主教三大支柱上,使国内不同利益集团间的关系得以维持平衡。如同一个走钢丝的演员,皇帝的工作就是让各方受到平衡照顾,使可能的矛盾被化解于无形之中。这种中间人的角色被弗兰茨·约瑟夫一世发挥到极致,并在相当程度上取得了成功,从而使这位皇帝受到各方的推崇,其形象也得以偶像化。

然而在表面的风平浪静下,已经涌动着造成帝国日后分裂的主要原因之——民族主义思潮。对帝国的认可和忠诚是哈布斯堡王朝三位一体统治的核心和前提,但日益高涨的民族情绪,必然影响到多民族、且往往是靠皇帝自身魅力和政治平衡得以维系的国家结构。试问,一个有着强烈本民族意识的匈牙利军官,如何为奥地利皇帝镇压发生在自己国家的农民起义呢?

　　同时在对外关系,尤其是在与同宗的普鲁士的关系上,哈布斯堡王朝也面临着巨大的挑战。自从1806年德意志神圣罗马帝国解体后,普奥两国都面临着所谓大德意志、小德意志的问题。合二为一在当时已经不可能,①但如果不统一成一个像以前那样的大帝国,又由谁来担当领导职责呢?就传统势力而言,哈布斯堡王朝显然比霍亨索伦王朝更具领导资格,但飞速发展的普鲁士,又岂是甘居人下之辈?更何况此时的普鲁士还有铁血宰相俾斯麦的辅政!

　　可此时的哈布斯堡王朝没把同宗的邻居放在眼里,两者间合作与矛盾不断,最终于1866年爆发了普奥战争。这场战争属于德国历史上的三场王朝战争之一,最终普鲁士获得全胜,取得了中欧的主导权,并结束了大、小德国之争,将奥地利排除在德国之外。战争的失败导致奥地利国内政局出现危机,来自匈牙利和自由党人的压力,令皇帝疲于应付,最终只能靠他一贯擅长的平衡术重新安排一切。而重新安排的结果就是起始于1867年的奥匈帝国,也即所谓的双重王朝。弗兰茨·约瑟夫一世既是奥地利帝国的皇帝,同时又是

---

① 1806年,哈布斯堡家族作为德意志神圣罗马帝国皇帝的弗兰茨二世自动放弃帝位,成为了奥地利帝国的皇帝弗兰茨一世(Franz I.),这使得哈布斯堡在后来争取统一德意志的领导权时处于被动地位。另外,多民族的奥匈帝国也很难在民族主义的潮流中代表德意志民族。

匈牙利王国的国王。奥匈两国拥有共同的外交、军队和金融系统，并按比例分担帝国的财政预算。① 在后世眼中，这一时间节点往往被当成现代奥地利的起始点，也是现代奥地利历史与民族认同感构成中的一个重要环节。

这种跷跷板式的政治平衡术暂时缓解了帝国内部的危机，使奥匈帝国在各个领域都有了一个相对平稳的发展空间。此时，科学与经济的发展使整个欧洲蒸蒸日上，变得空前强大，而哈布斯堡王朝也踩着"现代化"的时代节奏，在19世纪末和20世纪初时，将自己推向了历史上的最高潮。维也纳的重新规划和建设，给人们留下了深刻的印象，时至今日，人们还惊叹于其建筑的精美和宏大。这一高潮还集中体现于一战前的文化领域：文学史上有"维也纳现代派"中的众多文学名家，哲学领域上有维特根斯坦，心理学上有弗洛伊德，画坛上有克利姆特，音乐界有"华尔兹之王"之称的小施特劳斯——他的《蓝色多瑙河》几乎成了奥地利的非正式国歌，其他诸如医学、自然科学领域也都人才辈出。而这一人文荟萃的中心，就是欧洲最古老的大学之一——维也纳大学。

文化科学领域的光辉灿烂却无法使奥匈帝国摆脱内困外扰。到了一战前夕，帝国内部的各种矛盾完全公开化，而外部环境也在不断恶化。哈布斯堡王朝就像它的皇帝弗兰茨·约瑟夫一世，成了颤巍巍的老者，来日无多。1914年6月28日，帝国皇储被刺杀于萨拉热窝街头。巴尔干作为奥匈帝国传统的势力范围，现在成了点燃

---

① 按当时的规定，奥地利承担70%，匈牙利承担30%的国家财政预算。每十年双方代表应重新商讨预算的支付比例。参见：Vocelka, Karl: Geschichte Österreichs, Kultur – Gesellschaft – Politik. München 2002. S. 215.

第一次世界大战的火药桶。战争的进程对交战国各方都是痛苦不堪且毫无意义的杀戮。1916年,奥匈帝国得以勉强维系的精神支柱——老皇帝弗兰茨·约瑟夫一世去世,帝国的崩溃和分裂就是时间问题了。1918年11月,德奥战败投降。而在此之前帝国已经分崩离析,形成了许多新的民族国家。11月11日,奥匈帝国最后一个皇帝卡尔一世(Karl I)退位。12日,奥地利共和国宣告成立。哈布斯堡王朝的统治就此画上了句号。曾几何时,这个将双头鹰画在国徽上的帝国,拥有欧洲最为广阔的疆域,并能骄傲地向世人宣称,当帝国西方的太阳落下时,东方的太阳已然升起。可那傲视东西方的双头鹰,最终也没能逃脱分崩离析的命运。哈布斯堡王朝遂成明日黄花,成为了一种奥地利所特有的文学与文化现象,存在于后人的叙述中。

在奥地利文学史中,哈布斯堡神话这一术语一般认为是意大利学者克劳迪奥·马格利斯首先提出的,指的是奥地利作家笔下对没落的哈布斯堡王朝进行讴歌咏叹的一种理想化、乌托邦化,进而神话的倾向。这一概念的提出,首先界定了文学中的哈布斯堡神话与歌功颂德、赞天子治的政治神话不同。1918年,经历了血雨腥风的古老帝国回天乏术,在一片动荡与混乱中寿终正寝。有意思的是,没落的哈布斯堡王朝不同于其他行将就木或已经灰飞烟灭的统治政权,它被后世文人描述成一个令人留恋的美好时代:阿尔卑斯山旖旎的风光,新年音乐会上施特劳斯的华丽乐章,曾经的音乐与艺术之都维也纳,电影中的"茜茜公主"等等,不一而足。这些美好景象汇聚一处,便构成了经常见诸于奥地利文化,尤其是奥地利文学史中的概念——哈布斯堡神话。

建立在奥匈帝国废墟上的奥地利第一共和国,此时正处在风雨飘摇之中。曾经横亘东西的大帝国,突然间变成了偏居一隅的内陆小国,国家赖以维系的工农业基地丧失殆尽。更迭频繁的政府和混乱不堪的政局令老百姓苦不堪言,人们对这一新生的共和国没有认同感。在这种情况下,新政府迫切需要一种凝聚力,使新奥地利人从物质与精神的贫乏所造成的困境与绝望中解脱出来。这种凝聚力的一个重要源泉——民族主义,就建立在对过去历史和文化的认同与自豪感之上。而这种历史文化的高潮,恰恰是在哈布斯堡家族统治下的奥匈帝国,于是就形成了一个有趣的现象:一方面,新政府颁布法令,禁止哈布斯堡家族的继承人回国,以防其复辟并颠覆现有政权;另一方面,帝国时期文化历史的光辉灿烂受到推崇,成为新国民自豪骄傲的源泉。如此一来,哈布斯堡家族固然受到排斥,但哈布斯堡神话反而得以宣扬。

  古往今来,统治者都会出于各种实际考量,编织有关自己文治武功的神话故事。但一个没落帝国在崩溃后,却在文化领域形成神话效应,且得以在后世继续发扬光大,这种现象实属罕见。时至今日,哈布斯堡王朝的统治早已消失在历史的尘埃之中,但哈布斯堡的神话却依然以各种形式展现于世人面前。甚至在克莱夫·詹姆斯耗费四十年写成的著作《文化失忆:写在时间的边缘》中,这位有着"一群才子的集合体"及"当代蒙田"之称的学者,还是以老帝国辉煌时刻的维也纳作为自己 2012 年再版的鸿篇巨著的序章,讲述着那个"海纳百川、硕果累累",以及"思想不需要考试,学习也是自发的热情,智慧是随时可用的通货"的时代。① 这使我们在接触和了解奥地利文化的过程中,往往从一开始就沉浸于那些令

---

① 克莱夫·詹姆斯著,文化失忆:写在时间的边缘,丁骏、张楠、盛韵、冯洁音译,北京:北京日报出版社,2020 年,第 1 页。

人倾倒的细节中,而无暇他顾。

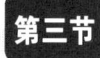 奥地利的前世今生

奥地利这一概念曾有多种中文译法,徐继畬在《瀛环志略》中就给出了诸如"奥地利亚""阿士得厘亚""奥斯的里亚""阿士氐拉""欧赛特里阿""莫尔大未亚""东国""双鹰国"等多达八种称谓。德文中奥地利一词的字面意思可以简单理解为东部的帝国,最初指代历史上巴本堡王朝(Babenberger)的东方边疆领地。在历史上,这一概念指代并不是十分清楚,它既可以指历史上的奥地利帝国和奥匈帝国,也可以指分别成立于两次世界大战后的奥地利共和国,也就是奥地利第一和第二共和国。若为前者,其渊源与影响覆盖了历史上哈布斯堡王朝治下的领地,除了整个德意志神圣罗马帝国,还应算上后来囊括于帝国版图内的斯拉夫、巴尔干、罗马尼亚地区,这也与哈布斯堡王朝在欧洲历史上曾经拥有的举足轻重的地位相符。若论后者,则奥地利仅是位于欧洲阿尔卑斯山麓的一个永久中立的联邦制共和国,人口才八百多万,还不及亚洲的一座大城市。但恰是这个今天的内陆小国却时常在不经意间或明或暗地流露出"正朔相承,当在江左"的自信,也往往被世人当成奥匈帝国崩溃后的延续。因此,梳理帝国解体后奥地利这一概念的演变,以及奥地利人对于这个概念的接受与认同,才能清楚地解释"哈布斯堡神话"直到今日还能得以延续并发扬的缘由。

一战结束后,哈布斯堡家族统治的奥匈帝国分裂。到1919年,从前奥匈帝国分裂出去并成立的新国家有奥地利、捷克、斯洛

伐克、塞尔维亚、克罗地亚、波斯尼亚以及斯洛文尼亚。按领土面积计算,新成立的奥地利共和国只占原先帝国中很小的一部分,当年幅员辽阔的多民族、多文化的大帝国一夜之间便成了偏居一隅的内陆小国。这种巨大的落差对奥地利人造成了难以想象的冲击,使当时的奥地利人对民族国家奥地利(第一)共和国有着一个相当长的接受和认同过程。

这条接受和认同之路之所以不平坦,主要有两个方面的困难。首先是人们对奥地利这一概念的认同,其次是人们对奥地利共和国这一新型民族国家的认同。说到第一个问题,德、奥两国有着相同的语言和相近的文化,两国在历史上曾属于一个整体,即德意志神圣罗马帝国。很长时间里,这一帝国的皇帝都出自奥地利的哈布斯堡家族。由于因循传统的理念,很多奥地利人在心理上并没有把德国和奥地利分开,而是把奥地利看成作为整体的"德意志"的一部分。这种观念虽然因1866年的普奥战争和其后俾斯麦建立的北德意志联邦受到冲击和否定,但是第一次世界大战又将二者紧密联系在一起。且不论战时结成的同盟,就是在战后,两国也面临着同样的问题:德、奥两国的统治家族——霍亨索伦和哈布斯堡——相继淡出了政治舞台,这两个战败国如今都必须面对战败的后果。在战后的混乱中,两个新成立的德意志国家——魏玛共和国和奥地利共和国——都没有给困苦中挣扎的人们带来希望。如是说来,这对难兄难弟越走越近也是合情合理的。1920年,当时奥地利共和国的国务秘书鲁斯在给朋友的信中强调,他始终都是一个优秀的德意志人,但因所受教育、出生地、传统及至今的生活和工作,他认为自己同时也是一个

"德意志奥地利人"。① 国家政要对新奥地利的认同尚且如此,普通人又能对奥地利产生什么归属感呢?

一战后奥地利第一共和国的建立并非出于人们对君主制的排斥,而是在一片混乱中被动形成的结果,所以这一过程并没有经过充分的规划和协商。许多人并不看好这个建立在战后废墟上的共和国,认为这是多方妥协的产物,不是人民的向往和需要。且不说保守派和保皇党人对共和制的抵触态度,就连普通老百姓也对新共和国不抱任何希望。约瑟夫·罗特在 1919 年的一篇名为《街垒》的报道中有个形象的比喻:"新的奥地利共和国是用原先奥匈帝国的破木板拼凑而成的。"(Roth Ⅰ:40) 战后混乱的社会、普遍的失业和贫穷以及动荡的政局似乎更证明了,人们对共和国的担心不是多余的。对很多普通人来说,奥匈帝国剩下的这一小部分——奥地利,只是个德语区,没有多少单独存在的意义和可能。德国虽然因战败而失去了海外领地和东部的一些领土,但取而代之的魏玛共和国本身还是个整体,终究有东山再起之日。在战后普遍的混乱和绝望中,向德国靠拢是一种基于现实的、可以理解的愿望。于是,当我们今天回头去看一战后的奥地利第一共和国时,就会发现,这个新成立的共和国首先被当时的人们理解为一个德意志国家。奥地利这一概念并没有被真正接受,更谈不上深入人心和受到爱戴。

在对奥地利的认同问题上,工会和参与政治的社会民主党人的态度也很明确,他们一直认为并希望德、奥两国能够最终合并。

---

① Binder, Dieter A. und Ernst Bruckmüller: Essay über Österreich, Grundfragen von Identität und Geschichte 1918 – 2000. Wien, München 2005. S. 101.

这种观念并非出于民族主义的狂热,而是从左翼社团信仰的马克思主义角度出发。这些团体认为,只有全世界无产者联合起来,才能强大并拥有足够的力量与资产阶级斗争。德国的工业远比新成立的奥地利的工业发达,因而其工人阶级也要强大许多。① 既如此,德、奥两国的工人阶级就应该首先团结起来。同时,按照当时的观点,资本主义已发展到其最高阶段——垄断资本主义,那么以工人阶级为领导的无产阶级夺权的时机便已经成熟。左翼人士普遍认为,资本主义经过第一次世界大战已经行将就木,现在正是将其埋葬的最好时机。因此,奥地利的社会民主党等左翼政党对奥地利共和国及其政府持排斥态度,而对魏玛共和国却有着好感并向往之。

在左翼社民党的领导和影响下,工人群体在民族认同的问题上也倾向于德意志。1928年,当奥地利第一共和国建立十周年的时候,社民党领导下的维也纳教育局编撰出版了宣传手册——《为了自由和人的尊严》。书中对奥地利这一概念只字未提,取而代之的是德意志奥地利共和国。有意思的是,在这本奥地利官方出版的手册中,德国魏玛共和国被当作理想目标加以拥护和讴歌。更有甚者,在奥地利第一共和国的国歌中也唱道"德意志奥地利,神圣的国家"(Deutsch-Österreich Du herrliches Land)。综上所述,在一战后相当一段时间内,奥地利人对奥地利这一概念的确并不认同。

对于第二个问题——人们对奥地利共和国的认同也同样是困

---

① 因奥匈帝国的崩溃和分裂,新成立的奥地利第一共和国丢失了大量原先的工业和原料基地,并且成为了一个内陆国,交通和贸易大受限制,因而在战后初期的发展中显得捉襟见肘,难以维持。

难重重。共和国是老帝国崩溃后的产物,诞生在普遍的混乱和危机中。在这个新成立的国家中,人们看不到任何希望,甚至看不到做人的尊严,因为吃饱穿暖成了摆在人们面前的首要问题。而曾几何时,这个国家还是中欧的大国和历史上的强国,曾在欧洲政坛上叱咤风云。这和现实中的奥地利第一共和国形成了强烈的对比,于是很多落魄困苦的人自然会回忆那些成为过去的"美好"历史。这种回忆一方面给人以慰藉,另一方面也给人以希望。老一代人总说,要是老皇帝没死,一切都还照旧,那该多好。于是,伴随着个人生存和认同危机,对往昔所谓美好时光的追忆日渐深入人心。

在一战后的思想文化界,也存在着对新生奥地利的不信任。著名犹太作家如胡戈·冯·霍夫曼斯塔尔(Hugo von Hofmannsthal)、茨威格、约瑟夫·罗特等都曾在大量的文学作品中回忆吟咏古老帝国的时光。其中虽然不乏批判和反思的描述,但也塑造了一个理想化的和谐家园。犹太作家之所以对过去的奥匈帝国有所偏爱,这和他们在一战结束后的处境有着密切的关系。战后从原奥匈帝国分裂出来而成立的新国家都是民族国家,具有明显的排他性。犹太人分散居住于各处,并没有自己的祖国,同时又因本身信仰和生活习惯及身份等问题而大受限制和歧视。而原先的奥匈帝国是个多民族、多文化、多种族的国家。虽然帝国在历史上也不乏受压迫和迫害的例子,但犹太人毕竟有自己生存发展的空间,所受到的歧视和迫害也相对较轻。犹太作家固然对新成立的奥地利共和国没有敌意,但他们在创作中致力于追思过去的时光,讴歌曾经存在过的时代。这种回忆性质的描述明显带有理想化的色彩,与描写现实的幽怨伤感形成了鲜明的对比,从而更唤起了民众对往昔的向往。

以上所说的两个问题最终也体现在官方的态度上，连奥地利政府对自己的定义都是一个德意志的奥地利共和国，甚至要求自己的公务员也要拥有德意志的民族意识。但无论如何，一战后的十年风雨中，奥地利第一共和国总算是历经坎坷，度过了最初的难关，终于让饱受苦难的老百姓有了栖身之处，并作为一个主权国成为世界政治舞台上的一员。在人们普遍怀疑其命运的同时，也对奥地利共和国这一新事物渐渐产生了好感。但好景不长，1929年突然而至的经济危机，使本来已经步入正轨的国家发展受到了重创。奥地利政府为了解决当时因银行信贷崩盘而引起的危机，采取了严苛的整顿措施，力图挽回局面。但事实上，这些措施非但没有带来太大的起色，反而造成了社会失业和公务员危机。同时，政府虽一再更迭重组，却始终没能找到解决问题的领导者和办法。于是，人民对政府的信任一落千丈。危机导致了人们对现实中的奥地利及共和国的失望和悲观。在一片混乱之中，最终获益的是纳粹党人，他们与30年代初在德国取得政权的德国纳粹党人遥相呼应，借机煽动对共和的敌视和对犹太人的仇恨。

1938年，在维也纳和林茨都不曾得志，而现在却成了第三帝国元首的希特勒，凭借强权并吞了奥地利，第一共和国就此夭折。历史的讽刺在于，社会民主党和许多奥地利人曾经向往的德、奥合并居然降临了，但这种合并所带来的不是解脱，而是巨大的灾难。在接下来的七年中，作为纳粹德国的东方行政区，奥地利参与了第二次世界大战的整个进程，成为了纳粹战争机器中的一部分。然而，也恰是在纳粹的暴政时期，一种后来成为奥地利自我认同的核心价值还是被流亡者、尤其是流亡作家一再强调并推崇。这是一种以天主教信仰为依托,奥地利人所特有的、亲善的文化传承。

1945年对奥地利来说是改变命运的一年。当其全境被苏联红军解放后,奥地利人在考虑自己未来的同时,也考量着自身的定位和认同。就战争责任而言,奥地利因为积极投入了纳粹德国在二战时的所有军事行动,①所以面临着严峻的战争责任的问责。如果被归为轴心国阵营,那么今后的命运无疑将是非常悲惨的。此时,最聪明的做法莫过于和战败的纳粹德国划清界限,奥地利也正是这么做的。人们更愿意将自己定义为纳粹德国最早的受害者,因为希特勒政权正是靠武力胁迫吞并了奥地利,那么奥地利的第一共和国实际上就是被占领国,等同于纳粹暴政的受害者。这样一来,奥地利既不必承担战争的法律责任,又不必承担经济赔偿。至于对于战争的道义责任,参与和经历了战争的人往往讳莫如深,选择沉默。这种和德国划清界限的做法,首先全面地否定了过去对德意志的认同。② 正是在此基础上,奥地利第二共和国作为一个劫后余生者的新家园开始被人民所接受和认可。当然,这并不是一朝一夕所能完成的进程。这也意味着新的奥地利共和国需要新的认同对象,一个将德意志完全排除在外的认同对象。

这一过程是通过两方面达到的。首先,否定原先的德意志奥地利概念,避免将奥地利和德意志等同起来。因此,德意志这一概

---

① 按照统计,二战期间有多达250 000奥地利人作为德军人员阵亡。参见:Binder und Ernst, 2005. S. 100.
② 原奥地利第一共和国总统卡尔·伦讷的态度最能体现这一变化。1918及1938年时,他都是德奥合并的忠实支持者。但到了二战后的1946年,他却认为奥地利人有权将自己看作是个自主的民族。

念逐渐被淡化。如在语言方面,当时学生在校学习的语言不再被称为德语,而是用所谓"教学语言"取而代之,当然这只不过是德语的另一种说法。其次,奥地利人还在寻找自己不同于德意志民族的标志,即从历史与文化入手,寻找自己过去的传统和辉煌。于是,生活在15世纪的马克西米利安一世(Maximilian I)便被塑造成本民族历史上一个重要的标志性人物,从而形成与德国不同的历史观。除此以外,奥地利独特的自然风光也被当作本民族特有的标志被广泛颂扬,出现在各种宣传手册、书籍和媒体上。于是我们今天提起奥地利,首先会想到奥地利阿尔卑斯山的旖旎风光和纯朴的民风。同时,文化生活与思想领域的成就也被寄托在曾经的音乐之都、绘画之都和世纪之交现代派的肇兴之地维也纳。可以说,到了20世纪60年代,奥地利与昔日老帝国辉煌文化间的继承关系已经被广泛接受。随着后来经济的发展和社会的稳定,人们对此就不仅仅是认同,而且还因其作为一个文化大国的辉煌成就与传承而倍感骄傲了。

建立在战后废墟上的奥地利第二共和国地处东西方冷战冲突的前沿。在这种剑拔弩张的对立局势中,中立国奥地利奉行不结盟政策,致力于经济与文化的发展,通过重新弘扬因战乱而遭荒废的传统文化并使之焕发新的生命,营造与中立国地位相符的气氛,将自己塑造成一个与世无争、安宁祥和的国度。在这种背景下,文化领域的发展重新取材于历史中的辉煌,呈现出一幅和谐美好的图画。1955年放映的由罗密·施耐德(Romy Schneider)主演的电影《茜茜公主》将历史上一段并不美满的政治联姻演绎得童话般温馨,在奥地利掀起了一股"茜茜热",并成了每年新年时电视台的必播节目。从1959年起,奥地利开始电视转播维也纳新年音乐会,其影响现在已经远远跨出国界,成为世界音乐文化领域的盛典。而其所选定的施特劳斯家族的曲目,则正是哈布斯堡治下奥匈帝国时期的产物。就此而言,战后的奥地利第二共和国在传统文化的基础上,将自己定义成一个有着悠久历史的文化大国。这种对于老帝国时期文化领域辉煌成就的赞颂,也间接地肯定并传播了哈布斯堡神话。在世人的心目中,哈布斯堡似乎成了奥地利传统文化的代名词。今天的游客如果来到奥地利小城巴特伊舍尔(Bad Ischl),必然以为时光错位,又回到了哈布斯堡王朝时期。小城各处刻意留下的昔日老帝国的痕迹,会使人有恍若隔世的感觉。这种刻意营造的背后,恰恰就是那个令人念念不忘、难以割舍的哈布斯堡王朝。

第二章 从何说起？——结构与思路

本书内容主要包括两方面：一是遵循时间的线索，研究约瑟夫·罗特的文学作品对社会与人的观察和思考；二是分析他笔下的哈布斯堡神话，阐释这一奥地利文学与文化中所特有的现象。前者紧扣作家对现实的批判，后者聚焦作家对过去的缅怀。

本书的第一部分对核心概念和行文框架做出界定和梳理，纲举目张，为后面内容做好铺垫。第二部分主要是解析约瑟夫·罗特对社会与人的观察和思考。在不同的创作时期，作家对社会与人的观察视角及评判态度不同。为此，这一部分将约瑟夫·罗特的创作时期按照时间线索划分为三个阶段，[1]分别以1926年苏俄之旅和始于1933年的流亡生涯为节点。这样能更清楚地梳理作家的人生轨迹和创作变迁，以便区分与对比。

在作品中，作家塑造了大量人物形象，这些人物出身于各个社会阶层，有着不同的信仰、品性和经历。这种多样性和复杂性自然

---

[1] 业内对约瑟夫·罗特创作时期的划分还有一种两分法的观点，往往会用"左倾的早期创作"和"保守的后期创作"做标签，而1930年的小说《约伯记》则成为这种划分的界限。这种划分方法虽然能够体现出作家世界观的变迁，但无法对应人物塑造中体现出来的异同，因为人物形象在作家的笔下并非简单的世界观的反映，而是与他对人和人性的思考相关联。

可以作为研究的对象和切入点。但无规矩不成方圆,任何解析都须遵循特定线索,对研究对象予以归类,寻其特性,究其本因。在约瑟夫·罗特文学作品的人物群像中,可以归纳出两种不同的类型:一类是适应现实世界的人,一类是与之保持距离的另类。前者身上承载着明显的时代特征,而后者却是作家理想化的人性化身。在本书中,前者被定义为时代的芸芸众生,后者则被定义为特立独行者。二者分别对应约瑟夫·罗特笔下的普通人和理想化的人。换言之,作家对社会的观察结果也体现在了人物形象的塑造和经历中。所以本书的第二部分主要分析作品人物,梳理人物塑造这条线索的变化及其成因。

时代中的芸芸众生在作家笔下有着不同的具体形象。在1929年的一篇名为《自我批评》(Selbstverriss)的文章中,约瑟夫·罗特写道:"我给当代的人们画了像。"(Roth III:132)在他写于20年代的一封信中,也表达了类似的观点:"我刻画的是时代的面孔"。[①] 正因如此,前期社会小说中人物的身上都带有典型的时代特征,例如《蛛网》的主人公特奥多尔·洛泽和《造反》的主人公安德烈亚斯·普姆是典型的第一次世界大战后返乡的老兵,而《齐珀和他的父亲》及《右与左》中的齐珀和伯恩海姆一家则代表了没落的市民阶层。《约伯记》中的门德尔·辛格是东欧正统犹太人的典型形象,代表一群在新时代里被边缘化的人。除此之外,还有《拉德茨基进行曲》中作为没落帝国代表人物的特罗塔一家,以及作家笔下各式各样的群氓形象。这些人物的经历、面临的问题和背负的命运都有着强烈的时代印记。

---

① Kesten, 1970. S. 88.

约瑟夫·罗特用不同的概念去定义芸芸众生这类人物形象，如"同时代的人""平常人""一般人"等，不一而足。这种时代的芸芸众生构成了社会的主要组成部分。在他们身上可以看到外部世界造成的影响和时下各种思潮的印记。他们有种被人领导、受人支配的本能，处于被动接受的状态。这类人有的时候在文本中以群体面目匿名出现，如市民阶层、农夫、人民；有的时候则作为有代表性的典型化个体出现，如早期社会批判小说中的主人公。

与作为"时代的面孔"的芸芸众生不同，约瑟夫·罗特塑造的众生相中还有一种另类形象，即特立独行的人，他们与芸芸众生及其所处时代显得格格不入，甚至相互抵触。在具体的故事情节中，作家一方面通过人物的举止、命运、思维，及其与外部世界的关系，凸显这种另类人物的特殊性；另一方面，这些人物选择了一条与众不同的人生之路，与芸芸众生的人生轨迹相较而言显得另类、脱俗，乃至不可理喻。这种特立独行者代表一种反时代潮流，却符合作家心中理想化的人性。这类人物包括《无尽的逃亡》的主人公弗兰茨·佟达和《沉默的先知》的主人公弗里德里希·卡尔干，以及《皇帝的胸像》中的老伯爵弗兰茨·克萨韦尔·莫施丁，甚至还有经历了带有传奇色彩般命运转折的暴君塔拉巴斯和拿破仑。约瑟夫·罗特对这些特立独行者也有着不同的称谓，如"个体""个人""有个性的人""特别的人""个人主义者""奥地利人""欧洲人"等。在本书中，这种特立独行者并非普通人中简单的个体，而是具有佼佼不群的性格特征，例如玩世不恭的智慧、不合时宜的行为方式、与时代的疏离感等等。他们与同时代的人和所谓社会主旋律都刻意地保持一种距离，相对于芸芸众生而言显得"不正常"和"另类"。

本书根据故事情节的发展和人物的变化，对这两类人物形象心理活动的变迁展开分析,阐释人物对外部世界及他人的认知过程。这一思路契合作家创作的本意,因为约瑟夫·罗特本人对心理学颇感兴趣,所以在对人物的构思中看重心理活动与外界环境的交互影响。他在1921年发表的一篇名为《孩子们》(Kinder)的报道中,就曾提及自己对心理分析的兴趣。在文学研究的方法论中,心理分析历来都占有一席之地,因为根据心理学理论,人的行为终究取决于无意识的本能,而按照社会心理学的共识来看,人的行为又与外界环境的影响密切相关。[①]通过对人物的心理分析,可以阐释决定人物的认知和发展脉络的内在和外部因素。

对特立独行者的分析主要集中在他们与众不同的性格与行为上。在他们身上可以清楚地看到一条思考和自省之路,以及发现和守护自己作为一个独立个体的自我认知的过程。约瑟夫·罗特在特立独行者身上注入了理想化的人格,而与之相配的是一个隔绝于现代西方工业文明之外的世界。

对芸芸众生的分析则通过有代表性的人物形象,梳理他们身上承载的时代特征,这是他们在受到外部社会因素影响时所表现出的行为举止。在作家早期的社会批判作品中,这种时代特征首先指的是作为时代牺牲品的各种表象,体现了社会达尔文主义所谓"适者生存"的信条对小人物命运的践踏。在适者生存的时代背景下,典型人物代表的是逐渐陷入贫困和没落的市民阶层。[②] 这种没落则

---

① Vgl. Von Matt, Peter: Literaturwissenschaft und Psychoanalyse. Stuttgart 2001. S. 50f.
② Vgl. Lepsius, M. Rainer: Zur Soziologie des Bürgertums und der Bürgerlichkeit. In: Bürger und Bürgerlichkeit im 19. Jahrhundert. Herausgegeben von Jürgen Kocka. Göttingen 1987. S. 79.

体现在人物经历的细节上,尤其是作为市民阶层核心组成结构的家庭的解体上。

旧世界和旧传统的没落最终导致了灾难性的结果,即群氓时代的降临。对群氓的批判构成了约瑟夫·罗特后期作品的重要内容。如他在《先王冢》的开篇就写道:"如您所知,这是时代的意志——人们不能独自待着,大伙儿必须组成无意义的群体;村庄也不能独自存在,因此诞生了无意义的组织。"(罗特 3:1)在本书中,对群氓的分析主要基于大众心理学的相关理论,如古斯塔夫·勒庞(Gustave Le Bon)、卡尔·雅斯贝斯(Karl Jaspers)、奥特加·伊·加塞特(José Ortega y Gasset)等人的论述。此外,当时的许多作家如赫尔曼·黑塞(Hermann Hesse)也提出了对群氓现象的警示。① 无论勒庞的理论著作中所说的"群氓时代",还是加塞特书中提到的"群氓的崛起",②都预示着一个混乱纷争的时代的来临。从约瑟夫·罗特对勒庞群氓心理学,或曰大众心理学理论的熟稔中,人们可以梳理出一条间接的线索。作家年轻时对奥斯瓦尔德·斯宾格勒(Oswald Spengler)的著作《西方的没落》极为推崇,③而研究者亦指出,在群氓心理学领域,斯宾格勒与勒庞的相通之处乃至对后者的推崇显而易见,虽然后者并没有直接引用前者。④

---

① Hesse, Hermann: Gesammelte Werke in zwölf Bänden. Zwölfter Band: Schriften zur Literatur 2. Herausgegeben von Volker Michels. Frankfurt am Main 1970. S. 492.
② Ortega y Gasset, José: Der Aufstand der Massen. Stuttgart 1993. S. 5.
③ Vgl. Von Cziffra, Géza: Der heilige Trinker. Erinnerungen an Joseph Roth. Frankfurt am Main, Berlin 1989. S. 58 und 65.
④ Vgl. Le Bon, Gustave: Psychologie der Massen. Mit einer Einführung von Prof. Dr. Peter R. Hofstätter. Stuttgart 1911. S. XXII.

群氓在群氓心理学研究中体现出多种负面甚至危险的性格特征,如勒庞所说的"易受煽动、麻木盲从、感情用事",①或者如雅斯贝斯所说的"人云亦云、随波逐流、嫉贤妒能、排斥另类",②这些特征在约瑟夫·罗特作品中的群氓身上可见一斑。不过群氓心理学多强调群氓性格的被动性,勒庞强调促成群氓形成的外部条件,而加塞特则认为群氓的本质是其无法实施自控。③但在约瑟夫·罗特的笔下,群氓形象也拥有主动性的特征,他们并非总是盲目的追随者。尤其在他的后期作品中,群氓的行为明显具有强烈的目的性。因此,本书将群氓形象依据其所具有的主动性和被动性展开分析,阐释群氓现象的形成机制及其特点。

本书以对芸芸众生和特立独行者这两种人物形象的比较为线索,勾勒出约瑟夫·罗特在对社会与人的观察和思考中的变化。在文本故事情节层面,特立独行者与其同时代的芸芸众生之间的隔阂越来越大,前者对后者的态度也发生着变化,从同情转变为批判。与之相对应的是,芸芸众生适应了新时代的丑陋社会,最终不但成为群氓中的一员,而且还是现实丑陋社会中发生的灾难的始作俑者。在作家写作层面,约瑟夫·罗特更强调特立独行者所体现出来的个性,面对外部压力时对自由的渴望和执着,众人皆醉我独醒的冷静,以及建立在对上帝信仰之上的人文思想。与此相符,他塑造了一个乌托邦式的理想家园。而在对同一时代芸芸众生的塑造中,作品又聚焦于人物身上所体现出来的时代痕迹。在早期

---

① Le Bon,1911. S. 19.
② Jaspers, Karl: Die geistige Situation der Zeit. Berlin, New York, 1979, S. 176.
③ Vgl. Ortega y Gasset, 1993. S. 5.

作品中,约瑟夫·罗特关注时代的没落和社会不公对小人物造成的影响,表现出典型的左翼社会批判世界观。但在后期作品中,传统世界的崩溃和没落带来的混乱,使得群氓成为社会发展中不可忽视的现象,进而成为一种威胁。如同勒庞所警告的:"暴徒当政,野蛮上位。"①而此时的约瑟夫·罗特显然已经告别了左翼社会批判的世界观,他关注和批判的是群氓身上体现出的人性恶对时代发展造成的负面影响。从纵向比较芸芸众生这类人物形象在作家笔下的演变中,可以梳理出一条从时代的牺牲品到丑陋时代的始作俑者的线索。

本书第二部分梳理了约瑟夫·罗特对人和社会的认知脉络,以及这种认知在人物塑造中的投射和反映。在研究中,将特立独行者和芸芸众生两类人物形象按照横向与纵向两条线索进行解析。在纵向轴线上,按照时间线索研究具体的人物案例,其结果用来支撑横向对比研究,梳理出这两种人物类型体现出来的作家对人性的反思。

本书第三部分以约瑟夫·罗特笔下的哈布斯堡神话为研究对象,分析这一独特的奥地利文学与文化现象在作家身上的体现,阐释这一现象的内容构成。之所以做此限定,是为了避免因研究对象的无序扩大所造成的无用功。因为按照《哈布斯堡王朝》一书作者的说法,若要研究与哈布斯堡相关的历史,就需要掌握至少十四种语言,还不包括奥斯曼土耳其语和伊比利亚语。②

在西方话语中,"神话"一词源自古希腊语,本意指"词汇""话语",但与"逻各斯"强调的有意义的词语和理性的话语不同。这一

---

① Le Bon, 1911. S. 153.
② 卫克安,2017年,第 xix 页。

概念在古希腊时期，如雅典剧作家索福克勒斯(Sophocles)的时代，都还主要指的是非现实性的叙事，例如有关诸神的传说等。这种关于诸神的叙事从本质上讲是一种虚构叙事，不真实且非现实。在德国，几乎直到16世纪，这一概念都等同于寓言类的虚构故事。时至今日，"神话"这一概念的内涵与外延不断扩大，使用范围也变得更加宽泛，成为一种不受时间和科学方法论限制的文化现象。就此而言，我们现在使用"神话"这一概念时，已经脱离了古希腊语境中这一概念的内涵。因为在古希腊神话中，每一个神话故事都还与某个具体的地点和崇拜对象相对应。这种相对固定的内容从启蒙运动起就已经被逐渐淡化，更多贴上了非理性的标签。

这里还应注意，在中文语境中阐释"神话"这一现象，首先需要对这一概念予以正名，因为中、德文中的"神话"并不完全契合。"神话"作为一种文学与文化现象在中国显然有着悠久的历史和传统，但有意思的是神话这一概念却是个舶来品。1902年梁启超的《历史与人种之关系》和1903年蒋观云的《神话历史养成之人物》中，对此都有较为全面和详细的梳理及论述。在中文语境中，无论从何种角度看待这一现象和概念，都是在传统文学特征中探寻"神话"的本质。因此纳入这一范畴的有古代通俗志怪、传奇、话本，成书年代及作者都不可考的《山海经》自然也能算作一例。按照这一线索，在中国的叙事传统中，对于神话的界定，鲁迅在《中国小说史略》的第二篇"神话与传说"中阐述得较为清楚。至于源起，鲁迅更是追溯到了"志怪之作，庄子谓之齐谐，列子则称夷坚，然皆寓言，不足征信"。[①] 由此可见，"不可信"和"非现实"是神话

---

① 鲁迅：中国小说史略，北京：中国书籍出版社，2015年，第10页。

具有的一个标签,与西方"神话"叙事传统相通。既然我们在西学东渐的过程中接受了这一新词汇,自然也就会用本国类似的叙事现象和传统去套用西方概念,并形成新的学术和文化共识。因此,鲁迅在《中国小说史略》中,将神话与传说等同视之,全书涉及神话类的就有诸如"鬼神志怪书""传奇文""神魔小说"等专篇论述,而这又与中国传统文化中好神仙方术之说、侈谈鬼神、称道灵异的社会风气相承接。这种影响更以文本的形式深入百姓生活,成为耳熟能详的故事,如《西游记》《封神传》《聊斋志异》等。

哈布斯堡神话作为一种政治神话,是"神话"这一概念外延得以拓展的结果,这种现象在古往今来的政治生活中比较多见。如在中国,当人们谈论帝王将相时,往往喜欢搭售些非比寻常的异象,诸如名人出生时家人梦见金蟒缠柱等传闻。日本历史上也有丰臣秀吉是光照之子的传说。由此可见,政治神话的确继承了传统神话叙事中非现实的表达,利用超自然且非理性的思维方式,在政治领域营造氛围,以期达到某种政治目的。这种政治神话往往出现在政治生活的危机中,当现实中的理性遭受挫折或令人失望时,非理性的成分会发挥作用,而这种非理性成分在某些情况下能够起到类似神话的效果,使得政治神话得以大行其道,有了发挥和传播的空间。而当局者往往也会出于某种诉求,直接或间接地促成政治神话的形成与传播。例如中国汉代的纬书受命神话和日本记纪神话,都表达了一种天赋神权和奉天承运所需,且具有唯一正统性的政治宿命,具有特定语境下不可置疑的神圣性。

在约瑟夫·罗特笔下,哈布斯堡神话作为一种政治神话,自然兼有叙事的文学因素和现实的政治因素两种范畴的特性。前者强调叙事的传奇性,后者强调政治的功能性。这种"通向文学的神话",即袁珂在《中国神话通论》中所说的"广义神话",①结合了宗教、地理、历史、文化、民俗等因素,变得更加复杂。在奥地利文学史的语境中,"哈布斯堡神话"这一术语本意并非政治神话中矫揉造作、用来追捧哈布斯堡王朝历史的陈词滥调,而是指奥地利文学中利用回首往事以及对现实世界的置若罔闻,来展示一个不变的世界。而这个"向回看的乌托邦"②式的存在,则是用来对社会现实进行批判的。因此,本书对前者的研究主要采用文史互证的方式,在约瑟夫·罗特的文本中梳理出他笔下哈布斯堡神话的特点和表象。对于后者,则将功能性与现实,尤其是流亡时期的现实结合起来予以阐释。诚如恩斯特·卡西尔(Ernst Cassirer)在他的著作《国家的神话》中所指出:"正常的办法似乎已山穷水尽,这便是政治神话赖以生存并由此获得足够影响的自然土壤。"③因此,约瑟夫·罗特笔下的哈布斯堡神话实际上正是对绝望现实的一种反映和投射。

政治神话的表述有不同方式,例如具象化的纪念性建筑。除此之外,常见的政治神话也可以是如罗兰·巴特(Roland Barthes)在其著作《神话修辞术》中所说的一种"言说方式"和"集体表象"。④ 这一思路显然受到了索绪尔的影响。巴特从符号学、修辞学的角度出发,认为神话是一种"次生的符号学系统",⑤作为集体

---

① 袁珂:中国神话通论,成都:四川人民出版社,2019年,第34页。
② 安德罗施,2010年,第361页。
③ 恩斯特·卡西尔:国家的神话,范进、杨君游、柯锦华译,北京:华夏出版社,2020年,第335页。
④ 罗兰·巴特:神话修辞术,屠友祥、温晋仪译,上海:上海人民出版社,2009年,第19页。
⑤ 巴特,2009年,第174页。

行为,也是一种意指形式。哈布斯堡家族正是营造这种意指形式的高手。从远祖开始,他们就处心积虑地处处营造出神秘非凡的气氛,制造噱头,让人们相信这个家族是被上帝专门挑选出来的,这就是所谓的君权神授。无论在正式的典礼上,还是在民间的庆典上,到处可见各种神秘的标识、缩写、图腾和徽章,其所带来的神秘力量在中世纪起到了无法估量的作用。

赫尔弗里德·明克勒(Herfried Muenkler)曾指出,神话的典型特征是"需要不断地往下续写和改编"。① 在这方面,哈布斯堡家族天赋异禀。例如,1452 年腓特烈三世(Friedrich III)加冕时,就仔细考虑过供人传颂和添枝加叶的内容的每个细节。奢华的排场和仪仗,让这次加冕仪式非同寻常,以至于当权者圈子里的权贵都备受震动,当时的帝国大臣记录说:"皇帝身披查理曼的圣袍出席加冕典礼,这在过去的几百年里从来没有发生过,这是上帝给予的伟大荣誉和仁慈。"②不过这位皇帝在位期间政绩乏善可陈,在史家的著述中甚至被认为"腓特烈三世的统治是德意志历史上最漫长、最枯燥的时期"。③ 另外,当权者的故弄玄虚也成为神话要素而被广为流传。据记载,腓特烈三世发现所有的元音字母放在一起,可以构成一个神秘的缩写词"AEIOU",其含义有多个版本。17 世纪的图书管理员甚至记录了多达四十多个版本的可能,腓特烈三世直到临终前才揭示了谜底:"世界臣服于奥地利脚下。"由此看来,德不配位并不影响拥有宏大的政治野心,更不影响政治神

---

① 赫尔弗里德·明克勒:德国人和他们的神话,李维,范鸿译,北京:商务印书馆,2017 年,第 14 页。
② 转引自:卫克安,2017 年,第 96 页。
③ 转引自:卫克安,2017 年,第 97 页。

话所需的想象力。这种故弄玄虚显然并非仅仅是个人喜好,而是哈布斯堡家族从一开始就处心积虑的构建和维护。这种搭建于无形中的信仰可以赋予这个家族无可比拟的权力,让人们相信这个有着千年历史的家族是基督的战士。通过这些仪式,家族想传递的信息是:他们是基督世界的守护者,家族与信仰之间存在特有的联系,他们始终将服侍上帝放在首位,而上帝也终将眷顾这一家族。

哈布斯堡家族向来有通过出版物进行自我宣扬和自我神化的传统,对哈布斯堡家族及其祖先的歌功颂德四处可见。大量书籍和绘画都宣扬着一个主题,即这个家族一直沐浴在上帝的眷顾之中,是为天选之子。利奥波德一世(Leopold I)深刻领会到了文字在构建政治神话中的作用,他建立的维也纳图书馆在当时首屈一指,甚至因此而被看作是17世纪欧洲首屈一指的藏书家,死后连莱布尼茨都献上了悼词。正如卡西尔在《国家的神话》一书中所说:"新的政治神话不是自由生长的,也不是丰富想象的野果,它们是能工巧匠编造的人工之物。"[1]

本书在对约瑟夫·罗特笔下的哈布斯堡神话研究时,在引论部分就从历史入手,梳理和对比了历史叙述与文学叙述间的异同,以此为基础阐释这一奥地利文化与文学中所特有的现象。唯如此,才知何种历史现象在文学的演绎中被理想化,乃至被神化。反之,参照历史,才能梳理出文学演绎的分寸及用意。通过这种文史互证的方法,回答本书这一部分所提出的问题:哈布斯堡神话在约瑟夫·罗特笔下是一幅怎样的图景?为什么他会去神化没落解

---

[1] 卡西尔,2020年,第340页。

体了的哈布斯堡王朝?而研究约瑟夫·罗特笔下的哈布斯堡神话,并非仅如罗兰·巴特所说,想去"揭露神话的制作过程",①而是如恩斯特·卡西尔所指出,人们希望理解的不是神话的纯粹内容,而是它在人类社会和文化生活中所发挥的作用。

  以下篇章,尝试以约瑟夫·罗特的文学创作为桥梁,通过文史互证的方法,厘清作家对所生活的时代中的人与社会的观察,建立起通往哈布斯堡神话的解析之路。

---

① 巴特,2009年,第30页。

第二部分
约瑟夫·罗特笔下的社会与人

第一章 约瑟夫·罗特对社会的批判(1918—1926)

第一节 红色的维也纳与红色的约瑟夫

1918年,第一次世界大战落幕,欧洲的威廉德意志帝国、哈布斯堡奥匈帝国、沙皇俄国和奥斯曼土耳其帝国相继灭亡。曾经霍亨索伦和哈布斯堡家族治下的两个德语国家出现了令此前当权者最为痛恨的共和制。不过新生的魏玛共和国和奥地利第一共和国摇摇欲坠,国内民生凋敝,各种政治思潮和势力泛滥且相互倾轧,导致政局动荡不安。但同时,无产阶级的力量也在不断发展,信奉马克思主义的左翼政党成为政府组阁中举足轻重的力量,社会影响日益扩大。按照马克思主义理论,垄断资本主义是资本主义发展的最高阶段,在经历了帝国主义阶段和第一次世界大战后,行将就木的资本主义应该已经走上了万劫不复的灭亡之路。就战后的情况而言,时局的发展也符合这一理论轨迹。此时的维也纳正是处于无产阶级红色浪潮的旋涡之中,无论在街头巷尾还是庙堂之上,都充斥着对社会不公的批判,这座老帝国的都城也因此被称为红色的维也纳。在左翼人士眼中,迎来无产阶级当家做主的日子似乎仅是个时间问题。

奥匈帝国战败解体后,作为少尉退役的约瑟夫·罗特来到维也纳,试图继续因一战而中断的学业。但战后的萧条使得他不得不直接进入职场,为生计奔忙。此后的一段时间里,他的生活一直处于风雨飘摇中,这在许多朋友的回忆中都可以得到印证。① 此时的维也纳也早已褪去了世纪之交维也纳现代派的光环,从当年的帝都变成了一个内陆共和制小国的首都,更何况这个新生的政权本身就先天不足。此种反差给时人带来的冲击不小,也是哈布斯堡神话得以维持的重要原因。

在早期的写作生涯中,约瑟夫·罗特为当时维也纳的著名左翼报纸《工人报》撰稿。自1907年起,这份报纸的主编是奥地利社会民主党领导人,同时也是奥地利马克思主义的主要理论家奥托·鲍威尔(Otto Bauer)。1923年,约瑟夫·罗特的第一部小说《蛛网》就是在这份报纸上首先以连载的形式发表,并随即受到广泛关注的。他的文风犀利,但又不失诙谐幽默。他的笔下多是针砭时弊的报道,明确显示了作家左倾的世界观。在向来有咖啡馆文化传统的维也纳,就连他的社交圈也呈现出明显的红色。在左翼人士聚集的咖啡馆和酒吧里,经常能看到约瑟夫·罗特和与他意气相投的人物。左翼作家如赫尔曼·布洛赫(Hermann Broch)和安东·库赫(Anton Kuh)就是约瑟夫·罗特的座上宾。② 在这里,他还结识了当时著名的奥地利共产党人恩斯特·费歇尔(Ernst Fischer)。后者在自己的回忆录《回忆与反省》中对罗特评价颇高,将他与弗洛伊德、卡尔·克劳斯、阿图尔·施尼茨勒

---

① Vgl. Bronsen, David: Die journalistischen Anfänge Joseph Roths. Wien 1918 - 1920. In: Literatur und Kritik, Jahrgang 5. Salzburg 1970. S. 37ff.
② Bronsen, 1993. S. 126.

(Arthur Schnitzler)等人并列,称其为"犹太知识分子"。① 在这个惺惺相惜的圈子里,费歇尔还通过赫尔曼·布洛赫与埃利亚斯·卡内蒂(Elias Canetti)结识。这两位作家后来都以群氓心理学的研究和著述而闻名于世,而群氓则是约瑟夫·罗特自始至终,尤其是在后期创作中以批判的眼光所关注的社会现象。

约瑟夫·罗特的文学创作之路受到过不同作家的影响。在流亡期间,他曾和好友,后来同样也成为著名犹太作家的摩根斯特恩(Soma Morgenstern)提及自己的启蒙者是创作《追忆似水年华》的法国犹太作家马塞尔·普鲁斯特(Marcel Proust),认为普鲁斯特为自己开启了写作的模式。② 此外,他还曾将德国作家雨果·舒尔茨(Hugo Schulz)——一位因左倾思想而闻名的社会民主党人,当作自己在创作之路上的引路人。根据摩根斯特恩的回忆,舒尔茨不仅在20世纪20年代影响了罗特的世界观和写作,甚至连酗酒的毛病也传给了他。③ 因此,约瑟夫·罗特虽然出身于东欧正统犹太家庭,但在红色的维也纳无疑受周围环境影响颇大,所结交的也多是左翼作家和知识分子。所以,他在1925年作出参加由三十九位左翼作家和艺术家组成的"1925写作社"④的决定,自然也是顺理成章的事。

---

① Fischer, Ernst: Erinnerungen und Reflexionen. Hamburg 1969. S. 152.
② Morgenstern, Soma: Joseph Roths Flucht und Ende. Erinnerungen. Lüneberg 1994. S.103.
③ Morgenstern, 1994. S.57.
④ 1925写作社于1925年11月底成立于柏林,由三十九位左翼作家和艺术家组成。1933年后,因受到纳粹德国的迫害,其中三十二位作家和艺术家流亡国外。

约瑟夫·罗特所受左翼作家的影响直接反映在他的文学创作和文学评论中。在 1924 年的一篇名为《勇敢的诗人》(Der tapfere Dichter)的文学评论中,他将亨利希·曼的小说《理性的独裁》称作"思想丰富,带有乐曲般的韵律,为最高尚的诗人气息所照拂"。(Roth II: 60)同亨利希·曼一样,约瑟夫·罗特关注的是现实生活,他在评论中还写道:"天才从不避世,也从不逃遁。他直面这个世界,直面这个时代。"(Roth II: 60)这种态度也清晰地勾勒出了作家在 20 年代早期创作的特点——哀民生之多艰,并为生民请命。因此,研究者多倾向于将约瑟夫·罗特在这个时期的文学创作理解为接近 19 世纪后期现实主义的写作范式。① 他的写作风格此时更偏向于阿尔弗雷德·波尔加(Alfred Polgar)的所谓"纯文学社会主义",1920 年左右,约瑟夫·罗特曾在波尔加手下工作,学到了不少有关写作的知识和技巧。在 1935 年祝贺波尔加六十大寿的纪念文章中,约瑟夫·罗特满怀深情地写道:"我有很多地方要感谢波尔加。在现当代德语作家中,他是最严谨的一位。我在他那里学到了严谨的语言。我承认,我曾试图偷师,曾试图探究德语语言的奥秘。只有为数不多的几个像他一样的人能做到这一点。感谢他的仁慈,去倾听与感受。"(Roth III: 684)据研究约瑟夫·罗特的传记作者、美国学者达维德·布隆森(David Bronsen)考证,这师徒二人都推崇拉罗什富科(La Rochefoucauld),感叹"德行消失于利欲之中"。他们善于用一种特别细腻的情感,用带有悲观色彩的心理描述去刻画社会底层贩夫走卒的日常生活,都将"小人物"作为自己这一时期的

---

① Vgl. Wirthensohn, 1998. S. 268.

主要创作对象。① 这里要指出的是,约瑟夫·罗特对小人物的关注并不仅仅局限在早期作品中,在其中后期的文学创作中,这样的角色也不鲜见。只是这种小人物在他的笔下并非总是一副受压迫的众生相,这是因为约瑟夫·罗特的观察和写作视角随着时间的前行发生了变化。

毋庸置疑,约瑟夫·罗特早期的犀利笔锋源于其明显左倾的世界观,这一点尤其体现于他在此间所写的新闻报道中。在1920年的一篇名为《时代的面貌》(Das Antlitz der Zeit)的报道中,他明确指出:"这个时代的面貌被毁灭,生灵受涂炭。这个时代丑陋,但却真实。你无法去描绘,只能拍摄。它之所以真实,是因其丑陋?还是它之所以丑陋,是因其真实?"(Roth Ⅰ:215)这振聋发聩的一问,无疑也彰显了作家早期写作的关注点。世界是丑陋的,对其采用写实的手法进行如实刻画,是一个作家的道德责任所在,他将这称为"摄影"。在1923年的一篇名为《移民的船》(Das Schiff der Auswanderer)的文章中,作家还将"垂死、可悲的西欧"(Roth Ⅰ:933)当作普通人生活悲剧的背景和原因。

在早期的三部小说中,约瑟夫·罗特详细地描绘了这个丑陋世界给普通人造成的不幸,批判了这个按照社会达尔文主义"物竞天择,适者生存"法则运行的社会。在这里,不具备竞争力的弱者很快就被命运所击倒,为社会所淘汰。在1923年一篇名为《洗手间里的男人》(Der Mann in der Toilette)的文章中,他报道了一位一战老兵在战后的悲惨命运,同一经历又在1924年出版的小说《造反》中的主人公安德烈亚斯·普姆身上得以再现。与此相反,

---

① Bronsen, 1970. S. 41.

所谓适应潮流者,正像《蛛网》中的主人公特奥多尔·洛泽一样,在这个丑陋的世界中蜕变为敌视人类的一员,最终会制造更多的不幸。世间发生的一切对社会底层的普通人而言都是难以预料和不幸的。约瑟夫·罗特刻画的人物虽然出身不同,地位各异,但都是时代巨轮碾压下的牺牲品,他们被动地承受着社会以命运之名施加在自己身上的一切重负。这种无情无义而又赤裸裸的生存竞争,恰是一战结束后造成人的残忍与社会的丑陋的原因。

与丑陋世界相呼应,约瑟夫·罗特文学作品和新闻报道中的下层民众身上也笼罩着悲惨的气息。在那篇名为《移民的船》的报道中,时代底层的民众就连"他们斑白的胡须、布满皱纹的脸庞和笨拙但却令人感动的行李卷上,都充满了悲伤"。(Roth I:933)在另外一篇更早(写于1919年)的文章《人民咖啡馆》(Volkscafé)中,底层人民"没有标识,但可以想象他们的名称:这位是短工先生,那个是倒霉蛋先生,还有失业的,得痨病的。只要没人认得,那他们是什么就叫什么"。(Roth I:201)正因为约瑟夫·罗特认为,民众悲惨的命运与丑陋的世界之间存在着因果关系,所以在1920年的报道《俯视》(Aus der Vogelschau)中,他明确写道:"在社会底层,人们是时代的牺牲品。"(Roth I:250)

在约瑟夫·罗特的社会批判中,可以清晰地看到他在这一时期对人的理解和态度。虽说笔下的有些人物被刻画得猥琐乃至于邪恶,但这些人物的品行之所以恶劣,是因为他们承载了这个丑陋时代的特征。在本质上,这些人还是普普通通日常生活中的老实人。在1924年出版的第二部小说《萨沃伊饭店》中,作家写道:"人民并不坏,只是活跃。"(Roth IV:193)在这个时期,"人民"这一概念等同于社会底层的芸芸众生,并非秉持某一特定意识形态或世界观的人群,即非政治人群。1919年的一篇题为《腿上的子弹》(Die Kugel am Bein)的报道中,他也有过类似的描述:"只有我们这些无害的人,才会是制度的牺牲品。"(Roth I:148)约瑟夫·罗特对社会底层民众生活的艰辛颇有共鸣,这在他的新闻报道中十分明显。这种对社会底层民众的好感和同情,彰显的是他的人文情怀,并不意味着他对人性恶的忽视和容忍。

在约瑟夫·罗特早期的作品中,与丑陋的社会相对立,出现的是一种不随波逐流的人物形象。例如在小说《萨沃伊饭店》中,革命者茨沃尼米尔试图让讲述者相信革命的意义。而这位讲述者回答道:

> "我是一个独行者,对团体没有感觉。……我茕茕孑立,心脏只为自己跳动。那些罢工者跟我没有关系,我跟什么群体都没有共同点,跟个体也是如此。"(罗特7:192-193)

在这里,特立独行的个体并非自私自利者,而是有头脑、能思考的一类人,他们与群众间的差异乃至隔阂已经逐渐展现。但作家并没有着意刻画两者间的冲突,因为此时特立独行的个体依然属于社会底层,而并非其对立面。

初入文坛,创作就受到时人的认可,年轻气盛的约瑟夫·罗特颇有些"指点江山,激扬文字"的气势。社会上令他横眉冷对的现象颇多,甚至有些前后矛盾。连同后来备受他推崇赞美的哈布斯堡王朝和天主教,在此时作家的笔下都会呈现出负面甚至反动形象。例如在1920年的一篇名为《反动学者》(Die reaktionären Akademiker)的报道中,他甚至一言以蔽之地认为"每个天主教教权主义者都是反动的"。(Roth I:236)但是在1925年的系列报道

《白城》中，他却明确表达了对信仰天主教的赞美。他甚至还因为爱上一位信仰天主教的女士，犹豫是否要接受天主教的洗礼。与这种矛盾的态度类似，在 1919 年的一篇《关于西匈牙利的真实情况》(Die Wahrheit über Westungarn)的报道中，约瑟夫·罗特将君主制度和军国主义相提并论。然而在同年的另一篇报道《布鲁克和基拉伊》(Bruck und Kiralyhida)中，又将没落的奥匈帝国描述成所有人和平共处的家园。对他而言，老帝国的解体、新共和国的建立仅仅意味着混乱纷争。在后期的作品中，关于老帝国的类似描述越来越多，进而成就了哈布斯堡神话。

在约瑟夫·罗特所批判的对象中，有些现象是后期作品一再涉及的。例如他对狭隘民族主义的批判与控诉很早就见诸报端，虽然当时民族主义作为意识形态并未构成一种威胁。作家将这种所谓民族主义的认同感当作是空洞的叫嚣，甚至认为它不值一哂。在 1919 年的一篇题为《德意志与西匈牙利的合并》(Der Anschluß Deutsch-Westungarns)的报道中，约瑟夫·罗特基于自己细致的观察，描述了西匈牙利农民的情况，并指出"这最多算是种宗族情结，甚至连这都称不上"。(Roth I: 105)他本人对新兴的民族国家也嗤之以鼻，甚至在 1919 到 1928 年间都不曾有过奥地利护照，连个奥地利公民都不是。①

就连当时打着德意志民族旗号四处叫嚣的纳粹，在约瑟夫·罗特的笔下也是一群不值一提的街头混混。在 1919 年一篇题为《愚蠢的纳粹》(Der blöde Nazi)的报道中，他写道："纳粹分子无疑长了一副有特点的尊荣：要是被刮掉了那一撮小胡子，看起来简

---

① Vgl. Morgenstern, 1994. S. 51; Bronsen, 1970. S. 47.

直会同劳合·乔治搞混。"(Roth I：60)就连纳粹的党魁希特勒在他的笔下也不过是个"暴虐的化身"(Roth I：59)而已。此时的希特勒在作家看来,与其说是危险,不如说是丢人现眼。殊不知这个被约瑟夫·罗特几乎视若无物的希特勒在几年后竟然掀起了滔天巨浪。

好友赫尔曼·凯斯滕(Hermann Kesten)在为1975年版四卷本《约瑟夫·罗特文集》撰写的前言中,将那时的约瑟夫·罗特称为"极端左翼"或"造反者"。他指出,约瑟夫·罗特此时更接近和倾向于革命者、社会主义者和无政府主义者,这一观点已成为研究者的共识。之所以如此,首先是因为约瑟夫·罗特秉持的是强烈的社会批判理念。他的社会批判建立在自己对社会的洞察之上,关注的首先是现实问题。在这个社会中,受苦受难且不断被不幸所击中的总是社会底层的弱者。但这并不意味着约瑟夫·罗特出于意识形态和政治理念的考量,去刻画和关注所谓的无产阶级。他只是运用了在波尔加那里学到的具有攻击性的写作技巧。尽管他也在一些作品和文本中使用了无产阶级这一词汇,但如"人民"一样,这一概念首先指的是社会中卑微、无助和不幸的普通民众,而非一个人的阶级属性。

因此,约瑟夫·罗特虽然在早期的一篇报道中以"红色约瑟夫"署名,但这并不意味着他是个马克思主义者或者社会主义者。他批判的是所有给底层民众带来不幸的现象,无论这种不幸是来自社会的压迫,还是源自左翼人士口中常提到的所谓革命。在1919年的一篇名为《万象更新的一年》(Das Jahr der Erneuerung)的报道中,约瑟夫·罗特虽然把革命当作一种"必然",却用戏谑的口吻称之为"早产儿"(Roth I：172)。革命所带来的并非是人们渴望的新世界,而是混乱、纷争以及无政府主义。他在这篇文章中还写道:"当皇帝不在时,人们发现了共和。因为人们无法再去忠诚,于是变成了革命者。"(Roth I: 171)约瑟夫·罗特将那个时代的种种革命看作是盲目和失败的尝试,根本就缺乏明确的设想和目标。也难怪有人在研究中推测,约瑟夫·罗特所设想的是一种有效的、东方式的社会主义,一条自己通向合作社会的道路,而不是通过钱财、工业和赤裸裸的算计。这种带有浪漫色彩的革命设想,一直萦绕在罗特的心头。在1920年的那篇名为《反动学者》的报道中,他曾写道,真正的革命不是"面包问题"(Roth I: 278),而是如何为人类建设一个更好的世界的问题。在他眼中,革命和社会主义无法改变这个丑陋的世界,相反,只会使严酷的现实变得更为艰辛,普通人的生活更为艰难。

约瑟夫·罗特笔下的社会批判除了横眉冷对的决绝外,还有一种玩世不恭的戏谑。在1919年一篇名为《觉醒的艺术良知》(Das erwachte Kunstgewissen)的文章中,他称自己是一个"玩世不恭的人"(Roth I: 65)。这种玩世不恭夹杂着一种放肆和批判,而非居高临下的得意。这源于他对现实的失望,同样,这种失望也为后来作家笔下哈布斯堡神话的成型奠定了基础。他虽然左倾,但对社会的动荡和革命本身也持批判的观点。他的批判虽然犀利,但并不极端,因为他的批判总是针对具体的人或事物。

换言之,尽管约瑟夫·罗特针砭时弊的笔锋犀利,但他针对的是不平的人或事,而非信仰或意识形态,否则就无法理解他1926年苏联之行后体现在作品中的变化。他的世界观和评判标准建立在人文主义之上,这也是他在自己的新闻报道和文学创作中所一再坚持的本分。在1919年一篇名为《人文情怀》(Humanität)的文

第一章 约瑟夫·罗特对社会的批判(1918—1926)

章中,作家多次强调和呼吁人文情怀在这个丑陋现实社会中的价值,提醒世人关注人文价值丧失后所面临的种种威胁。在另外一篇发表于1924年的文章《讲台上的二头肌》(Der Bizeps auf dem Katheder)中,他自称为"非现代的人文主义者"(Roth II: 56)。人文主义情怀决定了他的世界观和对人与事的评判态度,他为社会底层弱者的悲惨经历而悲伤、呐喊,为造成所有这一切不公的社会而愤怒。在他眼中,无论是革命还是所谓的社会主义都没有体现出人文情怀,因此,在他的笔下,两者一样成为了被批判的对象。

虽然约瑟夫·罗特早期创作中对社会阴暗面着墨颇多,但这并不意味着他对现实完全绝望,或失去了对美好未来的向往。在1920年的一篇名为《实验班级》(Versuchsklassen)的报道中,作家就把对未来的美好希望寄托在了青年身上:"未来的青年人不会盲目服从,仅凭一腔热血就投入战争的喧嚣中。青年人热爱生活,热爱工作,留下子嗣。他们的后代会远离愚蠢的意识形态和空洞的高调,会远离传播仇恨的民族主义和卑躬屈膝的偶像崇拜。他们如日中天,致力于消除隔阂,迈向世界大同,确保人类进步。"(Roth I: 263)

这里还要指出的是,约瑟夫·罗特从1919年秋季起,因为发表了不少文章,出版了一些书籍,经济状况得到了极大改善。一切看起来似乎都步入了正轨,这无疑也给他带来了动力和希望。在1925年关于法国南部城市的系列报道《白城》中,作家曾满怀憧憬地问道:"这个世界是否会有一天变成阿维尼翁这个样子?"(Roth II: 481)他所憧憬的是和平的欧洲和善良的民众,在他眼中,善良的民众是理想的人,这符合他的人文情怀。而此前在1921年的一篇名为《普通人》的报道中,他还认为:"理想的人还未来到世上。"(Roth I: 685)

然而美好的希望终究仅是昙花一现。20世纪20年代虽有所谓"黄金时代"的说法,但普通民众的生活和待遇并未因此而得到任何改善,国与国之间也充斥着复仇算账的叫嚣。约瑟夫·罗特越是关注现实,写作就越趋向于悲观失望。这种态度也体现在他对酒精的依赖上,罗特开始酗酒,而这一恶习也贯穿了他的整个创作和生活。根据他的朋友米格尔·格鲁贝尔(Miguel Gruebel)后来的回忆,罗特在给报社交稿时都曾宿醉不醒,甚至还被人看到醉卧街头。① 也正是从这个时候起,无论当时的政局还是约瑟夫·罗特的个人生活,都在日益恶化。他已经意识到自己对未来、对人和社会的美好希望落空了。在1924年的一篇标题为《玻利维亚》(Bolivia)的报道中,他已经意识到自己不过是个"可怜的幻想家"。(Roth II: 145)

第二节　约瑟夫·罗特早期的社会批判小说

约瑟夫·罗特早期的社会批判小说是对时代牺牲品的剖析和对社会不公的抨击。在1929年的那篇名为《自我批评》的文章中,他曾自比于《西线无战事》的作者雷马克:"我在给这个时代的人画像,并呈现于他们面前。……我就像德国的小雷马克。"(Roth III: 132)作为第一次世界大战后文坛上的后来者,这一比喻正好反映出作家写作的重点聚焦在对人的观察和阐释上。在后来写于1938年的另外一篇杂文《向奥地利精神致敬》(Huldigung an den

---

① Bronsen, 1970. S. 44.

Geist Österreichs）中，约瑟夫·罗特将亨利希·曼称为"大师"。（Roth III: 793）而之所以有此一说，无疑指的正是他在早期文学创作中将不幸的普通民众及其所受的苦难作为创作的核心内容。

在早期的文学作品和新闻报道中，作家笔下的芸芸众生似乎有着一副相同的面孔和共同的命运：他们生活艰辛，挣扎前行，但无论如何卖命，都还是在走下坡路。此时世界观明显左倾的约瑟夫·罗特着力刻画的正是这些人的不幸以及他们在经历不幸时的反应。在作家的笔下，社会底层的普通民众都是时代的牺牲品，无助、绝望地面对各种社会不公与压迫，浑浑噩噩不知所措。在1923年出版的第一部小说《蛛网》和1924年的小说《造反》中，两个主人公特奥多尔·洛泽和安德烈亚斯·普姆的经历和命运虽然有天壤之别，但他们的故事却都从不同的视角反映出了那个丑陋的时代对人所造成的伤害。约瑟夫·罗特在这一时期刻画的人物往往具有典型的性格和经历。正如研究者所指出，他笔下的许多重要人物虽然拥有各自鲜明的性格特征，但都是时代的典型形象。这些人物凸显了作家明确的创作意图。① 他们爱慕虚荣、逆来顺受、目光短浅、见风使舵，正好与时代的丑陋面孔相互映照。这些人物总是自以为得计地拨弄着如意小算盘，最终却在绝望无助中承受着现实生活的打击。

一、飞黄腾达者的黄粱梦——《蛛网》

1923年10月6日，位于维也纳的奥地利社会党的机关报《工

---

① Vgl. Strelka, Joseph P.: Das epische Universum Joseph Roths. In: Joseph Roth und die Tradition. Herausgegeben von David Bronsen. Darmstadt 1975. S. 248.

人报》上刊登了一则启事:"致读者! 我们从明天——星期天开始刊登一部新小说,名为《蛛网》。"① 约瑟夫·罗特在他的小说处女作中,描述了一个钻营者特奥多尔·洛泽的黄粱梦。他自以为在向上爬的过程中走上了自以为是的成功之路,到头来却不过是南柯一梦。主人公是个典型的小市民,作为退伍军人回到了一战后土崩瓦解、面目全非的家乡。在这个旧秩序被摧毁、新秩序还没建立起来的当口,特奥多尔·洛泽试图给自己营造新生活,创造新机遇。但战后的大萧条让他尝尽了人间冷暖,领教了世态炎凉,于是他不再甘心做一个默默无闻的平头百姓。他有着飞黄腾达的梦想,希望有朝一日可以作为一个有身份、有地位的人受到认可,获得尊重。他不满足于寂寂无名,希望有权有势,受人尊敬;此前被人统治,现在他要统治他人。这一执念决定了特奥多尔·洛泽的价值观,同时也作为人生观伴随着他的成长和升迁之路。

在《蛛网》中,特奥多尔·洛泽为利益和欲望所驱使,内心充斥着过时的荣誉感。对于他这样的人而言,脸面上的所谓荣誉比人的价值和生活本身还要重要。他母亲的看法也如出一辙,老人家甚至无法原谅自己的儿子作为一个"被迫退伍的少尉、革命的牺牲品"(罗特 7:5) 活着从战场上回来,却没有取得什么勋章。在这种斯巴达式的母爱中,"作为少尉和两次得到部队通令嘉奖的英雄,他本该战死沙场。殉国的儿子可以一直是家人的骄傲。"(罗特 7:4) 在这样的环境中长大的特奥多尔·洛泽,自然从小就有了一颗钻营向上爬的心。他一叶障目,眼中只有所谓的进步和成功,至于如何取得成功,他倒是毫不在意。作家对这等人物并没有过

---

① Bronsen, 1993. S. 236.

多的静态描述,而是强调环境对人造成的影响,让读者清楚地感受主人公在所谓成功之路上的变化,看到他如何一步步地从一个对他人无害的返乡退伍军人蜕变为一个冷血杀手。一个普通人受到时代和社会的影响,逐渐走上邪路,这种蜕变正是作家社会批判的核心所在。丑陋的社会造就邪恶的人,而邪恶的人最终将整个时代变成了修罗地狱。

家庭和社会环境决定了特奥多尔·洛泽的性格,促成了他凶狠好斗,却又显得病态的虚荣心。战后返乡,犹太富商埃弗罗西收留并给他提供了一份工作,但他并未因此而心存感念,反而变成了"一个理想受挫、勇气尽失的家庭教师,他一直雄心勃勃并因此深受折磨"。(罗特7:7)这种虚荣心驱动着特奥多尔·洛泽,此时虽然他还不知道到底该如何才能出人头地,但在心中却始终念叨着:

> 不想寂寂无名、泯然众人,不想做墙壁上不起眼的砖块,不想当人群里的跟班,不想在朋友宣讲轶事、说下流话的时候只能旁听赔笑,不想再当芸芸众生中的落单者,只能徒劳地期待别人关注他。
> (罗特7:9)

带着这样的野心,特奥多尔·洛泽开始了艰难而屈辱的钻营征程。虚荣心使他嫉妒自己的雇主犹太富商,而嫉妒催生的却是一种莫名的仇恨。他自己的状况越是糟糕,这种对犹太人的仇恨就越是强烈。改变命运的渴望和向上爬的梦想逐渐泯灭了主人公的理性,使得"这个梦想就像一场即将爆发的疾病,它长期潜伏在关节、神经和肌肉里,填满了周身血管"。(罗特7:10)

此外,狂妄不羁也是特奥多尔·洛泽在这种家庭和社会背景下形成的另外一个性格特点,也逐渐成为他待人处世的态度。在现实生活中,只要稍有所获,他就会自我膨胀到无以复加的地步。但同时,他的内心深处却会随时随地陷入莫名的惶恐,感觉到"有的时候,骄傲会像一股陌生的力量那样摄住他,而他害怕自己的理想,沉浸其中不能自拔"。(罗特 7:10)在这种矛盾心理的煎熬中,狂妄总是与自卑相伴相生,而自卑对他的折磨甚至更为强烈,造成了他内心的缺失和迷茫。因为他会突然觉得自己在他人眼中被当成无足轻重的人,这令他感到紧张和不踏实,在街头遇见其他自信的陌生人都能让特奥多尔·洛泽感到惴惴不安。他能很快地自我膨胀得一发不可收拾,也会瞬间跌落低谷,两个极端所造成的心理分裂一直像魔咒般扣在他头上。自卑本来深藏于内心世界,为狂妄的外表所掩盖。也正因此,他才会在别人面前显得越发骄横。只有这样,他才能掩盖自己的弱点和对他人的嫉妒。小说《蛛网》开始的一幕恰到好处地描绘了主人公的这种双重性格。每当他在街头巷尾看到自信满满的人对别人施加暴力时,就知道自己不过是个名不见经传的小人物,一个被缴了械的少尉和一个革命的牺牲品。而当他从雇主——犹太珠宝商——家中辞职而出时,所谓的尊严竟又被突然唤醒,充斥着内心的是毫无逻辑的种族主义和民粹主义的优越感,加之于此的冠冕堂皇的理由竟然是:"我过去是王子军团里的少尉。……而您是犹太人!"(罗特 7:18-19)这里读者可以明确看到他身上自卑与自亢的矛盾二元对立。最终,虚荣心战胜了残存的一点理性,使他辞去了给犹太富商当私人教师的职务,这意味着一个普通但正常的人生的终结。

在小说《蛛网》中,社会达尔文主义的滥觞随处可见。约瑟夫·罗特早在1926年的一篇名为《女人,新的性伦理和卖淫》(Die Frau, die neue Geschlechtsmoral und die Prostitution)的报道中,就将社会达尔文主义现象定义为"反动"(Roth II：636)。而在《蛛网》中，这种所谓"适者生存"的法则不但在特奥多尔·洛泽的身上尤为突出，而且也解释了这部小说书名《蛛网》的由来。当特奥多尔·洛泽作为密探监视一个共产主义小组的时候，

> 想起了童年时暑假里的那只蜘蛛，自己每天抓苍蝇喂它。他屏息等待它迅速往上爬，蛰伏片刻，最后做出致命一击，一气呵成地完成猛扑、跳跃和下落的动作。(罗特7：26)

就在这一刻，特奥多尔·洛泽体会到了当权者的快感，因为一只同样微不足道的苍蝇的命运终于掌握在自己的手中了。把苍蝇喂给蜘蛛，不仅恰好满足他那可笑卑微的权欲，同时也掩盖了他的卑微。这种"蜘蛛情结"决定了小说中所有人物的命运，悲催的是，不断向上爬、想要飞黄腾达的特奥多尔·洛泽最终也陷入了蜘蛛和苍蝇般的命运。

为了满足欲壑难填的权欲，特奥多尔·洛泽必须像蜘蛛一样吞噬别人，自己同时也在被更强大的力量所"吞噬"。他通过毁灭别人的生活来营养自身，并使自己觉得强大和安全。但与此同时，他也陷入了另一张看不见的蜘蛛网和新的相互吞噬的旋涡中。这张看不见的罗网决定了人的命运，同时也是人的敌人。蛛网的寓意清楚地阐释了约瑟夫·罗特的社会批判思想，他的批判针对的是将人异化成非人的社会现实，而非针对某一特定社会阶层。就如同约瑟夫·罗特从不认可所谓的民族属性，他也同样无法被纳入某一特定的意识形态或阶级范畴。

外部世界的尔虞我诈和内心世界的挣扎恐惧共同营造了特奥多尔·洛泽的双重感知，使他整日生活在惴惴不安之中。一方面，

如果他未如所愿地受到认可,会很容易受到刺激和伤害。例如,当他离开犹太富商埃弗罗西家时,后者对他引以为傲的与普鲁士王子的关系显得漫不经心,这令他极受打击,甚至就连日后得到了秘密警察的位子时,心中对此依然耿耿于怀。虽说已经无需嫉妒埃弗罗西的财富,但"他憎恨埃弗罗西,他的种族、他的傲慢和他最后一次对待家庭教师特奥多尔的方式"。(罗特7:32)另一方面,他又很容易得到满足。只要觉得自己攀上社会权贵,如普鲁士王子或将军的关系,建立了某种所谓的联系,他便会洋洋自得,颇感骄傲。有一次,他在酒馆里认识了已然亡国了的普鲁士王子,于是

> 自豪感真真切切地填满了特奥多尔的胸膛,他上过浆的衬衣鼓了起来。……特奥多尔作为客人坐在王子身边。他每时每刻都紧盯着王子殿下。(罗特7:11-12)

仅仅在王子身边就座就令主人公产生了归属感,觉得身价倍增。这不禁令人想起了亨利希·曼的小说《臣仆》中的赫斯林,他失去了自我,成了皇权的工具和影子。同样,当特奥多尔·洛泽收到鲁登道夫将军的一封仅寥寥数语场面话的信后,立刻"就像一个虔诚地释读《圣经》的学者,一再地从将军来信的字里行间找到新的意思"。(罗特7:22)这种突如其来的满足和虚荣令他膨胀,变得不可一世。

特奥多尔·洛泽很快适应了一战后一切都按照社会达尔文主义运转的时代,走上了飞黄腾达的仕途。这不但满足了他的虚荣心,而且也使他获得了一种病态的自恋——"只信仰自己。他只爱自己,只关心自己的行动"。(罗特7:42)这种自恋驱使他"必须向着顶峰进发。他看不到顶峰,不知道顶峰是什么样,很难想象顶峰的样子。周遭响着一个声音:向上爬"。(罗特7:46)这种自恋

情结更进一步抹杀了他残存的理性,使他迷失了方向,陷入了一个前所未有也未能料到的窘境:"他想要……他不清楚自己想要什么。"(罗特 7:42)从此,特奥多尔·洛泽的整个人生都受到这个盲目的欲望的驱动,在向上爬的路上逐渐异化,不停地追名逐利,同时又被名利所左右,最终成了杀人凶手。

随着异化的完成,特奥多尔·洛泽变得冷漠和寡廉鲜耻,而这一变化伴随着他的升迁之路。他对社会弱者的遭遇幸灾乐祸,通过他人的不幸来化解自己的痛苦。他鄙视与自己命运相同的人,"蔑视听自己演讲的人,知道这些人什么都信"。(罗特 7:42)他追求的是独裁和权威,但自己本身又是权威的牺牲品。他在周围寻找能营养自己的牺牲品,那些小人物,甚至包括同僚,都是他随时可以当作牺牲品而放弃的。

社会和时代的丑陋给特奥多尔·洛泽提供了机遇,让他能够去投机钻营,获得升迁。新生的特奥多尔·洛泽看起来颐指气使,但实际上却受到自己手下密探伦茨的监视和控制。他领导着许多人,但在这个蜘蛛网式的关系中,自己也不过是一只满足蜘蛛口腹之欲的苍蝇,终究是一个牺牲品,这让他通过牺牲别人取得的所谓成功化为乌有。读者此时自然更明白,特奥多尔·洛泽比那只可怜的苍蝇强不到哪里去。

在小说中,特奥多尔·洛泽似乎实现了自己飞黄腾达的梦想,按照自己的规划成为了所谓有影响的重要人物,平步青云地步入了社会上层,位列成功人士。但真实状况并没有因此而得到改变。在辉煌灿烂的表象背后,终究还是隐藏着蛛网,令他背后发凉却看不见的强权始终在监控着一切。特奥多尔·洛泽在这台社会达尔文主义的机器中也不过是个无足轻重、可有可无的零件或配件,每时每刻都有可能被牺牲、被取代。而那张看不见的社会蜘蛛网背后隐藏着真正的强权,特奥多尔·洛泽的平步青云在这里不过是一场空欢喜,因为他的命运并不掌握在自己手中。

一战后的社会处于无法避免的分崩离析状态,这种分崩离析体现在人的身上,首先就是道德的沦丧。约瑟夫·罗特之所以细致入微地刻画了特奥多尔·洛泽的性格变迁,正是为了突出丑陋的社会现实对人性恶所起到的推波助澜和纵风止燎的作用。在小说的末尾,主人公已今非昔比,不再是"犹太男孩儿无足轻重的家庭教师"(罗特7:12),而是一个"安全事务主管",他"接受聘任,宣誓就职,得到祝贺,走马上任"(罗特7:106),但代价是泯灭了人性,变成了杀人不眨眼的冷血杀手。一旦意识到受到威胁,哪怕是自己的同僚和手下,都会被他毫不犹豫地灭口,因为这不过"是秩序的胜利"(罗特7:92)。不过,就连被干掉的同伙本人,也认为特奥多尔·洛泽身上发生的一切变化都是周围环境的驱使,因为特奥多尔·洛泽"也不是天生的杀人犯。……只是在完成工作"。(罗特7:71)

在《蛛网》这部小说中,特奥多尔·洛泽作为主人公被塑造为这个时代的典型形象,代表了那种不惜一切代价也要向上爬的小市民。正如有的研究所指出的,作家所塑造的个体实际上是群体的代言。① 在这部社会小说中,20世纪20年代的风风雨雨都用"一种令人眼花缭乱的速度得以呈现"。② 年轻的约瑟夫·罗特对

---

① Zimmermann, Arthur: Der poetische Realismus bei Joseph Roth. In: Jahrbuch für Internationale Germanistik. Las Vegas, 1980. S. 67.
② Sültemeyer, Ingeborg: Das Frühwerk Joseph Roths 1915 – 1926. Studien und Texte. Plöchl, Freistadt 1976. S. 112.

现实的关注在这里尤为明显,他在1930年的那篇著名的理论性文章《和新写实主义一刀两断》(Schluss mit der "neuen Sachlichkeit")中强调:

> 现实指的是与人有关的一切,是人与人的关系,人所经历的苦难与欢乐,是人的恶习与美德。而其中最重要,如果允许用一句煽情话一言以蔽之,那就是:文学创作最为庄严的对象就是人,是现实中活生生的人。(Roth III:157)

他笔下的人物是引导读者对社会现实进行批评与反思的桥梁。因此,小说中的人物形象虽然有的强大,有的弱小,但被牺牲的命运终究还是将彼此联系了起来。那些被特奥多尔·洛泽抛弃和牺牲的人,并没能将命运掌握在自己的手中。其实,包括特奥多尔·洛泽自己在内的所有书中人物都是时代的牺牲品,都是蜘蛛网关系中的牺牲品。无论是谁,只要他被这张网罩住,就再也无从脱身。在这里,约瑟夫·罗特表达了对这些小人物的同情和对小市民精神的批评。

二、最后一根救命稻草的幻灭——《造反》

在1924年发表的小说《造反》中,作家讲述了一个战后伤残退伍兵的悲惨故事。这部小说往往被后人当作约瑟夫·罗特早期社会批判文学创作的高潮,内容也最为契合左翼文论的主旋律。[①] 主人公安德烈亚斯·普姆是第一次世界大战后社会最底层

[①] Sültemeyer, Ingeborg: Eine stille Entwicklung – Gedanken zum Roman „Die Rebellion". In: Joseph Roth und die Tradition. Herausgegeben von David Bronsen. Darmstadt 1975. S. 260.

的普通一员,承受着时代所有的重负。他的经历颇具代表性,一战劫后余生,只想与世无争地过过安稳的小日子。无论是在战前还是在战后,这种人都是无足轻重的"圈外人",也是时代的牺牲品。同 1923 年的《蛛网》一样,《造反》也是一部社会批判小说。二者的不同之处在于,《蛛网》刻画的是战后的丑陋社会如何将一个普通人变成恶魔,而《造反》讲述的则是社会如何毁掉一个升斗小民的人生。在这部小说里,年轻的作家依然以被后人称为"以个人情感为中心的社会主义"①世界观为出发点,将写作重心放在对社会不公的批判和对社会弱者的同情上。

主人公安德烈亚斯·普姆的生活环境是第一次世界大战后时代的缩影,也是战后欧洲普遍状况的折射,通过他的经历人们可以管窥社会最底层的生活状态。小说一开始,作家就围绕着主人公营造了一派萧条悲观的气氛:

> 有轨电车通向外面的世界,通向大城市,通向活生生的日常。但是第 24 野战医院的住客们却到达不了电车的终点站。(罗特 8:3)

这一幕不但揭示了安德烈亚斯·普姆的悲惨命运,也预示着他的生活不再会燃起新的希望。作为一名伤残士兵,他的周围只有战争留下的痕迹——伤痛和绝望的士兵。一个普通人的悲惨经历未加任何雕琢,就这样在约瑟夫·罗特的笔下直白地展开,好像如此悲惨的命运已微不足道,已经无法打动时人的情感。这种白描的写作手法在写实的同时,也使读者清楚地体会到作者的用意:这是个民不聊生的社会,是个走下坡路的时代。正因如此,有研究者

---

① Müller-Funk, 1989. S. 104.

将这部小说视为罗特对社会主义阵营坚决的誓言。①

《造反》这部小说故事情节的时间跨度并不大,安德烈亚斯·普姆在度过了战后复员的几天安稳日子后,突然经历了命运与信仰的双重打击与转折。巨大的变故虽然事出有因,但绝非源自本意。主人公为周围环境所迫,被动地一步步陷入其中不得脱身。在小说的第七章,一位素昧平生的阿诺德先生因为和女秘书丑闻缠身而心烦意乱,于是将所有的火气撒在了正巧从他身边路过的安德烈亚斯·普姆身上,从而彻底颠覆了他本来平和的人生,使他莫名其妙地走上了与政府机构对抗的不归路。紧接着,不但主人公的伤残军人经营执照和证件被政府吊销,本人还被警察逮捕,被判有罪,成了"此前一直被他认可的官僚体系的牺牲品",②从一个奉公守法的老百姓变成了令人不齿的所谓"异教徒",老婆和孩子也因此离他而去。最后,甚至连安德烈亚斯·普姆都自认不再属于好人之列,他的命运在贫困和绝望中戛然而止。

虽然历经磨难,虽然一再承受着现实中的不公,但主人公依旧生活在臆想中公正的价值体系里,他有着孩童般幼稚的信念,相信政府,相信上帝,相信命运的公允。书中写道:

> 他身上具有一些可贵的品质,比如虔诚、温厚、守规矩;不论是上帝的规矩还是尘世的规矩,在他身上都能达到一种圆满的和谐。他是一个既接近牧师又近似官员的人,受到政府的尊敬。可以这样评价他:他受到过嘉奖,从未受过处分,是一个勇敢的士兵,绝不是革命党,一

---

① Marchand, Wolf R.: Joseph Roth und völkisch-nationalistische Wertbegriffe. Untersuchungen zur politisch-weltanschaulichen Entwicklung Roths und ihrer Auswirkung auf sein Werk. Bonn 1974. S. 92.
② Nürnberger, 1995. S. 65.

个憎恶异教徒、酒鬼、小偷和强盗的人。(罗特8:39-40)

安德烈亚斯·普姆执着地认为,只要老老实实,就可以凭借自己的双手维持一种卑微的生活。他无欲无求,只想过安稳的小日子。在《造反》中,约瑟夫·罗特为主人公设置了与《蛛网》中特奥多尔·洛泽完全不同的人生。安德烈亚斯·普姆对既成秩序绝无质疑地照单全收,而且坚信:

> 一旦相信这种分配是公平的,那么失去一条腿也就不是什么太糟糕的事了,反而是一种幸运,而得到嘉奖就是更大的幸运了。一个残疾人可以指望得到世人的敬重,那么一个获得表彰的伤残军人就更该得到政府的尊重。(罗特8:4)

安德烈亚斯·普姆的世界观简单而且朴素:只要不是最倒霉的那个人,自己就是个幸运儿。带着这样的看法,他离开了野战医院里那些没有受到褒奖的伤残同袍。甚至当"安德烈亚斯·普姆看到那些人遭受痛苦时,还感到颇为愉快"(罗特8:3-4)。这种幸灾乐祸虽然体现了小人物卑微性格中的些许阴暗面,但他们的不幸感却由此得以最大化地释放和减少。因为许多同袍没有获得勋章,

> 尽管他们失去的远不止一条腿。有些人既缺胳膊又少腿,有些人伤了脊椎骨,不得不在床上躺一辈子。(罗特8:3)

这种想法增强了作为小人物的主人公在现实中的安全感和满足感。

这样的小人物很容易得到满足。只要认为自己被施以任何一丁点儿恩惠,便会感激涕零。安德烈亚斯·普姆头脑简单,从来不去思考事物彼此之间的联系。他就事论事,面前总是呈现出一幅

幅简单画面。比如当寡妇卡塔琳娜答应和他结婚时,他就觉得自己是个幸运儿,心中充满了对受到命运眷顾的感激之情:"他真是个幸运儿啊!这样的好事不是每天都会发生的。这可不是寻常的事,简直就是奇迹。"(罗特 8:39)这种满足感建立在他轻信的头脑和幼稚的处事方法上。这种态度带来了新的勇气、新的希望,卑微简朴的生活还过得下去。主人公远离当时社会的各种动荡与思潮,是政府的追随者。他希望凭借忠诚让当权者使自己免受社会不公和不幸的侵害。这种逆来顺受的性格在后续故事的发展中,更加突显了他所受打击的不公正性。

《造反》的故事情节从第24野战医院展开,这里的情况令人绝望,预示着安德烈亚斯·普姆未来的命运:他所要经历的,并非仅仅是身体的创伤,还有心理上的打击。为了在后面突出主人公命运与信仰的转折巨变,作家在小说一开始便刻意塑造了一个知足常乐的小人物,这人甚至还对自己作为伤残士兵在社会上享有的认可颇为得意:"在有轨电车上,人们纷纷起身给他让座。他从中选择了一个最好的座位。……所有人都向他行注目礼。"(罗特 8:3)这种自鸣得意与现实生活中的艰辛构成了强烈的反差,读起来颇令人感慨。安德烈亚斯·普姆在失去一条腿的情况下,还生活在自我陶醉的幻景中,觉得性命保住了就是万幸。因为"他相信世上存在一个公正的上帝,瘫痪、截肢,当然也有奖励,根据每个人的功劳,公平地颁发给人们"。(罗特 8:4)这种与世无争的平和心态使安德烈亚斯·普姆从一开始就赢得了读者的同情。

主人公命运和思想的转折始于他和政府机关之间阴差阳错发生的冲突。在经历了种种不公之后,他才开始观察自己周围的人和事,开始思考并对所谓的公正和正义产生了怀疑。从此,安德烈亚斯·普姆便不再是自己眼中的那个所谓"幸运儿"。他卑微的生活被社会不公所碾压和吞噬,同时国家机器的暴力又盯上了他,使他无处逃遁,更无处安身。在公共汽车上经历和目睹了一切的当事人不仅不敢站出来说句话,而且对他唯恐避之不及,这一切使他看到,政府的官僚作风和官员不能明辨是非,不可能还他以清白。渐渐地,主人公认识到了令人感到十分痛苦的事实:"他终于发现这世界原来并不是那么简单,与他虔诚而单纯的想象全然不符。"(罗特 8:104-405)政府和国家的决定对他而言不再"总归是重大而权威的,无须探究,也无从探究"。(罗特 8:4)他清楚地认识到

> 政府不再是什么遥不可及的东西,不再高悬于我们的头顶。世间所有的缺点,它一样也不缺。而它与上帝之间,却没有任何联系。(罗特 8:109)

这一新的发现完全颠覆了安德烈亚斯·普姆此前对社会、公正和政府的认知。于是他扪心自问:"如果上帝会犯错,那么上帝还是上帝吗?"(罗特 8:105)最终,安德烈亚斯·普姆不得不面对现实,因为"尽管自己没有干过抢劫之类的事,但他已经失去了上帝"。(罗特 8:92)这一认知使他开了窍,开始直面残忍冷酷的现实。

入狱后的经历更让这位老兵大开眼界。渐渐地,安德烈亚斯·普姆开始意识到:"我是你们一手创造的这个环境里的一个牺牲品。"(罗特 8:137)对他而言,这不仅仅是个痛苦的自我否定和讽刺:"在盲目中度过了四十五年,既不认识自己,也不认识这个世界。"(罗特 8:104)而且这一令他极端痛苦的发现给他带来了颠

覆式的转变,"把自己定义为一个异教徒"。(罗特 8:98)思想的转变来自经验和经历的影响。从此,作为对此前人生的否定和对现实不公的发泄,安德烈亚斯·普姆按照自己的逻辑开始对现有的社会秩序造反了。造反虽然毫无结果,但他对上帝的控诉意味着与先前的世界和价值观的一刀两断,意味着他从对上帝的无端敬畏中解脱出来。既然上帝已经不再确保公正,对社会弱者也不再展示仁慈之心,那么上帝对他而言也不过就是个"异教徒"。弥留之际的冥冥之中,安德烈亚斯·普姆突然看到了这个"异教徒"上帝的真面目。在他眼前,上帝不再是神奇或神圣的存在,而是一个可以直面的暴君:"我会否认你的存在,上帝。……我要辱骂你!……有罪的是你。"(罗特 8:140-142)

在约瑟夫·罗特笔下,主人公的所谓造反显得颇有些荒唐,但仍具有双重含义。造反一方面是针对他所经历的不公,这是导致他卑微生活被摧毁的原因;另一方面也是否定自己先前的无知和麻木,正因为自己的错误认知导致了与现实的脱节。安德烈亚斯·普姆想搞清楚,到底是谁在统治这个世界,是如何统治这个世界的,

> 因为那个时候的我,尽管只有一条腿,尽管愚蠢,……但我和那些人一样,完全没有发觉,在这个国家的各个角落里,有成千上万间牢房在窥伺着,在等待着我。(罗特 8:118)

约瑟夫·罗特花费大量笔墨描述主人公内心世界的转变,使读者能够看清现实的不公如何改变安德烈亚斯·普姆的命运,并最终毁灭了他。

这种命运的转变不仅像主人公的好朋友威利所说的:"你一下

子失去了女人、孩子和所有东西!"(罗特8:99)而且还意味着他的精神支柱,即他所信奉的价值体系的崩塌。主人公虽说是个微不足道的蝼蚁,但终究还有个"光荣"的过去,能将自己和祖国及政府紧密联系在一起。他觉得自己是祖国的保卫者,为祖国做出过牺牲,这个信念是支撑他活下去和忍受现实生活一切艰辛的精神力量。可老朋友威利在帮他找到一个打扫宾馆厕所的活计时,却声称:

> 没有勋章就无法在洗手间里履行职责。他深知公共厕所与爱国主义之间的隐微联系,也清楚一个外表体面的伤残军人在厕所里装点门面的重要性。第二天,他就在一个卖勋章的店铺里购买了五枚勋章,其中有一枚是闪光的金箔银箔制成的五角星,配有棕红色、红白条纹和艳红的饰带。(罗特8:129-130)

主人公此前被剥夺的勋章是靠在前线立下的军功,还搭上自己的一条腿才换来的。这颇具讽刺的一幕彻底击毁了安德烈亚斯·普姆的自尊心和信念。由此,支撑他的所有精神支柱便轰然坍塌,因为勋章对他而言意味着心理安慰和社会认可。就在不久前,他甚至还因此在国家公务机关得到了看门的职位,还把自己当作"英雄"和"好人"。

  约瑟夫·罗特正是通过主人公命运的剧变,揭露了那个时代社会底层民众的无助和绝望。这些小人物受到社会不公的对待时,先是吃惊于自己已经不再属于"好人"之列;进而对社会和政府感到失望,因为所谓公正的代言者无法澄清哪怕是最简单的事实。面对不公,安德烈亚斯·普姆首先选择的是逃避,而非对抗。因为他无法理解这个世界的变化和运行规则,所以只好被动地将一切当作理所当然予以接受。在监狱里,他错过了申诉的机会,但还是试图去喂养一只小鸟,这是他逃避、无助和绝望的写照。虽说按照他先前对人的理解,已经把自己划归在"异教徒"之列,但此时的主人公依然没有造反的念头。直到他喂鸟的申请被典狱长驳回后,才意识到:连这样微不足道的愿望都无从实现,那还何谈对公正和怜悯的期望呢?这一从失望到绝望的转变,促成了他所谓的造反。按照他的理解,这是

> 他在挑战这尘世列车上的规则,虽不成文,但仍旧具有一定神圣性的规则。他用执拗的目光告诉周围那些穿着体面、保持安静的乘客们,他是一个造反分子。(罗特 8:120)

安德烈亚斯·普姆对造成自己不幸和应该承担责任的力量一无所知,更无法针对某个具体的对象去造反。因此他的所作所为,与其说是造反,不如说是绝望的控诉和哀怨。

在整部小说中,主人公的内心变化构成了故事发展的主线。安德烈亚斯·普姆对权力没有什么欲望,命如转蓬,只想安稳地过自己的小日子。安贫乐道的性格本该能够保证他过上普通的生活,却在现实中被所谓的公正所击倒,而这种公正正是他曾由衷推崇和信赖的。对现实社会的无知和轻信是社会底层民众的典型特点,这些人甚至在危机四伏的社会里仍然保留着盲目的乐观情绪。在这里,读者看到的是约瑟夫·罗特早期作品中两种不同的人物类型:在《蛛网》中,作家刻画的是个贪心不足蛇吞象式的人物,特奥多尔·洛泽之所以能够适应时代潮流并飞黄腾达,是因为他的冷血,因为他的冷血不受任何伦理约束;而《造反》中的安德烈亚斯·普姆则相反,他之所以被社会所淘汰,恰是因为他是一个逆来

顺受的可怜虫。社会的不公由此可见一斑。

约瑟夫·罗特在《蛛网》中塑造的人物的性格转折，是特奥多尔·洛泽在向上爬的成功之路上经历了异化之后逐步完成的。与之相反，安德烈亚斯·普姆对上帝的敬畏与信仰虽然也发生了转变，但他作为一个社会底层的普通人的性格并没有发生质的变化。直到生命的终结，他还是那个人畜无害的伤残老兵。在《蛛网》中，最终决定特奥多尔·洛泽命运的是一张看不见的网，是无处不在且又看不见的强权。而在《造反》中，毫无怜悯之心的国家机器才是摧毁安德烈亚斯·普姆人生的力量。在小说的结尾，安德烈亚斯·普姆认为整个社会现实都是所谓上帝的安排。他对上帝发表了一通控诉，他眼中的所谓上帝显然不能只从宗教层面上理解，这是底层人物在社会层面的呐喊和控诉。

《造反》是一部反映当时社会现实的社会小说，具有明显的时代烙印。作为左翼作家的约瑟夫·罗特为小说中的人物营造了两个迥然各异的世界。一个是第一次世界大战结束后，由官僚体系通过暴力维持和掌控的动荡社会，是不能保护、只能牺牲安德烈亚斯·普姆式弱者的社会；另一个世界指的是安德烈亚斯·普姆臆想中主持公平与公正、与现实世界完全脱节的社会。在残酷的现实面前，后者终究不堪一击。两个世界间的矛盾和冲突导致了主人公内心的失衡与混乱，这是造成他最终失去生活勇气走向死亡的原因。

两个世界对安德烈亚斯·普姆的不幸经历负有不同的责任。在社会层面，对底层民众的无视导致了主人公一步步走向政府的对立面，成了罪人。对人物变化的刻画，清晰地显示出约瑟夫·罗特社会批判的思路，他批判和控诉的不只是当时的"政治关系和国家暴力",①而且也是对残忍现实的拒绝和否定。② 丑陋社会应对这些人遭遇的不幸负责,这是作家社会批判的核心。在心理层面,安德烈亚斯·普姆总是处于茫然无措的状态,一再被现实中发生的事所震惊,这更加深了他的不幸。小说以主人公对所谓上帝的控诉收尾,研究者曾指出,这是因为单纯的社会批判已经不足以表达作家对社会不公的揭露和控诉。③ 不过,揭露和控诉并不意味着作者对当时流行的社会主义有着清晰的设想。④ 能彻底解救底层大众的具体设想在约瑟夫·罗特这里同样也不存在。因此,研究者认为,唯一可令他接受的社会主义必定带有人文主义的色彩。⑤ 在这一时期的约瑟夫·罗特看来,人的受苦受难源自社会对人施加的暴行和不公。人的命运受到自身活动的影响,但更多的是被外部社会因素所控制。

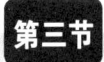

第三节 丑恶时代的牺牲品——人民大众

约瑟夫·罗特早期作品中对社会现实的描写与19世纪流行的现实主义和自然主义还是有所区别的,并非如有些研究者所说,"仅仅是事物外在表现的重构"。⑥ 作者在塑造人物和描绘人物命

---

① Sültemeyer, 1976. S. 122.
② Vgl. Marchand, 1974. S. 103.
③ Sültemeyer, 1976. S. 122.
④ Bronsen, 1993. S. 161.
⑤ Bronsen, 1993. S. 161.
⑥ Eisele, Ulf: Realismus und Ideologie. Stuttgart 1976. S. 51.

运时特别强调距离感,以期强化写实效果,①并引导读者去思考和评判。在《蛛网》中,读者可以清楚地看到整个社会中所弥漫着的紧张气氛:"中学生开枪。大学生开枪。警察开枪。小男孩开枪。这是一个四处开枪的国度。"(罗特 7:76)第一次世界大战虽然已经结束,但战乱的阴云和后果依然笼罩着大地。在另外一篇没有注明日期的未完稿《今天早上收到了一封信……》(Heute früh kam ein Brief …)中,约瑟夫·罗特将当时的西欧描述成"良心什么都不算,脑袋算一点,拳头说了算"(Roth IV:1037)的时代。生活在如此凶险的紧张局势中,小说人物必然承载着这个时代的特征。所以,研究者将《蛛网》中主人公特奥多尔·洛泽的生活圈子称为"可怕的市民阶层圈子",在这里,"社会成就和等级决定着人的生活感受和一切行为"。② 约瑟夫·罗特笔下的主人公承载着家庭的期望与愿景,这样的人在一战后的时代比比皆是,因而颇具代表性。

在约瑟夫·罗特早期作品中,人们可以非常清楚地看到压迫者和被压迫者之间的二元对立。早在 1920 年的新闻报道《俯视》中,他就曾将人的处境分为上层和底层:

> 在底层,人们的肩头扛着无数楼层的重负和辛劳,扛着所有房客的空虚和沉重,还有所有事物的迟钝和笨拙。在底层,人是时代的牺牲品,是现在钟表盘上的秒针。……而在上层,你是个人物。你能俯视万物,是生活这条钢丝绳上轻松的舞者,只被自己的重量所困扰。你离凡尘远,而离上帝近。(Roth I:250)

---

① Vgl. Heizmann, Jürgen: Joseph Roth und die Ästhetik der Neuen Sachlichkeit. Heidelberg 1990. S. 21.
② Vgl. Sültemeyer, 1976. S. 105.

类似对人的社会等级的划分还出现在 1924 年另外一篇名为《等候室》(Das Wartezimmer)的报道中,在这里,约瑟夫·罗特将人分为"等候着的人"和"让人等候的人"。那些"等候者""下等人""受害者"在生活中总是处于一种被动承受的状态。

来自社会的压迫和不公,始终是约瑟夫·罗特这个时期的文学作品中普罗大众遭遇不幸的主要原因。在故事情节中,这种压迫大多具有超能力,看不见且摸不到。普通人虽然会不时受到打击,却始终无法具体而真实地认识和理解这种力量到底是何方神圣。在看不见的力量面前,小人物自身的权利根本无法得到任何保障。这种社会压迫影响并决定着普通人的命运,使他们只能被动地承受压迫的结果和痛苦。因此,约瑟夫·罗特尤其关注这种社会压迫对于人的不同影响。他发现面对打击和不公正,社会底层的普通人往往处于无助且麻木的状态。社会压迫会改变一个人,在他们身上烙下明显的时代印记。在作家的第一部小说《蛛网》中,主人公特奥多尔·洛泽从一开始就令人无甚好感,其实此人是个无足轻重的小人物,在利令智昏的社会环境中,他一步步滑向罪恶,为了一己之私,不惜牺牲他人来达到自己的目的。损人利己是那个丑恶时代的表现,也是人物的人生信条和立身之本。

这种存在于社会却看不见摸不到的力量催生出了一种新的时代精神和思维方式,决定了人与人之间的关系,使原本人与人之间的信任变成了彼此的倾轧。相互利用和自私自利也成了特奥多尔·洛泽的生活准则,他之所以和一个没落的贵族之女结婚,是因为能够通过这场婚姻获得社会的认可,抬升自己的身价,有助于有朝一日的升迁。而女方在所谓爱情的面具下,心里想的却是"一个冯·施利芬家的小姐嫁给平民为的就是希望丈夫能够身居高位"。

(罗特7:110)在《蛛网》中,读者可以清楚地感受到这张看不见、却包罗万物的社会罗网的触角能一直深入家庭内部。在这张社会巨网之中,人就像苍蝇一样随时都可以被牺牲和吞噬。

有研究者认为,特奥多尔·洛泽在离开军队后,就失去了安全感,而这张密不透风的网恰好能弥补这一缺憾。① 从看不见的上级那里获得命令,然后执行任务,并希望凭此改变自己的生存状态,以便能够获得久违的安全感。可是,不安全感始终伴随左右,使得主人公所有的活动和行为都笼罩在这种不安的情绪中。他的死敌,也就是后来死在他手上的妹夫君特,死后还是在他脑中挥之不去。就连手下的本雅明·伦茨也会时不时地提醒死敌的再现,令人不得片刻安宁。因而在这种情况下,像特奥多尔·洛泽这样总是心神不定的人就会不断寻找某个可以提供庇护的组织。对他来说,那个他自己都不知道叫什么的秘密组织之所以至关重要,是因为组织能让他觉得:"我,特奥多尔·洛泽,是一个秘密组织的成员。"(罗特7:20)虽然他和此前一样盲目和躁动,但只要能隶属于组织,就有种归属感和安全感。有研究者指出,这种团体归属感对此时的主人公而言,"是唯一能让他踏实活下去的可能"。② 尽管如此,特奥多尔·洛泽在社会中被动和盲目的地位及状态依然没有因此而改变。通过参加某一团体,以获得归属感和安全感,并非是理性的自由意志思考的结果,而是人们在面对不可知的力量和威胁带来的不幸和打击时的一种应激反应,是人民大众在丑恶时代中求生的本能。

---

① Sültemeyer, 1976. S. 108.
② Sültemeyer, 1976. S. 109.

第一章　约瑟夫·罗特对社会的批判(1918—1926)

在《蛛网》这部小说中，约瑟夫·罗特给主人公构建了一个安全的幻象。这位曾经的军官自认为依附于当权者，就自然会受到那张看不见的大网的庇护，甚至自以为可以摆平一切。但在小说的末尾，他在偶然的情况下看到的颇具讽刺的一幕令他瞠目结舌：在这张曾令他获得安全感的大网之下，自己也不过是个牺牲品。这种经常出现在约瑟夫·罗特小说中的戏剧化的结尾，恰到好处地以点题的方式强调了主题的真正含义。

这种社会批判的主题同样还出现在约瑟夫·罗特另外一部早期小说《造反》中。虽然侧重点不同，但小说的故事情节依然聚焦在那张不可见的巨网对普通人所造成的打击上。主人公安德烈亚斯·普姆在政府部门所经历的一切，同样让人联想起《蛛网》中特奥多尔·洛泽所经历的一幕："各种机关像蜘蛛一样盘踞在用各种规定织成的细密的网上，我们什么时候掉进他们的陷阱，只是个时间问题。"（罗特7：109）小说细致描述了盘根错节的官僚体制的冷血，以此突出社会底层民众在这个丑陋时代中的卑微。

虽然在这张看不见的大网中遭遇了不公的待遇，但小说《造反》里的主人公安德烈亚斯·普姆依旧相信自己生活在一个由"上帝、皇帝和祖国"掌控的秩序井然的国度里。政府意味着公正和威严，上帝带来慰藉并承载希望。而具有讽刺意味的是，与他发生冲突的阿诺德先生同样也是社会既成秩序和政府的拥护者，他与安德烈亚斯·普姆有着几乎一致的政治倾向，这就是主人公的好朋友威利的口头禅所强调的"要讲规矩"（罗特8：21）。因此，有的研究者将《造反》中的人物看作是"秩序的守护者"。[①] 他们同

---

① Vgl. Bronsen, 1993. S. 140.

安德烈亚斯·普姆有着同样的感受,当社会秩序受到冲击时,都觉得自己也受到了侵犯。他们痛恨那些在马路上散发传单的革命者,就是因为这些人破坏了他们认同的社会秩序,是所谓的"异教徒"。阿诺德先生在小说《造反》中虽然以负面形象出现,无法赢得读者的好感,但作者对这个角色的处理并没有按照左翼文论的阶级观予以否定。他和主人公一样,都是顺从服帖的市民阶层的表率。

近乎无条件的顺从蒙蔽了安德烈亚斯·普姆对现实世界的感知。他将周围的人简单地分为好与坏两类。危害社会的坏人会遭遇不幸,"比如立伪誓的人,比如因为偷东西、杀人害命或者谋杀、抢劫而蹲监狱的那些人。为什么有人会去偷盗、杀人、抢劫、叛变呢?因为他们是异教徒。"(罗特8:5)这种看法掩盖了现实中的许多危机,

> 安德烈亚斯·普姆感到颇为得意。异教徒这个词令他十分满意,因为这一个词就能把他脑子里所有一连串的问题都解决了,还给许多难解的谜题都提供了简洁明了的答案。(罗特8:4)

这种幼稚的看法使这个世界变得简单了,主人公因持有政府颁发的营业执照而把自己纳入好人一类,并为此而感到骄傲,因为

> 揣着这张许可证,他就可以高枕无忧地穿梭在这个到处埋伏着警察的世界里,穿行于每一条大街小巷。完全不用担心任何危险,……我们差不多是和国家机关平起平坐了,这都归功于我们的这张许可证。政府以此赋予了我们自由演奏的权利,在任何我们想要的地方,在任何我们愿意的时间。(罗特8:17)

他当时并不知道,世间的幸运与不幸并非按照公正的原则进行分

配,这些不合时宜的念头在现实中已经毫无意义可言。研究者指出,约瑟夫·罗特早期作品中的人物总是试图将人与这个世界的关系,以及人与人之间的关系按照一种既定的秩序去理解,可最终却徒劳无获。①

即使在最糟糕的情况下,盲目甚至麻木的乐观也能使安德烈亚斯·普姆平和地等待着好结果。他总是充满了希望,一再被小恩小惠所激励和振奋。甚至在监狱里,"安德烈亚斯睡得十分安稳,甚至面带无意识的微笑,就像一个无忧无虑的孩子。"(罗特 8：100)他完全没有意识到,"政府那滚动着的巨轮已经把公民安德烈亚斯卷了进去。在并不知情的情况下,他将会被慢慢地、彻底地磨碎。"(罗特 8：79)逆来顺受并不能带来任何安全的保证,也不会改变突然失去国家颁发的许可证和勋章所带来的种种不幸。而命运的戏谑更甚：他因为出狱后获得了清理酒店洗手间的岗位,竟无偿得到了五枚勋章。就此,安德烈亚斯·普姆在生理和心理上遭受了双重否定。

在这种压迫和受压迫的二元对立中,约瑟夫·罗特描述了当时社会底层普通民众悲惨的现实处境。无论一个人如何努力,都无法改变自己的命运,因为一个人自身的努力与那个看不见的力量相比显得太微不足道。尽管受压迫者逆来顺受,但那个看不见的力量依旧会带来新的不幸。在这一时期的作品中,约瑟夫·罗特试图唤起读者对社会底层弱者的同情心。在丑恶的时代里,弱者既无存在的价值也无存在的意义,他们无论怎样循规蹈矩,都难

---

① Vgl. Sieg, Werner: Zwischen Anarchismus und Fiktion. Eine Untersuchung zum Werk von Joseph Roth. Bonn 1974. S. 118.

以逃脱所谓秩序的碾压。从特奥多尔·洛泽和安德烈亚斯·普姆身上可以清楚地看到,在主人公无意识的情况下,所谓秩序的力量改变和决定了人物的生活轨迹和命运。此外,有研究者指出,这种看不见的力量或者罗网在决定人物命运的同时,也完成了对人的异化。① 小市民特奥多尔·洛泽变成了冷血杀手,而伤残老兵安德烈亚斯·普姆则成了一个无政府主义的造反者。

第四节　丑陋时代的橱窗——一战后的维也纳咖啡馆

在约瑟夫·罗特这一时期发表的报刊文章中,有不少关于维也纳咖啡馆的报道。他和许多作家一样,都把咖啡馆作为观察社会与人的切入点,这是因为咖啡馆文化在维也纳的日常生活中具有无可替代的地位。2011 年,奥地利咖啡馆文化入选联合国非物质文化遗产就是一个明证。卡尔·克劳斯早在 1896 年的一篇名为《被毁掉的文学》的杂文中,就将咖啡馆称为"撑起我们回忆的最后支柱"。② 而弗洛伊德在文章《奥地利的终结》中,更是将维也纳的咖啡馆称为"民间大学"。③ 维也纳的咖啡馆无论是作为文学作品中的背景,还是作家编外的工作室,都是文学生活中不可或缺的一部分。约瑟夫·罗特在报道《柏林堕落——维也纳长存》(Berlin verfällt - Wien lebt)中就曾写道:"一个维也纳人当然坐在

---

① 　Vgl. Heizmann, 1990. S. 89.
② 　Kraus, Karl: Die demolierte Literatur. Wien 1897. S. 3.
③ 　转引自:詹姆斯,2020 年,第 2 页。

咖啡馆里。"①"当然"二字所表达的意思不言自明,它反映出了咖啡馆在作家生活和写作中的重要性。因为对他而言,咖啡馆不但提供书桌,也提供写作对象。这位年轻作家整日流连在维也纳的咖啡馆,观察着芸芸众生。因为对于那时候的文人而言,咖啡馆就是一种生活方式。② 作家善于见微知著,于是在他笔下,维也纳的咖啡馆就成了没落帝国的见证人和橱窗。而他也通过咖啡馆,在文学创作和新闻记录中为这一时代留下了印记。

在膳饮文化研究领域,饮食被当作一种"社会整体现象"③加以研究,所以约瑟夫·罗特笔下的维也纳咖啡馆也是打开那个时代之门的钥匙,窥见社会生活的窗口。时隔久远的今日读者,也可以通过时代前后对比,更好地理解生活在那个时代的人与事。第一次世界大战后,约瑟夫·罗特在许多新闻报道中,也的确以咖啡馆为背景,清晰地再现了时代的巨变。那时的作家还是个寂寂无名的新手,但当他在维也纳开始自己的记者和写作生涯时,依然自信满满地写道:"维也纳的记者当然边喝摩卡咖啡边写他的报道。这样写出来的报道比在书桌上写的要客观,要清楚。"④

维也纳咖啡馆在奥地利人的日常生活中不可或缺,在约瑟夫·罗特的生活中更是不可或缺。战后最初的日子充满了艰辛,据说作家本人当时已经穷得叮当响,去不起咖啡馆,就连想看看自

---

① Siegel, Rainer-Joachim (Hg.), Joseph Roth. Unter dem Bülowbogen. Prosa zur Zeit. Köln 1994. S. 193.
② 詹姆斯,2020 年,第 1 页。
③ Wierlacher, Alois und Regina Bendix (Hg.): Kulinaristik. Forschung-Lehre-Praxis. Berlin 2008. S. 3.
④ Siegel, 1994. S. 193.

己在报纸上发表的诗歌都成了奢望。① 但只要手头稍有富余,他要么就坐在咖啡馆,要么在去咖啡馆的路上,因为这对他而言已经成了"人的第二天性"。② 那里发生的一切都具有代表性,那里是没落帝国的一扇窗,是早期思想明显左倾的作家关注的重点。而约瑟夫·罗特早期的大量新闻报道和文学作品,就出自各种咖啡馆。他报道中的咖啡馆都有具体的地址和名称,这种明显偏向新写实主义风格的对细节的精准拿捏,更能让读者产生身临其境的现场感。第一次世界大战后整个老帝国的解体,社会民生崩溃的时代背景,使作家笔下的咖啡馆及咖啡馆中的人,展现出一幅与今天人们对联合国非物质文化遗产的想象截然相反的画面。

首先,在约瑟夫·罗特的笔下,呈现给读者的并非是精致考究的维也纳咖啡馆文化,而是一片萧条和压抑气氛中的破败景象。这种契合左翼社会批判的观察视角,尤其体现在作者会用浓墨重彩和大量篇幅去描写咖啡馆中硬件设施的凑合与将就。作家感兴趣的不是那些"镶着金边的神像"装饰,不是门口站着的"带着沾满天价香水气息的白手套的门童",以及咖啡馆里传出的"钢琴演奏的靡靡之音"(Roth I:220)。他在一篇名为《人民的酒吧》(Die Bar des Volks)的报道中提到过一家"舒尔特街边上弄堂里的酒吧"。(Roth I:220) 在那里,作家看到的只有颠沛和潦倒:"门开

---

① Vgl. Peschina, Helmut (Hg.): Joseph Roth. Kaffeehaus-Frühling. Köln 2001. S. 9.
② Wendelin, Schmidt-Dengler: Inselwelten. Zum Caféhaus in der österreichischen Literatur des 20. Jahrhunderts. In: Michael Rössner (Hg.), Literarische Kaffeehäuser. Kaffeehausliteraten. Wien, Köln, Weimar 1999. S. 70.

着。铅质餐具叮当作响。门口左边有个水龙头,关得不严。期间壶嘴一直在向水壶里吐着水。嘀嗒,嘀嗒!……这是穷人的宴会伴奏。"(Roth I:220)

同样,在名为《春天的咖啡馆》(Kaffeehausfrühling)的报道中,作家对人们印象和想象中雅致的维也纳咖啡馆文化只字未提,他笔端的墨汁依然用于描述咖啡馆内饰的粗陋与破败,甚至称这家咖啡馆不过是一条"被上帝抛弃的咖啡走廊"(Roth I:33)。在《人民咖啡馆》中,映入读者眼帘的首先也是一幅破旧混乱的画面:

> 镀镍的釉色斑驳,挂钩上粘着黯淡的污渍。……这间咖啡馆狭窄逼仄,铁皮包裹的小桌子挤在一起,让人呼吸都觉得局促。咖啡馆里的家具就像全民大会。所有的一切都挤在拐角的铁炉周围。(Roth I:200)

在这里,呈现在读者面前的是老帝国崩溃后物质的极端匮乏,咖啡馆不再是人们聚会畅谈的场所,那里也闻不到丝毫文艺气息,它已成为穷人扎堆取暖的好去处。类似的描述还出现在一篇名为《马戏演员》(Artisten)的报道中,那里的画面使人更感压抑,因为

> 这家咖啡馆的天花板被香烟的污渍覆盖了一层,就像一层鹅肝酱抹在了面包上……。(Roth I:230)

这种画面显示出,曾经的帝都非但无法承载维也纳咖啡馆文化的盛名,而且还给读者留下了反文化和反文明的印象。

其次,在如此破败的咖啡馆中,来客的身上也丝毫没有帝都天子脚下的气质,他们都是些"小时工、倒霉蛋、失业者、痨病鬼"(Roth I:201)。这些人被按照社会达尔文主义的思路分成了两个

群体:适应生存的和不适应生存的,作者写道:

> 在人民咖啡馆中往来的是两种客人,特定的客人和非特定的客人。就像德语语法中的定冠词和不定冠词一样。连跑堂儿的也把客人分为特定的和非特定的两类。非特定的客人买白啤必须当场结账,特定的客人喝完了才喊人来结账!而且还给小费。(Roth I:201)

这种客人之间的差异当然也决定了侍者待人接物的态度,所以"咖啡店的老板对特定的客人彬彬有礼,因为不知其姓名,所以又特别深深鞠了一躬"。(Roth I:220)就这样,现实生活中社会贫富差别造成的人与人之间的差异,在咖啡馆这扇时代的橱窗中纤毫毕现。

同样,对咖啡馆中小人物的刻画,也充分显示了约瑟夫·罗特对这些人的同情心。如在《马戏演员》中,他描写了一群妓女,她们是"赫恩纳区和奥塔克林环路上的夜莺,把吉卜赛人的歌曲唱得荒腔走板,却也能沁入心扉"。(Roth I:220)对于这些出没于咖啡馆的社会最底层人物,约瑟夫·罗特的描述带有明显的同情和苦涩:"她们的日子不好过,风月场所都关了门,接不到活儿了。"(Roth I:231)对于那些聚集在咖啡馆里的鸡鸣狗盗之辈,他的描述既不是居高临下的俯视,也不是教条式的说教,如果细读的话,人们甚至可以嗅出些许阿谀的味道来:"咖啡店老板和火车站偷煤的贼关系不错。……真该好好夸夸咖啡店老板!……"(Roth I:200)作家显然认为,现实中的种种不堪,都是丑陋社会对社会底层普通民众所行不义造成的。

走进约瑟夫·罗特报道中咖啡馆的人,没有人穿着得体、举止雍容,更没人讲究什么带有仪式感的餐桌礼仪。作家刻意强调的是社会底层民众的拮据与困窘。在一篇名为《郊游》(Ausflug)的

文章中，走进咖啡馆的都是些

> 债务缠身，插在裤兜里的手像被抓住的小兔子一样挣扎着。……这些先生没有吃相。侍者端来了糕点。七十个手指把点心掰碎，在巧克力中蘸着，就像海绵放进了水里。最后他们吧唧着嘴，听起来就像坏了的水管里的水珠在咕咚咕咚地流动。（Roth I：270）

在《人民的酒吧》中，人物的行为举止和体态表达同样是一种无声的、诉说着苦难和绝望的言语：

> 在裤兜里，在蓝色的手绢和钥匙之间，僵硬倔强地横着一把铅制的勺子和一把锡制的勺子，……用这把勺子舀汤。要是忘了带勺子，就直接用嘴对着碗喝。勺子仅仅是贫穷文化带来的后缀。（Roth I：220）

餐具在这里已经成了多余之物，甚至成了障碍，影响着进食的效率。这在《马戏演员》中也有类似的描述：

> 这些靠着墙和坐在地上啄食的人们就像捕蝇胶上粘着的虫子，躁动不安的双手给人的印象就好像它们想自己离开身体而又做不到。（Roth I：230）

显然，无论是咖啡馆，还是咖啡馆的客人，都勉强维持着生存，没有丝毫的愉悦和享受，形而上的文化形式更是无从谈起。

同样，在一战后的维也纳咖啡馆中，人们也丝毫看不见美食和对美味的精致把握与追求。在《人民咖啡馆》中，人们

> 只要花一点钱，真是一点点钱，就能得到一杯牛奶咖啡。这种牛奶咖啡与和平时期喝的那种白色的牛奶咖啡不同，根本就没白色，而是灰褐色的。（Roth I：201）

对生活品质的放弃,反映出的同样是现实生活中基本生活物资的匮乏,以及生活态度的苟且。在同一篇报道中还可以读到:

> 杯子上满是裂缝和豁口,看起来就像大学生联谊会成员的脸。还有的杯子上挂着褐色的奶皮,就像古希腊神话里的金羊毛。
> (Roth Ⅰ: 200)

在类似这些令人倒胃口的画面中,再也看不到昔日维也纳现代派的风采和老帝国的辉煌,看到的只有一个战败国的匮乏和饥馑。

咖啡馆中的气氛压抑紧张,与餐饮美食格格不入,却反映出社会分化及时局动荡造成的不安与躁动。在1919年凡尔赛会议召开期间,咖啡馆的"空气中……充斥着战争的消息,这些消息出自于和平会议"。(Roth Ⅰ: 42)在名为《一个又一个咖啡馆露台》(Eine Kaffeehausterasse und noch eine)的报道中,人们同样能够看到战争在社会和人身上留下来的痕迹和紧张气氛,因为

> 在第一层露台上坐着成长起来的战争赢家,咂吧着冰淇淋,玩着扑克牌或塔罗牌。这是合法、受到认可、被法律保护的露台。……在这层露台前边还有一个有点儿粗陋的临时搭建的露台:这里的客人身上的衣服看不见熨烫出来的褶子,是些还没有成长起来的战争赢家。他们不坐在藤条椅里,有的坐在铺路石上,有的坐在环城路边树荫下的草坪上。(Roth Ⅰ: 42)

咖啡馆笼罩着危机四伏的气氛,硝烟似乎时刻都会再起。回头看来,当时的凡尔赛会议的确没有带来真正的和平,倒是无论在东方还是西方,它都成了社会动荡的导火索。由此读者也就可以理解,为什么约瑟夫·罗特将一战后维也纳的咖啡馆直言不讳地称为"把一座文化城市变成了文化耻辱"(Roth Ⅰ, 43)。这扇橱窗将动

荡社会中巨大的贫富差异和民生多艰暴露无遗。

纵观约瑟夫·罗特的一生,咖啡馆是他的另外一个家。无论在战后初期的维也纳期间,还是后来在柏林,他多半时日都徜徉在咖啡馆中,在这里写作,①在这里形成了自己的社交圈,甚至是世界观。维也纳的咖啡馆也始终出现在约瑟夫·罗特笔下的故事情节中,以这种形式陪伴着他的写作。在《先王冢》的最后,奥地利被纳粹德国并吞,主人公特罗塔枯坐在空无一人的咖啡馆里,犹太老板阿道夫·费尔德曼向他告别:"男爵先生,我们要永远告别了。……因为这个新的德意志人民政府,您明天肯定不会再到这儿来了。"(罗特3:181)老板随后递上来的是一个铅制的纳粹万字符号,预示着犹太人在劫难逃。在后世的读者,如1991年获得诺贝尔文学奖,且对约瑟夫·罗特推崇备至的南非女作家纳丁·戈迪默眼中,"罗特本人就是在一家咖啡馆——一个流放者的骷髅地死去的。"(罗特2:16)

---

① Portenkirchner, Andrea: Die Einsamkeit am „Fensterplatz" zur Welt. Das literarische Kaffeehaus in Wien 1890 – 1950. In: Michael Rössner (Hg.), Literarische Kaffeehäuser. Kaffeehausliteraten. Wien, Köln, Weimar 1999. S. 47.

第二章 约瑟夫·罗特对芸芸众生的反思(1926—1933)

第一节 约瑟夫·罗特的苏俄之行及其世界观的转变

1926年,约瑟夫·罗特受《法兰克福报》之邀,远赴苏俄进行采访并发回系列报道。一位年轻的左翼作家能有机会前往十月革命的发源地,在他看来是一种"幸运"。① 作为当时的著名记者,他获得了大量第一手观感资料,并写进了后来许多新闻报道与文学作品中。更为重要的是,这次旅行也是约瑟夫·罗特世界观和人生观的一个拐点。他在旅途中写给报社的一封信里,明确表示"与这里发生的事保持一定的距离"。② 作家对革命的结果颇感失望,认为那里发生的一切仅仅是换汤不换药,而非真正意义上的变革。他在1926年的报道《俄国在步美国的后尘》(Russland geht nach Amerika)中写道:"在西方世界,谁要是抬眼向东方望去,想要看到一场思想革命的红色火焰,那他就要自己花力气在地平线上涂抹出红色来。"(Roth Ⅱ: 629)在他看来,这场革命的格局不大,依然

---

① Kesten, 1970. S. 95.
② Kesten, 1970. S. 91f.

第二章 约瑟夫·罗特对芸芸众生的反思(1926—1933)

局限于"市民阶层的意识形态"(Roth II: 630),更像社会紧张局势的大爆发,但并没有带来实质性的改善。研究者也同样指出,约瑟夫·罗特之所以拒绝和排斥俄国革命,并不是因为它是非民主的专政,而是因为这场革命在他眼中太西化、太美国化,它不会促进旨在消除文化与伦理差异的文明进程。①

虽然约瑟夫·罗特在早期的文学创作中明显表达了对社会现实的不满和批判,但这并不意味着他赞同俄国革命中出现的暴力和狂热。在他看来,这场革命是一种思想上的无政府主义,他在报道中写道:

> 在历史上,这场革命是一次挥霍,是为了让俄国群氓的思想在包装上看起来与那些西欧群氓的思想有相似性。它在物质、政治和社会层面算是场革命,但在思想与道德层面却只能算是数量和暴力上的"进步"。(Roth II: 630)

在革命中,革命者虽然宣布这是场针对布尔乔亚的无产阶级专政,但约瑟夫·罗特却发现,布尔乔亚并没有被革命摧毁,而是以另一种形式得以继续存在。在当年发回的一篇报道《关于苏俄革命的市民化》(Über die Verbürgerlichung der russischen Revolution)中,他写道:"这些人是……新的布尔乔亚,他们在革命中诞生。"(Roth II: 693)在当时发给《法兰克福报》的另一篇报道《耶夫格拉夫或被肃清的英雄主义》(Jewgraf oder der liquidierte Heroismus)中,作家还写道:"这不可能是这次革命的意义所在,让市民阶级去代替市民阶级,让剥削阶级布尔乔亚去代替剥削阶级布尔乔亚,让残忍的市侩去代替受苦的市侩。"(Roth II: 652)

---

① Vgl. Müller-Funk, Wolfgang: Joseph Roth. München 1989. S. 92.

约瑟夫·罗特在旅程中看到摧毁的痕迹远多于建设的痕迹,认为这场革命所造成的牺牲偏离了革命本来的目的,没有改善民生,而是走到了自身的对立面。在写给他的雇主《法兰克福报》的一封信中,约瑟夫·罗特指出:

> 我不相信市民阶层的民主是完善的,但我更怀疑无产阶级专政带有倾向性的狭隘。……相反,我相信存在着一种可怕的"市侩无产阶级",……就我所认可的自由而言,他们所赋予我的更少,甚至比他们那些市民阶层的近亲赋予我的还要少。①

研究者指出,通过流血革命推翻沙皇统治得以建立的新政权延续了其前身同样的官僚统治体系,实际上放弃了曾经宣扬的为人类谋福祉的人文情怀,甚至以集体主义的形式将人更加异化。② 这场革命回到了起点,人的血白流了。约瑟夫·罗特对此极为失望,在1926年那篇《耶夫格拉夫或被肃清的英雄主义》报道中,他清楚地表达了惋惜之情:

> 我很理解那些像耶夫格拉夫一样的人。他们狂躁,因为失望而造反。他们亲眼看到这场革命变得市侩起来。他们的绝望就好像一个人看着心爱的女人胖起来。(Roth II: 654)

这位《法兰克福报》记者在写给好友摩根斯特恩的信中提起当时正在创作的小说《无尽的逃亡》时,说道:"小说完稿了,俄国革命也了结了。"③

约瑟夫·罗特世界观的转变,直接体现在文学创作的写作风

---

① Kesten, 1970. S. 91.
② Vgl. Bronsen, 1993. S. 169.
③ Morgenstern, 1994. S. 36.

格上。这一时期的许多作品,在叙事结构上都出现了一个总是处于离群索居状态的讲述者。这位讲述者有时甚至假借作者之名,起到一座中间桥梁的作用,通过复述、笔记、信件、回忆、日记等媒介,将不同场景和人物经历串联起来,形成有逻辑性和连贯性的情节,使主人公的外在经历和内心世界变迁的线索得以清晰呈现。这种叙事方式恰恰引起了当时和后世的一段公案,人们对约瑟夫·罗特在这一时期的写作是否应该归入新写实主义有不同的看法。

关于文学史中的新写实主义这一流派,研究者指出:"新写实主义的目标是客观描写人生的实际情况。换言之,作家应该避免任何形式的参与,应该直接反映现实。"[1]约瑟夫·罗特在许多作品中所刻意强调的距离感和客观性恰好符合这一特点。例如,在小说《齐珀和他的父亲》的结尾,讲述者特意强调:"作家的任务就是把他所见抄写下来。"(Roth Ⅳ:601)这种态度的确与新写实主义如出一辙。类似的例子还有不少,在《沉默的先知》中,讲述者"我"就提及要进行所谓"传记的尝试"(Roth Ⅳ:776)。而最为新写实主义研究者所津津乐道的,莫过于小说《无尽的逃亡》中的前言:

> 我的故事,部分依据他的笔记,部分依据他的讲述。我没有虚构任何东西,没有编造任何东西。这里进行的不再是"创作",最为重要的部分出于观察所得。(罗特4:4)

这种声明式的解释强化了作者客观描述的距离感,这也是从1927

---

[1] Heizmann, 1990. S. 23.

年起,约瑟夫·罗特被当成是新写实主义代表作家的主要原因。① 还有研究者认为,尽管作家本人在 1929 年曾专门撰文强烈反对自己被划入新写实主义一派,但从写作特点来看,其早期作品的确应该归入新写实主义。② 甚至连和他生活在同一时代的友人兼作家赫尔曼·凯斯滕③及研究者安东·凯斯(Anton Kaes)④也持此观点。

有意思的是,约瑟夫·罗特自己在多篇文章中曾明确表示对新写实主义这一文学流派的否定。在 1929 年的一篇名为《愚蠢的赞歌》(Lob der Dummheit)的文章中,他曾经将新写实主义称为"一种德国诗人的类型,是赛车手、马克思主义者和记者的混合物"。(Roth Ⅲ:96)在此后写于 1930 年的另外一篇报道《别再提什么"新写实主义"了》中,他详细地阐释了所谓新写实主义的来龙去脉,并再一次明确强调了对此的排斥和拒绝态度,甚至将这种文学流派称为"苏联布尔乔亚用来宣传自己观点的方式"。(Roth

---

① Wirthensohn, Andreas: Die „Skepsis der metaphysischen Weisheit" als Programm. Das Fragment Der stumme Prophet im Lichte von Joseph Roths Romanpoetik. In: Deutsche Vierteljahrsschrift für Literaturwissenschaft und Geistesgeschichte (DVjs). Jahrgang 72, Heft 2. Herausgegeben von Richard Brinkman, Gerhart V. Graevenitz und Walter Hung. Stuttgart 1998. S. 276.

② Vgl. Eggers, Frank Joachim: „Ich bin ein Katholik mit jüdischem Gehirn" - Modernitätskritik und Religion bei Joseph Roth und Franz Werfel. Untersuchungen zu den erzählerischen Werken. Frankfurt 1996. S. 105.

③ Vgl. Kesten, Hermann (Hg.): Joseph Roth, Werke in vier Bänden. Band I. Amsterdam 1975. S. 315.

④ Vgl. Kaes, Anton (Hg.): Weimarer Republik. Manifeste und Dokumente zur deutschen Literatur 1918 – 1933. Stuttgart 1983. S. XLIV.

Ⅲ:159)。而在此前1927年的一封信中,约瑟夫·罗特就曾经写道:"自己的写作风格是对实际情况的认识",①认为自己的文学作品是"带着写实的动机去创作"。② 而新写实主义的立意却与此不同,研究者指出,新写实主义从一开始就"被当作大众文化去理解,与资本主义的文化工业密切相关"。③ 新写实主义对工业化社会的讴歌④与约瑟夫·罗特的世界观显然格格不入,因为在他笔下,人们可以清晰地读到"罗特对所谓进步所持的极端悲观主义看法"。⑤ 所以,约瑟夫·罗特文学创作的思路与新写实主义虽有相似之处,但并不兼容。

造成读者认为约瑟夫·罗特应该属于新写实主义的主要原因在于作家创作中所刻意保持和强调的距离感,但这种距离感并非仅仅是为了给读者留下客观的印象,它也表达出了作者的一种失望和批评态度。在作家笔下,忠实于事实并不意味着对事实简单的复述,而是一种通往真实认知的探索。对此,他在1927年的另外一篇报道《埃弥尔·左拉——一位没有书桌的作家》(Emile Zola - Schriftsteller ohne Schreibtisch)中明确写道:"只有通过对现实细致入微的观察,才能够抵达真实。"(Roth Ⅱ:825)。六卷本约

---

① Kesten, 1970. S. 102.
② Kesten, 1970. S. 62.
③ Lethen, Helmut: Neue Sachlichkeit 1924 - 1932, Stuttgart 1975. S. 5.
④ Vgl. Lethen, 1970. S. 3.
⑤ Rossbacher, Karlheinz: „Der Merseburger Zauberspruch": Joseph Roths apokalyptische Phantasie. In: Co-existent contradictions. Joseph Roth in Retrospect. Papers of the 1989 Joseph Roth Symposium at Leeds University to commemorate the 50th anniversary of his death. Herausgegeben von Helen Chambers. California 1991. S. 81.

瑟夫·罗特全集的主编之一弗里茨·哈克特（Fritz Hackert）在其著作《文化悲观主义与叙事结构——约瑟夫·罗特及其作品研究》中指出："其实，作家的社会小说关心的不仅是客观地反映第一次世界大战后的历史和社会现象，而是明确地反对当时整个历史的发展趋势。"①另外一位研究者也持类似观点："文学不仅是描述客观事实，而是提供真理。"②所以，在许多研究者看来，约瑟夫·罗特笔下的写实仅仅是个起因，但不是最终目的。③ 作家对历史与现实发展的不同解读，体现了他与新写实主义之间的巨大差异。

此外，约瑟夫·罗特对新写实主义强调的"纯粹的事实或者科学的客观性"④并无兴趣，他在1929年的一篇报道《自我批评》中指出，因为："原始材料沉浸在我的书中，变成了无关紧要的说明。"（Roth Ⅲ：132）他后期的历史小说如《百日》，就是对事实和史实淋漓尽致的演绎。因而，研究者更加确定，约瑟夫·罗特在这个时期的写作"绝不是什么'新写实主义'式的新闻记录"。⑤ 其实早在1926年的一篇报道中，约瑟夫·罗特就批判过那种简单的文档式数据堆砌："在俄国到处是对统计的狂热和对数字的膜拜。"（Roth Ⅱ：652）对新写实主义的否定，也可以看作是约瑟夫·罗特

---

① Hackert, Fritz: Joseph Roth. Zur Biographie. In: Deutsche Vierteljahrsschrift für Literaturwissenschaft und Geistesgeschichte (abgekürzt als DVjs). Jahrgang 43, Heft 1. Herausgegeben von Richard Brinkmann und Hugo Kuhn. Stuttgart 1969. S. 168.
② Wirthensohn, 1998. S. 291.
③ Vgl. Heizmann, 1990. S. 57.
④ Vgl. Heizmann, 1990. S. 148.
⑤ Vgl. Wirthensohn, 1998. S. 291.

第二章 约瑟夫·罗特对芸芸众生的反思(1926—1933)

对自己原先左翼的社会批判世界观的再批判。他改变了早期作品中常见的与左翼文论社会批判相契合的世界观,对社会的批判渐渐转向对人性,尤其是人性恶的思考与批判。

约瑟夫·罗特的思想转变并非一蹴而就。在早期作品中,他将底层民众所受苦难的原因都算在了丑恶的社会头上。而随着时间的推移和经历的丰富,尤其是经过苏俄之旅的洗礼,他对自己先前的世界观进行了重新审视。研究者也指出,在这一时期的文学创作中,作家通过自我批评和反思完成了转向。① 他承认了自己此前的局限性和错误,在一封信中写道:"我就像一个原始的、来自古代或中世纪的水手,在寻找一片按照自己的信念以为是平板一块的陆地。要是我知道地球是圆的,那才会明白我的探索之路错得有多么离谱。"②因此,在人物性格的刻画上,早期作品中社会弱势群体的陈腐平庸现在开始被群氓的危险激进所替代。就此,他与早期作品中那种社会不公的受害者的形象做出了断。在小说《沉默的先知》中,同为革命者的R.就因此而警告过主人公弗里德里希·卡尔干:

> 当下,您心系无产者,同他们交往。但您等着,这些您今天为他们作报告的年轻人,您有一天会在他们悲伤的眼神中看到群氓赤裸裸的仇恨。您想过没有?当一个工人跟我握手的时候,我便会立刻想到,他的手可能和警察的手一样,打人时毫无怜悯之心。……我们应该认识到,穷人并不比富人好,弱者也并非比强者高尚。相反,权力才是宽容的前提。(Roth Ⅳ: 816)

---

① Magris, 2000. S. 310.
② Kesten, 1970. S. 96.

正是因为认识到了这一点,主人公才"由此从所有的幻想里清醒过来"(Roth IV: 817)。

值得注意的是,约瑟夫·罗特在这一创作时期已经注意到社会中的群氓现象。他在群氓身上看到了危险的一面,因此在文学作品中提出了警示。这不仅是针对他在苏俄所见所闻的警示,而且也是对西欧的群氓进行的分析和批判。在早期的新闻和文学作品中,作为群氓的那些民族社会党人在他眼中还是一群笑料,但现在,他认为这些人已经对现实政治生活构成了严肃的威胁。在约瑟夫·罗特的笔下,群氓所展现出来的野蛮和残忍,充分阐释了人性的阴暗面。更令他担忧的是,群氓通过意识形态的武装被合法并合理化,其所蕴含的力量将成倍增长并释放出来。这种现象在约瑟夫·罗特生活的第一次世界大战后的欧洲随处可见,他看到的群氓总是被某种意识形态或思潮所左右、所驱使。这一点与法国心理学家,也是群氓问题的研究者古斯塔夫·勒庞的说法"群氓总是受到潜意识驱使"①不尽相同,他们有着明确的主观指向性。约瑟夫·罗特在1927年的报道《去诺因基兴》(Nach Neunkirchen)中曾写道:

> 他们在那里,那些群氓。他们说的几句话就敲打在了所有人的心坎上。几道闪电点燃了所有人眼中慢吞吞膨胀起来的小火苗。一股电流迫使他们的双手开始鼓掌。(Roth II: 799)

群氓的不满和怒火源于个体所经历的痛苦和恐惧,意识形态的修饰和裹挟,给群氓的暴力注入了新的力量与合理性。

约瑟夫·罗特世界观的转变与创作重点的调整相契合,作品

---

① Le Bon, 1911. S. 19.

中人物性格的刻画上于是也注入了新内容。在早期作品中,他关注的是人物性格上的缺点或弱点。《蛛网》对特奥多尔·洛泽的讽刺与批判集中在他个人的道德层面上,例如他背叛并告发了一个共产主义小组,或者因个人原因谋杀了同僚。《造反》对安德烈亚斯·普姆的批评和同情则主要集中在对他谨小慎微、麻木而又盲从的性格描写上。而现在,约瑟夫·罗特将群氓看作是一个整体,在观察评判群氓现象时不再强调个体的性格缺失,而是把他们身上体现出来的人性恶的叠加作为群氓的本质进行批判,并予以警示。从这个时候起,群氓便是构成丑陋世界的最重要的因素。这一点在约瑟夫·罗特后期作品中变得越来越明显。

约瑟夫·罗特对苏俄革命的排斥、对新写实主义的拒绝、对时下芸芸众生的批判,以及对群氓现象的警示,都清楚地表明他的世界观已经发生了改变。作家对社会和社会中的人的关注虽然一如既往,但聚焦点显然迥异于新写实主义,他强调的是对人性的描写和解析。正因如此,他不再把人按照社会阶层分为压迫者和受压迫者。在作品中,他开始通过特立独行者和芸芸众生这两组共生却对立的群体,来解析现实中人性善与恶的形成和表现。在这一时期的两部小说《无尽的逃亡》及《沉默的先知》所描写的社会剧变中,特立独行者为了保持自己的独立性和理想作出了努力和抗争;而另外两部小说《齐珀和他的父亲》和《右与左》描写的则是芸芸众生如何失去了个体意识,沦落为群氓中的一员。这几部小说的结尾都令人伤感和悲观,这是它们的共同之处。

如果说约瑟夫·罗特早期小说,例如《蛛网》《萨沃伊饭店》和《造反》,展示的是一战后昔日帝都维也纳底层民众的悲苦和时代的扭曲所造成的荒谬,那么在 20 年代苏俄之旅后,罗特的关注则转向了更大的时间和空间范围。在这一阶段，他描写了人的善恶轮回，探究造成这种转变的原因。他在无情揭露丑陋社会现实的基础上，描绘了一种乌托邦式的反现实的存在。在这里，一切都显得和睦安宁，与现实中的尔虞我诈形成了鲜明的对比。例如在1929年的报道《抵达宾馆》(Ankunft im Hotel)中，作家就在现代化大都市的一家旅馆中营造出了一种祥和的气氛：

> 这些人聚在这里，他们从狭隘的家乡情结中解放出来，他们从爱国主义情感的桎梏中解脱出来，他们从民族感情中得以放松，至少看起来是他们原本应该有的样子：这个世界的孩子。(Roth III: 5)

这种乌托邦并非桃花源般与世隔绝，而是与没落的昨日世界密切相连。在1929年出版的短篇小说《草莓》(Erdbeeren)中，作家就绘制了一幅老帝国边疆区山高皇帝远的画面，画面上人人各得其所、恪守天命，形而上的层面与现实中的苦涩形成了鲜明对照。这种思路在约瑟夫·罗特的文学创作中越来越明显，它奠定了日后哈布斯堡神话的创作动因和基础。

约瑟夫·罗特对现实世界整体上持批判态度。但需要指出的是，无论是早期的社会批判，还是苏俄之旅后对人性的反思，都不意味着他是个颓废的悲观主义者，这一点在许多研究中都有定论。[①] 作家自始至终都是一位犀利的观察者和辛辣的批评者。他借特立独行者描述了自己的思想转型之路，借芸芸众生写下了他对时人的认知及担忧。他试图用超越现实的眼光去瞥见未来，却在群氓的身上预见到了人性的彻底沦丧。在后期的文学作品中，他对此更是进行了深入分析和充分论证。

---

① Müller-Funk, 1989. S. 66.

第二章 约瑟夫·罗特对芸芸众生的反思(1926—1933)

 第一次世界大战前后的时代众生相

约瑟夫·罗特在这一时期的文学创作中依然将关注的重点放在被时代碾压的芸芸众生身上,他的新闻报道和文学作品描绘出一副副时代的众生相。在 1928 和 1929 年的两部小说《齐珀和他的父亲》及《右与左》中,作者讲述了两个家庭在第一次世界大战前后的故事。两个家庭都属于西方传统的市民阶层,虽然称不上是钟鸣鼎食之家,但也颇具代表性。在《齐珀和他的父亲》中,叙述者称这个故事是"我尝试在两个人身上展现两代人的不同与相似之处,以便这种展现能够不再是关于两个个体人生的私人报道"。(Roth IV:606)

家族的没落是这两部小说的共同主题,通过父子两代人的经历得以体现。在这两部作品中,人物形象的性格刻画并不十分分明。约瑟夫·罗特在一篇文学随笔中对此作出了说明:

> 我的小说《右与左》彻底否定对人物性格的描述,不再刻画前后一脉相承的心理发展。这部小说虽然有个开头,但仅仅是因为没有什么别的办法开始落笔。(Roth III:131)

作家在《齐珀和他的父亲》和《右与左》中将两代人当作一个整体——没落的市民阶层——进行创作。在第一次世界大战爆发前,父辈的老齐珀和菲利克斯·伯恩海姆都对继承的家业和自己的成就颇为得意。但在战后的岁月,子辈的阿诺尔德·齐珀和保罗·伯恩海姆就只能为生存而苦苦挣扎了。约瑟夫·罗特通过两

109

代人的经历描绘了传统市民阶层在第一次世界大战后的没落和解体过程。这种没落不可避免,在造成社会结构失衡的同时,也为新现象和新思潮的出现提供了便利条件。在此消彼长的过程中,作者看到了隐患甚至威胁。被时代巨轮碾压的不仅仅是传统的市民阶层,就连远离大都市,生活在边疆区且从来与世无争的正统东欧犹太人也不得不面对天翻地覆的巨变。同样,小说《约伯记》也是通过作品中人物螳臂挡车式的冥顽不化,描写了新旧两个世界和两种信念的剧烈碰撞。

一、没落的市民阶层

1. 父辈

在小说的叙事结构上,父辈的经历并非重点,而是仅仅作为叙事背景存在,主要用来与子辈的人生形成对比。在他们身上,首先反映出的是老一代传统市民阶层的生存状况。作家描述了他们的思维方式、生活方式和人生规划。同时,在子辈身上,亦可以清楚地看到父辈留下的痕迹。父辈的生活轨迹被第一次世界大战的爆发分成两部分。在战前,他们身上承载的传统价值观体现在生活和工作的细节之中,那时,"人们挣钱时心里还装着伦理道德"。(罗特4:14)这不禁让人想起了《布登勃洛克一家》中的老祖宗记下来的箴言:"我的孩子,平日要认真做事,但别做那些昧良心的事,夜晚可以安然地进入梦乡。"[1]他们靠自己的双手打拼世界,生活蒸蒸日上。《齐珀和他的父亲》中的老一辈从

---

[1] 托马斯·曼:布登勃洛克一家,黄淑航,龚嫚莉译,北京:北京理工大学出版社,2015年,第56页。

第二章　约瑟夫·罗特对芸芸众生的反思(1926—1933)

一个木匠变成了城里人,

> 因为他不得不将上天赋予他的绝大部分精力都用在了从一个无产者脱胎变成一个市民的奋斗之上。因为这是小人物的必经之路。(Roth IV: 516)

父辈属于实现了自我价值的一代人,虽说他们取得的成就并不耀眼,但已经足够令老齐珀们心满意足了。然而,第一次世界大战却让这一切灰飞烟灭,战后的生活状况也随之急转直下。

以西方市民阶层为对象的研究都会将家庭作为承载市民阶层特性的核心。[①] 这一点在老齐珀身上尤为明显,他的生活、成就以及自信的基础都是自己的家庭。此外,研究者也指出,在这种男权至上的家庭里,存在着"一种等级分明,凡事绝对请示服从的关系"。[②] 在惟命是从的妻子和颇具天赋的儿子面前,老齐珀具有绝对的话语权。不过,这依然无法满足他的虚荣心,因为老齐珀始终希望家族能更上一层楼,抬高自己的社会等第。为此,他试图掩盖自己的农民出身,模仿上流社会的生活方式。在约瑟夫·罗特笔下,这种东施效颦的方式往往成为讽刺的对象。例如在家里不大的空间中,老齐珀也一定要为从巴西来访的兄弟开辟出一处所谓的"沙龙"。因为这位家兄在巴西拥有一处农场,被看作是能带来

[①] Vgl. Schwanda-Arnbom, Marie-Therese: Bürgerlichkeit nach dem Ende des bürgerlichen Zeitalters. Eine Wiener Familienkonfiguration zwischen 1900 und 1930. In: Bürgertum in der Habsburgermonarchie II. „Durch Arbeit, Besitz, Wissen und Gerechtigkeit". Herausgegeben von Hannes Stekl, Peter Urbanitsch, Ernst Bruckmüller und Hans Heiss. Wien 1992. S. 384.

[②] Vgl. Ehalt, Hubert Christian: Familiale Identität vom „ganzen Haus" zum Single-Haushalt. In: Formen familialer Identität. Herausgegeben von Hubert Christian Ehalt. Wien, 2002. S. 8.

希望的救星。在老齐珀激动不已和费心尽力的迎客安排中,表现出来的是一种令人尴尬的扭捏作态,而读者从另一角度看到的则是父辈对家族发达的渴望。

父辈的好高骛远和扭捏作态虽然在约瑟夫·罗特笔下一再成为笑点,但这丝毫不影响作家对父辈形象流露出好感。老齐珀待人接物的方式颇有点自鸣得意,他津津乐道自己取得的所谓成就,同时他性格开朗,为人乐观。社会地位的提升,在他眼中绝非可望不可及。在战前,父辈给后代提供了舒适安逸的生活。有的研究者因此指出,后来人愿意将第一次世界大战前的这段时光描绘成平和安定、人人靠着自己本事追求美好生活的时代。① 在小说《齐珀和他的父亲》中,就连讲述者都认为"老齐珀有很小一部分算是我父亲"(Roth IV: 604)。一方面,父辈享受着有成就感的家长的绝对权威;另一方面,他们也坚信长江后浪推前浪,下一代没有不更加出类拔萃的理由。

《齐珀和他的父亲》和《右与左》这两部小说中的父辈在第一次世界大战爆发前都生活稳定,事业顺遂,也都希望子承父业,把家族发扬光大。作为家长的父辈把后代看成是自己的翻版和延续,自己的一生就是后辈的标杆、榜样和方向。② 于是,这代人按照自己的设想,为他们眼中几乎等同于天才的后代设计了一条"金光大道"。这条通往未来的坦途当然是基于父辈所奠定的物质基础和取得的成就。社会学关于市民阶层家庭的研究也认为,在传统市民阶层还构成社会结构主干的时代,老一代热衷于给后代做

---

① Vgl. Schwanda-Arnbom 1992. S. 385.
② Schwanda-Arnbom, 1992. S. 378.

第二章 约瑟夫·罗特对芸芸众生的反思（1926—1933）

好具体的人生规划。这构成了家庭中两代人之间关系的基础。① 所以，老伯恩海姆不无得意地到处宣扬自己对儿子的安排："我就要送他去大千世界！"（Roth IV：619）显而易见，父辈的思想总是体现在对子孙辈的培养计划里。他们将自己未曾实现的梦想寄托在儿子身上，因为他们认为自己的孩子就像自己一样天赋异禀，自然应该享受良好的教育。

在约瑟夫·罗特笔下，对后代抱有殷切希望和骄傲是父辈的标签。沉重的父爱中也隐含着一种自恋情结，他们热衷于夸大吹嘘后代哪怕最小的一点成就，比如老菲利克斯·伯恩海姆，他到处宣扬儿子对技术和艺术的熟稔和天赋，儿子既通晓摄影和驾驶技术，又在绘画和诗歌方面展现出了天赋。所以在他们看来，后代抬升家族的社会地位应该是水到渠成的事。可惜事与愿违，正是这种规划和期盼给父辈带来了巨大的失望和伤害，因为儿子们后来并没有遵守并实现这一规划。

除了如山的沉重父爱之外，虚荣心也是父辈的一个标签。在约瑟夫·罗特笔下，市民阶层的虚荣心多会成为讽刺的对象。例如，作者在1935年的一部短篇小说《美的胜利》（Triumph der Schönheit）中，就对市民阶层的这种心态有过如下解释："其实，虚荣心是俗人的特性。俗人没有时间，来不及获得尊严、权力、声望和荣誉。"（Roth V：633）对父辈而言，虚荣心一方面是动力的源泉，能将他们推向更高的目标；另一方面也是造成他们痛苦和失望

---

① Ehmer, Josef: Die Lebenstreppe. Altersbilder, Generationsbeziehungen und Produktionsweisen in der europäischen Neuzeit. In: Formen familialer Identität. Herausgegeben von Hubert Christian Ehalt. Wien 2002. S. 64.

的原因,因为他们的愿景最终不可企及。

在《齐珀和他的父亲》和《右与左》这两部小说中,战争的结束也同时意味着父辈时代的终结。无论在家庭里,还是在社会上,父辈都显得失魂落魄,失去了往日的自信和权威。他们面临的是生存的艰难,而不是原来憧憬的家族辉煌。他们不得不眼睁睁地看着财产的流失,以及后辈带给他们的失望。研究者指出,对市民阶层而言,财富的传承至关重要。财富既确保了他们的社会地位,又影响着两代人之间的关系,甚至为家族的延续奠定了基础。[①]正是因为物质基础因战败而消失,父辈讲究的生活方式和虚荣心便首先成了牺牲品。于是,老齐珀家里所谓的"沙龙"也变成了租客的房间。在战后的大萧条中,父辈的形象在约瑟夫·罗特笔下不再是讽刺的对象,从讲述者的口中可以听得出带有伤感和眷恋的语气。父爱虽然依然沉重,有时甚至还显得有些滑稽,但却令人感到格外亲切和温暖。只有在战后这种大萧条的现实中,才能认识到父辈所代表的传统价值体系的意义。他们待人接物的方式有时虽然令人感到过时,但它终究还意味着人们曾经拥有过的温暖的家。

在一战后的新时代,父辈已经赶不上时代发展的列车,不能像从前那样处处游刃有余。老齐珀以为困难只是暂时的,这种对时局的错误估计导致了后来痛苦的反思:"他所做的一切都是错误的。"(Roth IV: 598)同样,在《右与左》中,小伯恩海姆的母亲也徒劳地试图保持原先讲究的生活方式,依旧生活在自己的"盲目而又固执"(Roth IV: 626)之中。不过,也正是凭借这种自欺欺人的方

---

① Vgl. Ehmer, 2002. S. 65.

式才能使她对现实生活中的诸多困苦视而不见。抬高家族社会地位的打算显然已经不切实际,父辈力图能够多挽救些剩余财产,但这种希望很快就随着战后雪崩式的通货膨胀而破灭了。悲惨的现实令父辈措手不及,用老齐珀的说法就是:"我原以为我们家会走上坡路,而不是下坡路。"(Roth IV:544)第一次世界大战后的20年代有所谓"黄金20年代"一说。在这一时期,工业虽然得到了极大的恢复和发展,但工业化所带来的专业化和垄断化,却将传统的小作坊企业消灭于竞争中。用《右与左》中的岳父梅尔威希的话来说就是:"这些客户大都去了那几家大银行。所有小银行的日子都不好过。"(Roth IV:655)

物质基础的崩溃,使得市民阶层的没落不可挽回。在走下坡路的大背景下,约瑟夫·罗特在文学创作中关注的仍旧是人的因素。对社会批判的描写虽说依然存在,却已经不再构成小说的主题。在《齐珀和他的父亲》和《右与左》这两部小说中,传统市民阶层的没落首先是家庭结构的解体。有研究者指出,在战后时代,家庭逐渐丧失了其本来的社会功能。① 物质的匮乏加剧了困苦,导致父辈失去了往日的权威,再也起不到榜样和标杆的作用。两辈人之间的代沟已经无法弥补,导致彼此之间关系紧张,家庭的和睦不复存在。大家庭处于风雨飘摇中,已经不再是研究者笔下所说的"传承家风的最重要的地方"。② 因此,那些通过家庭得以传承的传统价值观也无以为继。

在这两部小说中,通过讲述者的叙述可以清楚地看到作者对

---

① Vgl. Ehalt, 2002. S. 8.
② Vgl. Schwanda-Arnbom, 1992. S. 385.

传统市民阶层没落的悲伤情怀。在这一创作时期,约瑟夫·罗特对逝去时代的缅怀已经逐渐清晰。这种缅怀虽然并非总是与日后的哈布斯堡神话形成互文,但已经很具体地针对父辈所代表的传统价值体系。这是一种道德观和价值观,体现于人与人之间的信任,以及人的行为举止、思维方式和人生智慧。传统价值体系的崩溃和丧失,既令他们感到不安,也让他们失去了自信。

父辈势必被时代所超越和淘汰,他们无法理解新时代的各种意识形态,显得荒唐可笑。但正是这种与现实的格格不入甚至是排斥,更能赢得读者的好感。因为他们依然恪守人性,不为时代思潮所蛊惑。不知不觉间,父辈的落后保守在约瑟夫·罗特笔下起到了抵御时下反人文传统的乖戾思潮的作用。正因如此,父辈的凋零象征着和平时代的终结和混乱时代的开始。在写作中,对过去和平时代的怀念总是和乡愁相呼应。外部社会局势越是紧张,讲述者伤感的情绪就越是强烈。这种厚古薄今的思路自然也与日后哈布斯堡神话的创作一脉相承。

2. 子辈

在《齐珀和他的父亲》和《右与左》这两部小说中,主人公分别是作为家族第二代的阿诺尔德·齐珀和保罗·伯恩海姆。研究者普遍认为,父辈代表着战前老一代的传统市民阶层,两位主人公则是一战后新一代的典型代表。[①] 他们出生在市民阶层的家庭,承载着家族的希望。作品再现了一战前温馨舒适的家庭场景。保罗·伯恩海姆虽说资质平平,连写诗都总是押错韵,但在家里却拥有一个自己的"图书馆",以此为荣的父亲更是乐于在众人面前显

---

① Vgl. Heizmann, 1990. S. 107.

摆儿子的所谓文学天赋。良好的教养也的确为保罗·伯恩海姆打开了一扇通往社会的大门,所以"只要是有女儿的人家,都很欢迎保罗"。(Roth IV: 616)与他同一时代的阿诺尔德·齐珀虽然出身于并不富足的家庭,但在父辈眼中依然有着光辉灿烂的未来,因为

> 按父亲的意愿,一切皆有可能:马戏团演员和戏剧演员,学者和诗人,发明家和骑士,外交官和魔法师,撞大运的和作曲家,唐璜和音乐家,冒险家和总理。阿诺尔德什么都能干,但凡老齐珀没有干成的他都能。(Roth IV: 516)

叙述者在这里专门用斜体字强调,子辈是父辈人生的延续和拓展,负责实现父辈对家族的责任和梦想。

　　子辈承载着父辈的殷殷希望,甚至连他们的性格特征上也都留有父辈的痕迹。但二者之间终究还是有所不同:父辈的虚荣心、好胜心是建立在自己所成就的家业上,子辈的虚荣心、好胜心则是一个虚荣心的空壳。在约瑟夫·罗特的笔下,子辈的虚荣心经常通过一些细节描述被加以放大,显得颇为滑稽,例如"阿诺尔德一反步兵军官应守的禁令,头上歪戴着一顶没帽徽的帽子"。(Roth IV: 534)这样一来,他看上去就有了一副高级军官的做派,高级军官意味着更高的社会地位。有趣的是,在约瑟夫·罗特的好朋友兼作家摩根斯特恩的回忆中,约瑟夫·罗特本人也有与他作品中人物相似的一幕。① 保罗·伯恩海姆也十分渴望得到贵族头衔,所以在签字的时候,他总是大笔一挥,故意潦草从事,让自己的名字看起来好像是"冯·伯恩海姆",就这样,人物的虚荣心得到了暂时的满足。类似的小伎俩最终都以露馅告终,主人公最终

---

① Morgenstern, 1994. S. 27ff.

陷入了令自己十分尴尬的境地。不过人们大概可以推测到，如果没有战争，阿诺尔德·齐珀也许真的会成为一位更高级的军官，最后他真的能得偿所愿，头戴一顶没有帽徽的军帽。而保罗·伯恩海姆也许的确可以获得贵族头衔，就像他父亲那样，差那么一丁点儿就能得手。

与他们的父辈一样，第一次世界大战的战败也成了主人公人生的拐点。这场战争对他们而言，摧毁了"财产和教养"这两个在研究者眼中作为市民阶层社会结构基础的要素。[1] 阿诺尔德·齐珀和保罗·伯恩海姆像许多与他们同样出身的年轻人一样，陷入了战后的物资匮乏之中。所谓继承的"财产"已经无法维持基本的生存，而在战后的大萧条中，"教养"也成了不切实际的"屠龙术"。子辈原本被培养成为能够主宰战前精致生活的那种人，但在推崇社会达尔文主义的战后新时代，他们的教养显得一无是处。在逝去的时代，人的个性备受推崇，而新时代已经不再需要卓尔不群的个体了。战前的美好已风光不再，父辈所许诺和保证的光明前景也已经烟消云散。他们处在连做梦都想不到的恶劣处境中。

在战后年轻一代的身上，市民阶层的没落体现在方方面面。这个阶层的人很讲究生活方式，他们对艺术有兴趣、有追求，在研究者的眼中，这一点也是市民阶层的一个明显标志。[2] 保罗·伯恩海姆喜欢收集不同文化圈里的艺术品，阿诺尔德·齐珀也会拉小提琴。就连《无尽的逃亡》中的主人公弗兰茨·佟达的兄弟也

---

[1] Vgl. Lepsius, 1987. S. 86.
[2] Vgl. Schwanda-Arnbom, 1992. S. 385.

第二章　约瑟夫·罗特对芸芸众生的反思(1926—1933)

在收集别国的艺术品。这种爱好和兴趣在战后的艰难时刻显得不伦不类,因为他们对艺术的爱好与《皇帝的胸像》中的弗兰茨·克萨韦尔·莫施丁伯爵的爱好不同,他们仅仅是出于装点门面的虚荣心,而不是出于对艺术的理解和追求,这是用来掩盖自己弱点的附庸风雅。在《无尽的逃亡》中,主人公弗兰茨·佟达就一针见血地指出"这个古旧的文化已经千疮百孔"(罗特4:100)。

市民阶层的没落尤其体现在战后年轻一代的落魄与绝望中。世事艰难,此时许多有海外亲属的人都把外国当作了避难所,把在那儿生活的亲人或密友当成了能助自己一臂之力的救命稻草。在约瑟夫·罗特的早期作品,如小说《萨沃伊饭店》中,就有这种情节设置。在《齐珀和他的父亲》中,老齐珀的弟弟要从巴西回来探亲,一家人都把他的来访当成翻盘的机会寄予厚望,可这位亲人却直接轻蔑地拒绝了阿诺尔德要随他去巴西闯世界的请求。这等于说,连自己的亲叔叔都对战后年轻的一代不抱任何幻想。

年轻一代的没落同样也体现在他们自己建立起来的家庭中,这是市民阶层赖以维系的核心结构。传统意义上的家庭结构在战后逐渐瓦解,在《无尽的逃亡》中的弗兰茨·佟达和《沉默的先知》中的弗里德里希·卡尔干身上发生的故事就是明证。两人在战后都与现代摩登女性组建了家庭,但传统市民家庭中的母亲和妻子形象在新女性身上已经不复存在,摩登的"丁克"家庭更令市民阶层所看重的传承失去了可能。从书中可以看出,作家对现代摩登女性并无好感,她们与20世纪愈演愈烈的妇女解放运动毫不沾边。在她们身上看不到女权主义研究者所说的"传统女性角色的期待和自我人生设计之间的冲突,以及与这种冲突密切相关的心

119

理压力"。① 恰恰相反,当主人公阿诺尔德·齐珀和保罗·伯恩海姆还在努力适应新时代的时候,摩登女性已经是新时代中如鱼得水的一员了。保罗·伯恩海姆的夫人是一位化学工厂主的女儿,自认为是新时代的独立女性,命运掌握在自己手里,有自由恋爱的权利。这恰恰暴露了她对自我独立的无知,因为真正独立的个体已经不为战后的新时代所容,这一点在特立独行者如弗兰茨·佟达和弗里德里希·卡尔干的经历中可以清楚地看到。不可否认的是,这种虚妄的新女性所说的独立,是市民阶层核心解体的重要原因之一。

另外,年轻一代对新时代的错误认知也是造成市民阶层走下坡路的重要原因。当第一次世界大战结束,他们得以生还回家时,面对的却是自己和家族落魄的现实,这个现实令他们难以接受。保罗·伯恩海姆念念不忘的依然是父辈安排的光明前景,因为

> 保罗觉得如果安享平庸的生活,就是出卖了自己,出卖了他的才华,出卖了他天才的少年时代,出卖了他已故的父亲。要么成名要么死去,在保罗看来,他的未来没有其他的可能。(Roth IV: 659)

这种几乎不食人间烟火的抱残守缺清楚地说明了他们对现实的误判和对自己的高估。在这方面,他们与早期作品《蛛网》中不断向上爬的特奥多尔·洛泽不同。在后者身上,虚荣心是他动力的源

---

① Flich, Renate: Aufbruch aus der Fremdbestimmung – Die Bürgerin auf der Suche nach ihrer Identität. In: Bürgertum in der Habsburgermonarchie II. „Durch Arbeit, Besitz, Wissen und Gerechtigkeit". Herausgegeben von Hannes Stekl, Peter Urbanitsch, Ernst Bruckmüller und Hans Heiss. Wien, Köln, Weimar 1992. S. 348.

第二章 约瑟夫·罗特对芸芸众生的反思(1926—1933)

泉,如果不考虑伦理因素,虚荣心的作用等同于上进心。而在保罗·伯恩海姆身上,这种虚荣心却是一种自我麻痹的表现。就此而言,脱离实际的虚荣心必然导致他所代表的市民阶层的没落。

这种空中楼阁式的虚荣心最终也使年轻一代产生了巨大的心理落差,有的人甚至自暴自弃,因为夸张的自信和苦难的现实之间存在着巨大的鸿沟。从家族的希望变成了时代的弃子,这之间的转换没有过渡。他们曾是那样地自以为是,他们向往的是无忧无愁的、更好的生活。而战后的物质匮乏让这代人意识到:在新世界和新时代中,自己已经没有丝毫的竞争力,已经无法安身立命,因为那些曾经讲究的生活方式在危机时刻无法带来任何生存的技能。自以为是的人生主宰变成了时代大机器上的小螺丝钉,不得不去完成社会角色的规定动作。小齐珀的朋友曾在一封信中表达过这种落差所带来的打击:

> 你的职业有一种更为粗浅、但也更为清楚的象征意义。它象征着被阻止表演的我们战后返乡者这一代:一个角色,一种行为,一把小提琴。我们将永远不能把自己变得可以理解,我亲爱的阿诺尔德,像你父亲还能做到的那样。(Roth IV: 606 - 607)

市民阶层所引以为傲和赖以为生的财产、教养和独立个性,在这一代人的身上已然荡然无存。

小齐珀所要承接的社会角色已经不再是父辈安排好的人生规划。在新时代,人只能去适应社会的需要,演绎好安排给自己的角色,而这就意味着放弃个性。曾经的虚荣心已经被现实碾碎和吞噬。在生活中取得的一些小成就——比如小齐珀娶了个著名影星做妻子,或小伯恩海姆和一位工厂主的千金喜结连理——也仅是

121

对自己和长辈的敷衍,他们心中真实的屈辱感读来令人唏嘘不已。年轻一代始终没有在自己的身上寻找过没落的原因,羸弱的性格使他们将一切推诿到父辈的身上,认为"我们的所有父辈对我们的不幸都负有责任"(Roth IV, 603)。

  社会对普通民众的影响和压迫在约瑟夫·罗特的作品中多有涉及,但在《造反》之后,主人公不再像特奥多尔·洛泽和安德烈亚斯·普姆那样,面对看不见的权力和罗网时手足无措,也更不会抱有不切实际的幻想了。阿诺尔德·齐珀通过父亲的关系谋得了一个公务员的职位。但是在新的工作环境中,同样有种超自然的"秩序"存在着,所有的一切都得按部就班,人在其中却不明就里,找不到自己的位置。年轻的齐珀对他的朋友抱怨道:"当公务员你却看不到公文何去何来,为何要做它,为谁做。"(Roth IV:547)不过抱怨归抱怨,小齐珀还是识时务地选择了服从这个看不见的权力。唯其如此,他才得以在这个社会中生存下去。

  在小说《齐珀和他的父亲》中,外在的"秩序"已经内化成为一种自觉,像模具一样套在生活的细节中。小齐珀告诉他的朋友:

> 最近有一天,我穿着我的浅灰色新西装走进办公室。其中一位科拉尼西先生,马上跑到所有办公室去说,这儿有个年轻人穿着一件浅色西装来上班啦。我每次出门,过道里都站着几个职员,一边窃窃私语一边盯着我看。(Roth IV:545-546)

读者可以明确感觉到,只要稍显另类,就已是不受欢迎的人。任何个性的表现,都被以夸张的方式予以限制和否定,小齐珀发现:

> 我试着把我的桌子往窗户跟前挪了点儿。……我出去了五分钟。等回来时,我的桌子又回到了原来的地方。(Roth IV:546)

第二章 约瑟夫·罗特对芸芸众生的反思(1926—1933)

这里人们所看到的,正是雅斯贝斯在他的《时代的精神状况》一书中所说的"针对每个突出个体的憎恨"。①

在子辈身上,约瑟夫·罗特主要描述的是已经被看不见的权力所异化的人的情况,他们与周围的环境没有明显的冲突,就像事先编好程序的机器人一样,他们认可并适应了这个程序或秩序。所有体现个性的生活方式都被纳入其中,凡是不接受归化的个性都被当作异类拒之门外。在这种令人窒息的环境中,阿诺尔德·齐珀虽然对朋友抱怨说"真让人受不了!"(Roth IV: 547),但内心的反感和反抗情绪却转瞬即逝,他很快认清了环境的要求,他屈服了。于是人们看到了一个没有了虚荣心和进取心的阿诺尔德·齐珀,这位年轻人不久便意识到了自己在新时代的价值:

> 我们也许只剩两件事可做,以证明我们还活着。我们可以服从和命令。但是宁愿服从而不命令。我们把它当作一种社交游戏来玩。(Roth IV: 548)

从此,阿诺尔德·齐珀完全接受并扮演着自己的社会角色——一个在现代电影行业卓有成就的女演员的丈夫,并心安理得地生活在妻子的影子里,因为"他眼中只有一个使命:为他妻子效力"。(Roth IV: 576)"做有用的人"成为他的生活信条和自我认知。他很快适应了新的角色,忘记了自己,也忘记了父辈的期望,就像他自己所承认:"我都已经那么习以为常了,……我过得还不赖。"(Roth IV: 595)哀莫大于心死,无所谓的心态取代了曾经的虚荣心,这虽然能掩盖他的无能和弱点,但也意味着本该承担社会主要功能的栋梁放弃了自己的责任。小齐珀无法与现实社会相

---

① Jaspers, 1979. S. 176.

抗衡，他更愿意做的，是享受暂时的安稳时光。他按照社会的要求去生活，不再有个人的情感、思想和个性，因为这些只能使人压力更大，徒增烦恼，并不能提供解决问题的方法。但他所放弃的社会责任，必然被其他力量接手，后果难以估量。他显然已经预感到，这样下去家族必将没落，今后会遇到灾难，但对此他宁愿视而不见，宁愿自暴自弃。

《右与左》的主人公保罗·伯恩海姆虽然出身布尔乔亚，但适应战后的新生活对他而言也并非易事。作为一个战败国的返乡退伍兵，他面临着同样的问题：适应新时代。放弃个性是步入社会的第一课，也是无法避免的宿命。尽管他努力维持原来的生活方式，"依然还是在作画，作曲，写诗。"（Roth IV：617）但在这种勉力维持的表面现象背后，隐藏着的是令人痛苦的现实，他的家庭已经陷入了入不敷出的境地，难以自保。为了能够抓住最后一根救命稻草，他除了牺牲自我去当一位工厂主千金的女婿以外别无他法，因为他懂得，

> 在衣不蔽体的乞丐和一个想要赢取百万富翁千金、不得不向勃兰德斯求一个"社交职位"的年轻人之间，保罗·伯恩海姆觉得并没有什么差别。（Roth IV：725）

与战前所秉持的抱负和人生规划相比，这场婚姻是一种不得已而为之的屈辱。保罗·伯恩海姆非常清楚地知道，一个独立的个人在垄断的大工业中毫无价值，因此他也不再试图维持和重新建立自己曾经作为独立的个体所看重的价值观。相反，他竭尽全力适应新的时代，在工厂主勃兰德斯面前，他干脆打开天窗说亮话："这周我就需要有个工作，有个头衔，有个职位。"（Roth IV：

723）勃兰德斯虽然当面羞辱了他，但对现实的认同和屈服仍使他义无反顾地投奔在这位新贵的门下。在小说中，保罗·伯恩海姆在很快看清现实后，反而更倾向于按照看不见的权力的意志来构建自己的生活。埃利亚斯·卡内蒂在论述个体与群体的关系时指出，主人公很快就明白了手段和目标之间的关系，[①]而且运用了这种关系，以期达到利益最大化。对此，保罗·伯恩海姆颇有自知之明：

> 他需要我，保罗想，只是因为他想借此和恩德斯拉近关系。他既不赏识我，也不器重我的才能，虽然他在信里说这是难能可贵的。他只是希望我成为他的工具。（Roth IV：726）

原先的价值体系崩溃了，但能够取而代之的新体系并没有建立起来。在这个空档期，看不见的权力建立起了一种"功能关联"，[②]在这张关系网中，人与人之间不再拥有私谊，联结他们的是由其功能性和实用性决定的纽带。比如"料到了伯恩海姆的忘恩负义"的特克力对前者依然念念不忘地叮嘱道："您当时可是专程来找我的！拜托，您下次碰巧和勃兰德斯说起商场报纸的时候——我上次跟您讲过的，千万要提到我。"（Roth IV：728）

　　换言之，人与人之间的关系已经简化为彼此间的利用价值，而一个人的价值也能够轻易地被物化、被衡量，就像勃兰德斯询问保罗·伯恩海姆与恩德斯的婚姻关系如何时，用的是一种调侃的语气："恩德斯，化工厂？"（Roth IV：723）显然，主人公的未婚妻在

[①] Vgl. Elias, Norbert: Die Gesellschaft der Individuen. Herausgegeben von Michael Schröter. Frankfurt am Main 1991. S. 27.
[②] 约瑟夫·罗特在1922年的多篇报道中使用过这个名词。

他眼中已被简单地标记成了可以牟利的"化工"商品。在这种关系中,主人公不再是作家早期作品中塑造的社会牺牲品,而是把自己主动当作祭祀品供奉给了这个丑陋的时代。同样,与早期作品中人与社会的冲突不同,年轻的一代找到了另外一条妥协之路:与过去的生活划清界限,放弃个性,甘愿做新时代巨轮上的一个零件。由此,传统市民阶层便终结在了年轻一代的身上。

约瑟夫·罗特的社会批判视角在这里出现了转变。子辈已经能够适应时代的重压,过去人与外部世界的抗争,或像早期作品中的所谓的"造反",在这一时期的作品中被逐渐淡化,二者之间的关系变得"和谐"起来。没落市民阶层的新一代在政治上越来越盲目,在思想上越来越麻木。他们渐渐结合成为一个新的不易分割的利益整体。在约瑟夫·罗特看来,这种趋势会滋生出新的危险,这将是群氓的胜利。试想一下,如果特奥多尔·洛泽、本雅明·伦茨、勃兰德斯、特奥多尔·伯恩海姆、凯撒·齐珀这样的人被某种敌基督式的意识形态所裹挟而结为一个整体,那将会给时代造成巨大的冲击。这种担心并非空穴来风,在随后的时局发展中不幸一语成谶——危险的群氓社会和时代到来了。

如同约瑟夫·罗特这一时期的许多作品一样,《齐珀和他的父亲》和《右与左》这两部小说都留下了开放式的结局,两个家庭的故事戛然而止。读者因此无法获悉后代以后的命运走向。作家在刻画父辈形象时所流露出来的同情心,在后代身上已不复得见。

二、不合时宜的人——东欧犹太人

约瑟夫·罗特出身于东欧正统的犹太家庭,这一点从他早期注册使用过的全名摩西·约瑟夫·罗特中可以看出。虽然他后来

第二章 约瑟夫·罗特对芸芸众生的反思(1926—1933)

因为个人原因而皈依了天主教,但犹太文化和传统在他身上不仅留下了明显的痕迹,而且也作为创作背景出现在许多文学作品中。在他笔下,东欧正统犹太人是一种特殊的存在。这些人如水上浮萍般漂泊,但却恪守着心中的执念,他们在任何时代和任何地方都是不合时宜的另类,与周围格格不入。这种不合时宜的人又与特立独行者不同,他们总是被打上贫穷、落后、保守甚至邪恶的标签,但这些标签依然掩盖不了这一群体的坚忍和执着。与其说这是他们与生俱来的品德,不如说这是在千百年来无尽苦难中修成的业果。不过在新时代现代化的大潮中,这种带着深刻历史沧桑的不合时宜还能存在多久,答案不言自明。

在这一创作时期,除了大都会里的芸芸众生,约瑟夫·罗特还以东欧正统犹太人这一内向封闭的群体为对象,创作了1927年的系列短篇《漂泊的犹太人》(Juden auf Wanderschaft)和1930年的著名小说《约伯记》。前者为系列报道,辛辣讽刺的文笔描写了排犹主义者的嘴脸,但同时也对犹太人所固有的偏狭进行了批评,指出"东欧犹太人根本看不到自己故乡的任何优点,看不到广阔无垠的天际线,看不到人性本质,……"。(Roth II: 827)

约瑟夫·罗特之所以选取东欧犹太人作为创作对象,一方面是因为这一群体经历的独特性,他们从古至今承载了太多的偏见、悲伤和荒谬。作者在《漂泊的犹太人》的前言中指出:

> 这本书不期望得到掌声和认可,那些不尊重、鄙视、仇恨甚至迫害东欧犹太人的家伙也无需反驳和批评。(Roth II: 827)

另一方面,远离现代文明的东欧犹太人也被时代浪潮所裹挟,新旧两个世界的碰撞更彰显了人性在极端情况下的脆弱和多变。系列短篇尝试报道并解释东欧犹太人无辜且无助的境况,使读者得以管窥作为少数族裔的犹太人这一群体。但在日渐嚣张的排犹主义背景下,任何试图用人文思想和逻辑理性去理解犹太人的呼吁或抗议都难以得到正面的回应。对此,作者也承认自己"傻乎乎地希望还能找到一些读者,他们知道尊重痛苦和人性的伟大,尊重到处与痛苦相伴的肮脏"。(Roth:II, 827)在《漂泊的犹太人》中,有一篇名为《一个犹太人去美国》(Ein Jude geht nach Amerika)的报道,对赴美的东欧犹太人的命运做出了展望:

> 他会住在一栋十二层的高楼里,挤在中国人、匈牙利人和其他犹太人之间,他还是做登门推销的工作,还是害怕警察,还是会遭到羞辱。
> (Roth II: 879)

1930年,这条线索完整地呈现在作者另外一部著名小说《约伯记》中。

《约伯记》中所描述的东欧正统犹太人门德尔·辛格一家人颇具代表性,他们不能也不愿与时俱进,或融入周围环境,是一个亘古不变的时代和族群的象征。犹太人经历了历史上的种种磨难依然留存至今,现在却被时代的浪潮裹挟着,在剧变中经历了迷茫与痛苦。在这部小说里,约瑟夫·罗特选取了两个极端,一个是守旧且不谙世事的东欧正统犹太人门德尔·辛格,一个是现代工业文明的极致美国纽约。二者之间以卵击石般的碰撞,必然以现代对传统的全面碾压而告终。正如译者林中洋在译后记中所言,这部小说"叙述的虽然是特殊历史环境下的一个小人物的命运,但它所展现出来的迷惘、寻找、悲怆和坚持却是人类共通的情感,所以这部书更像是一部史诗,这也是《约伯记》成为经典的原因所在"。

(罗特5:209)在约瑟夫·罗特的作品被纳粹德国禁止并焚毁前,这部小说就已经印刷了三万余册,该书1931年还被翻译成英文在美国出版,并获评"当月图书"。①

在《约伯记》中,主人公所经历的种种不幸,既不是上帝对信徒的测试,也不是第一次世界大战后日益喧嚣的排犹主义的结果,而是因他对现实的漠视造成的结果。这部小说和约瑟夫·罗特的许多作品结构一样,分为两个部分,这种划分正好对应主人公不同的生活阶段。在沙皇俄国时,门德尔·辛格"非常虔诚,敬畏上帝,普普通通,是一个再平凡不过的犹太人"。(罗特5:3)他在三十岁的时候得到了一个小儿子梅努西姆,至此,他的生活一直都平淡无奇。作家在这部小说中塑造的是一个与世隔绝、生活单调的东欧正统犹太人,生活在自己虔诚信仰的世界中,靠给孩童传授《圣经》糊口。在他身上,一般人眼中作为"城乡交流中介"②的犹太人形象没有留下丝毫痕迹。他的生活和社交圈子仅仅局限于几个跟他学习的孩子,他从未曾设想过与外部世界打交道。

对宗教经典的虔敬深刻地影响着门德尔·辛格的起居作息,但也阻碍了他对现实世界的认知,甚至给他造成了幻觉,以为自己受到信仰的庇护,掌控着生活中的一切。而他所在的位于俄国边境的小村庄卒基诺夫也让这种与世隔绝的生活方式和心态成为可能,甚至当小儿子因患癫痫病需要送医时,门德尔·辛格还引经据典地拒绝就医,因为"在外人的医院里是不可能恢复健康的"。(罗特5:5)这种态度反映了以主人公为代表的东欧正统犹太人

---

① Zeyringer, Klaus und Helmut Gollner: Eine Literaturgeschichte: Österreich seit 1650. Innsbruck 2012. S. 539.
② Haumann, Heiko: Geschichte der Ostjuden. München 1990. S. 56.

的迂腐,也暴露出他对典籍的崇敬与真正信仰之间的差异。门德尔·辛格对犹太教经典呆板的虔敬并没有帮助他获得信仰的真谛,仅仅使他对其中的章句做了字面上的理解,因为"他那一根筋的意识只注意简单、俗世的事物"。(罗特5:16)而正是这种寻章摘句的诵读和窗间老一经的生活,不仅使他将书中乾坤与现实世界等同视之,而且让他将对上帝的信仰具体化和世俗化。这种等同视之在他生活的闭塞的小村庄里倒是无伤大雅,但却给他日后的经历造成了巨大的负面影响。同时,这也导致了门德尔·辛格的认知障碍,无论是为了移民美国办理手续时,还是后来在美国生活,他都无法理解自己极其有限的生活圈子之外的现实世界,因为在宗教典籍的字句中根本找不到相应的描述。

门德尔·辛格对犹太宗教信条的狭隘理解和严格恪守使他在生活中缺乏活力,他相信一切都是上帝的安排,凡事被动接受即可。他从来不去设法掌握自己的人生,所以在他眼中,幸运和不幸都是来自上帝意志的分派。他勤奋地祈祷,却从不为自己和家庭付出具体的努力。这种听天由命的人生信条决定并伴随了他的一生。

在这种背景下,移民美国纽约对门德尔·辛格而言不啻于连根拔起的移栽。作为希望之国的美国虽然为主人公开启了新的人生,但他还是如同原先在俄国时一样,两耳不闻窗外事,继续沉浸在对神圣经典的诵读之中,对发生在自己这个小生活圈子之外的事一概不闻不问。陌生的环境甚至让他更加冥顽不化,更加封闭自己,强化了那种与世隔绝的生活和思维方式。研究者的阐释一语中的:"门德尔·辛格没有经历过成长,只靠自己不可撼动的正派操守去对抗世界。他代表的不是活跃,而是静止的原则;他没有

第二章 约瑟夫·罗特对芸芸众生的反思(1926—1933)

与时俱进的敏感,有的只是保守和固化。宗教信仰危机似乎摧毁了他的人生,却丝毫没有改变他的内心,危机仅仅在一段时间内动摇了他,就像风吹弯了树枝,但树枝却会很快复位一样。"①

门德尔·辛格始终无法逾越自我世界与现实世界之间的鸿沟。他在移民美国后虽然经历了一连串打击,但与约瑟夫·罗特早期作品中小人物的经历相比,他显然不是社会不公的牺牲品。相反,主人公"在美国几乎已经像在家里一样"(罗特 5:115),甚至"焦虑第一次离开了门德尔·辛格的家"(罗特 5:115)。在约瑟夫·罗特的许多新闻随笔中,美国的形象往往代表着大工业对人的异化,显得十分负面。② 对此,约瑟夫·罗特全集的主编之一弗里茨·哈克特曾指出,作家本人根本不了解美国,也没去过美国。③ 持同样观点的还有摩根斯特恩,他同样指出,约瑟夫·罗特是在盲人摸象般地描写美国。④ 有意思的是,在《约伯记》中,美国却是个与世无争般的存在,显得祥和安宁。主人公并没有陷入任何社会动荡之中,可以心安理得地继续过着原来的生活。因此,给门德尔·辛格带来痛苦的缘由必然在他自己身上。研究者指出,在《约伯记》中,读者可以从移民纽约的犹太人门德

---

① Vgl. Magris, Claudio: Weit von wo. Verlorene Welt des Ostjudentums. Wien 1974. S. 120.
② 20 世纪 20 年代,约瑟夫·罗特作为记者发表了大量随笔,其中涉及美国的多为缺乏人文关怀的负面形象,例如 1925 年的《姑娘们》(Die《Girls》)、《巴黎之上的美国》(Amerika über Paris),1928 年的《文学运作中的美国主义》(Der Amerikanismus im Literaturbetrieb),1934 年的《敌基督》(Der Antichrist)等等。
③ Vgl. Hackert, 1969. S. 165.
④ Morgenstern, 1994. S. 67.

尔·辛格父子身上清楚地读到"正统犹太教和自由主义的犹太教之间的分裂"。①

尽管没有早期作品中压迫与受压迫的二元对立关系,但门德尔·辛格依然接连不断地受到命运的捉弄和打击。先是家庭逐渐趋于解体,后来又在异国他乡开始了孤独的鳏居生活,结果是他觉得"美国击垮了他,美国粉碎了他"。(罗特5:110)约瑟夫·罗特虽然用《圣经·约伯记》中的典故命名了这部小说,但主人公与《圣经》故事中的约伯不同,门德尔·辛格移民美国前的生活远谈不上幸福,更没有财产。他在俄国拥有的仅仅是犹太教经卷和家庭,二者互为依存,缺一不可。然而即使在美国经历了接二连三的命运打击,也无法让他真正睁开眼睛。门德尔·辛格越是虔诚地沉浸在宗教典籍文本中,痛苦就越强烈。因为他依然试图像原来一样,用熟稔的经文与现实相关联和匹配。他将经典上的字句与对上帝的信仰等同视之,总觉得自己已经完成了上帝的要求。可是在他眼中上帝却辜负了自己很多虔诚的祈祷。这种对等逻辑令他深受其苦,因为他无法用自己理解的上帝的意愿或神圣经典中的章句来解释和抚慰自己所受的苦难。

门德尔·辛格很早以前就陷入了信仰危机,却苦寻其源头而不可得。"为什么会受到这样的惩罚? ……门德尔想。他在头脑里细细地找寻可能的罪过,可是找不见很严重的。"(罗特5:42)他经历的痛苦无法在虔敬的祈祷中找到平衡点,最终产生了对信仰的怀疑甚至否定。按照他的思路,既然是上帝决定了他的命运,

---

① Eder, Karl: Der Liberalismus in Altösterreich. Geisteshaltung, Politik und Kultur. Wien, München 1955. S. 224.

第二章　约瑟夫·罗特对芸芸众生的反思(1926—1933)

自然也该对此负责任。于是他把自己所受的全部苦难一股脑儿地推在上帝身上,指责说:"上帝混乱了我的思维。"(罗特 5:150)他全然意识不到自己的狭隘和愚蠢,心中坚信"我已经老了,好几个世界的末日我都目睹了,我终于变得聪明了"。(罗特 5:151)

盲目的自信以及在经历多重打击之后对信仰的否定,使主人公从一个虔诚的教徒变成了乖张的愤世嫉俗者,他由此而认定,

> 上帝是残忍的。越是顺从他,他就越是苛刻地对待我们。他比有钱有势的人更强大,他用小指头的指甲就可以置人于死地,但是他偏不这么做。他只乐意摧毁弱者。人的软弱刺激了他的强大,顺从唤起了他的愤怒。(罗特 5:154)

在约瑟夫·罗特早期社会批判小说《造反》中也可以读到类似针对上帝的控诉,但二者有明显的区别。安德烈亚斯·普姆受到过社会不公的打击,而门德尔·辛格之所以备受煎熬,是因为他自己陷入了信仰和现实之间无法契合的怪圈。尽管门德尔·辛格拒绝并否定了上帝,但他仍无法从错误的思维方式中得到解脱。他在此后日常生活中做出的一系列可笑的反抗,依然还是出于对宗教经典望文生义的理解,以为违背正统犹太教严格的教规就是针对上帝的造反,比如犹太教有不食猪肉的饮食禁忌,可他偏去意大利人那里买猪肉,试图以此激怒上帝。然而,即便主人公抛弃了信仰,但对于现实世界,他仍然是盲人摸象,不得要领。

这部小说的名字源自《圣经》中约伯的典故,也因此预示着大团圆式的结局。因患病而被抛弃在俄国老家的小儿子梅努西姆病体痊愈,还成了著名的音乐家。于是,"在幸福的沉重和奇迹的伟

大面前"(罗特 5：205)，所有的痛苦和绝望，甚至怒火都烟消云散了。可悲的是，直到小说的结尾，门德尔·辛格还是没能参透人生，还是没能从对经卷教条的刻板理解中脱身，只能被动且糊涂地接受所有结果。

约瑟夫·罗特在《约伯记》中批评了像门德尔·辛格这种拒绝理性接触现实世界的不合时宜的东欧正统犹太人。这种与世隔绝并非特立独行者以批判和骄傲姿态所作出的对同流合污的不屑与拒绝，而是自身原因造成的一叶障目，是反启蒙思想的人生实践，无法摆脱自己所陷入的不成熟状态。在小说的一开始，作者就借门德尔·辛格的老婆狄波拉之口批评了他的执拗：

> 人要先自救，上帝才会帮助他。这也是书上说的，门德尔！你总是把错误的句子记得滚瓜烂熟。书上写的句子有好几千，那些多余的你全都记得！你变得这么笨，就因为你给小孩儿上课！你教给他们你那点儿学识，可是他们把全部的愚蠢都给了你！(罗特 5：39)

这段话点明了主人公的"原罪"，而小说的结尾部分，即令他感到幸福的奇迹降临，也是对他错误信仰的一种间接批评。他将自己的不幸迁怒于上帝，但这却丝毫没有影响伟大奇迹的发生，这与门德尔·辛格对经典教条的信仰和理解形成了鲜明对比。

在许多研究中，小说《约伯记》都被看成是约瑟夫·罗特写作的分水岭。[①] 前期作品中人与社会间的冲突和抗衡在后期作品中已经不再以社会批判为导向。作家更加关注的是人物性格对其行为造成的影响。

---

① Vgl. Magris, 2000. S. 310.

第三节　特立独行者对人性的呼唤

社会达尔文主义优胜劣汰的喧嚣与约瑟夫·罗特对启蒙以来人文思想的理解和追求背道而驰。在他笔下,普罗大众身上带有深刻的时代烙印。这些人恪守着人在屋檐下不得不低头的人生信条,努力地作为适者生存下去。但与此相反,还有一种人不愿随波逐流,他们孤芳自赏,行事决绝,不肯同流合污。在1926年的苏俄之行后,约瑟夫·罗特在许多作品中都塑造了有批判性思辨能力和独立个性的人。在1931年的一封信中,他强调"没有什么比个性独立和独立的个人更为重要的了"。[1]在这一时期的小说中,作家刻画了许多特立独行的人物。这些人与芸芸众生不同,他们善于观察,勤于思考,不为时髦的思潮或意识形态所左右,具有独立的人格。所以研究者指出,"约瑟夫·罗特倾向于接受个性原本不变的本质,这种个性从根本上讲是卓尔不群的,与任何一种社会和历史因素间都没有辩证关系。"[2]正因如此,研究者将《无尽的逃亡》和《沉默的先知》中的主人公弗兰茨·佟达和弗里德里希·卡尔干看作是"将独立人格的个性拔高到一个绝对价值"[3]的典型。这种独立的人格不仅能将特立独行者与芸芸众生,尤其是与群氓区分开来,而且也阐明了作者所推崇的价值取向。他对苏俄革命的许多看法和印象也生动地体现在这两个人物身上。因此,很多

---

[1] Kesten, 1970. S. 192.
[2] Magris, 1974. S. 141f.
[3] Magris, 1974. S. 141.

研究都用"约瑟夫·罗特的自画像"①或"约瑟夫·罗特政治态度的准绳"②来解析《无尽的逃亡》中的主人公弗兰茨·佟达。

作家在塑造特立独行者时对个性的强调,显然受到了自由主义的影响。按照研究者的说法,在当时"除了经济界与媒体界,高校成了自由主义思想的主要阵地"。③ 作家在第一次世界大战前曾经短期就读于维也纳大学,那里正是文化自由主义的重镇。因此可以推测,他当时深受后期自由主义的影响,因为"尤其是在维也纳的开明犹太人圈子里,形成了一个自由主义的核心"④。对不受羁绊的渴望是约瑟夫·罗特笔下特立独行者最明显的标志,这也正是自由主义的传统与核心价值所在。研究者指出:"自由主义从一开始就有意识地肩负着使命,从诞生的第一天起,它便认为自己不是简单地为自由而争自由,它要把自己从现实或臆想的枷锁中解放出来。"⑤这种渴望获得解放的愿望尤其反映在特立独行者身上。他们为自己的身份认同,为保持自我独立性,始终与社会及群氓进行着抗争。在约瑟夫·罗特笔下,这种抗争被书写得颇具伤感色彩。最终,特立独行者如弗里德里希·卡尔干去过苏俄,到过西欧,他期待过,寻觅过,抗争过,可最终却一无所获。

---

① Vgl. Bronsen, 1993, S. 181.
② Vgl. Sasse, Sonja: Der Prophet als Außenseiter. In: Joseph Roth, Sonderband der Reihe text + kritik. Herausgegeben von Heinz Ludwig Arnold. München 1982. S. 86.
③ Eder, 1955. S. 231f.
④ Eder, 1955. S. 224.
⑤ Eder, 1955. S. 9.

第二章　约瑟夫·罗特对芸芸众生的反思(1926—1933)

一、孤独的冷眼看客——《无尽的逃亡》

《无尽的逃亡》被公认为约瑟夫·罗特早期几部成功的文学作品之一。① 故事讲述的是一位名叫弗兰茨·佟达的前哈布斯堡王朝军官在第一次世界大战后的经历,主人公历经艰险,从俄国返回西方世界。从内容和结构来看,这部小说是一部未完稿,故事情节曲折百转,变化多端,有的地方缺乏令人信服的关联,且故事也没有真正的结尾。②对这部小说的研究重点,主要集中在所谓"新写实主义"的写作范式和社会批判上。主人公被看作是连接东西欧之间的桥梁,以亲历者的身份客观地、保有距离地观察当时不同意识形态下的社会状况。他所观察到的普罗大众和社会变迁,构成了这部社会小说的主要故事情节。

约瑟夫·罗特在这部小说中并未对人物形象的塑造多费笔墨。小说一开篇,讲述者就介绍弗兰茨·佟达是一个"没有名字、没有意义、没有军衔、没有官职、没有钱、没有职业、没有故乡、没有权利"(罗特 4:9)的局外人。在整篇故事中,主人公都是迥异于芸芸众生的异类,在作品中被称为"欧洲人""个人主义者"和"奥地利人"(罗特 4:9)。他所经历的漫长跋涉,实际上是自我意识的觉醒和守护的过程。这决定了主人公必定与他所处的世界、与芸芸众生之间有一种疏离感。最终,这种格格不入使主人公对现实中的人和事感到失望,在世界上成为了一个孤独的冷眼看客。

作为崇尚自由和独立的个人主义者,弗兰茨·佟达的性格具

---

① Vgl. Heizmann, 1990. S. 3.
② Vgl. Heizmann, 1990. S. 141.

有理想化的特点,不受任何意识形态或时代精神的左右。他那犀利的眼光一下子就把握住了时代的脉搏,他逐渐意识到独立思考的重要性,激励自己将之付诸行动,在无尽的跋涉中不断更新对时代和大众的认识。主人公的故事始于逃离俄国战俘营,本来他以为"单凭这次艰险的归乡他将再次成为一个有所追求的人"(罗特4:10),却未承想,在返乡路上,他阴差阳错地赶上了俄国大革命并投身其中。在这场革命血火交融的喧嚣中,主人公显得与周围的同志不大协调。虽说他也算是投身革命并为之而战斗,但他却总觉得"那是一个偶然"(罗特4:18)。这种"偶然"使弗兰茨·佟达有别于其他热血沸腾的革命者,他是一个独立的个体,投身革命也是出于私人原因,即所谓他对娜塔莎·亚历山大诺娃"永远的爱"(罗特4:20)。虽然在讲述者口中,这种爱是肤浅的,但主人公却是革命者中唯一直白展示出具有人性情感,如爱、热情和悲伤的人。仅这一点就使主人公显得与众不同。

虽然弗兰茨·佟达从参加革命伊始作战勇敢,处死所谓人民公敌时也毫不手软,但他的行为动机并非源自信仰的激励。在他身上不但缺乏对革命的激情,而且他很快就对革命的成果感到失望,因为现实中的新政权下并不存在宣传中所说的美好世界。在主人公眼中,这场用暴力诠释的革命如同第一次世界大战被当成"孩子般的英雄主义"一样,他把在革命中度过的岁月当作"只知道死亡的岁月,那时生活、太阳、月亮、大地、天空只是死亡的画框或背景。死神,日日夜夜行进在大地之上,伴着雄壮的进行曲"。(罗特4:34)

对主人公而言,这场革命只是上一场毫无意义的战争的延续,是死亡的继续。而弗兰茨·佟达对革命的想象和理解恰是对活下

去的渴望,他对同志加情人的革命者娜塔莎说道:

> 自有历史以来人类就献祭牺牲。……现在我们也应该为革命献祭吗?我觉得人不献祭的时代现在终于可以开始了。……我们不是牺牲,我们不为革命献祭任何牺牲。(罗特 4:29)

这种带有人文主义色彩的思想与革命中"用鲜血止渴"(罗特 4:25)的时代精神相悖,自然不能为他周围人所接受和容忍。主人公甚至对革命的对象也颇感失望,因为他亲眼所见,

> 革命的对象不是"布尔乔亚",而是面包师、侍者、蔬菜小贩、小肉铺店主,是无权无势的旅店杂役。(罗特 4:137)

而按照主人公的理解,社会底层的民众才应该是革命果实的受益者,因为他们失去的最多,付出的牺牲也最多。但在当时语境之下,这种观点可谓惊世骇俗,反映出了主人公有对社会弱者的同理心和同情心,却也正是他在新社会中屡遭挫折,以及屡屡遭到新权贵排挤的根本原因。

作为一个崇尚自由的独立个体,弗兰茨·佟达深刻认识到自己与革命的理念并不相容,因为

> 必须假设,被真正的敌人四面围困的革命为确保自己的政权,迫不得已时没有别的选择,只能牺牲任何一个个体。(罗特 4:61)

牺牲显然违背了主人公作为个人主义者的意志,所以他在革命中不仅"不属于所谓的'主动型'"(罗特 4:39),而且"觉得自己变得很不适应这个世界"(罗特 4:59)。

甚至在革命取得胜利之后,弗兰茨·佟达依然无法摆脱这种不适应的感觉。他曾尝试过普通人的生活,于是不久后便与阿尔

雅结了婚。生活看似步入正轨,因为"阿尔雅像一间寂静的屋子接纳了他"(罗特 4: 39)。但主人公很快就发现,这场革命并没有创造出真正意义上的新世界,而是建立起了

> 一个庞大混乱的管理体系,具有目的性与技巧性的混乱,带有无数狡诈的混乱。在这个体系里,每个人只是或小或大的一个点,与更大的一个点联系在一起。(罗特 4: 60)

这使得特立独行者弗兰茨·佟达在集体社会中不得不面对非此即彼的抉择,所以有研究者指出,这场革命对他来说意味着"剥夺个体的权利与价值"[①],对此他显然是无法接受的。

在革命取得胜利后建立起来的新社会中,依然存在着一张包罗万象、能让人感受到、却看不见摸不着的网。这张隐形的罗网给人造成的威胁感甚至更为强烈,主人公描述说:

> 最糟糕的是你始终受到监视却不知道被谁监视。……就好像一个人常年躺在祭台上,却不知道什么时候被宰杀。(罗特 4: 61)

像弗兰茨·佟达这种"折则折矣,终不曲挠"的特立独行者,无论是在革命中,还是在革命胜利后的新时代都注定是个不讨喜的人。约瑟夫·罗特在 1926 年一篇关于俄国的新闻报道《俄国的大街什么样?》(Wie sieht es in der russischen Strasse aus?)中写道:

> 人们总是目不转睛地盯着他在新世界中的立场,改变他的观点。他们从来不是一个完全独立的人,总是社会中唾手可得的零件。(Roth II: 624)

---

① Heizmann, 1990. S. 149.

第二章　约瑟夫·罗特对芸芸众生的反思(1926—1933)

这种人的物化和功能化使革命后的新秩序在主人公眼中成为了"物质与功能世界"。①

对革命的失望唤醒了弗兰茨·佟达心中深藏已久的对自由的渴望,也促使他重新踏上前往西方的跋涉之路。在给朋友的信中他写道,自己现在处于"介于心灰意冷和心存期盼之间的状态"(罗特4:59)。他期望见到的是一个认识的法国人所描述的自由巴黎:

> 巴黎是世界唯一的自由之城。在我们那里住的有反革命者和革命者,有民族主义者和国际主义者,有德国人、英国人、中国人、西班牙人、意大利人……(罗特4:48)

这一和谐画面不仅与这位特立独行者的期待相符,而且也唤醒了他对第一次世界大战后消失的哈布斯堡王朝的记忆。昔日的帝国对他而言就像是逝去的家园,不同民族和文化背景的人可以和睦相处,无需掩盖和放弃自己的身份认同与个性。他臆想中巴黎宽容的气质替代了对逝去的家园的美好回忆,这对刚刚逃离苏俄的主人公颇具吸引力,他以为,那里就是能够给他提供庇护、能让他有个安身立命之所的精神家园。

在前往理想之城巴黎的途中,弗兰茨·佟达先是路过了一战后的几个德国城市。目力所及,不再是动荡与喧嚣,而是表面上"可爱冷静"(罗特4:98)的城市,他还在自己兄弟的交际圈子里结识了看似享受自由生活的一群人,

> 因为他们属于上流社会,即便是星期三或者星期四甚或星期一也可

---

① Heizmann, 1990. S. 154.

能受到邀请,而且也确实受到过邀请,他们是艺术家、学者和区镇代表大会代表。(罗特4:88)

但这种和谐画面并没有持续多久,弗兰茨·佟达很快就发现了表象后的问题。在星期天的家庭聚会上,他语带轻蔑地将在场的女士归纳为两类:"崇尚巴黎的高雅类和让人想起马祖里湖的务实类。"(罗特4:88)对人的归类意味着具有独立个性的人的缺失。苏俄革命胜利后的情况如此,西方世界也大同小异。无论在东欧还是西欧,人都被按类聚,被群分,仅是整体的一个组成部分,而非独立的个体。在主人公眼中,这样的世界甚至无异于"群葬墓"(罗特4:145)。

即便在所谓的自由国度,也不存在对独立个体的宽容。在自由的表象之下,人们的社会角色和功能被一种"准则"(罗特4:91)所设定,因而主人公自然而然就该扮演"刚刚归乡的'西伯利亚人'的角色"(罗特4:63),其他人当然也有被规定的社会角色。这种角色的设定,反映出了人的"灵魂的空虚"。① 在星期天派对上,唯一给主人公留下好感的是对此有切身体会的工厂主,他从自己的视角描述了这种所谓"准则"给人带来的影响:

> 每一个人在这里生活都得依据永恒的准则并违背自己的意愿。当然每一个人刚开始的时候,或者说来到这里的时候,都曾有过自己的意愿。他安排着自己的生活,具有完全的自由,谁也不去干涉他。然而过了一段时间之后,他自己也毫无察觉,之前由自己自主决定的安排成了准则,虽然没有成文但却是神圣的,因此他也就停止继续做出决定。(罗特4:91)

---

① Bronsen, 1993. S. 160.

第二章 约瑟夫·罗特对芸芸众生的反思(1926—1933)

对此,研究者也指出,在这部小说里,不仅人被异化,甚至连人与人之间的社交范围也被固化。根据这所谓的"准则",每个人都必须接受社会认为他适合的角色。[①] 而那位工厂主说得更为直白:"每个人都有自己的角色。"(罗特 4:94)在第一次世界大战后的西方社会中,对独立个体的归化更为彻底,使之成为一种自觉。而正是这种自觉营造出了自由的假象。

这种"准则"造就的自觉遍布于整个社会体系,人们不但适应了,而且享受着"准则"所允许的自由。与此相反,不适应则意味着背叛和被淘汰。这使得特立独行者依然无法获得容身之处。主人公从苏俄前往西方的跋涉中,渐渐看清楚了这个时代的共性:独立个体的消失和群氓时代的降临。约瑟夫·罗特的传记作者布隆森指出,这部小说描写的并非"东方革命的新秩序与西方传统秩序间的对抗",[②]而是人的物化和功能化。[③] 主人公失望时,也曾指责他兄弟,说他们那个社交圈子里表面上的自由实际上是"一场化装舞会而不是现实"(罗特 4:101)。弗兰茨·佟达在苏俄"绝无可能去适合任何一种主流思想意识"(罗特 4:107),在西方也同样不愿意被固化在某个角色或者功能上。西方的这种自由的假象同样令人失望,同样使他产生了疏离感,于是他才再次踏上了征途。

弗兰茨·佟达经过长途跋涉,最终抵达了心目中唯一的自由之城——巴黎,但这里和德国的城市一样,也完成了社会角色固化的进程,一个独立的自由人依然无法融入其中。在弗兰茨·佟达

[①] Vgl. Heizmann, 1990. S. 88.
[②] Bronsen, 1993. S. 163.
[③] Vgl. Heizmann, 1990. S. 80.

看来,这里同样不存在独立的个体,只有标志化的类型。在巴黎,他甚至遇见了曾经的未婚妻伊蕾妮,那是他想象中的"英雄的未婚妻"(罗特4:10),但这种理想化的美在现实中依然缺乏个性和有别于其他美的独特之处,因为

> 她们全都貌美,她们占有这一个种类的美。似乎她们的创造者将数量巨大的美均匀地分给了所有的人,然而这个量却不够将她们彼此区分开来。(罗特4:154)

曾经日思夜想的重逢居然成了压死骆驼的最后一根稻草。因为当初主人公返乡的动机就是对伊蕾妮的爱和思慕。这种爱赋予了他力量,他甚至说:"只有在一种情况下我会感到温暖和悲哀:在我想念伊蕾妮的时候。"(罗特4:108)这种爱有着象征意义,它维系着"美好的"过去。但同时,对伊蕾妮的爱也是一柄双刃剑:既是主人公长途跋涉的力量源泉,又是他变得玩世不恭的原因。[1]

弗兰茨·佟达从苏俄到西方的人生之旅是一个特立独行者找寻理想家园的历程。但正如研究者所指出,现实明确无误地告诉他,理想家园仅仅是个乌托邦般的存在,因为"以目的为导向的技术时代已经战胜了人文主义的理想"。[2] 主人公无尽的跋涉始于希望,终于失望。表面上的希望和现实中的失望循环往复,使他最终在绝望之余与同时代的人和活在其中的社会划清了界限,从此"世界上没有谁像他这样多余"。(罗特4:160)与歌德笔下的威廉·迈斯特相反,弗兰茨·佟达在艰难的人生跋涉中所获得的认识,并没有给他带来激励,反而令他气馁。但气馁并不是逃避现实

---

[1] Hackert, 1969. S. 167.
[2] Hackert, 1969. S. 167.

或自我放弃的同义词,而是一个特立独行者与否定个体价值的时代的决裂,这种决绝在读者心中刻上了悲壮和伤感的印记。

二、特立独行者的玩世不恭与沉默——《沉默的先知》

在小说《无尽的逃亡》出版两年后,约瑟夫·罗特于1929年创作了一部新小说《沉默的先知》。根据研究考证,作者本意是想写一部以苏俄革命者托洛茨基为对象的政治小说。这部小说的第一部分于1929年首先发表在报纸《新评论》上,整个故事情节分为三个相对独立的部分。在作者的有生之年,仅发表了前两部分。直到1965年,小说才以今天的面貌与读者见面。① 在这部作品中,读者看到了另一个孤独的、崇尚人格的特立独行者弗里德里希·卡尔干。《沉默的先知》与《无尽的逃亡》之间存在着松散的联系,两部小说的写作风格都贴近新写实主义。主题和结构也相仿,甚至两部作品的主人公也具有相似性。弗兰茨·佟达和弗里德里希·卡尔干生活在同一个时代,也都经历了第一次世界大战前后从东方前往西方的漫长跋涉。在《沉默的先知》的结尾部分,两部小说的主人公甚至在西伯利亚相逢,"陷入空茫的孤独之中,像寂静而迷茫的夜里一颗陨落的星辰,无人觉察也毫无痕迹"(Roth IV: 776)。由此,卡尔干也像佟达一样,与所谓的文明世界隔绝,成了孤独的冷眼看客。

尽管在这部小说的前言中,讲述者就明确声明这部作品是"一次书写传记的尝试"(Roth IV: 776),但作者对人物性格的塑造并

---

① Vgl. Marchand, 1974, S. 154; Nürnberger, 1995, S. 74; Wirthensohn, 1998. S. 298f.

未多费笔墨,甚至对主人公的成长历程也仅仅粗枝大叶地数笔带过。在约瑟夫·罗特这一时期的许多作品中,这样的安排并不少见。1929 年,他在《自我批评》一文中提及另外一部小说《右与左》时就曾直言:"我的小说《右与左》明确拒绝性格的存在,也就是说根本没有一以贯之的心理活动。"(Roth III:130f.)因此,在《沉默的先知》这部社会小说中,几乎找不到关于主人公弗里德里希·卡尔干的个人信息。读者只知道他出身草莽,是个被遗弃的非婚生子。在他人口中,主人公年少时"勤奋而有天赋"(Roth IV:780),长大后成了个"无政府主义者""多愁善感的反抗者"或"知识分子中的个人主义者"。(Roth IV:776)

在主人公弗里德里希·卡尔干的故事中,可以梳理出两条平行发展的线索。其一是他对苏俄革命态度的转变,其二是他的自我认知之路。第一条线索讲的是弗里德里希·卡尔干的出身。他来自社会底层,亲眼所见和亲身经历了种种社会不公,后来成了一个热血青年,投身于革命之中。与《无尽的逃亡》中的主人公弗兰茨·佟达不同,弗里德里希·卡尔干从一开始就深受革命思想的鼓舞和激励,立志为缔造一个美好的新世界而奋斗。他痛恨社会中的不平等,相信暴力革命是通往美好未来的必由之路。尽管暴力意味着牺牲,但按照当时的信仰,值得为之付出。因为在他看来,这种牺牲有其必要性与合理性,"所以不仅相信牺牲的价值,还相信牺牲会得到报答,犹如墓前绽放的花朵。"(Roth IV:800)这一时期,主人公的世界观左倾,立场分明且坚定:

> 我是个穷人,我站在穷人这一边。这个世界没有善待我,我也不会让他好受。世界的不公随处可见,我深受其害。专断独裁令我痛苦,我自会对当权者以牙还牙。(Roth IV:816)

弗里德里希·卡尔干作为一个真正的革命者,时刻准备着为自己的理想和信仰而战斗,所以当第一次世界大战爆发时,他并没有像其他人一样参军,因为他不愿意"为弗朗茨·约瑟夫,为了法国军事工业,为了沙皇和威廉皇帝而战斗"。(Roth IV:862)他要投身于一场更伟大的战争。他在给自己的爱人希尔德的信中说:

> 那将是一场推翻这个社会的战争,推翻那些祖国,推翻您交往的那些诗人和画家,推翻亲密的家庭,推翻父辈虚假的权威和子女虚假的顺从,推翻进步,推翻您的妇女解放。总而言之,推翻资产阶级。(Roth IV:862)

正如约瑟夫·罗特这一时期社会小说中的许多热血青年一样,卡尔干期待通过革命的颠覆实现"安得广厦千万间,大庇天下寒士俱欢颜!"的人文主义愿景。

在弗里德里希·卡尔干这样的理想主义者身上,希望与失望总是相伴相生。这场革命对他而言是"爱与恨的统一体"。(Roth IV:883)他基于人文主义情怀所关爱的是社会底层的弱者,而基于左翼革命理念所憎恨的是小市民资产阶级和叫嚣战争的各种思潮。但在他参与的革命实践中,看到的和经历的却是一种"世界观的理论化与实际情况之间的巨大反差"。[①] 虽然俄国的革命者最终取得了政权,但原先设定的目标却未能真正实现。摧毁了旧的沙皇俄国并不意味着新社会能带来更好的生活,两者之间的不同之处仅仅体现在权力的分配上:过去当权者的位子上现在坐上了新人,即那些曾经的革命者。对弗里德里希·卡尔干而言,这场革命仅仅是历史上的一场轮回,既没有改善也没有进步。就本质而

[①] Wirthensohn,1998.S.301.

言,革命与刚刚结束的第一次世界大战毫无二致,仅仅是一场彻头彻尾的战乱。

正是基于这种失望,弗里德里希·卡尔干开始思考造成这场革命没有取得真正意义上的成功的原因。在他看来,症结正好出在革命者和参加革命的群众身上。因为一旦革命中的紧张局势因胜利而得到缓和,革命者就显示出了他们市民阶层的本质特点。研究者也明确地指出,对俄国革命市民化和官僚化的描写经常出现在约瑟夫·罗特后期的作品中,①他对此批判得越发尖锐。在小说中,弗里德里希·卡尔干确信,

> 像那些市民阶级的男人们在追求事业的过程中会长出双下巴和啤酒肚一样,这些被我称之为同志的人也为自己置办了革命者的衣装和公文包。(Roth IV: 903)

革命摧毁了过去的价值和道德体系,却没有建立起新世界,也没有培养出新人,更没有带来希望。目力所及之处,仅剩残垣断壁与破败荒芜。于是渐渐地,弗里德里希·卡尔干与革命者及革命后的新政权之间逐渐出现了隔阂。当他抵达瑞士时,就已经确信,"血流成河的那种图像不再伴随着我的每一个思想。我开始理解上帝的淡漠。中立是与神性类似的。"(Roth IV: 867)

与此同时,革命者本身的退化也使主人公改变了对革命的看法。随着革命取得胜利,曾经不顾生死投身战斗的革命者也在逐

---

① Vgl. Schweikert, Uwe: „Der Rote Joseph". Politik und Feuilleton beim frühen Joseph Roth (1919–1926). In: Joseph Roth, Sonderband der Reihe text + kritik. Herausgegeben von Heinz Ludwig Arnold. München 1982. S. 52.

第二章　约瑟夫·罗特对芸芸众生的反思(1926—1933)

渐异化。他们和自己曾经唾弃和反抗过的当权者一样，也要享受特权，成为新一代权贵。这些人很快就适应了新的官僚体系，沉浸在奢侈生活之中，身上不但没有进步的痕迹，反而还保留着自己曾经批判过的小市民阶层的本性。在小说中，革命者别尔泽耶夫一针见血地指出：

> 我认为，我们的同志们已经变成了市民。或许他们一直就是市民。不过他们生活中的紧张、恶意与贫穷阻止了其市民阶级的本性。现在，动荡不安的时代已经过去了。(Roth IV: 897-898)

这一认知使弗里德里希·卡尔干重新审视自己曾经的革命同志，同时，他也开始反思自己的过去，从而开启了自我认知的新视角和新视野。特立独行的革命者为之奋斗并期待的是更好的人和社会，而眼前的革命却仅仅是用暴力摧毁了旧世界和原来的价值体系。

昔日的同志令曾经热血澎湃的革命者弗里德里希·卡尔干大失所望，就连他想要拯救的对象——社会底层民众——也同样令他心灰意冷。曾几何时，主人公将自己视为社会弱势群体的代言人，立志为他们争取权益。但革命的经历让他明白了，底层民众并不期待一个全新的世界，他们只是想获得过去自己无法得到的好处。在他们身上，主人公看到的只有肤浅的乐观主义："所有人都预见到了美好的未来。乐观成了首要义务"。(Roth IV: 897)他由此而断言，"市民的特点就是乐观"。(Roth IV: 898)市民阶层的安之若素和盲目乐观使卡尔干感到迷惘，因为他面对的是一种痛苦的悖论：他想帮助芸芸众生脱离苦海，但这些人却根本感受不到痛苦。

因此,像弗里德里希·卡尔干这样目光犀利且能洞穿表象的人,显然无法对未来做出乐观的估计,最终只能选择沉默。他对社会底层群众的看法和态度产生了动摇,意识到"人都是捉摸不透的,而且,你无法帮助他们"。(Roth IV:822)于是卡尔干就此放弃了原先拯救普罗大众的幻想。但这种放弃并非意味着背弃自己秉持的人文理念,而是意识到自己能力的局限:"我们想要帮助他们,但我们并非生来就有这种能力。"(Roth IV:832)研究者也指出,主人公至此彻底和自己原来的梦想做了一个了断。[1] 他已经不再是那个热血澎湃的青年革命者,他对这个世界和大众的看法也更加悲观:

> 我们像是一个不会游泳的人,看见溺水者还是会跳下去相救,随之沉没。但我们必须跳下去。有时我们能帮助别人,但大多数时候是一起沉没。谁也不知道,在最后一刻,感受到的是幸福还是某种苦涩的愤怒。(Roth IV:832f)

这一认知不但决定了主人公日后发展的走向,而且也导致他最后自我放逐到西伯利亚。

革命胜利后的情景也印证了主人公被迫沉默的预言:"资产阶级对全球的统治才刚刚开始。"(Roth IV:907)此时的弗里德里希·卡尔干已经心灰意冷,他终于意识到自己所憧憬的美好世界不过是个乌托邦:

> 弗里德里希站在那里,像一个船长。他的船已经沉没了,但由于可憎的命运,他却活了下来,这违背了他的责任,也违背了他的使命。他活在这

---

[1] Marchand, 1974. S. 152.

片土地上,而土地对他而言却是陌生的。(Roth IV: 914)

哀莫大于心死。就此,一个曾经的革命者完成了对革命的否定,就像他对过去的同志所说的那样:"我毫不在乎你们的革命!"(Roth IV, 899),"我不相信这场革命胜利了。"(Roth IV: 913)在他看来,这场革命正好终结于市民阶级之手,结束在他们的起点上。1929年,约瑟夫·罗特在给他的朋友摩根斯特恩的一封信中提及这部小说时写道:"这部小说完了,苏俄革命也完了。"①因此,在后来的研究中,《沉默的先知》这部小说多被看作是约瑟夫·罗特告别早期左翼社会批判世界观的一部作品。②

这部小说故事情节中的另外一条线索是主人公认识自我的历程。与《无尽的逃亡》中的主人公弗兰茨·佟达不同,弗里德里希·卡尔干不仅仅是一个参透世界并与之保持距离的人,③而且还是个能理性地审视自我并完善自我认知的人。他骨子里是个自由主义者,所以痛恨"任何形式的权威"(Roth IV: 780)。但当他最初带着一腔热情从偏远地区闯入文明世界时,心中又有作为"有权势的人"(Roth IV: 780)受到认可的憧憬。这种矛盾心态体现出他的不成熟,预示着他在现实中必然会遇到希望变失望的失落与煎熬。

年轻的弗里德里希·卡尔干最初对革命有信仰,对胜利有执念,可现在却与过去时代决裂了,甚至不惜因此而离开爱人希尔德。他在告别信中写道:

---

① Morgenstern, 1994. S. 36.
② Sasse, 1982. S. 87f.
③ Bronsen, 1993. S. 176.

> 我本来一定要努力赢得您,但如果那样,我们之中的一人就要改变。这是不可能的。因此,我想,就像人们所说的,放弃您。(Roth IV:863)

不过,革命信仰和行动并没有改变这个特立独行者的本质。与其他革命同志相比,主人公身上自始至终散发着人性的光芒。即便在危机四伏的革命斗争中,他也觉得自己有"一些被他称之为'软弱'的时刻,会让他暗自希望能最终看到理想的胜利"(Roth IV:800)。这所谓的"软弱"时刻,表现出的是他对生的渴望和尊重,也是他骨子里"属于欧洲不死的知识分子"(Roth IV:816)的人文主义精神的体现。就连他的革命同志 R.也注意到弗里德里希·卡尔干经常在不经意间流露出的情绪:"你的犹豫曾经是那么恰到好处,你的漫不经心是那么安逸,你无拘无束,没有露骨的激情……"(Roth IV:884)这种明显的"软弱"和情绪使他有别于他人,在小说中也是特立独行者与众不同的标志,被一再描述和强调。

弗里德里希·卡尔干的特立独行尤其体现在对独立思考和判断的执着上,所以不会受到任何一种时代思潮的裹挟。这也使他很快意识到了自己的不合时宜,他在日记中写道:

> 我们都憎恨这个社会,而且是出于个人情感,因为我们都不喜欢这个社会。……我们本该出生在另一个时代,在那个时代里,如果你与众不同,仍可以自己决定命运。(Roth IV:870)

对个体独立性的强调将他与芸芸众生区分开来,也让他认识到自己原先的局限性:"我们曾是理想主义者,不是常人。"(Roth IV:832)就此,他完成了自我认知的第一步,找到了自己不合时宜的原因。

这条自我认知之路并非坦途，伴随着它的是自我批评和否定。主人公开始意识到自己作为一个独立的理想主义者的偏狭："我渐渐明白了自己原先对专制的愤恨，……我反对的只是当下的专制。"（Roth IV：844）虽然革命取得了胜利，但专制仍以不同形式产生和存在着，这一点甚至在主人公昔日的战友身上也可以清楚地看到。一场革命可以终结一个旧时代，但并不意味着能给大众带来新生。这一认识促使主人公结束了自己"煽动人心"（Roth IV：885）的革命生涯，与群众划清了界限，不再将自己看作是他们中的一分子。

弗里德里希·卡尔干最终放弃了乌托邦式的革命情结，经过透彻的反思，他认识到自己是一个"欧洲人"。（Roth IV：869）这里指的并非出身的地域，而是类似于歌德笔下的世界公民，与20世纪20—30年代甚嚣尘上的民族主义者相对立。这种人文主义思想与当时危殆和排他的时代气氛格格不入。他虽然自认为欧洲人，但在当时的欧洲却是个无家可归者，找不到自己的归宿，像浮萍一样四处漂泊。这让主人公身上有着孤芳自赏式的伤感和绝世独立的孤傲，因为他知道"无论今日还是当时，我都是世界上唯一独醒的人"。（Roth IV：865）在他看来，这种卓尔不群的立场的根基是"那些重要的欧洲传统：人文主义、天主教、启蒙运动、法国大革命和社会主义"。（Roth IV：869）也正因如此，他才最终自信而骄傲地要求当权者将自己放逐到西伯利亚，以此彰显自己的人格独立和对错误时代精神的否定。于是他"放弃了希望并坚决做个看客"（Roth IV：929），决定从此沉默。

弗里德里希·卡尔干对现实的失望，使他成为了一个边缘人。

他无法融入新社会,又不愿意在权威面前放弃自己的独立性,更不愿意同流合污。他处处显得不合时宜,不伦不类,成了一个"玩世不恭的人"(Roth IV:915)。最终,他不知所踪,成了一个隐居者,如研究者指出,最后藏身于世界边缘的一个绝对停滞的地方,在那里,时间和历史都不存在了。① 从此,"渴望孤独和逃离喧嚣现实的空虚"②对他而言不仅仅是种"哀婉的听天由命"③,而且也是对他这个特立独行者自我认知的保护,使他得以免遭工业和文明侵蚀。④ 主人公作为沉默的先知预示了"非人的、完全科技化"(Roth IV:926)的未来,自己却在当下找不到知音和听众,因为人们"害怕听到真相"。(Roth IV:776)

三、从希望到失望——逃离看不见的罗网

在约瑟夫·罗特的社会小说中,特立独行者在一开始都是满怀希望与热情地步入社会的。他们虽然历经坎坷,却依旧认为难关已过,曙光在前,更美好的世界和生活在向他们招手。然而,现实中经历的失望很快就使他们从盲目的乐观中清醒过来。这种希望与失望的轮回,在《无尽的逃亡》和《沉默的先知》中表现得十分突出。主人公心怀希望,以为经过漫长的跋涉,就可以找到安身立命的所在,却又无需付出牺牲个体独立性的代价。这种无止境的跋涉既是发现之旅,又给他们带来了痛苦和失望的经验与认知。他们把独立和自由当作人生目标并为之奋斗,到头来却发现这与

---

① Müller-Funk, 1989. S. 65.
② Marchand, 1974. S. 154.
③ Sasse, 1982. S. 88.
④ Heizmann, 1990. S. 79.

现实社会对人的要求互不相容。研究者指出，独立的个人若是不背离自己的道德价值观，便无法参与到面对群氓的政治中去。① 最终，他们只能游离于社会的边缘，成了研究者笔下所说的"无家可归者、流亡者、等待者"。② 在这个已经完成物化和异化的世界中，独立的个体已经成了不受待见的异类。

强调独立人格的特立独行者与他们所处的社会之间始终存在着隔阂，使他们在现实中总是显得格格不入。造成这种情况的原因之一是时代和社会背景：社会的不公给底层民众造成的困苦令特立独行者义愤填膺。但另一方面也应指出的是，与同时代的芸芸众生相比，特立独行者总还是处于衣食无忧的状态。《无尽的逃亡》中的弗兰茨·佟达和《沉默的先知》中的弗里德里希·卡尔干显然也有着比普通人更多的机会，在日常生活和工作中并没有遇到无法逾越的障碍；甚至在战乱时期，他们也还能穿越国界乃至火线，去"观察"另一边的情况。哪怕是在大萧条时期，如果有需要，他们也总能找到一份工作，至少能有一个保证温饱的经济来源。佟达在巴黎获得了给富商卡迪拉克先生的女儿做家庭教师的工作机会，卡尔干甚至在俄国革命取得胜利后走上了领导岗位。困苦并非他们所要克服的障碍，更没有阻止他们继续前行的脚步。他们可以随时踏上征程，继续自己的观察，亲身体验社会不同层面的生活。直到小说的结尾，只要他们愿意，也都还有机会作为既得利益者重新融入社会。主人公对这种生存无忧地位的放弃，凸显出他们为保持个人独立，甘愿付出代价。

---

① Jonsson, Stefan: Masse und Demokratie. Zwischen Revolution und Faschismus. Göttingen 2015. S. 135.
② Heizmann, 1990. S. 7.

在约瑟夫·罗特笔下,对人和人的独立个性造成威胁的是一张看不见的罗网。这张网不但造成了特立独行者与其所处社会之间不可调和的矛盾,而且也一再加深和激化了这种矛盾。这张罗网神秘而强大,可以决定一个人的命运甚至改变一个人。作者在许多小说中都描述了这张看不见的罗网。在苏俄革命中,这张网是个包罗万象的统治体系,被弗兰茨·佟达形容为

> 一个庞大混乱的管理体系,具有目的性和技巧性的混乱,带有无数狡诈的混乱,在这个体系里,每个个人只是或小或大的一个点,与更大的一个点联系在一起。(罗特 4:60)

诺贝特·埃利亚斯在他的《个体的社会》一书中曾指出,统治体系就像一条锁链,将个体锁在一个个功能上,①但这个体系并不为个体服务。相反,体系却能按照个体的某个特定功能将其归类,予以安排,这一点在弗兰茨·佟达身上十分明显。在他曾为之奋斗的新社会,在新的官僚体系中,个体的境遇并没有得到改善。主人公在现实中同样面对着看不见的、所谓的"规则"。神秘的"规则"以不同的面目多次出现在约瑟夫·罗特的早期作品中。在小说《蛛网》中是一张被喻为蜘蛛网的国家机器,在《造反》中是所谓的"上帝"。这张有着超能力的罗网总是以反人类的形式出现,以所谓的"规则"要求将个人固定在某个特定的社会功能上。对特立独行者而言,这意味着个体独立性的丧失。在看不见的罗网中,人处处陷于被动,无法掌控自己的命运。

个性和独立性的丧失,反过来意味着群氓的得势。这也是苏俄革命令约瑟夫·罗特笔下的特立独行者失望的一个重要原因,

---

① Vgl. Elias, 1991. S. 33f.

第二章 约瑟夫·罗特对芸芸众生的反思(1926—1933)

作家在同时期的许多杂文和报道中都继续了这一话题。1926年,罗特在《俄国在步美国的后尘》这篇报道中,就严肃地指出过个体与群氓之间的关系,他认为,

> 无论是思想本身还是以这个思想之名建立起来的新国家,都强迫把个体看做是群氓中的一分子。但是当一个人作为在思想上出类拔萃的一群人中的一分子无须达成妥协,且无须向所有人效忠时,如果他只忠于自己,那这个有思想的人要是还想为这个国家效劳的话,在今天的苏联就不得不牺牲自己。(Roth II: 631)

由此可以看出,在约瑟夫·罗特眼中,特立独行者和群氓是非此即彼的存在,根本水火不容。群氓社会是以牺牲个体和个性为代价建立起来的,然而大革命后的社会发展体现出的恰恰是趋向群氓社会的势态。对特立独行的个体而言,自由在这里是永远都无法实现的渴望。在现行体制下,一个人如果无法作为有用的零件满足整体的要求,便失去了存在的价值。革命成功后,人被当作具有特定功能的零部件予以评价、计算和掂量,因而约瑟夫·罗特才会有"一块砖头比一座塔楼还有用"(Roth II: 631)的感叹。诺贝特·埃利亚斯在《个体的社会》中还说过,只要职业工作占有一天的主要部分,那工作任务就会或多或少地造成更为狭窄的专业分工。它仅仅会在能力和倾向上赋予个体一个相对受限且判断片面的活动空间。① 这种专业化和社会化的角色分工虽然会培养出某一领域的专家,但限制了特立独行者的活动空间。

物化和量化的趋势同样出现在形而上学领域,例如艺术和传统也按照有用与否的原则被分门别类地对待。在约瑟夫·罗特眼

---

① Vgl. Elias, 1991. S. 50.

中,这一趋势将最终无可避免地导致对传统思想和价值体系的否定,因为这些

> 欧洲伟大的文化成就,古典时期、罗马教堂、文艺复兴和人文主义,启蒙运动的大部分和所有信奉基督教的浪漫主义——这些都成了小市民阶层的东西,不再符合主流意识形态的要求。于是俄国失去了原先的文化成就:神秘主义、宗教艺术、诗歌艺术、斯拉夫语言文学、农夫气质的浪漫主义、宫廷的社会文化、屠格涅夫和陀思妥耶夫斯基。(Roth II: 631)

约瑟夫·罗特很为这种物质至上主义感到忧虑。因为没有了精神世界的成就,人便成了没有感觉、没有灵魂的物质和工具,而这正是看不见的罗网希望看到的结果,也是令特立独行者失望的原因所在。

约瑟夫·罗特笔下的特立独行者之所以总是经历从希望到失望的轮回,另一个重要原因在于自身。在《沉默的先知》中,弗里德里希·卡尔干看透了芸芸众生那种见风使舵的墙头草精神,他曾对志同道合者 R. 明确表达了对此的排斥和厌恶。特立独行者目光锐利,善于独立思考,必然也就显得卓尔不群,他们能够在眼花缭乱的世事纷争中理性观察,看透表象,接触和捕获复杂事物的本质。但正如学者所指出的:"没有哪个独立的个人可以强大到能够长期抵抗群氓社会的强迫力。"[1]特立独行者对现实的了解越多,疏离感和失望的情绪就越强烈。因为,独立的个性从本质上就排斥群氓社会的盲从和任由宰割。

在约瑟夫·罗特这一时期的文学创作中,并没有将这张看不

---

[1] Heizmann, 1990. S. 95f.

见的罗网背后的操盘手具体化。这张罗网本身就是一种作为实体权力的存在,如埃利亚斯所说,这种相互依存的功能使得其本身就具有固有的规律性。[①] 人们可以感受到这张罗网的威力,但无法清楚地确认它。正因如此,这张看不见的罗网的作用范围似乎就没有了界限。一个人可以离开和改变自己的地点,但无法逃离这种权力的控制,就像弗兰茨·佟达说的:"我看见了一个出口,我利用了它。现在我身在墙外,但却一片迷惘。"(罗特4:62)无尽的逃亡和跋涉对特立独行者而言,就是令人失望的反复尝试。

看不见却包罗万象的罗网通过社会角色设定完成了对芸芸众生的控制。埃利亚斯指出:"在一个集体中,功能划分的覆盖面越大,人们就越容易被赋予这种给予和接受之间的关系,两者彼此绑缚在一起的力度就越强。因为个体只有在与其他人的关联中才能维持自己的生活和社会存在。"[②]强制的功能划分决定了人与社会的关系,而特立独行者对此的认知是建立在自己痛苦的经验之上的,导致二者间的矛盾就是围绕着这一认知展开,且被一再激化。主人公试图通过长途跋涉和转换地点来躲避这种"功能循环",[③]但这又造成了他们再次的、甚至更为强烈的失望。

从希望到失望的转变最终导致特立独行者放弃了在现实社会中继续寻找容身之地的尝试,就如同弗兰茨·佟达在信中所写:

> 最后几个月我生活在一种状态中,还没有适合它的一个名称,俄语中没有,德语中也没有,大概世界上任何一种语言里都没有——那是一

---

① Elias, 1991. S. 33.
② Vgl. Elias, 1991. S. 70.
③ Vgl. Elias, 1991. S. 32.

种介于心灰意冷和心存期盼之间的状态。(罗特4:59)

于是,弗兰茨·佟达成了巴黎的一个流浪者,而弗里德里希·卡尔干自我放逐到西伯利亚。这种无家可归的伤感越来越多地出现在约瑟夫·罗特的文学作品中。弗兰茨·佟达在路过巴黎凯旋门时,对此有着深刻的体会:

> 有时佟达觉得躺在那下面的仿佛是自己,仿佛我们全都躺在那下面,我们走出家乡倒在战场上,被埋葬,或者归来了,但却没有归乡——因为我们是被埋葬了还是身体健康无关紧要。在这个世界上我们是外人。(罗特4:145)

他清楚地知道:"他的家不在这个世界上。"(罗特4:144)在另一个主人公弗里德里希·卡尔干身上也可以看到类似的描写:

> 弗里德里希站在那里,像一个船长。他的船已经沉没了,但由于可憎的命运,他却活了下来,这违背了他的责任,也违背了他的使命。他活在这片土地上,但土地对他而言却是陌生的。(Roth IV:914)

无止境的逃亡和跋涉是特立独行者对看不见的罗网的抗争。他们放弃了与世界达成妥协的可能,决定做一个"放弃了希望,坚定做看客的人"(Roth IV:929),与世界上发生的一切划清界限。这是他们自己的决定和选择,并非因为遭到了世界抛弃。他们从此孤独地与世隔绝。这种孤独不是一般意义上人对物质的匮乏与身体承受苦难的控诉,而是特立独行者所特有的伤感和孤芳自赏。

从一开始,这种"我自花中第一流"的自恋式的孤傲,就伴随着特立独行者的人生之路。对此,弗兰茨·佟达在逃离俄国战俘营时颇有感触地说:"在有些人心里悲哀比欢乐更能引发欢呼。在所有强忍住的泪水中,最为珍贵的是那些为自己痛哭的眼泪。"

(罗特 4∶10)这种自恋式的孤傲同样是他们与芸芸众生之间的分水岭。作家笔下的这种自恋情结并不盲目,总是带着一种不为世事所容的伤感,凸显出了特立独行者决绝的态度,弗里德里希·卡尔干就说过:

> 他应该已经决定,不会再自愿探寻这个世界中被文明化的那部分。他可能会陷入空茫的孤独之中,像寂静而迷茫的夜里一颗陨落的星辰,无人觉察,也毫无痕迹。他的人生结局不为人知晓,正如他人生的开端,当下也鲜为人知一般。(Roth IV∶776)

与社会弱者无助的悲惨命运不同,特立独行者有一种对孤独的向往。在小说《沉默的先知》中,主人公弗里德里希·卡尔干就是这样的"一个孤独的人,他的悲伤坚定而骄傲,他在喜悦、愚蠢和痛苦的边缘游走……"(Roth IV∶929)带有伤感且主动选择的孤独恰好表明了特立独行者内心的强大。他们为了捍卫独立个体的人格,宁可放弃作为社会成员的身份。

孤独感不仅出现在约瑟夫·罗特这一时期的文学作品中,在其他许多散文甚至新闻报道中,也经常可以看到刻意营造出来的形孤影单的气氛,如在1921年的《陌生城市》(Die fremde Stadt)中,他曾写道:"毋庸置疑,我在这个陌生的城市中是个孤独的人。当我明天走过街道时,虽然置身于浓郁的乡情中,却会有一种无家可归的战栗将我攥住。"(Roth I∶638)孤独和伤感是特立独行者所特有的标签,也是他们引以为傲的独立性的体现,所以这种情感在作者的笔下往往以正面示人。1922年发表的杂文《蓝色的星期二》(Der blaue Dienstag)中,作家写道:"当人处于孤独中时,才最能享受到极乐的时刻。"(Roth I∶792)对特立独行者来说,向往孤独更像是一根精神支柱,用埃利亚斯的话来说,这根支柱是用来反抗"种种相互依存的功能所精心编织的谎言,正是这些功能将人彼此捆绑在一起"。①特立独行者的玩世不恭和与世隔绝的原因是对现实的失望,但这并不妨碍他对现实世界的观察和思考,只不过他不会再有改造世界的奢望罢了。约瑟夫·罗特以小说《沉默的先知》结束了他的社会小说的创作,②由此,他将写作重点转向了对人性,尤其是对人性恶的思考。

此外,人们似乎可以在《无尽的逃亡》和《沉默的先知》中的主人公身上找到作者本人的蛛丝马迹,这也是某些研究者所津津乐道的。罗特的传记作者达维德·布隆森曾在研究中比对过二者在人物信息和经历上的相似性:例如,佟达在1926年时和作者一样是三十二岁,也出生在加利西亚的一座小城,据说两人都是奥地利少校和波兰犹太姑娘的儿子。罗特甚至在小说《无尽的逃亡》的前言中,将佟达称为自己的志同道合者。佟达在俄国战俘营的经历也是约瑟夫·罗特喜欢对人讲的冒险故事。③ 这种自传体和自画像式的人物形象,还在约瑟夫·罗特的其他小说中以讲述者的身份得以呈现。讲述者往往具有双重身份,在故事情节中,他们是主人公的至交,彼此之间存在着一种如小说《沉默的先知》中所说的默契:"信任而非友情,是同志情谊而非个人情感。"(Roth Ⅳ:793)然而在群氓时代,特立独行者彼此间的相濡以沫并不能改变他们终究是圈外人的事实,正如作者在《沉默的先知》的前言中所说的:"[故事情节]并非某一政治观点的例证,最多不过证实了那

---

① Elias, 1991. S. 33.
② Vgl. Wirthensohn, 1998. S. 313.
③ Vgl. Bronsen, 1993. S. 166.

个古老而永恒的真相——单枪匹马必然失败。"(Roth IV:776)究其原因,有的研究者认为:"在现代,国家以超凡的力量进行着匿名的统治,一再借集体主义之名,剥夺一个人最高贵且不可变卖的人权,而这正是一个人在面对国家时的自由和尊严。"[①]在这一创作时期,罗特借助特立独行者的人物形象,阐释了自己对真正人性的理解,表达出自己对群氓的反思与警示。宁为兰摧玉折,不作萧敷艾荣,作者对特立独行者的好感和对时代群氓的批判并行不悖。

---

① Eder, 1955. S. 12.

第三章 约瑟夫·罗特在流亡中的呐喊（1933—1939）

第一节 约瑟夫·罗特的流亡生涯

1933 年 1 月 30 日希特勒上台，被任命为魏玛共和国总理。这对约瑟夫·罗特而言意味着世界的末日和灾难的降临，他第二天乘坐早班火车离开德国，从此开始了流亡异国他乡的生涯，直到客死巴黎。与中国文人传统中"君亲在难，焉所逃死！"的决绝不同，流亡是德语国家文人常见的选择。在德语文学史中，有流亡经历的作家更是不胜枚举，远的有凭借《九十五条论纲》颠覆宗教权威的改革者马丁·路德，近的有因写《强盗》而得罪当地豪强权贵的席勒，以及因革命倾向而受到排斥和迫害的海涅与马克思。但背井离乡的决定并不是轻易做出的，很多人都无法舍弃在德国的家业，总觉得再熬一熬艰难就会过去。排犹主义在欧洲并非新鲜事物，其他地方也不见得就一定对犹太人友好。1939 年，已经流亡在瑞士的奥地利音乐家保罗·维特根斯坦（Paul Wittgenstein），也就是大哲学家路德维希·维特根斯坦（Ludwig Josef Johann Wittgenstein）的兄弟，在写信给依然滞留维也纳、且相信"我们是受庇护的！"的家人时，曾火冒三丈地写道："你们都像是牛,畜栏着火时都拉不出来。"①而约瑟夫·罗特在写给好友,也是德国罗马尼亚裔著名导演格萨·冯·齐夫拉(Géza von Cziffra)的信中,则直言不讳地警告道:"别再抱有幻想,这里是地狱在统治。"②1934年11月,罗特在致好友茨威格的一封信中,用加了下划线的句子追问道:"你到底<u>何时</u>离开欧洲?"③在艰难的流亡岁月中,约瑟夫·罗特坚定地全身心投入到与纳粹德国的斗争中。他笔耕不辍,撰写文章呼吁大家共同抵抗纳粹暴政。他以笔为枪,在文学创作中揭露希特勒极权暴政与群氓相结合的危险性,以此警告世人。

  流亡时期的德语文学创作面临着难以想象的困难。约瑟夫·罗特由于犹太出身和早期的左翼社会批判世界观,被纳粹德国列为禁书作家。1933年,发生在海德堡、柏林、科隆等大学的焚书运动中,约瑟夫·罗特的书籍也首当其冲,成了所谓非德意志精神的文学书籍。在科隆大学老校区门前广场的地砖上,至今还刻着当年在此被焚书的作者名字供后人凭吊,罗特的大名也赫然在列。作为一个流亡在非德语区的作家,他不得不面对全新的读者群和阅读传统。因此,研究者指出,罗特在这一时期的文学作品并没有取得像《约伯记》和《拉德茨基进行曲》那样的成功。④ 他的文学创作又开始了新的转型。他回避了令人捉摸不定的陈腐现实,转向

---

① 亚历山大·沃:维特根斯坦之家,钟远征译,桂林:漓江出版社,2014年,第306页。
② Von Cziffra, 1989. S. 63.
③ Rietra, Madeleine und Rainer Joachim Siegel:《Jede Freundschaft mit mir ist verderblich》, Joseph Roth und Stefan Zweig, Briefwechsel 1927 – 1939. Göttingen 2011. S. 215.
④ Bronsen, 1993. S. 214.

了回忆中的、神话中的和传奇中的世界。① 这种转型在许多研究者那里都得到了论证，例如有的研究者在评价约瑟夫·罗特那本颇受争议的历史小说《百日》时，曾称这部作品是"从令人压抑的现实中的转变"。② 罗特之所以更多地关注过去，正是希望以史鉴今，为当下提供可资参照类比的历史实例。这一转变与他在报纸上继续以犀利笔锋针砭时弊并行不悖。

在德语流亡文学中，作家对历史题材的关注在当时并非个例。约瑟夫·罗特以法国拿破仑的百日政变为材创作的小说《百日》，正好符合这一趋势。对此，学界有着不同声音。否定派认为创作历史小说的潮流实际上是逃避现实。③ 但这一指责未免有些偏颇。多数流亡作家面临着严峻的经济问题，他们在异国他乡要活下去，就必须面对异国读者群，此时，最容易入手的就是历史题材，因为熟悉的历史背景更容易让读者产生共鸣和兴趣。不过，约瑟夫·罗特对法国读者耳熟能详的历史事件的处理方式却给他带来了不小的麻烦。他试图通过对拿破仑百日政变的演绎，按照以史鉴今的思路，解析纳粹政权和群氓的结合可能造成的巨大灾难。正因如此，他在文学创作中并不特别关注历史细节的真实性，甚至忽视了重要历史事件在特定文化圈和历史背景中必然包含的民族情绪。虽然研究历史小说的学者胡戈·奥斯特（Hugo Aust）曾指出，在德语流亡文学中，历史小说是一种现代写作方式和表达形式，并非一定要恪守史学的圭臬，④但时评家还是将火力对准了这

---

① Vgl. Heizmann, 1990. S. 152.
② Bronsen, 1993. S. 310.
③ Dahlke, Hans: Die Geschichte als Dichterin. Braunschweig 1976. S. 87ff.
④ Vgl. Aust, Hugo: Der historische Roman. Stuttgart, Weimar 1994. S. 138.

部小说对拿破仑的演绎,认为小说中的描写违反历史常识,令人无法接受。与此同时,约瑟夫·罗特自己也越来越意识到这种存在于读者心中的"历史常识"对文学创作造成的限制和影响,他在一封信中写道:"这是我第一次也是最后一次从事'历史题材'的创作。……根本不值得重新塑造一个既有结论,这简直就是无理取闹。"[1]这种对著名历史人物如拿破仑的"演绎"只能在作者的创作背景和意图中寻找合理解释,因为"用逃避进入历史"[2]是讲不通的。罗特在这部出版于1935年的书中批判了群氓的偶像情节,撕下了希特勒作为群氓偶像的面具,希望借此起到批判纳粹、启发民智、警醒民众的作用。[3]

对历史资料的信马由缰在约瑟夫·罗特身上既非偶然也非例外。他在历史事件的描述中经常加入个人的发挥,因而作品也常常与史实出入颇大。作家进行文学创作时当然可以自由发挥,但不得不指出的是,严重的酗酒也对罗特的创作造成了伤害。甚至在相较于文学创作本该更写实的新闻报道中,也可以发现不少他自由演绎的蛛丝马迹。约瑟夫·罗特1925年发表了关于法国城市的系列报道《白城》,文中他将小城阿维尼翁形容为天主教的堡垒,将中世纪教皇的驻跸地描述为和谐和信仰统一的象征。但在历史上,人们看到的阿维尼翁却完全是另外一副面孔——倒像天主教1309年的大分裂。同样,对里昂的描述也与当时的实际情况颇有出入。在作家笔下,这座城市象征着工人与现代工业的协作共赢,但实际上,法国工人阶级的状况要糟糕许多。彼得·顺克

---

[1] Kesten, 1970. S. 412.
[2] Bronsen, 1993. S. 310.
[3] Aust, 1994. S. 138.

(Peter Schunck)曾在他的法国史中提到过工人的不满,书中还提到,自1920年以来,里昂罢工造成了日益严重的社会紧张局面。[①] 人们可以明显看出,约瑟夫·罗特会根据需要对历史题材进行理想化处理或包装。他对新写实主义的否定,也是因为不愿意被所谓的客观所束缚。这种对历史事件和人物的改编会形成一幅理想化的画面,与现实中的邪恶与不幸形成强烈反差,彰显出作家所向往的真善美。

约瑟夫·罗特在以哈布斯堡王朝为创作对象时,理想化和乌托邦化的演绎倾向并没有遇到困难,这主要是因为他所塑造的人物形象,比如特罗塔一家,并非历史上如拿破仑一样的显赫人物。同样,小说的故事情节也仅以哈布斯堡王朝为创作背景,并非呈现某一特定历史事件。作者对老帝国的描写由许多刻画入微的细节构成,容易与读者产生情感的共鸣。例如在小说《第1002夜的故事》(Die Geschichte von 1002. Nacht)中,当波斯的沙阿想让臣下购买一匹维也纳西班牙马术学校的白马时,

> 马术教练图尔林带着一副奥匈帝国大臣的尊严回应道:"阁下,我们从来不卖,我们只馈赠,如果吾皇陛下允许的话。"(罗特9:25)

这种老帝国的傲娇虽然令人忍俊不禁,却与人们对曾经的哈布斯堡王朝的普遍认知正好契合:老帝国虽然迂腐僵化,却人畜无害。相较于现实中纳粹德国的暴行,作品自然而然就烘托出了对过去时代缅怀的伤感气氛。

在对没落的哈布斯堡王朝的描写中,约瑟夫·罗特清楚地表

[①] Vgl. Schunck, Peter: Geschichte Frankreichs. Von Heinrich IV. bis zur Gegenwart. München 1994. S. 361.

明了对当下社会和时局发展的否定态度,但这与早期的社会批判已经有了本质的区别。丑陋社会中那张看不见的罗网在他的笔下已经不再是关注的对象,他表达更多的是对人性阴暗面的批判。此时的约瑟夫·罗特认为,纳粹政权这样的灾难并非偶然,它是传统社会和价值体系崩溃的结果。只有在混乱中,纳粹主义的理论和群氓才有可能结合并崛起,最终导致覆水难收的局面。

约瑟夫·罗特在文学和新闻作品中,对没落的哈布斯堡王朝有着明显的理想化和乌托邦化的倾向。在这种语境中,天主教会对他而言并非简单的宗教机构,对上帝的信仰也并非简单的宗教信仰,他将天主教和对上帝的信仰看作当下灾难时刻的出路、传统价值观的载体。在1925年的系列报道《白城》中,天主教象征着宽容。正是受到这种宽容的庇佑,各种不同文化和信仰才得以和谐共生。在1932年的一篇报道《文化布尔什维克主义》(Der Kulturbolschwismus)中,他将教会定义为"非民族的"(Roth III: 422),从而与狭隘的民族主义和民粹主义形成了明显的对立。

在希特勒政权蛇鼠横行的20世纪30年代,到处充斥着极端暴戾和排除异己的叫嚣。在这一背景下,约瑟夫·罗特对人文主义和仁爱的大声疾呼更显得弥足珍贵。在他看来,天主教体现了与错误的时代精神截然相反的理念。在1936年的报道《信仰和进步》(Glauben und Fortschritt)中,他写道:

> 真正的圣人,我这里说的当然不仅仅是宗教意义上的,也包括世俗的圣人,……两千年来,他们只做了一件事,就是遵从这世上的那条道义:爱人如己!这是所有真理中最朴实的,也是所有真理中最伟大的。(Roth III: 701)

与他眼中，天主教承载和代表的是仁者爱人的思想，纳粹政权崇尚的是以暴力和憎恨为核心的意识形态，这种意识形态在他看来就像是暂时遮天蔽日的"日食"。(Roth Ⅲ：692)他在短文《信仰与进步》中写道："正确的、真正的对上帝的信仰是永恒的。"因此，简单地将约瑟夫·罗特后期的创作纳入悲观主义无疑是片面的。在同一篇短文中，他直言不讳地批评了那种认为"人类已经被放弃了"(Roth Ⅲ：697)的论调，而称自己为"有信仰的乐观主义者"。(Roth Ⅲ：697)

约瑟夫·罗特流亡时期的作品塑造并强化了特立独行者与群氓之间的二元对立，赋予了特立独行者理想化的人格特征，让他们肩负起与群氓做斗争的责任。独立性依然是特立独行者的明显标记，也是与群氓的本质区别。例如在1936年的小说《一个凶徒的忏悔》(Beichte eines Mörders, erzählt in einer Nacht)中，曾当过密探的主人公谢苗诺夫·谢苗诺维奇就说过："我绝不可能拥有足够的政治热情，为了政治原因而去杀戮。"(Roth Ⅵ：9)这本小说成书出版于1936年，此时纳粹德国正武装干涉西班牙内战，在国内动辄"以元首的名义""以祖国的名义"清除异己、迫害犹太人。这里所讲述的一个凶徒的忏悔，显然不是对私人恩怨的杀戮进行合理化处理，而是与当时笼罩在各国头上的战争阴云形成的强烈对比。

天主教对上帝的信仰在罗特小说中不仅是回归人性的呼唤，而且是黑暗现实的出路。在早期的社会小说中，特立独行者在现实中看不到希望，最终陷入了彻底的失望和孤独，成了玩世不恭的人。但在后期作品中，特立独行者如拿破仑和塔拉巴斯都凭借重新回归信仰找回了埋没已久的人性，弃恶从善，人性得到了升华。

第三章 约瑟夫·罗特在流亡中的呐喊(1933—1939)

约瑟夫·罗特在塑造特立独行者时,也有理想化倾向。这与歌德的《浮士德》中上帝对浮士德的信任有相似之处,他指出"一个善人即使在他的黑暗的冲动中,也会觉悟到正确的道路"。① 塔拉巴斯和拿破仑最终也在对上帝信仰的指引下,找回并走上了正确的道路。研究者指出,作者在流亡时期创作的人物中,经常出现有宗教背景的传奇转折。② 在塔拉巴斯和拿破仑身上出现的令人感到不可思议的转变,展示的正是忏悔带来的救赎,这种变化同时也是一条通向希望的路,能将人从邪恶信仰中解救出来。与早期社会小说中孤独的特立独行者不同,后期作品中的特立独行者洞彻一切,在现实生活中不再抱有不切实际的幻想,也不再试图帮助和拯救芸芸众生。与前期作品中被称作"个人主义者""欧洲人"和"奥地利人"的特立独行者更为不同的是,在后期作品中,特立独行者带有理想化的宗教色彩。塔拉巴斯和拿破仑重新认识了上帝,回归天主教,将自己与群氓区分开来,成了狂热群氓的反面形象。

在约瑟夫·罗特笔下,暴政极权的核心是"非人性的"(Roth III:422),因此他对法西斯意大利和纳粹德国等同视之。在给好友茨威格的一封信中,他认为极权国家的共性在于对"自由思想的憎恨"。③ 这是针对其反人文主义性质的批判,而非对政治立场和意识形态的否定。由此也可以想象,在当时流亡的背景下,他是不可能与左翼人士主导的反法西斯统一战线进行合作的。甚至对同事中的左翼知识分子和朋友,他也持有明确的拒绝态度。在1933

---

① 歌德:浮士德,绿原译,北京:人民文学出版社,2015年,第9页。
② Vgl. Hackert, Fritz: Kulturpessimismus und Erzählform. Studien zu Joseph Roths Leben und Werk. Bern 1967. S. 101ff.
③ Kesten, 1970. S. 296.

年写给茨威格的一封信中,约瑟夫·罗特写道:"我和左翼的那些人没有任何共性:费希特万格、阿诺德·茨威格(Arnold Zweig)、《世界舞台》。"①不过,这并不影响他的作品在左翼杂志如《世界舞台》上转载,因为他此时的经济情况持续恶化。

在流亡期间,约瑟夫·罗特批判的另一个焦点是各种形式的民族主义和民粹主义。因为民族主义将人彼此分隔,最终导致不可调和的矛盾。这种拒绝态度同样也针对犹太复国主义。他在1934年的一篇报道中写道:

> 我远远谈不上是个犹太复国主义的反对者。人民现在被迫把一个"祖国"变成一个可怜的"民族",这种"平庸思想"正是脱胎于人民。这种想法令我备受煎熬。我承认其必要性。但我对此非常遗憾。我对此的遗憾,就像我对其他民族、其他祖国、其他"故土"的遗憾一样。我根本就不想要什么祖国。(Roth III:546)

尽管犹太人在纳粹统治下首当其冲成为受害者,但约瑟夫·罗特依然反对建立一个犹太人的民族国家,因为在他眼中,这种建立在民族主义上的民族国家与"爱人如己"的理念背道而驰,只会带来更多的灾难。

约瑟夫·罗特的批判同样也针对与某个特定民族绑缚在一起的爱国主义,在他看来,这不过就是民族主义的换汤不换药。在1934年的报道《没有第三帝国,欧洲才有可能》(Europa ist nur ohne das dritte Reich möglich)中,他写道:"爱国主义谋杀了欧洲。爱国主义是小邦国割据主义。"(Roth III:560)对他而言,爱国主义是民族国家的另一种包装,是民族主义的同义词。这种思潮导

---

① Kesten, 1970. S. 266.

第三章 约瑟夫·罗特在流亡中的呐喊(1933—1939)

致了世界的分裂和毫无意义的矛盾争端。在流亡期间,约瑟夫·罗特批判了所有造成欧洲和信仰分裂的思潮,比如1934年,他写了《每个有护照的人》,这篇报道就将马丁·路德当作希特勒的前身。(Roth Ⅲ:544)究其原因,就是因为这位宗教改革者造成了基督教的分裂。在德国导演格萨·冯·齐夫拉的回忆中,约瑟夫·罗特曾对他更为详细地阐明了这一观点。罗特认为维滕贝格的九十五条论纲破坏了人人尊崇的秩序,埋下了分裂的种子,却并没有什么伟大的设想。路德弱化了信仰,分裂了信众,这是通往异端邪说的第一步。他就是希特勒的前驱。① 约瑟夫·罗特并不是从政治和意识形态的视角来审视第三帝国的。他认为纳粹德国的根源在民族主义之中,因此他拒绝任何形式的民族主义运动,希望建立一个超越民族的国家形式,他认为,这个理想只有通过复辟多民族的哈布斯堡王朝才能得以实现。

在流亡期间,约瑟夫·罗特最关注的还是群氓现象。他在1936年的报道《信仰与进步》中质疑道:"群氓会变得越来越开明吗?"(Roth Ⅲ:698)在作家笔下,群氓的形象总是负面的。在这一点上,约瑟夫·罗特的观点与古斯塔夫·勒庞的观点相似。后者在《乌合之众》一书中,将现代称为"群氓的时代",认为群氓是对时代的威胁。因为群氓自身蕴藏着毁灭的力量,会摧毁传统文化和原先的价值体系,造成巨大的灾难。

虽然流亡时期境遇艰难,但约瑟夫·罗特依然四处奔走,号召流亡者与人类的宿敌纳粹抗争,他不相信"成长的理性会自动起作用"(Roth Ⅲ:697)。他认为坏人只能被打倒、被战胜。他把沉默

---

① Vgl. Von Cziffra, 1989. S. 70.

当作迟钝来批判,认为这是懦弱的表现。在小说《齐珀和他的父亲》中,作者用粗体字提醒人们注意:"我们不是遗忘,**我们是根本就不睁眼。我们心不在焉。我们无所谓**。"(Roth Ⅳ: 604)无所谓对他而言意味着背信弃义,在面对纳粹政权时既危险又后患无穷。在另外一部小说《塔拉巴斯》中,犹太人克里斯蒂安颇勒也说:"人们会遗忘。遗忘害怕和恐惧。他们要活下去,会习惯一切,他们要活着!"(Roth Ⅵ: 219)遗忘恰是人性的缺陷和弱点,遗忘也常常被纳粹政权为自己的目的所利用。罗特认为与纳粹德国的斗争是所有正直人的义务,在现阶段沉默就是助纣为虐,因为沉默纵容了邪恶。约瑟夫·罗特在1939年的杂文《我们不掺和……》(Wir mischen uns nicht ein …)中明确写道:"……再次证明,这个世界卑劣的冷漠比其卑鄙行径更大更可怕。"(Roth Ⅲ: 885)此时的作者心中只有与纳粹斗争这唯一的目标,这也是他判断一个人是否旗帜鲜明地反抗纳粹政权的标准。托马斯·曼曾拒绝过流亡者杂志《文集》(Die Sammlung)的邀约,刻意与流亡者保持距离。因此人们便不难理解,为什么罗特在1933年的一篇文章中提及托马斯·曼时,语带讽刺地写道:

> 第三帝国的暴徒甚至可能试着将那些"雅利安人出身"的著名小说家,如托马斯·曼和格哈特·豪普特曼(现在正受到监视迫害),暂时派上用场,用来欺骗人类,借助战争的诡计让人相信,就连国家社会主义都尊重欧洲的精神。(Roth Ⅲ: 495)

作家意识到人们的沉默被滥用,于是在一年之后的杂文《无情的战斗》(Unerbittlicher Kampf)中大声疾呼:"在今天,一个不与希特勒和第三帝国针锋相对的诗人就是无足轻重的诗人,也许根本就是

第三章 约瑟夫·罗特在流亡中的呐喊(1933—1939)

个毫无价值的诗人。"(Roth III: 559)在流亡期间,他已经看到欧洲各国存在着明显的绥靖政策,凡事只要事不关己就高高挂起,所以他在1939年欧战爆发前写道:

> 地球上人与人之间总是存在着妥协,人与人之间。人与魔鬼之间却只有契约。这契约可惜已经缔结了,我们太倒霉了。(Roth III: 912)

然而这一呼声显然被湮没了——张伯伦以为得到了所谓"一代人的和平",可他通过牺牲捷克才从纳粹德国带回的却仅仅是一纸空洞的承诺。

艰苦的流亡生涯彻底摧毁了约瑟夫·罗特因酗酒而日见衰弱的身体。据朋友们回忆,他在1916到1918年间染上了酗酒的毛病。甚至在罗特死后多年,很多人在回忆起他时,首先想到的也会是一位来自维也纳的犹太酒徒。① 尽管如此,约瑟夫·罗特始终以一身傲骨为反抗纳粹奔走呼号。在1933年的报道中他写道:

> 是的,我们被打了。……但我们为自己被打而感到骄傲。我们站在欧洲的保护者的第一排,我们当然首先挨打。(Roth III: 495)

他也正是以这种决绝之心,坚持战斗到生命的最后一刻。

在困难时期,令流亡者境遇雪上加霜的是缺乏生存所必需的物质保障。此前提到的音乐家保罗·维特根斯坦虽然出身钟鸣鼎食之家,也不得不通过瑞士朋友的策划,把自己存放在维也纳家中

---

① Jungk, Peter Stephan: Franz Werfel. Eine Lebensgeschichte. Frankfurt am Main 1987. S. 301.

的乐器——两把小提琴、一把中提琴和一把大提琴——托人走私到瑞士,兑换成现金以缓解生活压力,而代价却是两把价值连城的小提琴被当作报酬支付给了走私者。① 在1936年好友茨威格和出版社的通信中,也可以读到关于约瑟夫·罗特日益恶化的经济状况的描写和抱怨。仅在当年一月,茨威格就给了罗特3 000法郎用来支持用度和还债,但这笔不菲的资助却无法改变约瑟夫·罗特酗酒和花钱如流水的毛病。②

弗朗茨·韦尔弗(Franz Werfel)在1938年6月1日和约瑟夫·罗特参加厄登·冯·霍瓦特(Ödön von Horváth)的葬礼时相遇,事后他在日记中写道:"到场的大多数都是作家、流亡者、被放逐的人、被剥夺了国籍的人、在陌生国度里绝望的人……他们的脸上都写满了贫穷、错乱、精神涣散,每个人看起来都被另一个人的样子吓到了。"③更为残忍的是,流亡者还不得不带着绝望的心情眼睁睁地看着纳粹的铁蹄在几乎所有领域高歌猛进。1935年初,德国收回了萨尔区,同时重新组建了空军和恢复了义务兵役制。1936年,德国又派兵进入莱茵非武装区,宣布废除《洛加诺公约》。希特勒像一个不停下注的赌徒,运气也似乎好得惊人。除了西方几个大国无关痛痒的抗议以外,他的计划没有受到任何实质上的阻挠。1936年以后的第三帝国,已经不只是个满足于恢复实力的

---

① 参见:亚历山大·沃:维特根斯坦之家,钟远征译,桂林:漓江出版社,2014年,第307页。
② Vgl. Rietra, Madeleine (Hg.): Der Briefwechsel zwischen Josephr Roth und den Exilverlagen Allert de Lange und Querido (1933 – 1939). Köln 2005. S. 73.
③ Jungk, 1987. S. 253f.

战败国政府，它开始觊觎边界以外的"生存空间"了。1938 年 3 月，纳粹德国强行合并了约瑟夫·罗特的故乡奥地利，使之成为自己的东方省。希特勒欲壑难填，随之借助苏台德危机，在慕尼黑会议后将捷克吞并。由此人们可以想象流亡作家的处境及其创作的艰辛。但约瑟夫·罗特却并未因此中断对人性恶的反思和对群氓的批判。

 对群氓的批判与警示

德语"群氓"一词的词源可以追溯到古希腊语和拉丁语，本意指和面用的面团，后来引申泛指大量的东西。对于作为群体的民众，既可翻译成中性词"群众""大众"，也可以翻译成贬义词"群氓"。本书根据所涉及的语境，无论在约瑟夫·罗特的文本中，还是在引用的相关理论中，将这一概念确定为贬义的"群氓"显然更为贴切。

一、群氓时代的降临

在近现代社会学和心理学领域，群众和群氓现象并非新鲜话题。观点相左导致褒贬各异。马克思相信群众力量是人类历史进步中的决定性因素，他的观点在许多文章中都有过论述。早在 1850 年发表的《1848 年至 1850 年的法兰西阶级斗争》一文中，马克思就曾指出群众所拥有的巨大力量。1895 年，同样以法国大革命为研究对象的古斯塔夫·勒庞出版了《群氓心理学》一书，这本书也被译为《乌合之众》，它是大众心理学领域绕不开的一部重要著作。虽然该书的内容在今天看来涉及种族和性别歧视，甚至包括一些伪科学的论述，但这本书对当时及后世的影响不可尽述。墨索里尼和希特勒对这本书也曾推崇备至，甚至有人将希特勒的《我的奋斗》比作勒庞理论的盗版。① 约瑟夫·罗特颇为崇拜奥斯瓦尔德·斯宾格勒，②在后者1918年付梓的《西方的没落》一书中，也有关于群氓的论述，据研究者考证，斯宾格勒和勒庞的观点有着明显的共性。③ 勒庞在他的书中，基于群氓"冲动""敏感"，缺乏"批判思辨精神""逻辑思维能力"和"感情用事"④的特点，专门对当权者提出："群氓心理学的知识是今天能帮得上政治家的最后一个手段。要是政治家还没有掌控群氓的话，——这在现在变得很困难——那也至少不该被群氓所控制。"⑤此外，西格蒙德·弗洛伊德（Sigmund Freud）在1921年出版的《群体心理学和自我分析》中，也专门开辟出一个章节讲述了勒庞对群氓心理的剖析。再后来，存在主义哲学家卡尔·雅斯贝斯在1931年出版的《时代的精神状况》一书中，对当时已日渐喧嚣的群氓运动做了细致的剖析，指出了群氓的如下特点："从众""憎恨优秀的个体""趋同""肆无忌惮地孤立或者排除任何特殊性"。⑥ 曾参加过西班牙内战，经历过佛朗哥时代的奥特加·伊·加塞特在1930年的著作《大众的反叛》的第一章中，也对群氓时代的降临提出了警示。其

---

① Vgl. Stober, Rudolf: Die erfolgverführte Nation. Deutschlands öffentliche Stimmungen 1866 bis 1945. Stuttgart 1998. S. 170.
② Vgl. Von Cziffra, 1989. S. 58 und 65.
③ Vgl. Le Bon, 1911. S. XXII.
④ Le Bon, 1911. S. 19.
⑤ Vgl. Le Bon, 1911. S. 6.
⑥ Jaspers, 1979. S. 176.

实加塞特对群氓现象更为悲观,他在书中尤其强调说,群氓自身的本质使其无法把握自己。① 他还认为,群氓已经不再愿意接受社会精英的领导,变得不受控制,已经处于完全失控的状态,使得传统的社会金字塔式的结构解体。② 他在 1931 年就曾提出过这样的问题:"群氓想把我们带到哪里去?他们是彻头彻尾的坏人,或还可能是好人?"③虽然这一时期有关群氓的理论对于这种现象都持明确的批判态度,但无论如何,所有的理论也都承认群氓本身蕴藏着巨大的力量,他们是其所生活的时代的决定性因素,因而勒庞在他的书中将未来时代称为"群氓时代"也就不奇怪了。

至 20 世纪 30 年代,社会学和心理学领域对群氓现象的理论著述已经相当成熟。而在文学领域,以群氓现象为对象的创作也不胜枚举。除了约瑟夫·罗特的文学作品以外,被汉娜·阿伦特称为"不情愿的诗人"的赫尔曼·布洛赫在 20 世纪 30—40 年代接连发表了数篇有关群氓的文章,如 1939 年的《建议为研究群氓癫狂现象成立政治心理学研究所》、1941 年的《群氓癫狂现象理论的提纲》以及 1943 年的《群氓心理学研究》。这些著述后来都被收集在布洛赫的未完稿《群众性癫狂研究》中。他的代表作《梦游者》《维吉尔之死》中都有对群氓的刻画。诺贝尔文学奖获得者、犹太作家埃利亚斯·卡内蒂在经历了两次世界大战后,于 1960 年出版了《群众与权力》一书,深入地剖析了群氓和权力的本质,并在自传三部曲《获救之舌》《耳中火炬》和《眼睛游戏》中对这一现象进行了描述。文学界对这一话题的关注在当时更是一种前瞻式

---

① Vgl. Ortega y Gasset, 1993. S. 5.
② Vgl. Ortega y Gasset, 1993. S. 17.
③ Ortega y Gasset, 1993. S. 17.

的警告，正如诺贝尔奖得主赫尔曼·黑塞所说，这是"有教养者对麻木者发出的警告"。①

在流亡生涯中，约瑟夫·罗特格外关注群氓现象，他认为旧时代的没落和传统价值体系的崩溃导致了纳粹极权与群氓相结合的灾难性局面。对群氓现象的解析、探讨和批判是约瑟夫·罗特后期文学与新闻作品的重要组成部分。他认识到，他生活的这个时代已经属于群氓，而不再属于特立独行的个体。在小说《先王冢》中，主人公特罗塔曾写道：

> 如您所知，这是时代的意志——人们不能独自待着，大伙儿必须组成无意义的群体；村庄也不能独自存在，因此诞生了无意义的组织。
>
> (罗特3:1)

在约瑟夫·罗特生活的时代，群氓显然已经不满足于简单的汇聚。他们活跃而危险，频频造成他人的不幸，自己对此却毫无责任感和廉耻心。在后期的文学作品中读者可以发现，约瑟夫·罗特对时局的发展感到忧心忡忡，对人性恶的揭露越来越直白彻底，对狂热群氓批评的言辞也更加激烈。在小说《塔拉巴斯》和《百日》中，罗特刻画了大量群氓形象，以此影射纳粹德国的现实情况。因为在希特勒政权中，这种活跃且狂热的群氓不但随处可见，而且助纣为虐。

在1939年的一篇报道中，约瑟夫·罗特称纳粹主义是一个"地狱般的运动"(Roth Ⅲ: 911)。他明确地将批判的对象确定为

---

① Hesse, Hermann: Gesammelte Werke in zwölf Bänden. Zwölfter Band: Schriften zur Literatur 2. Herausgegeben von Volker Michels. Frankfurt am Main 1970. S. 492.

群氓、狂热的意识形态和希特勒暴政。暴政与群氓相互支持，互为表里，而纳粹的意识形态就像黏合剂一样将二者粘连在一起。相较于早期作品，原来作为左翼作家的约瑟夫·罗特对社会底层弱者的同情，已经完全被后期作品中对群氓的警告所代替。群氓与反人文主义的时代思潮相结合，在他的笔下构成了丑陋的社会现实。

传统群氓理论都强调群氓被动盲从的特性，认为群氓是一群人在特定环境下汇聚而成，拥有与社会生活中的个体完全不同的特性，因此特定的背景和环境对群氓的形成有着至关重要的作用。但约瑟夫·罗特对群氓的理解则更进了一步，他认为群氓也有主动性，并非总是被动盲从。在流亡时期，约瑟夫·罗特尤其关注特定环境与群氓特性相结合的后果。在他的文学作品中，群氓一方面表现出被动的特性，容易受到各种外部势力的煽动和摆布，永远是棋盘上的一颗棋子；另一方面，约瑟夫·罗特也注意到群氓拥有主动性，目的明确且能见风使舵，是典型的投机分子和墙头草。为了能够达到自己的目的，他们会寻找甚至推出领袖，以黄袍加其身并追而随之。约瑟夫·罗特在不同的创作时期，目光始终没有离开过群氓这一社会群体，他描述他们如何聚众成型，如何被动盲从相随，又如何主动鼓噪而进。在他笔下，群氓正是旧时代没落的最大受益者，同时也是造成新时代可怕悲剧的始作俑者。

二、群氓的形成

约瑟夫·罗特作为《法兰克福报》的明星记者在苏俄旅行期间，除了对革命成果感到失望外，还观察到了更令他担心的现象。在这个新建立的国家和秩序中，他看到了暴力革命造成的结果是把个体的人聚集并塑造成了群氓。在给贝尔纳德·冯·布伦塔诺（Bernard von Brentano）的一封信中，罗特认为苏俄革命的问题不是一个政治问题，而是一个"文化、思想、宗教和形而上"①的问题。关于这个问题，1927年至1934年担任维也纳左翼报纸《工人报》主编的费歇尔曾写道："集体的时代降临了，动摇了个体对卓尔不凡的执念，到处都是群氓的集体主义的欢呼。"②约瑟夫·罗特意识到，在这个新成立的国家中，所有的一切都以集体的名义存在，集体活动构成了俄国人民生活的主要内容，而群氓和人民之间几乎可以画上等号。这场革命仅仅将穷人用意识形态武装起来，变成了群氓。正因如此，群氓现象在作家1926年的系列报道如《学校和青年》（Die Schule und die Jugend）、《革命的第九个节日》（Der neunte Feiertag der Revolution）、《高加索的人民迷宫》（Das Völker-Labyrinth im Kaukasus）中，成了热门话题。

苏俄之外，约瑟夫·罗特在西欧也同样看到了群氓现象的涌动。这里的暴力革命虽然不多见，也不算太极端，但社会中充斥着没落和悲观的气息。正如研究者所指出的，"这里是被掏空的市民文化，是消散了的认同感，是对自己履行义务和构建人生的无能。"③这种萧条的氛围恰是没落的市民阶层的真实写照，带来的后果就是人与人结成团体，形成群氓。约瑟夫·罗特很快发现了他所生活的这个时代中群氓的特点：只要原来那些受到社会压迫的底层民众演变成群氓，加入了历史进程，群体与群体之间突然就

---

① Kesten, 1970. S. 94.
② Vgl. Fetz, Bernhard (Hg.): Ernst Fischer. Texte und Materialien. Wien 2000. S. 75.
③ Bronsen, 1993. S. 166.

第三章 约瑟夫·罗特在流亡中的呐喊(1933—1939)

形成了敌对的阵营,因为他们隶属于不同的意识形态,有着不同的信仰。最明显的例子就是在德国披着极端民族主义和排犹主义外衣,实则是民粹主义分子的那些人。在约瑟夫·罗特的早期作品中,这些人往往以愚昧的面目示人,但在罗特的后期作品中,这些人在欧洲许多国家的政坛上俨然已成为不可或缺的一分子。尤其在魏玛共和国时期,极端分子逐渐合流,高擎种族主义和民族主义两杆大旗,利用现代媒体技术,以宣传的方式控制了一大批被他们煽动起来的群氓。约瑟夫·罗特在1938年发表的报道《世界末日的宣讲者》(Der apokalyptische Redner)中,对此做过精准的描述。

约瑟夫·罗特把群氓看作是社会秩序和传统价值体系崩溃的必然结果。这一时期的小说,如1928年的《齐珀和他的父亲》和1929年的《右与左》,都描述了市民阶层家庭的败落及其对年轻一代造成的影响。1930年的小说《约伯记》也讲述了东欧正统犹太人的信仰与纽约的摩登时代相互碰撞的故事。在主人公门德尔·辛格身上,可以清楚地看到现代化、美国化和工业化对传统信仰和传统价值观所造成的巨大冲击以及给人带来的迷茫。同样,1932年的名著《拉德茨基进行曲》也以主人公特罗塔一家的没落为线索展开。在约瑟夫·罗特的笔下,旧世界的没落总是与新时代的出现形成互文。如在小说《右与左》中,构成现代社会最基本也是重要的因素——家庭的解体,导致不少人茫然无措,不知所归,最终成为群氓中的一员。家中不争气的小儿子特奥多尔·伯恩海姆虽然出身于崇尚个人主义的市民阶层家庭,但在社会大动荡中被反人文主义的意识形态所裹挟,后来成为狂热的危险分子。在这样的人身上,已经可以窥见日后甚嚣尘上的狭隘民族主义的影子,对此,约瑟夫·罗特始终持有强烈的批判态度。无论是在一战后的魏玛共和国还是在奥地利第一共和国,这种狭隘排他的民族主义正是在哈布斯堡王朝没落后才得以滋生壮大的。正如研究者所指出的,之所以如此,是因为在当时的情况下,原来的道路走不通了,而新的道路还不见踪影,①这个价值体系崩溃和缺失的时代,给群氓的形成提供了温床。

约瑟夫·罗特对群氓现象进行批判和警示时,尤其关注这种现象体现出的人性之恶,以及这种人性恶对时代的发展造成的负面影响。在现实社会中,群氓似乎愈发喜欢借助暴力解决问题。他们构成了一个自闭的体系,甚至能够按照自己的意愿影响和改变时局的发展。换言之,此时作家的视角已从对社会的批判转变为对人性恶的批判。群氓不再是令人同情的社会弱者,甚至不再像早期作品中那样"受社会的支配"。②同样,作者在早期作品中表达出来的对社会弱者的同情,也被"已经醒悟且不再抱有任何幻想的无情"③所取代。就像《无尽的逃亡》中的主人公弗兰茨·佟达一样,觉得对这些人"有充足的理由鄙视他们"(Roth IV:150)。

在揭示和批判群氓现象时,约瑟夫·罗特的笔锋变得越来越犀利,这也符合他对整个社会"转向群氓品味"④的控诉,因为群氓现象显然与约瑟夫·罗特所秉持的"人文主义伦理观"⑤相悖。所以,在这一创作阶段,芸芸众生的画像越来越丑陋,越来越负面。

---

① Mohler, Armin: Die konservative Revolution in Deutschland 1918 – 1932, Darmstadt 1972. S. 33.
② Heizmann, 1990. S. 96.
③ Wirthensohn, 1998. S. 296.
④ Vgl. Kracauer, Siegfried: Das Ornament der Masse. Essays. Frankfurt am Main 1963. S. 313.
⑤ Bronsen, 1993. S. 161.

第三章 约瑟夫·罗特在流亡中的呐喊(1933—1939)

在1929年的报道《自我批评》中,他对此解释道:

> 我把他们自己的样子呈现在了这个时代的人的面前。毫不奇怪,这让他们感到害怕,比怕我还厉害。(Roth III: 132)

在这里,他所刻画的不仅是研究者所说的"社会与自我异化的双重问题",①而且他还关注群氓在异化后的进一步发展。群氓的形成有不同原因,有的人是在无意识状态受到蛊惑,有的人是被逼无奈。但另一方面,就如同《齐珀和他的父亲》中的小齐珀和《右与左》中的伯恩海姆一样,有的人是有明确主观意图的群氓,而不再是早期作品中的那些茫然无所措的小人物了。

在小说《右与左》中,约瑟夫·罗特塑造了一个无足轻重的配角特奥多尔·伯恩海姆,他是主人公保罗·伯恩海姆的弟弟,约瑟夫·罗特并没有为这一角色多费笔墨。但恰是从这个配角身上,可以清楚地看到群氓在形成和演变过程中是如何发生质变的——从一个令人虽无好感、但却无害的栎樗之材,堕落成为危险的群氓中的一分子。就性格而言,特奥多尔·伯恩海姆头脑简单,轻信盲从,他根本不具备理性思考的能力,因为

> 特奥多尔很难有耐心读完一整本书。但是只要读了十页,他就会对这本书赞不绝口,或者直接把它判定为"垃圾"。(Roth IV: 646)

但就这样的一个人却自认为头脑灵光,还想凭此出人头地。

> 特奥多尔熟谙公共关系,懂得概念的重要:荣誉、自由、民族、德国。他不惜一切代价,想要成为有影响力的人物。(Roth IV: 646)

他虽然梦想建设一个更好的祖国,但缺乏具体的设想和计划。他

---

① Vgl. Hackert, 1967. S. 22.

所追求的实际上仅仅是听上去如雷贯耳的一些概念和词句,这些词句没有清晰的内容可供理解,而是用来点缀他的暴力倾向并使之合理化的,但这种暴力倾向只能带来毁灭。他相信的并非某种特定的信仰和理论,而是抽象术语的堆砌。这个小角色的所谓世界观和信仰未能给人留下印象。作者聚焦于其行为的愚蠢和无逻辑,用讽刺的手段,使其更显荒谬,甚至不值一哂。

特奥多尔·伯恩海姆从小就是一个普通市民家庭里不受待见的孩子,可他的哥哥保罗却是全家的宠儿。兄弟俩一起出现在家人面前时,这种反差更为强烈。没有关爱的家庭环境造就了特奥多尔争强好斗、靠拳头解决问题的性格特点;严酷的外部社会环境不但对此起到了推波助澜的作用,而且也促成了他日后的蜕变。哲学家卡尔·雅斯贝斯指出,那种没有确定实质而仅靠数量堆砌而成的群氓,根本没有性格特点可言。他们只有在特定环境下才会拥有特性。① 这一点决定了特奥多尔·伯恩海姆的性格中必然带有明显的时代特征,例如民族主义、排犹思想等。同时,外部社会的紧张局势也对他施加了影响,这更加深了特奥多尔·伯恩海姆的个人危机。

具有攻击性和盲从的性格与第一次世界大战后紧张的社会局势相结合,将特奥多尔·伯恩海姆改造成了一个新人,这种新人是走向群氓的过渡型人物。卡尔·雅斯贝斯所说的"心中充满了对每一个优秀个体的憎恨,也充满了对平等的渴望"②的那种性格,在他身上体现得淋漓尽致。特奥多尔·伯恩海姆毫不掩饰对个性

---

① Vgl. Jaspers, 1979. S. 35.
② Jaspers, 1979. S. 176.

的反感和对隶属于团体的自豪。作为个体,他显然无足轻重,但一旦成了"神与铁"协会的会员,便信心倍增。这个组织是由纳粹分子、排犹主义者和种族主义者构成的大杂烩,但特奥多尔根本就不懂纳粹主义是什么意思。更具有讽刺意味的是,他自己身上就流淌着犹太人的血液,这使他感到"母亲的犹太出身显得尤为碍眼"。(Roth IV: 646)特奥多尔·伯恩海姆对犹太人施加暴力,并不是犹太文化研究者所说的"自我厌恶和敌视",①而是要通过暴力来表达自己愤怒的情绪。他试图通过这种无差别的暴力来掩饰自己的无知和盲从,让自己盲目的暴力倾向披上所谓正义的外衣。他之所以需要一个又一个牺牲品,就是为了将个人的痛苦转嫁到别人身上。

特奥多尔·伯恩海姆的施暴行为并非如他自己所宣称的服务于某种特定的意识形态。只有在暴行中,他才能找到自己的人生价值和意义,除此之外,他不可能对周围环境和周边的人施加任何影响,可这正是他孜孜以求的效果。对于一生毫无建树的特奥多尔·伯恩海姆而言,施暴是唯一能让他人注意到自己的方式,能够产生成功和强大的自我安慰的效果。他的危险性主要体现在好斗和行为轻率上,不过在和类似情况的人结合成一个群体之前,从本质上讲,他不过是一个无足轻重的失落的小市民。约瑟夫·罗特通过塑造特奥多尔·伯恩海姆这个人物指出了时代的危险趋势:在普通市民阶层的没落过程中,孕育着盲目的仇恨、狂热和破坏欲,并在此基础上形成了群氓的主要特性。市民阶层的没落不仅意味着苦难,而且还促成了群氓的诞生和崛起。

---

① Lessing, Theodor: Der jüdische Selbsthass. Berlin 1930. S. 32.

特奥多尔·伯恩海姆灵魂空虚,在第一次世界大战后的经济萧条和政局动荡中茫然无措,这种小人物在当时的社会背景下并非少数。在和平时期,轻率和好斗不过是他个人品行的缺陷。但当大部分人在为重建生活而奔波时,特奥多尔·伯恩海姆却因为不满和绝望对他人施暴。在作家看来,这种人身上酝酿着深刻的时代危机,这也是群氓的危险性所在,因为这种危险性具有相当的任意性,其未来的发展取决于外部社会的影响,如果遇见一丘之貉且形成聚众效应,所造成的损失和可怕的后果也将成倍增加。

特奥多尔·伯恩海姆在小说《右与左》中并非重要角色,约瑟夫·罗特甚至没有给他做出一个前后呼应的安排。在故事情节中他突然出现,在所谓的革命行动失败后,又突然消失于无形。作家通过这个角色的经历描绘了一个失败的小市民蜕变为一个群氓的过程。个人性格的缺陷与丑陋的现实相结合,促成了群氓时代的到来。在传统价值体系崩溃后,反人文主义的时代思潮造就了特奥多尔·伯恩海姆这样的"空心人"。他与所谓"神与铁"协会的结合明确地显示出群氓的形成只是个时间问题。尽管在此之前,特奥多尔之类的人物最多算是个低层次的无政府主义者。

三、被动型群氓及群氓的被动性

在小说《右与左》中,尼古拉·勃兰德斯曾经轻视甚至同情那些被意识形态洗脑的年轻人,认为"恐惧和饥渴才是驱动他们的力量"。(Roth IV: 670)这种被动盲从的群氓,或者如勒庞所说的"被组织起来的群氓",[①]总是处于一种无意识且无条件承受外来

---

① Le Bon, 1911. S. 10.

影响的状态，很容易为不同思潮所驱动，追随某个偶像，隶属于某个组织。在约瑟夫·罗特第一部小说《蛛网》中，就已经出现了这种被动盲从的群氓形象，包括持不同信仰的狂热党徒，因某一理念聚集而成的暴力团体。虽然这些人物并不是故事情节的核心，但也反映了第一次世界大战后动荡社会中各种思潮、意识形态和政治动向在促成群氓现象形成时所起到的黏合剂的作用。群氓以团体和组织的形式，参与到所有的所谓"事件"中去，虽然这些"事件"往往都是血腥且毫无意义的街头斗殴，但却扩大了其影响，使之成为现实生活中不可忽视的一种现象。

战后社会和政局的持续动荡，始终将各种形式的群氓置于紧张状态，引导并驱使他们参与不同的"运动"，加之以各种表面光鲜的理由——如为了某种主义，为了元首，为了祖国等等——动员和诱导他们。实际上，群氓连自己都搞不清楚他们为之而奋斗的所谓目标到底是什么，小说《蛛网》中那些狂热的纳粹党徒就是最好例证：

> 这些人十分无知。……纳粹党徒终日陶醉而兴奋。……他们信仰更坚定，更容易受到鼓动，来这儿之前满怀热情，入党以后激动万分。
>
> （罗特7：56）

《蛛网》付梓的20世纪20年代初，纳粹党在政治生活中还名不见经传，远没有日后的影响力，约瑟夫·罗特对这群人的关注显然与后来流亡时期的用意不同。因此，有学者指出，作家对早期纳粹党徒的批判并非基于对其意识形态的剖析和理解，而是出于一种"美学诉求"，[1]他关注的是这群人所具有的特性。他们因盲从而容易

---

[1] Marchand, 1974. S. 166.

受到蛊惑,心中充满着莫名的仇恨,最终把对破坏的渴望变成了行为的动机,因此,施暴对这些人有着强烈的吸引力。年轻而狂热的群氓信仰纳粹主义,却不知道何谓纳粹主义。《蛛网》中描述道:"纳粹主义只是一套寻常说辞,无需信念。"(罗特 7:55)他们无需理解,就可以动手行动。这些人对自己拥有所谓的信仰感到骄傲,他们总是作为一个群体出现,而不是作为单独的个人。

《蛛网》中的另一个群氓团体,即所谓的革命群众也令人印象深刻。虽然约瑟夫·罗特的世界观在这一时期明显左倾,但他还是明确表达了对群氓的轻信和易受操控的反感。和那些狂热的纳粹党徒一样,这些自封的革命群众也被一些含混不清的口号刺激得热血沸腾,

> 蒂梅在一家安全的客栈的地窖里存放了炸药。他想用爆炸推动革命。他说,新的革命行动是必要的。所有人都表示赞同。(罗特 7:25)

勒庞在他的《群氓心理学》一书中指出:对群氓而言,点燃一座宫殿或者牺牲自己都是无关痛痒的事,他们都能轻松地付诸实施。所有的一切都取决于刺激的方式,而不是付诸的行动与理性的程度之间的关系。① 在这一时期约瑟夫·罗特的笔下,群氓轻率的特性更加凸显了外部环境对人所造成的影响。勒庞则强调,"群氓是所受刺激的奴隶"。②

在《蛛网》中,秉持不同信仰的两个团体的冲突和碰撞是"有权有势的人对阵无权无势的人",(罗特 7:89)他们都被某种意识形态所裹挟,急于通过暴力表达自己的意见和不满,使其盲目性和

---

① Vgl. Le Bon, 1911. S. 22.
② Le Bon, 1911. S. 19.

好斗性在街上的群殴中表现得淋漓尽致。正是这种不分彼此的暴力赋予他们一种在群体中人人平等的错觉,而这种平等的错觉又带来自身的成就感和安全感。于是,群氓在社会和政治生活中的声音日渐高涨,进而影响和塑造了第一次世界大战后的新一代:"爱国而又自私、没有信仰、背信弃义、嗜血而又狭隘。这就是青年欧洲。"(罗特7:77)这种群氓之间的争斗毫无意义,没人获得胜利或改善现状,却满足了群氓本身对暴力的渴望。他们身上融合了幼稚、好斗、愚蠢和轻信的特性,同时又处于第一次世界大战后绝望和困苦的境地。他们施行的暴力,更多的是种发泄,而非出于对某种主义的追随。但这种暴力倾向与信仰的结合,却在日后表现出了更大的危险性,催生出了导致灾难的纳粹主义政权。约瑟夫·罗特早期作品中的群氓,主要还是一群无足轻重的可怜虫,因此作家对群氓的批判也多伴随着同情。

虽然约瑟夫·罗特对群氓绝无好感,但对不同的群氓类型还是有着不同的态度,这种态度与他早期左翼社会批判的世界观相契合。对于社会弱者,如那些有共产主义信仰的工人,讲述者明显有哀民生之多艰的同情心和同理心,会留意

> 许多城市发生了饥荒。大罢工的消息充斥报端。晚上,工人拖着沉重而缓慢的步子走在街道上。他们的妻子正在等待。丈夫没有回家。炉灶冰冷,没有晚饭。回家有什么意思?(罗特7:61-62)

与此相反,那些年轻的纳粹党徒被安排了一副危险和好战的嘴脸。这使得两个相互敌视的群体善恶立判。

作家1926年的苏俄之行深刻地影响了他对被动盲从的群氓形象的塑造。这位曾经用"红色约瑟夫"做笔名的作家在革命后

的苏俄同样要面对群氓现象,只不过这里的群氓已经是新社会的主要组成部分,不像早期作品中的群氓有其形成的任意性。此时,作为群氓中的一分子,就不得不放弃作为独立个体的个性。在小说《沉默的先知》中,高加索人萨维里就心灰意冷地承认:"我是一个工具。我的头脑、手和情感都被人利用。我的生命不属于我。我也不再属于我。"(Roth IV:785)这种群氓化的趋势反映的并不是理性的世界观,不能提供摆脱危机的出路,而是一种异化人的力量,这种力量最终将独立的个体变成了群体的一员。

在同一时期的小说《无尽的逃亡》中,狂热的革命者娜塔莎正是这样一个标准的群氓形象。她的身上不但没有任何独立个体的特征,甚至看不到人性和情感的痕迹,这使她在革命后的国内战争中成了无惧生死的战争机器。在日常生活中和革命胜利后的工作中,娜塔莎对群众运动的狂热也显而易见,连她对弗兰茨·佟达的所谓爱情也是出于改造和消灭后者身上落后思想的需要。在她身上,异化过程业已完成,她变成了一种工具,能怀着与战时同样的狂热投入到后来消灭文盲的斗争中去。这一行动与科学和教育无关,而是说明娜塔莎成了有效工具,可以在群众运动中发挥自己的功能了。

被动型群氓所体现出的这种自愿放弃和自我牺牲的狂热给作家留下了深刻的印象。不过在这一时期的作品中,约瑟夫·罗特还是把这种行为解释为个人的愚蠢。因此,他在作品中多通过辛辣的讽刺,褪去群氓形象的神秘和执着,暴露他们盲目和投机的本质。在小说《无尽的逃亡》中,主人公弗兰茨·佟达就在自己的日记中记录了一位罗马尼亚革命者:"我觉得他没有才气而且蠢笨,不过他的狡猾足以将自己的蠢笨隐藏在思想意识里,将懒惰隐藏

第三章 约瑟夫·罗特在流亡中的呐喊(1933—1939)

于政治中。"(罗特 4:106)正如研究者指出的,这些人有着各自的社会政治背景和观念,可以用些抽象概念来掩饰现实。[①] 由此可见,在这一创作时期,约瑟夫·罗特世界观的转型也同样体现在对群氓形象的塑造和态度上。在革命胜利后的新社会中,他观察到群氓在日益壮大,而那些主要由曾经的社会底层民众构成的各种形式和背景的群氓,也不再是值得同情的弱者了,现在,亲手经营着这个充满动荡的新社会的正是这些人。

这一时期的约瑟夫·罗特在大革命后形成的新社会中,特别关注民众在受到意识形态影响后的表现和变化。在 1926 年发表的文章《学校和青年》中,他指出了意识形态与人的结合在这里是种系统而且普遍的现象:看到

> 这些年轻的俄国人是"共青团员",也就是说,他不但要去游行、敲鼓、组织、领导,而且对"信仰"还要意志坚定。(Roth II: 666)

意识形态具有导向性,替代了传统的价值观和宗教信仰,作为一种凝聚力在青年人身上所起到的效果更为强烈,最终促进了唯一和巨大的群体的形成,这已经超出了勒庞从心理学和社会学角度分析群氓现象的范畴,成为了一种社会政治现象,孕育着更大的力量,隐藏着更大的危机。在约瑟夫·罗特看来,这一危险趋势正是当下时代发展的主要方向。唯一而且体量巨大的群氓已经形成,思想业已统一,时代在呼唤领头人和偶像的出现。这一预测,随着后来希特勒的上台而被不幸言中,对此,作为先知者的约瑟夫·罗特也只能徒唤奈何。

正因如此,约瑟夫·罗特对被动型群氓人物的刻画聚焦在那

[①] Marchand, 1974. S. 151.

些烙上了意识形态印记的群体上，这些人在第一次世界大战后的动荡中逐渐成为了社会中不可忽视的力量。各个社会阶层的群氓都被组织起来，被意识形态包装起来，使他们能忘我地为所谓的自由而战，做出无谓的牺牲。对此，作家在小说《沉默的先知》中提出了质疑：

> 那些议员被监禁然后又重获自由，那些不知名的无产者在监狱里被遗忘，或者被枪杀、被绞死。他们为何存在？为什么那些想建立新世界的人却按照世上最古老的错误行事？那种最古老、最荒诞的错误，相信牺牲的神圣性。难道不是祖国在要求人牺牲吗？难道不是宗教在要求人献祭吗？但是，但是革命也要求这些！革命把人都赶到祭台前，每一个到了那里的人，死的时候都坚信自己为伟大的事业献出了生命。（Roth IV：913）

在约瑟夫·罗特眼中，牺牲本身就是反人文主义的。而群氓身上体现出的对自我牺牲的无畏，已经不再能够唤醒作家的同情了，作家对此有了更多的质疑，提出了更多的警示。牺牲往往意味着暴力性的毁灭，导致灾难性的后果。这种反人文主义的倾向让作家意识到，群氓对自己的无所谓也意味着对他人的无视。

在小说《沉默的先知》中，约瑟夫·罗特的担心在群氓对战争的狂热中体现得淋漓尽致。当第一次世界大战爆发时，主人公弗里德里希·卡尔干"看到了这个国家对战争的狂热"，这种狂热甚至暂时掩盖了紧张的社会关系，使得

> 激进分子拥抱保守者，和往常一样，当危难之中陌生的人结成同盟，敌人相互和解，人们就会相信这个国家奇迹般的重生到来了。因为所有人团结起来的奇迹让人们相信，再不可能的事情也会发生。

(Roth Ⅳ: 838)

此前的底层民众还会因受到社会不公地对待和迫害而彼此争斗不休,现在的他们却已经结成了一个整体,去对付想象中的共同敌人。正如勒庞所指出,群氓就是外部刺激的玩物。① 他们需要一个组织,名头虽然经常更换,但功能却万变不离其宗。要达成这种无我的状态,就需要放弃作为独立个体的特性,如同弗里德里希·卡尔干对战友别尔泽耶夫所说,

> 这些民众中的单独个体,放弃了自己的特性,甚至丧失了自己根本的天性。个体的人热爱生命,害怕死亡。但大家一起,则舍弃生命,视死如归。个体的人不愿参军,不愿缴税。但大家一起,他们就自愿加入,倾囊相助。一面与另一面同样真实。(Roth Ⅳ: 838-839)

这种因抽象信仰聚集而成的群氓,不但体量和能量巨大,而且拥有明显的"非我族类其心必异"的排他性,像赌徒一样将个人命运寄托在战争的结果中。

在战争的喧嚣中,群氓爆发出的狂热更加使人趋同,所谓差异性仅仅留存在表面。在小说《沉默的先知》中,敌对的群氓在受到蛊惑与煽动时,彼此区别无非是"士兵们穿着与俄国不一样颜色的制服,唱着不一样的歌"。(Roth Ⅳ: 844)此前争斗不休的不同社会阶层,现在受到了民族情绪的感召而团结一致了,这种情形在原来是不可想象的,连饱受左翼社会党人批判的德皇威廉二世也感叹道:"今天我们全都是德意志兄弟,只是德意志兄弟。"② 在小说

---

① Le Bon, 1911. S. 19.
② 迪特尔·拉甫:德意志史——从古老帝国到第二共和国,慕尼黑:Max Hueber 出版社,1987 年,第 226 页。

中,那个曾经宣称"我不愿为任何人、任何事受苦"(Roth IV: 819)的格林霍特也"已经渴望作为一名军人和一名正直的人去死,用壮丽的死亡弥补自己堕落的一生。虽然不再年轻,但他想去前线"。(Roth IV: 845)自我牺牲的热情将死亡看得比活下来更有尊严,使得"死者的母亲展现自己的悲伤,犹如将军穿着金领子。阵亡战士的死成了遗属们的嘉奖"。(Roth IV: 850)毁灭对方的执着替代了对生活的渴望,群氓正是在这种战争狂热中,将自己本来已经被剥削殆尽的权益奉献出来,用于彼此的杀戮。

对敌人的憎恨替代了理性和人性,没人会设想敌对阵营也同他们一样,受到相同命运的折磨和戏弄。社会上的任何一个角落都能感受到恣意的排外情绪,就连在"一间又大又空的咖啡馆,宽敞的窗玻璃上也贴上了爱国标语和呼吁讲纯粹母语的口号",例如:"不要说法语的'再见',用德语说'再见'!""不要用罗曼语的小舌音讲话!"(Roth IV: 860)仅仅因为法语的"再见"是个外来词便受到排斥,似乎千百年来彼此渗入血液的人文交流可以人为切断。这种狭隘的民族主义的狂热在战争初期等同于爱国主义;而在阵线另一方的俄国,战争也将不同社会阶层,甚至是彼此排斥的阶级聚集起来。一时间,无产阶级不再为平权而奋斗,此前按照意识形态被划分为压迫阶级和被压迫阶级的民众,弥合了彼此间的矛盾,汇聚成了更大的群氓群体,给自己贴上了爱国者和民族主义者的时髦标签。无论在西欧还是东欧,群氓都满怀激情地亲手摧毁着自己的权益和未来。

在约瑟夫·罗特笔下,被动盲从的群氓变得越来越危险,因为这些人身上所蕴藏的力量极具破坏性。他在流亡时期的历史小说《百日》中塑造了几个颇有代表性的极端例子。其中尤其令人印象深刻的是由拿破仑的老兵组成的近卫军,他们在滑铁卢战役败局已定的情况下,依旧踏着鼓点,前仆后继地奔向被后世研究者称为"毫无意义但却隆重的死亡"。① 在滑铁卢战役的最后关头,

> 近卫军迈着庄重稳健的步伐,踩着高雅的节拍向前进发。……近卫军正向一座高地蜂拥而去,而高地上的敌人正一刻不停地向下射击。皇帝的掷弹兵、令敌人闻风丧胆的部队、精挑细选的法国人民、皇帝的弟兄与儿子全都牺牲了。(罗特 1:173)

他们完成了使命,为自己的偶像战斗并牺牲,在战鼓声中,这种毫无意义的慷慨赴死"带有完美的节奏感"。② 卡内蒂在《群氓和权利》一书中将这种极端的例子称之为"群氓的结晶",③他们生命的意义不存在于整体之外。他们不是作为个人而存活,他们是皇帝手中的剑和武器。即使他们以个体的形式出现,别人也仅仅会联想到整齐划一的群体形象。禁卫军彼此之间没有区别,每个个体都是另外一个个体的映射,彼此之间完全可以相互替代,他们身上没有作为个体的特征。在约瑟夫·罗特笔下,禁卫军不再是生命体,而是皇帝权力的延伸。

在《百日》这部创作于流亡时期的历史小说中,被动盲从的群氓形象所具有的狂热和危害也同样反映在个体人物身上。例如,拿破仑皇宫里的浣衣女安吉丽娜就与那些墙头草般投机的官吏不同,她是一位来自皇帝故乡科西嘉岛的宫廷侍女,对拿破仑有着绝对的愚忠,毫不犹豫地为之做出奉献和牺牲。在她身上,人们可以

---

① Marchand, 1974. S. 310.
② Canetti, 1998. S. 36.
③ Vgl. Canetti, 1998. S. 84.

看到狂热和盲目相结合带来的灾难。作为偶像的皇帝蒙蔽了她本就不多的理性,拿破仑不仅仅是法国的皇帝,而且是她的神祇。她崇拜自己的偶像,这种情况颇具代表性,"因为在那时,全法国(可能也包括全世界)所有的女人都爱皇帝,而不爱自己的丈夫。"(罗特1:108)这里的偶像情结已经超越了个人情感,成为了一种排他的信仰。听到有人诋毁皇帝,安吉丽娜甚至会本能地感到"一股强烈的恐惧和巨大而陌生的羞愧困住了她的内心"。(罗特1:105)这种狂热令她失去理性,甚至当拿破仑被放逐到厄尔巴岛,所有的官员已弃他而去时,她也痴心不改,"虽然安吉丽娜是社会最底层的一员,但爱着皇帝的唯有她一人。"(罗特1:127)安吉丽娜为了她的偶像活着,所以皇帝退位对她而言是个沉重的打击,她生活的基础和意义都因此被摧毁。在她身上显然不存在所谓"诱拐者和被诱拐者之间的关系",①因为她与皇帝之间几乎没有任何交集。安吉丽娜陷入了偶像崇拜不能自拔,最终跌入了自己造成的万劫不复的深渊。

通过安吉丽娜这个形象,约瑟夫·罗特描绘了一个普通人异化为群氓一员的过程及后果。如学者所说,安吉丽娜经历了"从基督教的信仰到无条件的自我牺牲的堕落"。② 她从科西嘉岛上的一个小姑娘,逐渐变成了冷血狂热的保皇派,因为

> 她只爱大帝一人,而且已经迷失了自我。……她属于大帝,他却对她一无所知。……是皇帝带来了战争。……安吉丽娜爱他手里的剑,

---

① Kliche, Dieter: Joseph Roths Napoleon-Roman „Die hundert Tage". In: Joseph Roth. Interpretation – Rezeption – Kritik. Herausgegeben von Michael Kessler und Fritz Hackert. Tübingen 1990. S. 164.
② Kliche, 1990. S. 164.

第三章 约瑟夫·罗特在流亡中的呐喊(1933—1939)

> 爱他的鹰,爱他庆典上隆隆的炮声。没错,因为她爱他,所以她也爱战争。他的敌人也都是她的敌人。他的高大应该再高大一点,她的渺小应该再渺小一点。唯有她渴望战争,其他人都害怕战争。(罗特1: 167)

在这样的偶像崇拜中,连母爱都不再占有一席之地。安吉丽娜不再是普通的女性和母亲了,连儿子阵亡的消息也无法将她从这种狂热中唤醒,虽然

> 她的心重如千钧,她的双眼流干了眼泪。她为自己的儿子而哭泣,也很嫉妒他。他死了,死了!但他是被皇帝之手安葬的。(罗特1: 196)

非但如此,研究者还指出,安吉丽娜为自己的偶像做出了"英雄般的牺牲",[①]以卵击石般地死在了一场与另一群同样狂热的保皇党的暴力冲突中。而颇具讽刺意味的是,小说中她的偶像拿破仑却在这一刻经历了带有传奇色彩的转变,放弃了暴力并宣布退位,从一个嗜血暴君变为一个圣徒。在安吉丽娜身上,群氓的危险性还联系着勒庞所说的所谓英雄情结,二者结合,更容易造成毁灭和犯罪。[②]

在小说《百日》中,安吉丽娜也有转圜自赎的机会,但她始终对一切置若罔闻。一位皇帝手下曾经的伤残老兵沃库尔卡试图用自己的亲身经历告诉她,狂热的牺牲仅仅意味着自身毫无意义的毁灭:

> 那时,皇帝很伟大,我是他的士兵,我也爱戴过他。但是,您请看,我

[①] Marchand, 1974. S. 313.
[②] Vgl. Le Bon, 1911. S. 15–18.

> 们这些小人物为了对大人物的爱所付出的代价太昂贵了。……比如说,我就丢了我的腿,而您丢失了您的职位。这些都是无谓的牺牲。我们小人物不能让自己的生活由大人物来决定。要是他们赢了,受苦的是我们;要是他们输了,我们受的苦更多。(罗特1:144)

这种"兴百姓苦,亡百姓亦苦"的道理显然无法说服深陷偶像崇拜的安吉丽娜。群氓是灾难的制造者,也是受害者,这正是历史小说《百日》的时代意义和价值所在:当纳粹德国建立起对希特勒个人的效忠和偶像崇拜时,约瑟夫·罗特试图以史鉴今,用这部作品警示群氓与纳粹主义的结合。被动盲从的群氓所具有的幼稚、轻信、鲁莽、盲目、狂热和攻击性等特点,使他们成为可怕的反人类的力量。

四、主动型群氓及群氓的主动性

与被动型群氓相反,在约瑟夫·罗特的笔下,尤其是流亡时期的作品中,还出现过主动型群氓。这种群氓虽然具有被动型群氓的许多特征,但他们并非浑浑噩噩易受人驱使之辈。他们不是无意识地盲目受控于不同时代思想潮流的牺牲品,也不易为各种社会力量所裹挟。在约瑟夫·罗特后期的作品中,这种主动型群氓具有明确的目的性,他们甚至可以鼓噪起哄,引发事端。主动型群氓不再是社会不公的牺牲品,而是社会悲剧的始作俑者。他们寻找甚至推举一个人成为领袖,自愿接受领导。这种对领袖有意识的、主动的服从是主动型群氓的特点,是他们区分于被动型群氓的重要标志。

在小说《沉默的先知》中,主人公弗里德里希·卡尔干就曾观察过群氓主动寻求并配合领袖的特性,他发现

> 从民众中来的人有着机敏的知觉,他们知道 R. 喜欢什么。然后就做他喜欢的事,说粗陋的话给他听。他开心极了,把这些带着伪装的信任说出来的话都收集起来,就像曾经的宫廷侍卫收集陛下仁爱下民的证据一样。为了他,士兵们扮演着"人民陛下"的角色。之后,他又高兴地回到书斋中,深信自己与大众并没有区别。……人民极具出神入化的表演天赋。(Roth Ⅳ:897)

那个所谓的革命领导显然被蒙在鼓里,于不知不觉中被簇拥前行,所谓领袖的地位不过是表象而已。显然,被动盲从的群氓所具有的易受蛊惑的特性,在主动型群氓身上不见了踪影。

在创作于流亡时期的历史小说《百日》中,约瑟夫·罗特专门用大量篇幅刻画了"法国人民"这种主动型的群氓形象。他们可以对任何一个领袖欢呼,做出为之倾倒的姿态。在小说一开始,巴黎民众迎接皇帝拿破仑返回的一幕就体现出了这种"识时务者为俊杰"的冷静和理性:"成千上万的百姓身上都装点着紫罗兰,从巴黎城郊走向市中心,走向皇宫。"(罗特1:8)人们聚集在那里,"人群中迸发出的尖叫仍不足以压抑男男女女激动的内心,他们就会不时喊出:'法兰西万岁!皇帝万岁!人民万岁!'"(罗特1:9)这一幕与被动型群氓的盲目轻信不同,它展现出的是主动型群氓墙头草的特性。这些人并非无意识地受到蛊惑,而是自发站出来对重返巴黎的当权者表示归顺。他们对皇帝的欢呼是一种表态,更是一种呼吁,他们在寻找那些与自己有共同利益的个体,以期汇聚一处,构建起群体。

在欢呼声中,民众做好了战争准备,这种对偶像的欢呼包含着解决所有问题的神奇力量。人们将自己的希望投射和寄托在皇帝拿破仑身上,因为他和大家出身一样,最初不过是闾里一匹夫,现

在却也能出震继离而面南称尊。在群氓眼中,皇帝是

> 在很长的一段时间里震惊、战胜并控制了人世间的大人物,因此小人物都视他为自己的复仇者,也认他为主。他们爱戴他,不光是因为他看上去和自己是同一类人,也因为他比自己更伟大。拿破仑给他们做出了榜样,是对他们的一种激励。(罗特1:5)

颇具讽刺意味的是,同样是这群人,在数月之后带着同样的热情,又去欢呼迎接作为皇帝死敌的波旁王朝的国王回銮:"不远的道路上传来胜利的民众的吼声,他们正在庆祝国王的归来,正在诅咒落败的皇帝。"(罗特1:139)类似的描述,同样也出现在第一次世界大战结束时施尼茨勒的日记中。他在1918年11月10日写道:"就是这同一群人,在四年前,甚至在一年前还在对皇帝山呼万岁,而今天却在高喊:共和国万岁。"① 这一幕循环上演,甚至连皇帝的士兵"再也不戴皇帝之鹰了,戴的是国王的百合花。他们再也不是皇帝的士兵了,而是国王的臣民"(罗特1:147)。拿破仑"个人的光环"② 突然消失,这位昨天还被群氓欢呼拥捧的偶像,今天就被人唾弃。所以,约瑟夫·罗特在这部小说中写道:"在窗前欢呼的民众将夜晚变为了白天,但他们变化无常!"(罗特1:17)主动型群氓善于见风使舵地投机。这里所体现出的主动性不是人云亦云的盲动,而是有目的性地主动聚集在一位强有力的领袖周围,并追随着他。对主动型群氓而言,皇帝不仅仅是个可以为之欢呼和为之时刻准备做出牺牲的偶像。皇帝首先意味着一种能实现自我价

---

① Schnitzler, Arthur: Tagebuch. Herausgegeben von der Österreichschen Akademie der Wissenschaft. Band II. Wien 1995. S. 200.
② Le Bon, 1911. S. 95.

第三章　约瑟夫·罗特在流亡中的呐喊(1933—1939)

值和愿景的权力。拿破仑在小说结尾主动放弃了皇权,于是也就失去了作为群氓领袖的功能。在这种情况下,群氓转向新的当权者波旁王朝的国王,思路和目标明确且实际。对此,约瑟夫·罗特的批评态度也十分明确,在他的成名作《拉德茨基进行曲》中,年轻的特罗塔就曾鄙夷地说过:"人民,即最下层的老百姓。"(罗特1:255)

群氓的投机主义和实用主义,尤其是他们对权力的依附,在皇帝手下的士兵身上体现得淋漓尽致。这些士兵需要皇帝拿破仑,虽然军队里"许多服役的人都不喜欢他"。(罗特1:101)尽管如此,大家还是追随着皇帝,因为只有在皇帝的麾下,才有可能建功立业,获取功名利禄。对此,他们也直言不讳地承认:"没有他,我们肯定看不到这个世界,也不会让这个世界颤抖。"(罗特1:104)草根出身的皇帝让同样出身白屋寒门且寂寂无名的底层军士看到了希望。二者出身的相似性在这些士兵身上产生了双重的效果:一方面,这种相似性唤醒了群氓的虚荣心,他们在皇帝身上看到了榜样:默默无闻的饭牛屠狗辈也可以变成一个杀伐四方的大人物;另一方面,皇帝和他们在一个阵营,是他们当中的一分子,因此他们拥有共同的目标。只有一起在军队中,聚集在皇帝的麾下,士兵才有飞黄腾达的机会。皇宫里的浣衣女安吉丽娜在指责那些背后说皇帝坏话的军士时说道:

> 你们什么都不是——没有他,你们也就比什么都不是稍微好点。没有他,你们既不能看见世界,也不能从自己的村里或小城镇里走出哪怕一英里。(罗特1:104)

与这些墙头草般的士兵一样,首鼠两端的将军和士大夫们也善于投机观望。他们对皇帝和人民许以忠诚,但当皇帝打了败仗时,他们又立刻转身而去,因为"事实上,大部分人更担心自己的命运,而不是担心国家与皇帝的命运;一些人甚至好奇大过痛苦"。(罗特1:197)很显然,这些人做决定并非因为轻信盲从,而是基于自身的利益,他们也懂得见风使舵,知道及时改换门庭的必要性和重要性。

这种情况下,群氓与领袖之间的关系显然不再是领导与被领导的关系,而是一种相互依存且互为前提的共生关系。没有群氓,领袖仅仅是个被缴了械的将军,只有与群氓一起,他才强大到能够施行自己的计划和实现自己的目标。相反,群氓也需要强有力的领导,能够将成千上万个个体汇聚一处成为一个整体,向一个共同的目标迈进。群氓不再是社会不公的牺牲品,而是处于一种卡内蒂所说的"自觉等待命令的状态"。[1] 群氓的这种主动性在约瑟夫·罗特眼中更具危险性,因为这一特性不是建立在人文主义的基础上,而是与投机、实用、狂热和暴力相结合,在现实中不会导致理性的结果。在群氓的特性中,作家刻画的是一种随时可以爆发的危险性。群氓的暴力倾向在早些时候的小说《无尽的逃亡》中就已经显露出来,弗兰茨·佟达曾语带讽刺地指出,

> "乌合之众"差不多就是濯足节举行阅兵时拥堵在战时后备军警戒线后的一帮人,只能看见这些人汗淋淋的脸和破损的帽子,他们手里可能拿着石块。(罗特4:11)

这种好斗和暴力倾向之所以更危险,是因为他们有明确的意图。群氓不再仅仅是外部环境影响的受众,而是可以为了自身利益对周围环境施加切实影响的行为者。

---

[1] Canetti, 1998. S. 368.

第三章　约瑟夫·罗特在流亡中的呐喊(1933—1939)

群氓带有主动性的暴力倾向会造成不可预料的灾难。小说《塔拉巴斯》中，居住在小镇科罗普塔的居民和周边的农夫就是一个极端的例子。在他们身上可以清楚地看到这种主动型群氓如何鼓噪汇聚，并给当地的犹太居民带来巨大的灾难。这些人原本都是和平的普通人，过着平静的生活，"他们是农民，想着的是自家的农庄和院子，想着猪仔和系在脖子上袋子里的钱。"(罗特6：120)与当地一贫如洗的犹太人一样，他们都属于社会最底层，忍辱负重地承载着生活的重负。在所有人眼中，这些

> 百姓是无辜的，对历史规则的残暴一无所知，他们逆来顺受，屈服于上帝的鞭笞，一如他们长久地、数不清有多少年承受着沙皇的法律一样。(罗特6：47)

第一次世界大战和紧随其后的革命没有带来任何改善，但是"长久以来，他们已经习惯了忍饥挨饿，缺吃少穿，什么都缺"。(罗特6：50)这些人贫穷、虚弱而且值得同情，这些人与约瑟夫·罗特早期作品中丑陋时代的牺牲品几乎如出一辙，但正是这些人给这座小城带来了巨大灾难，他们滥杀无辜，摧毁了当地犹太人的生命和生活。

在这些普通人汇聚一处，变成杀人不眨眼的群氓的过程中，一个叫拉姆辛的军官的教唆起到了关键作用。当人们在犹太人克里斯蒂安颇勒家院子里的墙上看到圣母玛利亚的画像时，他妄称犹太人玷污了圣母玛利亚的圣像，从而引起后来的暴乱。拉姆辛在这里扮演的煽动教唆者的角色，类似于小说《蛛网》里的本雅明·伦茨。教唆者和群氓的关系与群氓和领袖的关系不同，前者只顾及自身利益，本并不属于群氓，而是独立于群氓之外。就此而言，教唆者实际上是极端的利己主义者。拉姆辛的振臂一呼唤醒了群

氓所拥有的巨大力量，引燃了群氓的极端情绪。接下来的一切便失去了控制，拉姆辛也随即趁乱全身而退。但汇聚起来的群氓此时已经拥有了主动性，人们对上帝的信仰变成了对无辜犹太人刻骨的憎恨。"他们胸前画着十字，感谢着上帝，心中充满了对犹太人的痛恨。"（罗特 6：106）同样是对上帝的信仰，在塔拉巴斯身上唤醒的是人性，但在群氓身上则相反，虔诚的信仰导致了暴乱和灾难的发生。群氓不在乎理由的合理性，仅仅是圣母玛利亚被犹太人玷污这一念头就已经足够成为施加暴力的理由。

> 当他们赶着小车带着自己的老婆孩子停在客栈前时，好像已经不是为了朝拜大慈大悲的圣像，而是为了报复那个亵渎圣母的犹太人，因为比最热切的信仰还要炽烈的是憎恨，这种憎恨像恶魔一样偏执。那些农民好像不仅目睹了神迹，而且还能真真切切地回想起那个犹太人玷污圣像、用蓝色石灰覆盖圣像的每个细节。与他们复仇愿望交织在一起的还有另一种含糊的感觉，是觉得自己有错，是他们的漫不经心纵容了这个犹太人的无耻行径。对他们而言毫无疑问的是：当初自己一定是被魔鬼蒙蔽了。（罗特 6：106-107）

对无辜者施暴是群氓发泄情绪的主要方式，也是其主动性的一个重要组成部分。通过暴力的宣泄，群氓的凝聚力更强、更有效。

在小说《塔拉巴斯》中，群氓对犹太人的憎恨和暴力是他们表达虔敬的方式，而非仅仅是受到蛊惑煽动的结果。勒庞曾指出，个体也许是个有教养的个人，但在群氓中却是个受驱使的家伙，换言之，就是个野蛮人。[①] 这种根植于内心的对他者的憎恨不但有助于以物以类聚的方式形成群氓，而且还有利于肆无忌惮

---

① Le Bon, 1911. S. 17.

第三章　约瑟夫·罗特在流亡中的呐喊(1933—1939)

地对社会弱者施暴。同样,卡内蒂笔下的"被煽动的群氓"[1]在施暴的过程中体现出的恰是其主动性。在小说《塔拉巴斯》中,群氓面对着犹太人,

> 在把这些可怜人一个个或三三两两地推搡着往前走时,有的农民中断了祈祷和静默,向犹太人吐起了唾沫。犹太人越靠近神迹,他们黑色的长袍就越频繁、越猛烈地被人吐上唾沫。很快,长袍的长袖上沾满了银白色唾液和黄痰——这是头脑疯狂的家伙做出的令人毛骨悚然而又令人费解的举动,既可笑又可怕。(罗特 6:109)

这种暴力是一种情绪的主动和直接的宣泄。研究者指出,当群氓跨越了设定的底线,他们便不再受人驱使,他们经常直接盲目地继续他们的行为。如此看来,他们不但遭受痛苦,还要制造痛苦。他们变得残暴了。[2]

约瑟夫·罗特尤其关注暴力与主动型群氓的联系,以此区分普通的个人和群氓中的个体之间的差异。《塔拉巴斯》中小镇科罗普塔的居民和周边的农夫身上有一种嗜血的本能,当他们见到无辜犹太人流的血时,会觉得

> 好像这鲜红的血为众人麻木的怒火赋予明确的意义和特定的方向似的,其他人内心那无法抑制的去打、去踹的欲望也被唤起。他们看到浸了血的红头巾就在眼前,就像流血的瀑布一般涌动着。他们抄起手上正好拿着的家伙,朝前面和身边的大人、孩子和物件砸去。(罗特 6:111-112)

---

[1] Canetti, Elias: Masse und Macht. Düsseldorf 1998. S. 54.
[2] Vgl. Antweiler, Anton: Der Mensch als Masse. Altenberge 1982. S. 127.

这一暴行一方面展示出了主动型群氓爆发出来的力量,另一方面也体现了群氓的亢奋和敏感。他们自己背负着痛苦,这种痛苦长久以来是某种权力、某个法律或者命令强加于身,而现在通过实施暴力,可以将这种痛苦转嫁给他人。他们对战胜敌人并不感兴趣,感兴趣的是如何对敌人施暴。对此,研究者指出,群氓的殴斗并没有什么逻辑性的背景,只是表达了他们对暴力的渴望。群氓只有通过暴力才能被满足和平复。① 群氓的怒火是盲目的,但力量是巨大的。此前,这些普通人像犹太人一样无辜和软弱,但转眼间就变成了殴打妇女儿童的冷血杀手。正如加塞特所指出,如果群氓自主从事,那他能做的就只有一件事:滥用私刑。② 这里可以清楚地看到,群氓总是乐于从事导致毁灭和灾难的事。

只要群氓受到唆使和煽动,就会变得一发不可收拾。在小说《塔拉巴斯》中,

> 农民和士兵已经完全陷入了癫狂,根本听不进任何理性的呼声。他们只是模糊地觉得自己面对的是维持秩序的武力,这也就是敌对的武力。于是他们准备予以同样有力的回击。(罗特 6:112)

对于群氓输出暴力的不可控性,研究者指出,他们既无法受目标的约束,也无法按计划为达到目标而努力。③ 群氓对犹太人的憎恨早就根植于内心深处。这种恨就像

> 不可逾越的高墙用亮晶晶的坚冰构成,由从古至今千余年来基督徒

---

① Vgl. Antweiler, 1982. S. 131.
② Vgl. Ortega y Casset, 1993. S. 122.
③ Vgl. Antweiler, 1982. S. 123–125.

第三章　约瑟夫·罗特在流亡中的呐喊(1933—1939)

> 和犹太人之间越积越多的仇恨、猜忌和陌生构成,好像这堵高墙是上帝亲自建造起来似的。(罗特6:128)

对群氓而言,针对犹太人的偏见更为简单也更为实用,远比需要自己思考还方便。只要这种针对犹太人的古老偏见被唤醒,就会引发暴力。这种恨很快就将普通人凝聚成为一个整体,显现出这群人的好斗和狂热:

> 这都是些不认识的农民,从来没见过的农民!他们可能干出所有可能和不可能的事来:亵渎,甚至谋杀。恶作剧,本来真的并无恶意,可再仔细想想昨天发生的惨剧!将要降临的,才是真正致命的。(罗特6:140)

小说中的犹太人克里斯蒂安颇勒从自己的亲身经历中认识到这种危险和残忍,因为群氓的暴乱已经不是第一次了。后来牧师告诉塔拉巴斯说:"你们许多人都这么干了,上校先生。许多人还会这么干的……"(罗特6:161)很明显,群氓重复着他们的错误,因为他们忘记了自己可怕的错误,或者他们根本意识不到这是错误,就像犹太人克里斯蒂安颇勒所说的那样:

> 人会遗忘。遗忘害怕和恐惧。他们要活下去,会习惯一切,他们要活着!就这么简单!他们也会遗忘那些美好的事,他们对非同寻常的事甚至比对司空见惯的事忘得更快。(罗特6:219)

这些人对弱者施加暴力,同时自己又被强者虐待。但只要事情一过去,这些由愤怒的农民汇聚而成的施暴好斗的群氓就烟消云散。他们回到村子里,回归平静的日常生活,丝毫看不到暴力的痕迹,直到下次有机会再次爆发。正如勒庞在解析法国大革命时所指出:"当风暴过去时,他们又重新拾起此前作为和平居民的普通性格。在他们中间,拿破仑找到了他最顺从的臣仆。"[1]群氓中所蕴藏的危险的力量,可以在某个机会再聚集形成,并导致新的灾难。这种癫狂式的重复,令约瑟夫·罗特感到悲观和恐惧。

五、丑陋世界的始作俑者——群氓

约瑟夫·罗特早在1920年的文章《反动学者》中,就提出了尖锐的设问:

> 一代又一代的青年人带着献祭的热情在文化的祭坛上被烧死。这种牺牲的热情难道不是**有意识**的行动?……他们也许会受陌生意志的蒙蔽而献身。但他们会不会成为始作俑者,就像这地球上的青年一代?(Roth I: 234)

这种质疑的声音表达了作者对芸芸众生,尤其是对青年一代批判式的观察和担心。但这一时期作为"红色"的左翼作家,罗特关注的重点主要还是社会不公对人所造成的冲击和创伤,而非人性中的阴暗面。但在后期的流亡生涯中,社会底层的芸芸众生已经从现实事件的受众变成了现实事件的制造者。这一主、被动角色的互换尤其体现在处于危机中的群氓身上。

在小说《塔拉巴斯》中,约瑟夫·罗特明确将群氓的主动性施暴与社会的动荡联系起来,构成了因果关系。小说中在第一次世界大战后幸存下来的那二十六个士兵,总是处于一种紧张的临界状态。他们追随塔拉巴斯,个体之间不分彼此,构成了一个坚实的整体:

---

[1] Le Bon, 1911. S. 12.

> 所有的人在一起是二十六个塔拉巴斯,是二十六个一模一样的伟大的尼古劳斯·塔拉巴斯。没有他,这些人什么都不是。他们是自己的二十六个影子。(罗特6:48)

这种聚众效应扩大了他们在混乱和危机四伏之中生存下来的几率。卡内蒂在《群众与权力》一书中曾经写道:"群氓在恐惧的状态下愿意汇拢群聚。这能让他们在当下的危险中,通过彼此靠近觉得受到保护。"①但在小说中,这些汇聚一处的士兵并非满足于寻求保护,他们还想在小城里作为当权者发号施令,将一切置于掌中。而只有成为一个整体,他们才有可能达到自己无法企及的更远大的目标。在这种情况下形成的群氓就像有意识的生命体,在一步步地贯彻并实现自己的计划。

约瑟夫·罗特在许多作品中虽然也提及了群氓的形成条件和过程,但在《塔拉巴斯》一书中,他尤其关注塔拉巴斯手下士兵形成的群氓的主动性。这些人都是久经沙场的战争机器,具有危险的暴力倾向。他们颇有些自知之明,知道自己作为个体在社会中无足轻重,甚至在战争结束后的和平环境中也找不到栖身之地,至于提职晋升,更是绝无可能。为了能够继续生存下去,他们必须制造紧张和混乱的气氛。这一切都有着影射从十字军东征返回的条顿骑士团在普鲁士鸠占鹊巢的典故的意味。为此,他们不但需要以群分、以类聚,确定共同的利益和目标,进而形成一个典型的群氓团体,而且还需要一个能率领他们并为他们的命运负责的领袖。只有在冷血暴力的塔拉巴斯手下,这些士兵才能实现这一目标,才能感受到自身的价值,因为"就像世界上所有的雇佣兵一样,他们

---

① Canetti, 1998. S. 365.

需要一个没有弱点和缺点的指挥官,没有明显的弱点和缺点"。(罗特6:144)虽然塔拉巴斯在群氓中具有领导者的地位,但这个地位是群氓所赐,换言之,是群氓主动活动的结果,因为塔拉巴斯更符合他们对强者的要求。而之所以如此,是因为他的暴力倾向比他们更加肆无忌惮。研究者在分析中指出:"只有当领袖能够比其他个体更严格地遵守群体的规矩时,才能够胜任对群体的领导。"①

塔拉巴斯带兵入城的一幕,给周围的人留下了深刻的印象。他符合那些散兵游勇的期待,是小说中最强大、最具暴力的武夫。他是指挥官,是群氓的代表和领袖,在偶像与群氓之间存在着一种默契。约瑟夫·罗特早期作品中常见的那种压迫和受压迫之间的二元对立,在后期的小说中已经淡化甚至趋于消失,取而代之的是一种敬畏,甚至是一种敬爱,《塔拉巴斯》中的主人公感受到:

> 士兵们热爱他也害怕他,对他的一个眼神,哪怕是稍微招招手,也是俯首帖耳。他们当中要是有人对塔拉巴斯稍有不顺从,那几乎没人会容下这个叛逆。所有的人都爱塔拉巴斯,所有的人也都害怕塔拉巴斯。(罗特6:35)

只有通过这种所谓的"爱",他才能获得生杀予夺的权力,才能被部下推崇为偶像。对他而言,"在自己的部队里,他就是沙皇。"(罗特6:36)塔拉巴斯是自己部下的一面镜子和表率,于是手下士兵在小城面对可怜的民众时,也同样崇尚暴力。他们寻求保护和安全的初衷在这一刻消失殆尽,成了这座小城中可怕的暴君。在

---

① Hofstätter, Peter. R.: Gruppendynamik. Kritik dr Massenpsychologie. Hamburg 1986. S. 161.

这些士兵身上可以清楚地看到一种恶性循环：为了自己的生存制造紧张局势，汇聚形成群氓，像罪犯一样在小城里播种恐惧、混乱和痛苦，让这座还没从战争中恢复过来的城市再次遭受腥风血雨。

在小说《塔拉巴斯》中，群氓的主动性尤其体现在其与所处世界及所发生事件之间的关系中。约瑟夫·罗特通过小城居民的行为刻画了芸芸众生在危机时刻趋向群氓的抱团现象。塔拉巴斯和二十六个忠诚的部下来到小城后，立刻逮捕了火车站周围的人，命令他们为自己搬运货物，甚至开枪打伤了想逃离现场的一个无辜犹太人。但是这种暴行竟然产生了意想不到的效果：那些被塔拉巴斯剥夺了自由并遭到虐待的普通人，反而愿意留在他手下并服从他的指挥。当塔拉巴斯问道："你们当中谁当过兵？谁还想跟我继续当兵？"所有的人都向前一步走。所有的人都想在塔拉巴斯手下当兵。（Roth VI：54）这一刻显然不存在暴君的强迫，也并非后世心理学派所津津乐道的斯德哥尔摩综合征，而是如卡内蒂在《群众与权力》一书中所指出的，群氓"处在一种渴望得到命令的状态"，①上校塔拉巴斯恰好能够满足这一期盼。与那些士兵一样，小城里的普通百姓也都如勒庞所说，"也同样没有任何主见，于是领导就成了向导。"②作为塔拉巴斯的部下，领导者和被领导者构成一个互惠的整体，各有角色分工。此时，群氓不再是盲目的追随者和信众，而是由许多有着共同利益和愿望的个体构成的一伙人。他们汇聚在领袖周围，形成了偶像崇拜。于是，本来唯唯诺诺的贫

---

① Canetti, 1998. S. 334.
② Le Bon, 1911. S. 85.

苦农夫和普通小城居民投身在暴君独夫麾下,成为了可怕的暴力分子,他们对同样可怜卑微的其他社会底层民众也会施加暴行。这种暴力具有随意性,说来就来,想来就有;虽然没有可持续性,延续不了多久,但他们比塔拉巴斯手下的那些士兵更具破坏力。这种主动型群氓为一己之私制造痛苦、屈辱和殴斗,成为小城里的犹太人不得不面对和经历的灾难。

约瑟夫·罗特在历史小说《百日》中继续了这个话题,同样思考和描述了群氓的主动性所带来的灾难性后果。这次他选择了法国人民作为研究和创作对象。与《塔拉巴斯》中因危机造成的紧张局面而汇聚形成的群氓相比,那些属于骑墙派的法国人作为一种群氓现象,其巨大的体量自然蕴藏着更大的能量。在约瑟夫·罗特笔下,这伙法国人是一群目标明确甚至头脑清醒的群氓。他们的行为有明确的目的性,甚至会采取步骤分期实现目标。因此,他们会主动物色合适的人选,通过偶像崇拜的方式追随其左右。对此,拿破仑在享受群氓欢呼的同时也能洞若观火,他知道

> 他只是一个人,但是大家都把他当成了神。于是人们会要求他像神一样发怒,像神一样惩罚,以希望他能像神一样宽恕别人。(罗特1:16)

对主动型群氓而言,领袖是个必要的工具,他们对领袖的欢呼并非由衷的拜服,而是主动的承认和鼓励。同样,偶像崇拜并非那些法国人民的一时冲动,而是这些人理性投机选择的结果。在小说《塔拉巴斯》中,领袖与群氓之间上下尊卑的等级还算泾渭分明,而在《百日》中,群氓实际上已经凌驾于偶像之上,因为他们能够决定谁来领导以及如何领导。一旦皇帝拿破仑失势,他便失去了作为偶像和领袖的功能。于是那些法国人民对他弃若敝屣,转身投向

曾经同样被他们抛弃但又重新复辟成功的波旁王朝。在这种关系中，群氓的偶像情节更像是他们主动给偶像加身的黄袍，随时可以易主。因此，作家不再把群氓简单地看成是被动盲从的现象，而是灾难不可推卸的始作俑者。

与早期社会批判小说中的芸芸众生不同，《百日》中的群氓对自己和皇帝拿破仑的处境有着清楚甚至理性的认知。这在军官对皇帝的评价中得以清晰呈现：

> 他是个幸运儿！……他是个滑头！……他不会思考，没有良心！……他多么草率地背叛了人民，背叛了人民的自由！（罗特1：104）

尽管如此，这伙人还是愿意服役于皇帝麾下，因为这是他们出人头地的唯一可能。炮兵下士承认说："当然了，我们的名声可大得很，……没有他，我们肯定看不到这个世界，也不会让这个世界颤抖。"（罗特1：104）导致死亡和毁灭的战争符合群氓的意志，因此被他们所推崇。这里的施暴显然不是像《塔拉巴斯》中小城周围农夫那种泄愤式的破坏和暴力。约瑟夫·罗特刻画的是比群氓更为危险的倾向，这伙人会为了达到自己的目的而鼓噪并煽动战争。

群氓不再是值得同情的社会悲剧的牺牲品，而是战争的叫嚣者和推动者。他们在战争中看到了改变和改善社会地位的机遇；在和平时期，这种机遇对他们而言可望不可及。就连群氓中的最底层人物对此也总是无法释怀，比如差点成了安吉丽娜丈夫的警卫心中念念不忘的，"而他，索斯忒·勒瓦日后还会平步青云，甚至官至上校。"（罗特1：122）群氓愿意并准备为自己的目标承担战争的风险，所以他们才会激情澎湃地奔赴战场，既为皇帝也为自己。在约瑟夫·罗特的笔下,战争和灾难是人为的结果,群氓对此难辞其咎。

约瑟夫·罗特对群氓现象的批判态度与他在流亡期间的经历和观察密切相关,例如在1934年的一篇报道中,他就强调了德国人民对德国民族主义者的上位有着不可推卸的责任:

> 那些"温和派"总是认为纳粹主义"强奸"了德国人民。一个被强奸的民族(就像一个女人)爱上了施暴者。去向德国人民警示他们的希特勒是件毫无意义的事。纳粹主义要是宣称只有他们自己才是德国人民的代表,那他们没说错。就现在,他们的确没说错。(Roth III: 528)

希特勒或者墨索里尼以其一己之力无法犯下的滔天罪行,必然有群氓的支持和参与。所以在同一篇文章里,罗特甚至还写道:"德国犹太人也是这种说法的狂热传播者。"(Roth III: 528)可以想象,这样一篇文章必然在当时被其他流亡者所大加鞭笞。① 约瑟夫·罗特对犹太人的这一颇有争议但却犀利的指责,建立在他对群氓的认知上。正是这些人对邪恶的参与、容忍和接受,使自己成了丑陋现实的同案犯。

危机、战争、社会动荡等紧张局势虽然充斥着约瑟夫·罗特后

---

① 相关论战过程,可以通过收录于约瑟夫·罗特六卷本文集的几篇文章推知大概。如:发表在1934年布拉格《真理报》上署名为Georg Mannheimer的文章"Der Fluch des ewigen Juden"(Roth III: 533),署名为Fritz Jellinek的文章"Joseph Roth und die jüdischen Emigranten"(Roth III: 535),署名为Paul Kohn的文章"Der Segen des ewigen Juden am Ziel"(Roth III: 536),署名为Michael Rosenbaum的文章"Die Sendung des Judentums"(Roth III: 539)和署名为Felix Stössinger的文章"Assimilation und Zionismus"(Roth III: 541)。

期的作品,但此时,他观察的视角已经发生了变化,他不再仅仅持有社会批判的观点和视角,而是也同样强调对人性恶的批判。群氓之所以要为自己陷入的危机负责,正是因为他们试图通过极端的方式,例如暴力和战争来达到自己的目的。后期的约瑟夫·罗特意识到,人向错误和危险的方向发展,最终会无可救药地陷入灾难之中。市民阶层的解体和老帝国的没落,导致了能够控制群氓的力量的消失,成就了一个危机四伏的群氓时代。群氓所拥有的主动性开始与某个意识形态或思潮相结合,将这种意识形态当作凝聚力,借以形成更大、更具影响力的群氓。对此,约瑟夫·罗特虽然一再提出警告,但群氓已成尾大不掉之势,局势无可挽回,令人绝望。

第三节 绝望中的希望——信仰之光

在约瑟夫·罗特流亡时期发表的两部小说《塔拉巴斯》和《百日》中,特立独行者的特殊性体现在带有传奇色彩的命运转变上。两部小说的主人公塔拉巴斯和拿破仑都是先以暴君独夫的面孔出现,随后经历了思想和命运的转折,最终放弃了暴力和强权,找回了失落已久的人性。重新皈依对上帝的信仰是这两个主人公在绝望中看到的希望,这种信仰之光所带来的人性回归是一种形而上的升华,使他们的命运转折在具有了神圣性的同时,也带来了争议。

一、皈依上帝的大地过客——《塔拉巴斯》

在小说《塔拉巴斯》中,约瑟夫·罗特讲述了与小说同名的主人公——一位前沙俄军官——塔拉巴斯忏悔的故事。对于这部小说的背景有不同说法。作家自己在给好友茨威格的信中曾经提及这个故事的素材源自于乌克兰的一份报纸。① 而按照他在维也纳的堂兄弟的回忆,塔拉巴斯这一形象的原型是一个波兰军官,与约瑟夫·罗特相识。② 故事发生在沙俄帝国的边疆地区。故事展开不久,主人公让一个吉卜赛女人给他算命,未曾想她的说辞一语成谶:

> 先生!您真的很不幸。看您的手相我就知道,您既是一个凶手,也是一位圣徒。在这世上,再没有比这更为不幸的命运了。(罗特6:7)

从凶手到圣徒的转变构成了小说故事情节的主线,将小说分成两个部分,并分别以"考验"和"践约"来命名。就如同吉卜赛女人所预言,在小说的第一部分,塔拉巴斯成为了一名可怕、残暴且恶名远扬的军官;而在第二部分,他完成了自发的忏悔与自我的救赎,以圣徒的形象离开人世并受到尊敬。

塔拉巴斯并不是天生的独夫暴君,他先是因参加革命团体和刺杀沙俄官员而被捕,释放之后被父亲送去美国,后来又因与堂妹相爱而被逐出家门,这是他离经叛道成为恶人的第一步。从此他就像约瑟夫·罗特笔下的许多人物一样,成了一个无家可归者。正因为同时失去了爱情和家庭,使得人生对他而言变得毫无意义,所以在战场上

> 他有时会兴致盎然地想象着自己也已阵亡,所听到的都已发生在彼岸。那些阵亡者似乎都轮回到了第三次生命,就好比自己当下处于

---

① Kesten, 1970. S. 265.
② Bronsen, 1993. S. 313.

第二个人生之中。(罗特6:35)

失去家庭的温暖和安全,加之战争的残酷,所有这一切都摧毁并掩盖了塔拉巴斯所剩不多的一点人性,被唤醒的却是兽性。自此,他心中不再有仁慈之心,"来到和平之地,将村庄化为火海,留下大大小小城市的废墟,哀号的女人,失去双亲的儿童和被殴、被吊、被害的男人。"(罗特6:33)

在战争中,塔拉巴斯是一台永不停歇的机器,带来杀戮和毁灭,成了手下士兵们的"主宰"。(罗特6:35)他的内心世界也充满了憎恨和血腥,因为"战争的阴影在这里扎下了根"。(罗特6:28)这个无家可归者在蜕变成冷血战士的同时,也成了"不信上帝"(罗特6:38)的人和"野蛮的猎手"(罗特6:34)。作为整个传奇故事的铺垫,主人公此时冷血暴力的特性更加突出了后来命运转变时的神圣性。俄国革命结束了第一次世界大战东线的战斗,和平忽然降临,让习惯了战乱的塔拉巴斯一时间手足无措。革命没有带来根本性的改变,仅仅是"塔拉巴斯上尉从旧军队的废墟上华丽转身,成为新的上校"。(罗特6:45)在新建立的国家中,他只看到了熟悉的官僚主义,"塔拉巴斯毫不怀疑,在这个新祖国里有个纸做的魔鬼在执政。在魔鬼手下,成百上千怒不可遏的文书坐在新首都里,策划着搞垮塔拉巴斯的阴谋。"(罗特6:69)这种对苏俄革命的负面印象,在早期作品《无尽的逃亡》中弗兰茨·佟达和《沉默的先知》中弗里德里希·卡尔干身上,是需要经过观察思考和亲身经历后才能得出的结论,但在塔拉巴斯这里,一切都已是定论。因为他对革命无所期待,所以也不会因此而感到失望。在这部小说中,苏俄革命仅仅是一个简单的叙事背景,在主人公身上丝毫看不到这一巨大的历史变革的痕迹。换言之,塔拉巴斯对苏俄革命的无动于衷也体现出了约瑟夫·罗特对这一历史事件的最终态度。来自外部世界的因素已经不再对主人公命运的转折产生直接的影响,取而代之的是对上帝的信仰在其内心世界产生的冲击。这种信仰带来的冲击不但帮助塔拉巴斯告别了黑暗的过去,回归人性,还是他迈出了忏悔并升华为圣徒的关键一步。

就人物性格而言,塔拉巴斯如同约瑟夫·罗特笔下的许多主人公一样,并没有鲜明的特点。有研究者就此提出批评,认为塔拉巴斯在小说中被刻画得过分正直,太缺少变化。[①] 之所以如此,是因为主人公在后来所经历的带有传奇色彩的命运转折,很难在现实生活中找到合理的解释,因而显得突兀。小说对塔拉巴斯的人物塑造的确显得有些敷衍,作者仅仅指出"这家伙是个不一般的怪人"(罗特6:35),是个"迷信的人"(罗特6:5)。主人公给读者留下深刻印象的首先是其矛盾的性格。虽然塔拉巴斯是小城科罗普塔的独夫暴君,但却始终没有完全丧失人性。在这个可怕的上校身上,偶尔还能看到冷血的赳赳武夫之外的人性的痕迹。战乱期间被湮灭的人性之光,使他此后的思想与命运的骤变成为了可能。

第一次世界大战落幕后,驻扎在小城科罗普塔的塔拉巴斯虽然依旧崇尚暴力,但被战争掩盖的人性已经逐渐萌发。当他住进犹太人克里斯蒂安颇勒开设的宾馆后,突然脱口而出"结账"(罗特6:68)一词,令犹太老板尤其感到诧异,因为没人会把这个残忍暴君与日常生活中的秩序联系起来。同样,对往昔的追忆作为人之常情在塔拉巴斯身上也就格外罕见。那个看起来像个热心肠的

---

① Vgl. Dittberner, Hugo: Über Joseph Roth. In: Joseph Roth, Sonderband der Reihe text + kritik. Herausgegeben von Heinz Ludwig Arnold. München 1982. S. 25.

第三章　约瑟夫·罗特在流亡中的呐喊(1933—1939)

家乡老爹的拉库柏将军唤醒了主人公的思乡之情,于是

> 自孩提时代以来,塔拉巴斯上校第一次感受到了自然的力量和强大。是的,他闻着窗子后边秋天的味道,希望自己能重新变回男孩。(罗特6:80)

正如研究指出,这些隐藏着人性之光的细节叠加,使塔拉巴斯不再觉得自己是个彪悍的军官,开始走上了通往谦恭的路。①

塔拉巴斯的变化被犹太人克里斯蒂安颇勒看在眼里,因此"觉得他不是个坏男人,他甚至畏惧上帝……"(罗特6:98)在这部小说中,这个犹太人克里斯蒂安颇勒虽然并非主角,但却起着承上启下的关键作用。他在关键时刻对拉巴斯的点拨,使后者重新认识到了人性和上帝的力量,从这个角度讲,他是主人公的指路人。经他一点拨,一些属于人性的情感,如爱情、嫉妒、迷信和羡慕也都逐渐回归到主人公身上。此时,塔拉巴斯察觉到了自己身上所谓的"软弱",其实就是被重新唤醒的人性。因此,当他获知曾经爱过的堂妹嫁给了一个陌生的德国军官时,感觉到了久违的痛苦,因为

> 玛利亚爱上了一个陌生的军官,背叛了强大的塔拉巴斯!……这是强加给可怜的塔拉巴斯的极为苦涩的不公平。这个不公稍稍减轻了自己的残暴。这其实是善良的不公。忏悔啊,忏悔!强大的塔拉巴斯!(罗特6:82)

这种因为感情造成的痛苦恰是他身上久违了的人性,人性的情感替代了原来独夫暴君的冷血。在战争中他之所以强大,是因为没

---

① Vgl. Hackert, 1967. S. 95.

有什么可以失去。他只会造成痛苦,不知道恐惧、担忧、痛苦为何物。现在他能够感受到痛苦了,于是逐渐领悟了犹太人克里斯蒂安颇勒所说的那句话的意思:"尊贵的阁下自己也在上帝的手中。上帝操纵着我们,我们自己却不知道。我们不理解他的残忍和他的宽容……"(罗特6:132)这句话彻底唤醒了塔拉巴斯,使他意识到自己手中所谓暴力和强权的卑微。塔拉巴斯与犹太人克里斯蒂安颇勒之间的关系也颇能说明主人公的变化,原来后者对前者有着一种伴君如伴虎的畏惧,现在却能小心翼翼地与之交流了。对塔拉巴斯而言,这也是他很久以来第一次被别人当作正常人,而不是独夫暴君。

随着故事情节的发展,塔拉巴斯对死亡的态度也发生了变化,开始意识到生命的价值。在此之前的战争中,面对阵亡的同袍,他不过是漫不经心地在花名册上打上一个叉,就把事情了结了。而现在,当他手下的几个士兵在混乱中被杀后,他却叫来了一个神甫主持葬礼,为他人,也为自己寻求心理安慰。在仪式中,"塔拉巴斯也站了起来,口中喃喃道:'直到永远,阿门!'"(罗特6:136)这说明他已开始意识到,死亡意味着失去和悲伤。他看似强大有力,但曾经坚硬的内心已经逐渐被情感软化。

在接下来的故事中,城里发生了暴乱,人们纷纷指责犹太人,要他们对此负责,这时克里斯蒂安颇勒的回答——"我之所以是犹太人,并不是因我自己的意愿。"——让塔拉巴斯"沉默着开始了思考"(罗特6:130)。更令犹太人吃惊的是,这个人"已经不再是那个可怕的塔拉巴斯上校"(罗特6:130),他突然领悟到,在冥冥之中还有另外一种超越他手中短暂权力的更高级的永恒权力,自己的命运正是被这种更高级的权力所掌握着,这是此前一个吉卜赛女人曾经预言过的。这里要强调的是,这种蕴藏在信仰中的更高级的权力,与早期作品中看不见的蛛网所拥有的强权不同,是趋人向善的正能量。于是,克里斯蒂安颇勒的回答"在塔拉巴斯脑海里如同在地下室里突然出现的一束光亮"(罗特 6:131),把他朝着对上帝信仰的方向推进了一大步,使他认识到了那个自己原先一直拒绝的力量。研究者指出,塔拉巴斯意识到,自己那种外在的强权渐渐被内心的信仰之力所化解和代替。①

从此,塔拉巴斯冷酷的内心世界开始分裂和瓦解,"很快,他的内心好像出现了两个塔拉巴斯。"(罗特 6:145)一个是原来的暴君塔拉巴斯,另一个是可怜的塔拉巴斯。双重人格在内心世界斗争的高潮发生在他在街道上遇见违反宵禁令的犹太人舍玛利亚德时,被彻底激怒的塔拉巴斯变得歇斯底里,火冒三丈,把这个犹太人的红胡子撕扯了下来,因为这把红胡子让他想起了圣经故事里参孙的典故,认为其中蕴藏着某种神力,借着这种神力,犹太人舍玛利亚德才敢于违反不容置疑的命令。这一暴行表面上展示了塔拉巴斯的强大,但实际上表达的是一种恐惧。因为他紧接着突然就意识到了自己的错误行为,承认"我是一个凶手。……今天我把一个犹太人伤得不轻"。(罗特 6:157)这对曾经是战争机器的他而言,意味着巨大的改变。杀戮和破坏此前对他来说根本无关痛痒,可现在,他却因此认为自己是"坏人",是"有罪的人"。人们已经可以明确感到,塔拉巴斯与自己的过去划清了界限,作为独夫暴君的塔拉巴斯在这一刻消失了。他认识到了自己的罪孽,于是接下来便踏上了忏悔之旅,小说的第一部分也就此结束。从叙事

---

① Hackert, 1967. S. 104.

结构上讲,小说由主人公的两个不同的生活阶段构成,在人物性格上形成了黑白分明的二元对立。原来的塔拉巴斯失去了信仰,现在的他重新发现并皈依上帝;原来他崇尚暴力,现在他主动拒绝并放弃了权力和暴力。主人公通过顿悟认识到自己的罪恶并开始忏悔,曾经强大、崇尚暴力的塔拉巴斯逐渐变得渺小了,对犹太人舍玛利亚德的施暴给塔拉巴斯造成了巨大冲击,促使他形成了新的自我认知。

  塔拉巴斯的忏悔是发自内心的,故事展现的是他从不信上帝到重新皈依的过程。这里隐约可以看到历史上"卡诺莎悔罪"事件的影子。1077年,当时的海因里希四世为了保住皇位,前去意大利北部小城卡诺莎向教皇忏悔。与之不同的是,塔拉巴斯的忏悔是出自真心的悔过,而非为了保住现有权力。在小说的第二部分"践约"中,塔拉巴斯通过自我鞭笞式的苦修跋涉圆满完成了忏悔之旅,"因为他在享受自己所经历的困苦,希望延长这种困苦"。(罗特6:167)研究者所说的"殉道并享受殉道忏悔的痛苦历程",[①]在塔拉巴斯作为流浪者忏悔的路途中得以呈现。他曾路过自己的祖屋,却被没有认出他来的父亲驱逐,这一幕显然影射了天主教中被封圣的罗马亚肋叔的典故。[②] 在忏悔的跋涉中,塔拉巴斯卸下了所有带有军事主义色彩的光环,成了乞丐和流浪汉,以此为自己曾经的恶行忏悔。[③] 在完成艰难的忏悔之旅后,他重新成了一个真正的人,正如他自言自语时所说的:"对,这个现在的你才是真正的塔拉巴斯!"(罗特6:179)通过这条自我救赎之路,塔拉

[①] Hackert, 1967. S. 104.
[②] Vgl. Hackert, 1967. S. 104.
[③] Marchand, 1974. S. 312.

巴斯带着对上帝的信仰成为了圣徒,完成了"践约",从暴力和毁灭之中获得了解脱。

这种解脱同样也被当地人所承认和接受。真诚地忏悔之后,塔拉巴斯又见到了曾经被自己伤害过的犹太人舍玛利亚德,此时他认为"现在一切都妥了!"(罗特6∶207)舍玛利亚德以德报怨的回答更是成全了他从凶手到圣徒的升华。于是,塔拉巴斯的葬礼在一片祥和的气氛中结束:"有音乐,有礼炮。科罗普塔的犹太人也跟着去了墓地。"(罗特6∶214)令人没有想到的是,连那位将他逐出家门,后来在银行没有认出自己儿子的父亲,也亲临了葬礼。塔拉巴斯曾对手下宣称"你们和我一样,只愿意当兵,直到死去!"(罗特6∶48)现在,他以小城科罗普塔普通居民的身份落葬了。

约瑟夫·罗特自己评价这部小说"带有浓郁的天主教色彩",①后来在给茨威格的信中,他也称"这是个伟大的素材,我深深沉浸其中"。② 研究者指出,在文学创作中,作者经常加入源自民间信仰和迷信的宗教主题,以及来自圣经和教会传说的主题。其实在早期的小说《萨沃伊饭店》中就有类似流浪者的情节。③ 塔拉巴斯经历的带有传奇色彩的顿悟式的转变,在约瑟夫·罗特后期的许多作品中都出现过。在小说《塔拉巴斯》中,宗教主题是贯穿始终的一条暗线,这条线索也是主人公思想与命运转折的契机。不过,约瑟夫·罗特创作的显然不是一部宗教小说,因为叙述并没有围绕宗教展开,而只是将其视作人物进一步深入

---

① Kesten, 1970. S. 265.
② Kesten, 1970. S. 355.
③ Vgl. Hackert, 1967. S. 100.

发展变化的动因。① 宗教主题让主人公的命运带有非现实主义的色彩,使得这部作品的叙事结构与早期社会小说迥异。在现实中无处可寻的、带有传奇色彩的命运转变,正是约瑟夫·罗特在流亡时期创作这一人物形象的用意所在。主人公主动放弃了强权和暴力,选择回归对上帝的信仰,恰是在告诉世人,暴力之外总还有另外一条正确善良的道路可以选择。

流亡时期,约瑟夫·罗特在向世人警示群氓的同时,还指出了一条自我救赎与回归人性之路。他认为通过重新认识对上帝信仰的意义,就能做到放下屠刀立地成佛,把自己从反人性中解脱出来。约瑟夫·罗特将希望寄托在人自身的人性善上,但只有对上帝的信仰才能唤醒人性中被掩盖的善,这是一场发生在内心世界的革命。正因如此,塔拉巴斯才没有像弗兰茨·佟达和弗里德里希·卡尔干一样成为玩世不恭的人,他通过自我救赎回归正途,走上了通往圣徒的路。

二、放下屠刀的暴君——《百日》

与《塔拉巴斯》的主人公一样,历史小说《百日》中的拿破仑显然也属于马克斯·韦伯所说的卡里斯玛式权威。后者作为法国历史上妇孺皆知的人物,同样在小说中经历了带有传奇色彩的命运转折,被约瑟夫·罗特塑造成了一位"强权的反面形象"。② 在小说的结尾部分,拿破仑认识到了自己发动战争的罪恶,自愿选择退

---

① Steinmann, Esther: Von der Würde des Unscheinbaren. Sinnrfahrung bei Joseph Roth. Tübingen 1984. S. 8.
② Kliche, 1990. S. 163.

位,避免了负隅顽抗可能带来的灾难。他主动向英国人投降,以俘虏的身份开始了忏悔之旅。在拿破仑复辟政变的一百多天里,生活轨迹从厄尔巴岛开始,经过滑铁卢战役最后被放逐到圣赫勒拿岛。这段短暂却跌宕的经历在拿破仑的整个人生中有时间和空间上的相对独立性,从而引起了约瑟夫·罗特的兴趣,正如他在信中写道:"这是他人生中唯一作为人感受到痛苦的时候。"① 于是,作家试图"抛开历史小说书写的惯用范式,去尝试一种'私人化'的写作方式"。② 按照自己的想象,为小说中的拿破仑设计了一个"最传统的英雄神话"。③

约瑟夫·罗特在小说《百日》中所描述的历史事件,指的是1815年3月20日至6月26日法国历史上的拿破仑百日复辟。在这差不多一百天的日子里,拿破仑试图重建自己的王朝。他一回到巴黎,很快就将整个法国和法国人民置于掌控之中。为了保住这来之不易的权力,他采取措施把自己塑造成人民的偶像,"他承诺会给人们带来自由和尊严"(罗特1:6)。自然,拿破仑因此受到了欢欣鼓舞的民众的拥戴,然而"他厌恶群众,他并不相信他们的欢呼、热情和气味"。(罗特1:31)对皇帝而言,民众不过就是用来巩固权力的物质基础,是他接下来发动战争所需的炮灰。于是,拿破仑利用人们对皇帝的偶像情结感召法国人民,用大炮来武装他们,全国上下到处都弥漫着对皇帝的崇拜和愚忠。不过即便如此,他对法国人民的态度依旧冷血、自私和残暴,因为

---

① Kesten,1970. S. 394f.
② Kesten,1970. S. 394.
③ Marchand,1974. S. 311.

> 他不相信忠诚和友谊,却又在不懈地寻找朋友。他看不起这个世界,只想征服世界。如果别人还没准备好为他而死,他是不会相信这个人的;所以他会把人蜕变成士兵。为了保证士兵能爱戴自己,他教会他们服从。(罗特1:6)

正如研究者指出的,这种暴君的冷酷在小说中以一种极端的形式呈现,皇帝与民众是屠夫与牺牲品之间的关系。① 在主人公经历带有传奇色彩的转折和没落之前,约瑟夫·罗特细致地刻画了暴君的残忍。与小说《塔拉巴斯》中因经历了人生打击而丧失了人性的塔拉巴斯不同,拿破仑从一开始就是一个崇尚暴力的当权者。以带有传奇色彩的转折为拐点,前后两个拿破仑可以说有着天地云泥之别。不过,作为公众历史人物的法国皇帝拿破仑在这部小说中表现出来的戏剧性和传奇性却带来不少非议,因为让对这段历史耳熟能详的读者,尤其是法国读者接受作者的安排,并非易事。

皇帝偶像对民众起到的影响巨大,让"人们爱他恨他,敬他怕他,却很少能把他看清楚。人们只能爱他恨他,崇拜他,害怕他,好像他是一个神似的。"(罗特1:5)将皇权神圣化虽然符合拿破仑的要求,有助于他发动战争,但现实中的拿破仑显然具有矛盾的双重性格,

> 他强壮而又虚弱,胆大而又懦弱,忠心耿耿却又背信弃义,热情似火却又爱搭不理,傲慢而又朴实,自负而又卑微,强大而又可怜,真诚坦率却又疑神疑鬼。(罗特1:6)

他知道自己建立在暴政基础上的权力并不稳固,也意识到自己的局限性,知道"他只是一个人,但是大家都把他当成了神。于是人

---

① Kliche, 1990. S. 164.

们会要求他像神一样发怒,像神一样惩罚,也希望他能像神一样宽恕别人。"(罗特1:16)拿破仑为了让民众视他为偶像,必须以强大的面貌示人。因为只有如此,他才能作为群氓领袖行使权力并达到目的。

偶像情结的建立仅是拿破仑重返政坛的第一步,接下来他必须唤醒法国人民的战斗精神,之后才能武装他们,将这些人的命运与自己的目的绑缚在一起。就此而言,作为群氓偶像的拿破仑是非常理性的,知道自己的权力和威信都是建立在具有欺骗性的偶像情结上。这种自知之明尤其反映在他对自己的敌人——法国国王的态度上,因为

> 他妒忌自己的敌人,妒忌那个老态龙钟、逃之夭夭的国王。国王统治的名义是君权神授,是靠自己的祖辈而获得和平的。而他,法兰西帝国的皇帝,必须要靠打仗。他只不过是士兵们的将军罢了。(罗特1:29)

皇帝的统治取决于战争的结果,所以他只能将追随自己的人编列成伍,驱使他们走上战场。他心中盘算着:"我必须让人们对加农炮熟悉起来。……我是法兰西人的皇帝,就因为我是法兰西人的将军。"(罗特1:38)战争的意义就此显而易见,只有战争在继续,皇帝才可以稳坐龙椅,保住皇位。

滑铁卢战役的失败和皇帝拿破仑弃阵而逃、返回巴黎,标志着主人公命运转折点的到来。研究者认为,在这种带有传奇色彩的命运转折中,明显可见童话的叙事结构,即一个人通过英雄的视角,以一种无法理解的神奇的方式变得伟大。① 约瑟夫·罗特在

---

① Hackert, 1967. S. 93.

这里关注的并非历史史实,而是更倾向于一种"历史的私人化演绎"。① 在小说的故事情节中,这种演绎尤其体现在拿破仑看到阵亡小鼓手的那一刻。在这一瞬间,他感受到了失败的痛苦,意识到不能再继续打仗和杀戮。令读者难以置信的是,精锐的禁卫军在滑铁卢战役最后的血腥战斗中全军尽殁,都没有像这位阵亡的小鼓手一样给皇帝带来如此巨大的震撼和冲击。这个小鼓手的特殊性在于,皇帝在偶然的情况下认识了他的母亲。阵亡的小鼓手让拿破仑意识到,自己也同样是一位母亲的儿子,这一认知恰是他至此唯一体现出的人性细节。由此,拿破仑开始理解失去生命的意义。小鼓手的生命已不再是维护权力的物质基础,失去的生命唤醒了皇帝的罪恶感,"在他一生中,他也头一回觉得自己要受到很多惩罚,因为他犯了这么多的罪孽。"(罗特1:199)正是皇帝发动的战争导致了小鼓手的阵亡。被唤醒的罪恶感使他拒绝了继续战争的意图,这也是他摆脱邪恶变为圣徒的第一步。

拿破仑迈出的这一步是在对上帝的呼唤中实现的,他内心清楚地知道:"我手握权杖,却祈求得到一个十字架——没错,我祈求能得到一个十字架!……"(罗特1:201)此刻,权欲已完全被对上帝的信仰所替代。对战争暴力的否定带来了天翻地覆的转变,使拿破仑成为一个特别的人。这种带有传奇色彩的转变正是约瑟夫·罗特所说的"私人化"的历史演绎方式。转折使拿破仑成为一个真正意义上的特立独行者,他不再信奉自己一直以来所推崇和行使的战争暴力,而是升华为具有人性和人文主义色彩的真正意义上的人。此前作为群氓领袖,拿破仑是群氓中的一员。而现

---

① Bronsen, 1993. S. 317.

在，他承认了自己的罪孽，就此放弃了群氓领袖的角色，从原来崇尚暴力的暴君脱胎换骨为一个信仰上帝的圣徒。通过对这个人物的塑造，约瑟夫·罗特表达了自己对教会越来越强烈的信仰和依赖。对他而言，这种信仰更接近人文主义，而非仅仅是传统意义上的宗教。这种信仰与此前皇帝建立起来的偶像情结相反，其人文主义的内涵给当下错误的时局指出了正确的出路。

拿破仑带有传奇色彩的命运转折虽然显得有些突兀，但在小说的叙事结构中早已埋下了伏笔。在小说的第一部分，皇宫里会用扑克牌占卜的韦罗妮卡·卡齐米尔早就隐晦地暗示了拿破仑的结局。她虽然嘴里当面奉承皇帝，但纸牌占卜的结果却让她脚下发软，以至于需要卫兵的搀扶才走出门，她边走边喃喃自语："上帝保佑我们所有人……尤其是他！……"（罗特1：68）皇宫占卜的一幕有着象征意义，具有魔力的扑克牌能够看透并预言皇帝和帝国未来的命运，蕴藏着迷信和超凡的法力。这副扑克牌被放在了代表皇帝丰功伟绩的"眼花缭乱的地图"（罗特1：66）上，暗示在世俗皇权之上，还有一种权力存在着。皇帝在占卜女韦罗妮卡面前自然是一副君临天下、不可一世的派头，但呼唤她来算命已经表明了他内心深处的不安。拿破仑表面上看起来能将一切置于掌控之中，一再试图相信君权神授，但在潜意识里，他一定已经觉察到冥冥之中另有玄机。

研究者认为，拿破仑通过带有传奇色彩的转变，把自己从神话中解脱了出来。[1] 在这一转折的关键时刻，约瑟夫·罗特专门安排了一位白发苍苍的老者，作为拿破仑从暴君通往圣徒之路的接

---

[1] Hackert, 1967. S. 87.

引者。老者告诉彷徨动摇中的拿破仑:"教会是永恒的,皇帝是短暂的。……你的光芒太强了!你亮起光芒的时候也在折磨你自己。"(罗特1:240)约瑟夫·罗特通过这位白发老者表达了对时代的看法:人类的世俗权力,包括暴力,并不能持久永恒,它总是短暂的。对约瑟夫·罗特而言,永恒的权力是看不见的真正的信仰。他看到的是和谐与和平的未来和希望,这是一种交融的和谐与和平,形而上的和谐只存在于他心目中天主教徒对上帝虔诚的信仰。

在经历了带有传奇色彩的转折之后,拿破仑不再是一个独夫暴君了,他以获得新生的圣徒的形象出现在世人面前,告诉他的弟弟:"我即将退位……我变了。"(罗特1:205)前后的对比使这一转变具有更加强烈的宗教色彩。在小说刚开始的第三章,拿破仑返回巴黎的宫殿时,注意到了屋子里的一座神龛,于是命令道:"我谁也用不着!……把它拿走!"(罗特1:19)但在滑铁卢之战后,他意识到自己虽然还"不相信上帝,但我已经感觉到他了,我已经开始感觉到他的存在了"。(罗特1:206)他已经对信仰的力量和价值有了全新的认知:

> 他摘下了他给自己戴上的那顶皇冠,人民又给他戴上了一顶新的。这顶皇冠虽然看不见,却真实存在。这正是他一直渴望却从未得到过的那顶皇冠。只要他还统治着法兰西的人民,他就觉得他们很不可靠、反复无常。然而,他打碎了自己的权杖,于是他现在成了真正的法兰西皇帝。(罗特1:211)

这次形而上的加冕是对拿破仑回归人性的认可,从此他不再是群氓领袖,而是一个真正的人了。那些重新给他加冕的人民也并非早先欢呼皇帝偶像的群氓,而是有着理性和人文主义精神的独立的人。研究者指出,通过放弃暴政,拿破仑开启了他的"通向人性之路"。①

研究者往往把拿破仑命运的转折与宗教主题以及作者皈依天主教的背景联系起来进行阐释。但这一视角的不足之处也很明显,无法解释读者对这一主题在不同人物身上的巨大接受差异。塔拉巴斯在同名小说中带有传奇色彩的命运转折能够令读者接受,②是因为他本身是个虚拟的人物,但对历史人物拿破仑的演绎却在小说出版后招致多方批评,有人甚至认为这是作者最不成功的作品。③ 约瑟夫·罗特自己也在信中承认:"……我被挤兑得很惨,我真是怕了自己干的傻事。这是我第一次也是最后一次从事'历史题材'的创作。……根本不值得重新去塑造一个已有结论的历史人物。这简直就是无理取闹——而且颇显失敬。"④究其原因,研究者指出:"约瑟夫·罗特让《拉德茨基进行曲》在一个特殊范式背景下成为一部历史小说,这本身没什么问题,也不会引起特别的反响。因为在小说中,'私人化'处理历史背景材料并不复杂。《百日》则不同,作者以直接介入历史事件的方式对历史素材进行'私人化'处理,这种主观的演绎肯定要与业已成为文化传统一部分的共识发生冲突。"⑤同样,还有批评声音质疑这部小说是

---

① Kliche, 1990. S. 162f.
② Rietra, 2005. S. 17.
③ Nürnberger, 1995, S. 116; Bronsen, 1993, S. 311; Marchand, 1974, S. 312f.
④ Kesten, 1970. S. 412.
⑤ Kliche, 1990. S. 85.

否算是作者的第一部历史小说,因为此前成就约瑟夫·罗特盛名的《拉德茨基进行曲》同样也是以老帝国的历史作为创作背景的。对此,研究者如哈克特给出了明确的解释:《拉德茨基进行曲》中的主人公卡尔·约瑟夫·特罗塔是个虚拟人物,而《百日》中的皇帝拿破仑却是法国历史上妇孺皆知的历史人物。① 无论如何,当这部小说面世时,约瑟夫·罗特自己也颇有些黑色幽默地承认:"《百日》就是我的滑铁卢。"②在流亡的背景下,这一结果无论对作家本人还是对出版社,都是一个不小的打击,因为双方为这部小说的付梓竭尽了全力,也寄托了巨大的希望。③

---

① Vgl. Hackert, 1967. S. 85.
② Bronsen, 1993. S. 317.
③ Rietra, 2005. S. 25.

第三部分　没落帝国的挽歌

第一章 奥地利文学中的哈布斯堡神话传统

1918年,第一次世界大战落下帷幕,奥匈帝国的末代皇帝卡尔一世被迫退位,奥匈帝国分崩离析,寿终正寝,成为了历史名词。此时的文人和作家突然失去了他们赖以生存的家国基础,不得不面对一个完全陌生且动荡不安的政治环境。他们从未设想过那个多文化、多民族、多信仰的老帝国会突然消失。在世界末日般的氛围中,他们将原来的哈布斯堡王朝看作是一个幸福和谐的时代,把它演绎成一个处处井然有序的世外桃源,令人难以忘怀。对往昔的缅怀在后来许多奥地利的流亡犹太作家身上十分明显。与这种缅怀相联系的,往往是对故国家园的追忆和向往,是传统价值体系所承载的悲天悯人和责任担当。

奥地利文学中这种对往昔时代的理想化,进而神化的现象,当然并非在第一次世界大战后才出现。出于某种目的进行的理想化乃至神化的写作,是文学中常见的手段。与政治神话中郑重其事的宣教不同,文学作品中的内容都是作家自身的感知和情绪的宣泄与表达。往昔的时光出现在作家和作品人物的回忆中,唤醒了许多被遗忘的生活细节。例如,施尼茨勒在1918年最后一天的日记中就曾写道:"和奥尔加在公园绕了一圈,回忆起了战前天堂般的美好生活。"[1]这些记忆

---

[1] Schnitzler, 1995. S. 214

尤其在第一次世界大战后的混乱时代被重新包装，构成了文学中哈布斯堡神话的主要内容。这些重塑老帝国时代风貌和人物形象的作家，身处帝国崩溃后的废墟和混乱中，向往的必然是一种指向明确、且与现实不同的世界及价值取向。罗兰·巴特指出："神话修辞术必定与世界保持一致，这一世界却并不是它本来的面貌，而是它想要自身成为的那种面貌，既是对现实的理解，又是与现实达成的默契。"①作家吸纳了王朝悠久历史中那种理想化和神化哈布斯堡王朝的传统，对弗兰茨·约瑟夫一世统治的时代进行了重塑和演绎。

不过皮之不存毛将焉附！既然哈布斯堡王朝的实体已成明日黄花，按理说有关哈布斯堡的政治神话也没有继续讲述的基础和必要。而其之所以在奥地利文学中得以延续乃至发扬光大，则是因为老帝国崩溃后留下的绝望和困苦。第一次世界大战后，奥地利的街头到处游荡着无家可归或有家不能归的退伍军人和失业者。从战前一派繁华景象突然落魄到衣食无着，这样的反差必然会唤起人们对往昔的追忆。这种怀旧思潮的寄托，无疑就是那个昔日多瑙河流域的大帝国。于是，在众多作家的文学作品中，哈布斯堡王朝被描述成政治清明、国力强大、人民生活富足、各民族相处和睦、疆域广大的童话世界。文人惯用伤感的语气回忆逝去的年代，感叹韶华易逝，一往情深地为哈布斯堡神话添枝加叶，从而形成了一幅与史实大有出入的画面。

两次世界大战之间的欧洲充满血腥暴力。从战后初期的革命到希特勒夺权当政，直至最后大战爆发，此时的人绝望痛苦，向往

---

① 巴特，2009年，第216页。

第一章　奥地利文学中的哈布斯堡神话传统

一个乌托邦似的宁静家园。正如约瑟夫·罗特在小说《先王冢》中所描述的:"在过去,那是比较容易的,那时一切都有保证,每一块石头都有其固定的位置。生活的道路铺设得很平坦。"(Roth II: 358)而他的好友,作家茨威格在《昨日的世界》的第一章中也曾写道:

> ……那是一个太平的黄金时代,……在我们那个几乎已有一千年历史的奥地利君主国,好像一切都会地久天长地持续下去,而国家本身就是这种连续性的最高保证。……每个人都知道自己有多少钱和多少收入,能干什么或不能干什么。一切都有规范标准和分寸。①

于是,在作家的笔下和读者的心中,一个理想化的哈布斯堡跃然纸上。这种理想画面与历史和现实都有着巨大的出入。同样以哈布斯堡的历史题材为背景,席勒笔下的《威廉·退尔》就给出一个反例。作品讲述了哈布斯堡王朝统治下的另外一种压迫与反抗的关系,主人公威廉·退尔所对抗的,正是阿尔布雷希特一世时代的哈布斯堡统治。不过在约瑟夫·罗特的流亡生涯中,还有什么比生活在一个宁静安逸的国度更令挣扎于困苦之中的人憧憬的呢?以约瑟夫·罗特的文本为例,这种过去所谓的黄金时代就会具体化为这一时代的人所熟识的景象和色彩,具体化为那时的人在待人接物中所特有的行为举止,如秋天马路边上小贩烤栗子的香味,又如边疆区人迹罕至的落日余晖,再如老一代昏聩颟顸中的仁慈和年轻一代神短气浮中的不堪。

在作家的笔下,这个很快就消失在历史尘埃中的昨日世界就

---

① 斯蒂芬·茨威格著,昨日的世界:一个欧洲人的回忆,舒昌善,孙龙生,刘春华,戴奎生译,桂林:广西师范大学出版社,2004年,第1页。

像颤巍巍的老皇帝弗兰茨·约瑟夫一世,代表着四平八稳、安居乐业的时代。对身处狭隘民族主义和民族国家叫嚣中的犹太人而言,这就更是流离失所和无家可归者所向往的理想家园。虽然大厦将倾,但终究还能给他们最后的一点尊严提供某种庇护,或至少是某种慰藉。这种尊严体现在生活的点滴之中,有序、正直、体面、内敛、妥帖、适宜,虽然有点无伤大雅的自鸣得意和冥顽不化,但一切都还是那么恰到好处。这样的画面汇聚一处,便对没落的老帝国做了一种带有诗意和幻象的演绎,使哈布斯堡神话成为第一次世界大战后奥地利文学中的一个颇具分量的组成部分。正因如此,战后的奥地利学者甚至认为这种写作模式类似于寓言的结构,在叙事的过程中将对历史演绎幻化成作品的背景,同时辅之以科学、心理学和新的艺术形式,最终用虚构取代了实际,进而开创了一种反映或反衬现实的新的写作方式。①

被纳入这一写作范畴的作家不在少数,其中有些人当时已颇具盛名。除了约瑟夫·罗特之外,其他如茨威格、卡内蒂、德布林、弗朗茨·韦尔弗、海米托·冯·多德雷尔(Heimito von Doderer)、弗朗茨·特奥多尔·乔科尔(Franz Theodor Csokor)等,也都是奥地利现代文学史中绕不开的人物。在哈布斯堡神话的文学创作中,许多曾生活在奥匈帝国时代的犹太知识分子起到了举足轻重的作用。这一现象和犹太人在当时所处的境地有着密切的关系。在历史上,奥匈帝国虽然不是一个充满民主仁爱的政权,但其广阔的疆域,为四海为家的犹太人提供了避风港,使他们能在各种天灾人祸中得以苟活。第一次世界大战后,在欧洲形成了众多的民族

---

① Kaszynski, 2012. S. 130.

国家,但犹太人以宗教为纽带,并没有同他们形成民族认同感。在新兴的民族国家中,尽管他们已经在这片土地上生活了几个世代,但还是被排除在民族认同之外,从而成了站在自家土地上不受欢迎的"外来人"。而曾经的老皇帝弗兰茨·约瑟夫一世的帝国是个多民族融合的共同体,虽然在历史上也曾发生过多次针对犹太人的暴行,但并没有剥夺犹太人生存的基本物质空间。

  狭隘的民族主义在一战后甚嚣尘上,这种缺乏理智和人文情怀的意识形态,成了人与人以及国与国间隔阂敌视的一个主要原因。许多奥地利文人与此针锋相对,宣扬一种跨越狭隘种族和民族界限的传统文化精神。正是在这种背景下,奥地利人胡戈·冯·霍夫曼斯塔尔、马克斯·赖因哈特(Max Reinhardt)和里夏德·施特劳斯(Richard Strauss)等在20世纪20年代筹办了萨尔茨堡音乐节这样的文化盛会。文人用音乐和戏剧,向国人和世界展示了什么才是真正的奥地利民族精神:它应该能唤起人们对美的追求和向往,而不是为彼此的倾轧提供借口。

  需要指出的是,在奥地利文学史中,哈布斯堡神话并非某一特定的文学流派,作家之间没有形成社团或能够维系彼此联系的某种纽带,属于这一写作范畴的文学文本也没有促成某种理论性的框架或范式。后世的研究者之所以能对这一文化与文学现象进行归纳和总结,进而用哈布斯堡神话来定义和概括,主要基于作家们类似的人生经历和写作背景。他们都成长在老皇帝弗兰茨·约瑟夫一世治下的老帝国时代;在老帝国崩溃后,他们又经历和面临着相同的困境,如认同危机、逃离纳粹的政罗教网的羁绊等。他们将自己成长的背景当作故事背景,在写作中流露出一种思乡之情,一种对时光不可逆转的无奈和惆怅。

这种文学创作既然被冠以"神话"的标签,就说明文本所描写的内容与实际情况大有出入,更多表达的是作者的憧憬和向往。按照罗兰·巴特的说法,这是"不可能的奢侈享受,明日的真理完全是今日谎言的颠倒"。① 但奥地利文学史中的哈布斯堡神话显然不是简单的历史演义故事,而是用一种虚构的画面完全替代历史与现实社会中的某些景象,将充满了危机的老皇帝治下的社会描画成一个秩序井然的乌托邦世界。当然,这些画面并非浪漫主义作品中常见的超自然的幻象,而是作家对哈布斯堡王朝统治时期社会与文化的洞察、归纳和寄托。这就意味着,文学中的哈布斯堡神话有别于一般意义上的政治神话,并非是为了肤浅地粉饰太平。相反,哈布斯堡神话中包含着很多针对老帝国弗兰茨·约瑟夫一世时期充满黑色幽默的反讽和鞭辟入里的解析。这种爱恨交加并不影响作家对笔下乌托邦般唯美的没落帝国表达敬意,这也算是文学中哈布斯堡神话的一个特点。

　　文学中的哈布斯堡神话并非是过去时代的简单延续,而是文人对寄托于过去时代的情怀的一种夸张、片面或管窥式的强调。这种强调聚焦于奥匈帝国的最后一段落日余晖,因为后世的文人选取的正是历史上的这一瞬间,把它作为遁世的所在。在第一次世界大战后的奥地利第一共和国中,文人试图找寻自己失去和错乱的身份认同,但在战争结束后的废墟上,很难看到未来的曙光,于是便回望历史上哈布斯堡的辉煌时刻,并通过对其理想化和乌托邦化,来营造出自己的精神家园。穆齐尔在他的小说《没有个性的人》中,按照奥匈帝国二元王朝的模式虚构了一个卡卡尼亚国

---

① 巴特,2009 年,第 217 页。

(Kakanien),而这种结构在后世的研究者眼中,俨然已经展现出未来欧盟这种无国界、超民族的政体联盟的雏形。就此看来,文学中的哈布斯堡神话显然是对政治神话的一种谨慎的异化和演绎,让后世的读者忽略文本中与史实不符的描述,从而达成一种"曾经一切是那么美好"的效果。

哈布斯堡神话并没有随着帝国的灭亡而消失,反而借此打开了它身后最为精彩的篇章。究其生生不息的原因,除了上文所述一众作家创作背景的时代因素外,还可以追溯到奥地利文学中取材帝国历史和皇家背景的故乡文学的叙事传统。这一传统并没有因老帝国战败解体而受到冲击,反而被保留了下来。无论是当时的著名作家,还是初入文坛的新手,都在作品中呈现了过去辉煌时代中有代表性的画面,如音乐之都维也纳、华尔兹、匈牙利轻骑兵炫丽的制服、上流社会的奢华与精致、东部边疆地区带有标志性的广袤无垠。这些画面更容易引发当时读者的共鸣并为他们所接受。虽然时过境迁,但不少人都还徜徉在过去绚烂多姿的文化盛宴中而不能自拔,希望可以借此暂时逃避当下欧洲政局上演的一幕幕悲剧。所以,这样的画面带给读者的总是一种悲今慕古的伤感。

文学中的哈布斯堡神话区别于政治神话的地方还在于作品中的描述并非聚焦于政治活动及其效果,而是关注日常生活的方式和细节,从中营造出一种情感和气氛。如此一来,哈布斯堡王朝便在文学中被抽象为一种情怀,并被植入文人的理想化情结,所以才有可能成为一种形而上的精神家园。毋庸置疑,奥地利近现代文学的辉煌时期是世纪之交的维也纳现代派,而大部分作家都成长在这一时代,所以他们才会带着一种人文情怀的认真和热情,刻画令人感动的细节和人物性格,在作品中营造伤感的气氛。文学中的哈布斯堡神话唤醒了读者对往昔人文精神的好感和怀念,使得历史及现实中充满了矛盾和危机的老帝国变成了作家笔下祥和安宁的世界。这些经历了帝国崩溃,本身就是老帝国遗老遗少的文人,在现实的困苦中更是陷入了对往昔的缅怀而不能自拔。他们在伤感的情怀中所表达的,实际上是对安全感的渴望和对价值体系崩溃的无奈。

在很多犹太作家眼中,多民族、多种族、多信仰的老帝国简直就是世界大同的现实版。1898年,有一篇美国外交官发表的文章就对这种融合的画面有过一番颇为细致的描述:"一个只在维也纳短期逗留的人,即便他是地道的德国人,也可能会有一个加利西亚或波兰的妻子、波西米亚的厨师、达尔马提亚的保姆、塞尔维亚的雇工、斯拉夫的马车夫、马扎尔的理发师,还会有一个法国人做他儿子的家庭教师。政府机关的雇员大部分是捷克人,而匈牙利人在政府事务中却有着最大的影响力。不,维也纳可不是一个德国城市!"[①]对犹太人而言,在战后民族国家界限分明的背景下,这种自由流动与融通的景象无论真实与否都令人遐想。

无论人们如何定义文学中的哈布斯堡神话,作家笔下这个寄托了传统市民阶层价值观的理想国度,这个有着奇特山川景致、显得荒蛮辽远的老帝国边疆区,就是现实中存在于西方工业文明之外的乌托邦。这种暂未受到现代工业文明侵蚀、多民族融合聚居的国家形式,尤其在流亡作家笔下,不但是奥匈帝国的

---

① 沃,2014年,第4页。

独特之处，也是对当时强调排他性的、被茨威格称为"不可救药的瘟疫"①的极端民族主义和种族主义思潮的一种本能排斥，一种"汉贼不两立"般的拒绝。在希特勒上台后的纳粹统治下，超越民族与宗教信仰差异的传统人文主义更显弥足珍贵。于是历史上的那个中欧封建老帝国，在流亡时期的语境中，就幻化成为一种欧洲传统的人文主义价值观，假托哈布斯堡之名，行与纳粹作斗争之实。

20世纪30年代，法西斯成了欧洲政治生活中的一支可怕力量。第二次世界大战爆发前，欧洲各国在对待纳粹的问题上一直无甚作为。受到纳粹种族主义、排犹主义威胁和迫害的犹太人成为第一批牺牲品，他们抗争的愿望自然也比他人强烈。在这一批人中，奥地利犹太作家约瑟夫·罗特无疑是颇具代表性的一位。他把复兴哈布斯堡王朝当成了对抗法西斯的一种秘密武器，认为奥匈帝国是一个多民族、多种族、多文化和睦共存的范例，如能将其复兴，则是对法西斯极端思想的有力打击。这种观点在今天看来多少有点不可思议，但在当时还有其合理性。表现在文学创作中，就成了以哈布斯堡王朝为背景的一系列作品，如《先王冢》《皇帝的胸像》《第1002夜的故事》等。

历史人物和进程被置于哈布斯堡神话写作中，使得历史的真实性逐渐被淡化。例如，现实中至今都无法真正实现的多民族融合就成了哈布斯堡王朝统治的一个特点，甚至成了后世所憧憬的统一欧洲的模板和前身。正是在这种背景下，老帝国所擅长的平衡术，以及各种无能、拖沓、推诿也都被赋予了另外的含义。大事

---

① 茨威格，2004年，第4页。

化小、小事化了的推诿搪塞被当成避免矛盾激化的智慧,和稀泥、捣糨糊则被当成求同存异的宽容。这种过去一切都好、哪怕是错误也另有深意的思维范式将所有沉疴宿疾都变成了优点和美德,十羊九牧成了夙夜在公,无能也变成了无为。由此一来,没落的帝国就成了包治现世百病的灵丹妙药。这种类似郢书燕说的演绎之所以没有落得人笑其痴的下场,则是得益于文人墨客笔下流露出来的颇具伤感的自知之明。他们亲身经历了老帝国没落和灭亡的每一步。就像韦尔弗在1938年3月11日纳粹德国并吞奥地利时所说:"谁该为毁灭负责? 只能说,对此负责的应该是人类理智的昏厥,就连预估三个星期的政局都做不到,更别说预估十年的政局了。"① 换言之,这一代文人自己眼睁睁地看着过去的时代走向毁灭,但也只能徒唤奈何。

　　文学中的哈布斯堡神话对过去时代所进行的有选择的演绎,往往聚焦在老帝国时期标志性的认同感上,这种认同是在会心一笑或扼腕叹息中被唤醒的。作品所表达的认同感中最具代表性的现象自然首推老帝国四平八稳的官僚体系和作风。在作家的笔下,连日常生活的细节也都有强烈的仪式感,庄严的仪式感与刻板而不苟言笑的人物形象相匹配,构成了一个整体,在人物形象的塑造中得以纯粹化,甚至高尚化。在一战后风云际会的现实社会中,老帝国给人的印象恰是亘古不变、流芳百世。它排斥任何形式的社会巨变,拒绝主动地对事物进程进行调整。在社会动荡中,老帝国犹如岿然不动的金字塔。文学作品对于长幼尊卑、井然有序的

---

① Werfel, Franz: „Leben heisst, sich mitteilen". Betrachtungen, Reden, Aphorismen. Frankfurt am Main 1992. S. 64.

描写，更可谓触及了老帝国的实质。

当然，这种对老帝国的认知在奥地利文学中也有着悠久的传统，早在格里尔帕策的笔下就对此有过精致的描述，在后来被当作先锋派的卡夫卡笔下也层出不穷，不过这种描述大多带有批判色彩。而在文学的哈布斯堡神话中，政治僵化被引申成了与世无争，是有阅历的成熟和年长的城府所表现出的豁达。一切都有固定的模式，无论在家里还是在官场上，都要循规蹈矩，制定的规则令人信服，也不容置疑。同样，在作家的笔下，老皇帝弗兰茨·约瑟夫一世作为老帝国最后高光时刻的缔造者和见证人，自然而然也就成为了哈布斯堡神话的代言人，出现在不同文本中。不过在老皇帝身上完全看不到叱咤风云和杀伐决断的影子，他只是一个被岁月雕琢过的颤巍巍的老者。皇帝虽然知道自己和自己的帝国来日无多，但依然勉力维持。风云际会、饱经沧桑使他具有一种悲剧色彩，这更能促使后来的读者对他心生好感，甚至抱有同情。

在被理想化了的哈布斯堡神话中，人的精神性格也与现实中的尔虞我诈形成了鲜明的对比。这里看不见意识形态和民族、种族斗争中的你死我活。人们奉公守法，有尊严并按传统的道德规范生活。祥和静宜的气氛是美好生活的保证，也是时代的精神。而奥匈帝国的老皇帝弗兰茨·约瑟夫一世则是这世外桃源的保证和代表。在茨威格的回忆中，人们可以读到："奥匈帝国，那是个由一位白发苍苍的老皇帝统治、由上了年纪的相国们管理着的国家；它没有野心，唯一希望的就是能在欧洲大地上，抵御所有激进变革的冲击而完好无损。"[①]这一时代的其他作家和文人，如韦尔弗、罗

---

① Zweig, 1960. S. 14.

特、穆齐尔、多德雷尔等人的笔下都可以看到类似的描述。尽管这些描写受到左翼文人的批评,认为是复辟分子的哀号,但在当时却赢得了大批的读者,从而形成了奥地利文学史上特有的现象。

虽然老帝国在第一次世界大战爆发前就已是千疮百孔,但在文学的哈布斯堡神话中,帝国最后的辉煌却总是维系着一种深入骨髓的享乐主义。在世纪末的落日余晖中,帝都维也纳精致的生活细节被放大,音乐、舞蹈、戏剧的旋律时刻出现在各个角落,甚至在战争爆发的前夜还回荡在边疆的军营之中。无论外部世界如何危机四伏,都不影响人们对精致生活的追求和体验。精美绝伦的各式珍馐佳肴和香醇佳酿,通宵达旦的沙龙聚会,高朋满座的社交活动,雅致的谈吐和精致的时尚,大众对艺术的追求,以及遍布各个角落的咖啡馆所成就的咖啡馆文化,这些都是构成哈布斯堡神话的要素。在约瑟夫·罗特的小说如《拉德茨基进行曲》《第1002夜的故事》中,对此都有细致的描述。

时至今日,这一切也都还是奥地利,尤其是维也纳的名片。老帝国时期的这些讲究就算放到今天,也是一种自命不凡的骄傲。极致的享乐构成了第一次世界大战前的一派歌舞升平,但在享乐的光环中,颓废无聊的人物内心世界却清晰可见,老帝国的没落也正酝酿在生当其时的人物身上。然而,对于那些1918年后失去祖国,甚至遭受放逐的犹太文人而言,哈布斯堡神话中的雅致,等同于他们内心所憧憬的希望之地,因而一再被书写、被缅怀。当然,这种对昔日繁华享乐的追忆,在不同作家笔下有着不同的表现形式;但无论是褒还是贬,哈布斯堡神话的一幅幅画面却因此而得以传播并被普遍接受,成为了重构的"信史"。

在哈布斯堡神话的写作中,除了那些赋予业已消失了的老帝国新生命的作家外,时评家、记者、政治家也都投入到为哈布斯堡神话添砖加瓦的行列之中。他们从一个老大帝国的子民变成了一个偏居一隅的国家的公民,心理和精神上的落差乃至于落魄难以言表。对他们而言,哈布斯堡神话已经不仅仅是文学创作,而是寄托情感的载体。

奥地利文学中的哈布斯堡神话与奥地利的历史文化传统紧密相连,但基于作家对往昔的个人解析和加工,在文学作品中形态各异,体现出较强的个性。有韦尔弗笔下的善颂善祷,有约瑟夫·罗特笔下的奉国之诚,也有穆齐尔作品中的辛辣讽刺,不一而足。作家的个人特点和写作风格让没落崩溃的老帝国带有了传奇性和诗意,充满幸运和神迹,受人尊敬,令人向往。于是,一种以抒情而非思辨见长的叙事风格便脱颖而出,将哈布斯堡王朝历史中的一些瞬间用作家自己所特有的视角过滤,构成了一幅幅超越时空的形而上的画面,形成了深沉且有点自恋、细腻且充满感性的写作范式。

对哈布斯堡神话的研究实际上是对它的解构,因为"一旦暴露了本质,神话便丧失了力量,人们就会看到隐藏在神话中的利益关系"。[①] 但解构并不意味着反神话或去神话,具体到奥地利文学中的哈布斯堡神话,其实际效果反而丰富了神话的内涵,使后人对此更加津津乐道,进而成就了神话的传播。这种经文人学者之手构建并巩固的哈布斯堡神话已经不同于一般的政治神话,不再是政治活动的附属物,而是一种受到广泛认同、超越时间和空间限制的文化现象。正因如此,今天的研究者甚至认为这一现象本身就是

[①] 明克勒,2017年,第9页。

一种集体记忆。①　比如约瑟夫·罗特的小说《拉德茨基进行曲》、演奏施特劳斯家族乐曲的新年音乐会、电影中芳华永驻的茜茜公主等，都已成为国内外广受认同的奥地利的标签。就此而言，奥地利文学中的哈布斯堡神话不仅是回头看向过去，而且是抬头面向未来。

---

①　Kaszynski, 2012. S. 138.

第二章 约瑟夫·罗特笔下的哈布斯堡神话

约瑟夫·罗特早期的社会小说反映了现实的动荡和不安,这一时期的作品在描绘第一次世界大战后社会底层困窘的同时,也再现了作家悲天悯人的情怀。细致入微的观察和悲天悯人的抒情是他文章的风格,二者相得益彰的结合显示出约瑟夫·罗特的写作天赋和独到之处。细致的观察显然得益于他作为职业记者的经历。在诸多小说中,读者可以清楚地看到帝国崩溃后,人们的忐忑不安和万事皆空的绝望,这些特点在其后期的作品中表现得尤为明显。就此而言,约瑟夫·罗特后期文学创作中的哈布斯堡神话既是一种延续,也是一种转折。作家对细节的关注和对情感的投入,在以哈布斯堡为背景的写作中继续体现。作家笔端流露出的虚无主义和文化悲观主义倾向都是对老帝国崩溃的反应。因为随着老帝国一同消失的,还有他作为传统文人所向往的人本主义的价值观,以及日常生活中的豁达与祥和。

现实中居无定所的约瑟夫·罗特一直是欧洲各地宾馆的住客,他甚至因此而被称为"游牧作家"。① 就连他从事写作的地点也不固定,不是咖啡馆就是饭店。在奥地利作家奥斯卡·毛鲁斯·冯塔纳(Oskar Maurus Fontana)的回忆中,曾提到约瑟夫·罗

---

① Magris, 2000. S. 307.

特每天下午两点到四点都会出现在维也纳市中心的彼得大教堂附近,在小咖啡馆的桌子边给各大报社撰稿。① 此外,许多作品,如《萨沃伊饭店》《约伯记》,甚至连《拉德茨基进行曲》的一部分,也都诞生在柏林的甜品店和餐厅。② 这种浮萍般的生活状态唤醒了罗特对远方逝去家园的向往,过去的哈布斯堡帝国对他来说是个温暖有人情味的存在,也是像他这样的无家可归者的精神家园。于是,早期的左翼作家"红色约瑟夫"在后期创作中成为了哈布斯堡神话的书写者。

1938年奥地利被纳粹德国并吞后,流亡在巴黎的约瑟夫·罗特深受打击。作为一个不知疲倦且永不停息的反纳粹斗士,他深刻意识到哈布斯堡王朝的历史中所蕴含的人文价值,因而他是哈布斯堡王朝的正统论者和维护者。无论在报刊文章还是文学作品中,作家都呼吁恢复王朝,但这种试图用天主教信仰和封建复辟对抗现代文明和时代潮流的做法,无疑是以卵击石般的尝试,徒留笑柄。因此,解析约瑟夫·罗特笔下的哈布斯堡神话创作,不能脱离当时的时代背景。

约瑟夫·罗特在三个不同的创作阶段中,分别刻画了丑陋的社会,揭露了市民阶层的衰落和群氓身上的人性恶。与此并行,他也开始用新的视角审视没落的哈布斯堡王朝。其实,在早期的许多作品中,人们已经可以清晰地读到他对没落王朝的批判,例如在他1919年关于奥地利东部伯尔根兰州的系列旅行报道中,可以读

---

① Bronnen, David: Joseph Roth. Eine Biographie. München 1981. S. 228.
② Rath, Alfred: Berliner Caféhäuser (1890 – 1933). In: Literarische Kaffeehäuser. Kaffeehausliteraten. Herausgegeben von Michael Rösser. Wien, Köln, Weimar 1999. S. 119.

第二章 约瑟夫·罗特笔下的哈布斯堡神话

到他对昔日奥匈帝国随处可见的军国主义色彩的讽刺和挖苦。但这种批判在不久之后就被悲伤的情感所取代。在1928年的一篇题为《奥匈帝国的圣徒陛下》的报道中,他以一句"曾经有一位皇帝。"(Roth II: 910)开篇。这种童话式的开头清楚地表明了约瑟夫·罗特日后对哈布斯堡王朝的态度。他没有用历史学和经济学的眼光去分析帝国的没落。在他看来,哈布斯堡王朝的没落导致了民族国家的诞生。而王朝的弱点在他的眼中恰恰是生于斯长于斯的年轻一代,最明显的例子就是小说《拉德茨基进行曲》的主人公,年轻的特罗塔。

约瑟夫·罗特并没有长时间地徜徉在自己营造的祥和的乌托邦中。他越来越多地回溯过去,试图在过去发现造成今天"恶果"的"因"。在1931年的报道《昨日新知》(Neues von Gestern)中,作家就已经确信:"很显然,差不多从1870年以来直到今天,时代列车——这是一列装甲列车,不可阻挡地顺着旧世界的没落驶去。世界大战是其中自然而然的一站。在1870年的列车时刻表上早就可以看到革命。"(Roth III: 364)这种以史鉴今的思路,逐渐出现在约瑟夫·罗特后期历史题材的文学创作中,形成了许多以历史为背景的作品。

1932年,当《拉德茨基进行曲》出版时,政治局势的发展愈发指向危险的方向。在意大利和匈牙利,约瑟夫·罗特看到了法西斯主义者的蹿升。群氓和民族国家代表了新的思想和潮流,决定了当下社会发展的走向。在德国和奥地利,他看到了纳粹党人的得势和喧嚣,甚至最终看到了希特勒成功夺权。作家对政局的走向完全失望,于是愈加向过去的时代靠拢,试图在过去的时代中寻找答案和慰藉。在小说《拉德茨基进行曲》中,他一方面描述了旧

帝国的没落,另一方面也预言了可怕时代的降临:

> 这个世界,还值得生活下去的这个世界,注定要走向灭亡;在这个世界上,在这个应该听从她摆布的世界上再也没有一个正直的居民了。
> (罗特2:274)

这种被研究者称为"特别强烈的预言式的表达",①不是"令人悲伤的听天由命式的控诉",②而是约瑟夫·罗特对将要降临的灾难的预警。在这一灾难中,"世界末日的想象"③将会成为现实。随着纳粹在德国的势力日渐扩大,作家对往昔的追忆也愈加强烈。他笔下的哈布斯堡神话不仅在回头望中有哀婉、有惆怅,而且还在向前看中有警示、有希望。

第一节 特罗塔家族的华屋丘墟与老帝国的世路荣枯

20世纪30年代初,约瑟夫·罗特在给朋友的信中抱怨道:"我现在可以说是穷困潦倒,正在绝望地写作《拉德茨基进行曲》,资料太多,我太虚弱,无法驾驭。"④作家对这部小说的规划由来已久,他在1930年给好友茨威格的信中写道:"这部作品本来

---

① Vgl. Branscombe, Peter: Symbolik in Radetzkymarsch. In: Joseph Roth. Der Sieg über die Zeit. Londoner Symposium. Herausgegeben von Alexander Stillmark. Stuttgart 1996. S. 96.
② Sasse, 1982. S. 88.
③ Rossbacher, 1991. S. 78.
④ Kesten, 1970. S. 215.

描写的是 1890 至 1914 年间发生在奥匈帝国的故事。"①创作这部小说对作家而言并不轻松。一方面,此时的约瑟夫·罗特深受酗酒之苦,甚至曾在宿醉后将自己的手稿遗失,于是不得不重写第四章;另一方面,他对这部作品倾注了全力,但依然感到力不从心。然而正是这部令他殚精竭虑的小说,日后成为了哈布斯堡神话的代表作。书中通过特罗塔一家三代人的华屋丘墟影射了哈布斯堡王朝的世路荣枯,对老帝国的没落进行了全方位的刻画和解析。

在这部小说中,没落是纵贯全文的主题,作家以各种形式淋漓尽致地将这一主题展现在小说的主人公,即全名为卡尔·约瑟夫·冯·特罗塔·齐波尔耶的身上。家族三代人不可逆转的命运被看作老帝国日暮穷途的真实写照。更有研究者通过详细的考证对比,指出主人公特罗塔一家与皇帝一家的关联。②

特罗塔家族肇兴于三代之前,祖父曾是索尔弗里诺战役的英雄,用自己的军功为家族挣来了荣华富贵,还成为后代教科书中英雄人物的典范。当祖父辈的特罗塔对教科书中夸张的英雄形象不满时,还有胆量凭着乡下人的顽梗向皇帝直陈己见。到了父辈时,弗兰茨·冯·特罗塔成为哈布斯堡王朝中一个标准的官员,克己奉公,严格遵守各项规定,从不逾矩。书中对此细致的描绘,精准地勾勒出了老帝国时帝都维也纳官僚体系的运转风格。甚至在弗兰茨日常起居的细节中,都体现出一种秩序所带来的仪式感。罗

---

① Kesten, 1970. S. 188.
② Vgl. Margetts, John: Die Vorstellung von Männlichkeit in Joseph Roths Radetzkymarsch. In: Joseph Roth. Der Sieg über die Zeit. Herausgegeben von Alexander Stillmark. Stuttgart. 1996. S. 83ff.

兰·巴特指出,神话的特性就是将意义转换成形式。① 如此说来,形式的表象便显得十分重要。在约瑟夫·罗特笔下,每个周日都会有军乐队在特罗塔家门前广场上演奏拉德茨基进行曲,这种仪式与人物的自然契合不仅营造了和谐的气氛,而且也使父辈俨然成了老帝国的化身。随着年龄的增长,弗兰茨的举止和思路也越来越像老皇帝。有研究者直接指出,哈布斯堡神话其实是基于秩序的历史和文化,对秩序的挚爱掩盖的恰是现实世界中的无序。②

在老一代竭力维持的秩序中,长幼尊卑各归其位。而老一辈所安排的一切,就像是上级的命令,要无条件地加以服从和执行。这种具体到生活细节的秩序,被融入教化的点滴之中,决定了年轻一代的生活。但这种安排产生的作用却与原来不同,在年轻一代身上看到的不是和谐,而是压抑。卡尔从军校放假回家时,父亲也要先考一考他对军事术语的掌握,于是

> 他突然问道:"什么叫隶属关系?"——"隶属关系就是无条件服从的职责,"卡尔·约瑟夫侃侃而谈,"下级绝对服从上级,低贱的人……"——"停!"父亲打断了他的话,并纠正道:"……以及下级必须无条件地执行上级的命令,如果……"——卡尔·约瑟夫接着说:"必须无条件地执行上级的命令,如果……"——"一旦,"老人家纠正说,"一旦上级发布了命令。"卡尔·约瑟夫松了一口气。(罗特2: 33)

在这种令人感到窒息的家庭环境中长大,作为第三代特罗塔的主人公从小就缺乏自信心和自我意识。表现在家族三代人身上由强

---

① 巴特,2009 年,第 193 页。
② Magris, Claudio: Der habsburgische Mythos in der modernen österreichischen Literatur. Wien 2000. S. 10.

及弱的性格趋势,也预示着老帝国的日薄西山。从父辈继承下来的金字塔式的体系塑造了主人公懦弱的性格,使年轻的卡尔处于一种被动状态,时刻准备接受上级布置下来的命令和任务。这样的思维方式也决定了他的行为方式:他接受和承担所有落到自己身上的要求,视之为命运的安排。而压抑的气氛也是老帝国气息奄奄的写照,年轻的主人公身上体现的正是这种没落的趋势和气氛。

特罗塔家族的第三代,即主人公卡尔,有一次曾对自己的好友——边防团军医德曼特承认:"我是靠祖父生活。"(罗特2:125)显然,他对自己的不独立状态有着清楚的认识,却不去改变,也无法改变,因为"他是托祖父的福!就这么回事!他是索尔弗里诺英雄的孙子。唯一的孙子"。(罗特2:91)祖父的大名让他只需坐享其成,一切便会水到渠成。所有人都期待着他有个美好的未来,地方长官也对他说:"愿你万事如意。你是索尔弗里诺英雄的孙子。记住这一点,你就不会出什么事!"(罗特2:48)所以,尽管主人公"不是一名出色的骑手,地形学没有学好,三角学不及格,但毕业时得了一个'好分数',被任命为少尉"。(罗特2:49)他生活在祖辈的荫庇中,享受着祖辈军功带来的福佑。但同时,祖辈的盛名与周围人的期许对他这种生性懦弱的人来说,也成了巨大的负担和误导,因为他分不清责任担当与能力之间的关联。对索尔弗里诺英雄的孙子的所有美好期待都在等着回馈,而这种期待是他无法驾驭和满足的。因此,祖辈的荫庇开始令他感觉到不舒服:"赐予特罗塔家族的恩宠本身就是一块刺人的冰。在皇帝湛蓝的目光之下,卡尔·约瑟夫不禁感到周身寒彻。"(罗特2:98)主人公逐渐意识到自己在他人眼中只是各种光环和象征的载体,但作为独立的个体或个人,他其实并不存在,也根本不符合周围的要求。

主人公身上体现出的懦弱和敏感的性格,正是他与老一辈的不同之处。卡尔·约瑟夫的多愁善感与严格冰冷的家规毫不相容,这使本来就懦弱和敏感的他更加内敛。在军校毕业后的日子里,他不但没有表现出任何青年人与生俱来的热情和活力,甚至青年人身上所常有的虚荣心和上进心,在他身上也不见踪影。步入社会后,祖辈的盛名不再意味着特权,而是变成了沉重的负担,使他无力掌握自己的命运。当他因债务丑闻想退役离开军队时,父亲说:"我去觐见过皇帝,这事我本来是不想告诉你的。皇帝亲自处理了你的丑闻,不要再说一个字了!"(罗特2:447)就此,主人公人生中第一次也是最后一次试图自己选择人生道路的尝试终止了,他必须用自己年轻的生命来承担责任。

性格上的懦弱已经决定了卡尔·约瑟夫·特罗塔无法适应现实社会。当他离开家庭时就已经知道,在缺少命令的指引下,无法承担自身的责任。父辈对秩序的尊崇,在年青一代身上已经消失殆尽,尊崇变成了逆来顺受。他曾经三次被动且荒唐地陷入丑闻,这种坐以待毙的性格总是让他深陷危机而不能自拔。这些丑闻虽然在父亲的干预下最终都得以化解,但主人公的状况却并没有因此得到什么本质的改善。无聊和荒诞始终伴随着他的左右,使他的家族和周围人的寄托化为泡影。这种表现在人物身上的荒诞不经,在同时代的作家笔下不胜枚举。穆齐尔在小说《没有个性的人》中也讲述过类似的故事:1918年,为纪念奥皇弗兰茨·约瑟夫一世执政七十周年和德国威廉皇帝执政四十周年,一位不甘寂寞的司长夫人想要举办一次盛大的庆祝活动。围绕着这场活动展开的忙碌,事后看来都显得那么荒诞和具有讽刺意味。同样,《第

1002夜的故事》中,主人公骑兵上尉泰丁格男爵也为摆平波斯君主在维也纳的丑闻,荒诞地结束了自己平庸而无聊的生命。

第三代特罗塔的平庸和无能显然不能光耀门楣,这不但体现在卡尔乏善可陈的军事生涯中,甚至还体现在他与女性不成熟的关系中。年轻的主人公经历的第一场异性关系是和宪兵队长妻子的丑闻,两人的交往最终以女人的死亡而告终。第二段与女人的关系导致了自己最好的朋友——军医德曼特——在决斗中被杀。第三段感情则是卡尔与一位贵族出身的冯·陶锡希太太的不伦之恋,这种关系实际上是对母爱的一种寄托。年轻的主人公在生命中一无所成,是个失败的情人、失败的军人、失败的赌徒,甚至是个失败的酒徒。在小说《拉德茨基进行曲》中,卡尔·约瑟夫·特罗塔的平庸不堪并非偶然现象,而是颇具有代表性。连他军中的同袍,作为国家安全保障的军官们,也同样处于一种无所事事的颓废状态。没人试图去改变越来越糟糕的现状,等待成了这些人的生命哲学。他们甚至不知道该如何打发时间,整个人生似乎都是在等待一场不可避免的判决。

不幸的是,这不堪的年轻一代正是老帝国未来的接班人。这种所托非人必然预示着、同时也导致了帝国最终的没落和寿终正寝。此时的老帝国早就已经失去了往日的荣光,正处于四面楚歌的危机之中。帝国的没落是全方位的,约瑟夫·罗特笔下的哈布斯堡王朝在各方面都面临着新思潮的冲击,原先的一派和谐中早已经暗流涌动。老帝国所特有的兼容并蓄的精神,即对不同文化和信仰的包容,已经被民族主义的思潮冲击和摧毁。帝国内部随处可见民族主义和民粹主义的滥觞。种种思潮和趋势最终导致了多民族、多文化的老帝国的解体。正如同科伊尼基伯爵所说:

"所有的民族都要建立各自独立的肮脏的小国家,连犹太人也会在巴勒斯坦捧出一个国王来。"(罗特2:196)在《拉德茨基进行曲》这部小说中,约瑟夫·罗特对民族主义的拒绝和批判一再通过人物之口予以强调,比如就连父辈的特罗塔都认为:"世界上可以有许多人民,但无论如何不能有许多民族。"(罗特2:336)民族主义意味着与自由和统一的老帝国截然相反的价值观,它对年轻一代造成的影响可想而知。不同背景的人在老帝国中共荣共存的信念已经土崩瓦解,取而代之的是排他甚至仇外的情绪和信仰。

约瑟夫·罗特通过人物表达了自己对帝国没落的无奈。在小说中,老伯爵科伊尼基就曾预言过帝国不可避免和彻底的没落与崩溃,因为

> 它的活生生的肌体正在腐烂,它正在腐烂。……这个时代要为自己创造独立自主的民族国家! 人们不再信奉上帝了。新的信仰就是民族主义。人民不再往教堂里去了,他们现在要进入各种民族的协会。这个王朝……建立在这样一个信仰之上:上帝选定哈布斯堡家族统治许多基督教民族。……可是现在上帝离弃了他! (罗特2:234)

类似的预言还多次出现在其他作品之中。在作家眼中,王朝的没落意味着信仰的丧失,而信仰是维系哈布斯堡王朝统治的三大支柱之一,信仰的丧失则意味着传统价值体系的崩溃,以及随后社会结构的瓦解。哈布斯堡王朝在约瑟夫·罗特笔下从来都不是简单的国家政体,而是一种牵一发而动全身的信仰,一种寄托了人文思想的信仰。因此,《拉德茨基进行曲》这部作品无论在当时还是在后世,都被当作奥地利哈布斯堡神话的代表作品。

主人公卡尔所生活的时代,正是老帝国处于风雨飘摇中的时

代。帝国赖以生存的另一根支柱——官僚体系也已经运转不灵，变得腐朽、呆板。老伯爵科伊尼基用讽刺的口吻挖苦道：

> 皇帝是个没有思想的老头，政府是个傻瓜集团，帝国议会里集合了一批轻信而兴奋的白痴。国家行政机构腐化，官僚懒惰。（罗特2：196）

同样，哈布斯堡王朝中本应该作为帝国最可靠的支柱——军队，也一样腐朽不堪。本应该维护秩序和守护国家的军人也都不务正业。无论在首都维也纳，还是天高皇帝远的边境小城，不仅军备废弛，而且军队的士气、军纪和荣誉感也已经荡然无存。颓废的气氛笼罩着整个军队，军人极度无聊，整日徜徉留恋于酒肆和妓院。正如主人公对自己的父亲所说的："整个军队都开了小差。"（罗特2：446）尽管如此，约瑟夫·罗特在流亡时期依旧一往情深地讴歌咏叹那过去的时光，就此而言，他和施尼茨勒很有一比，后者因为《古斯特少尉》一书而被吊销了预备役军医的执照，但这也丝毫不影响他在后来的现实生活中对逝去的往昔表达向往。

从小说中特罗塔家族的身上可以看出，老帝国的没落是无法避免的，用书中父辈的话来说就是："他看见那个世界在毁灭，那是他的世界呀。"（罗特2：238）卡尔和军中同袍对此也心知肚明，但他们已然回天乏术，无力对现状做出任何改变。所有人似乎都在等待着最后时刻的降临。老帝国看似江山永固、重金袭汤，而面对战争危局，实不能做一日守。这种末日情节的体现，就是到处都弥漫着死亡的气息。在约瑟夫·罗特的笔下，一个羸弱的年轻人要承担帝国未来的责任显然不堪重负。研究者指出，小说中的主人公一直就生活在消沉沮丧的气氛中。[①] 甚至在小说一开始，在大

---

① Vgl. Branscombe, 1996. S. 96.

家庭祥和美好的气氛中,年轻的特罗塔就对死亡表现出了一种莫名的好感:"最好能在军乐中为陛下赴死,而最轻松的死亡则是在拉德茨基进行曲的旋律中。"(罗特2:34)

施特劳斯创作的《拉德茨基进行曲》歌颂的是哈布斯堡王朝的文治武功,尤其是歌颂著名的军事将领拉德茨基,各种乐器的欢快合奏似乎是在庆祝凯旋而归的统帅和士兵,显示着老帝国的辉煌成就,预示着美好的未来,用作家笔下人物的话来说,这首曲子"意味着夏天、自由和故乡"(罗特2:35)。然而,研究者却认为,在这部以老施特劳斯的名曲命名的小说中,死亡一再出现,①总是围绕在主人公的周围。最先去世的是祖父,随后是宪兵队长的妻子,接下来是死于决斗的两个战友,以及在街头被射杀的游行工人,最后是死于小说结尾的主人公自己。边防团军医说道:

> 我们的祖父都没有给我们留下多少生活的力量,只有那么一点儿,仅仅够我们支撑到无意义地死去。(罗特2:145)

年轻的主人公早就感到死亡在靠近,因为,

> 特罗塔少尉比他的伙伴们更敏感,也比他们更悲观。他已经两次遇见死神,现在死神正在他心里扑打着黑翅膀,不断地发出窸窸窣窣的回声:少尉隐隐约约地感觉到科伊尼基伯爵预言的可怕的分量。(罗特2:197)

生活本身已经毫无意义,死亡正好是他从百无聊赖中的解脱。对他而言,除了为尽忠王事而捐躯之外,没有别的出路,甚至没有更好的死法。死亡对年轻的特罗塔来说,也是偿还欠皇帝旧账的

---

① Vgl. Branscombe, 1996. S. 100.

机会。

在 1938 年出版的另外一部小说《先王冢》中，约瑟夫·罗特继续了特罗塔家族的故事，不过小说的时代背景设定在第一次世界大战结束之后到奥地利被纳粹德国并吞这段时间。这部小说的主人公弗兰茨·费迪南·特罗塔是《拉德茨基进行曲》中主人公的远亲，他经历了战后的大萧条、街头政治的喧嚣和家族的败落。正因为两部小说间存在着或明或暗的联系，所以《先王冢》也会被当作前者的续集。不过评论家对《先王冢》的评价并不高，有的研究认为这部小说是对没落的哈布斯堡王朝夸张的赞扬。① 更有甚者认为，与《拉德茨基进行曲》相比，这部小说是前者不成功的继续。② 无论如何，对处于流亡困境中的约瑟夫·罗特来说，指望用这部小说改善极端恶劣的经济状况的愿望算是打了水漂。

《先王冢》中的主人公与《拉德茨基进行曲》中的主人公完全不同，两人虽然都属于没有希望的年轻一代，但作为战后返乡的落魄公子，《先王冢》中的主人公对未来不再抱有幻想，对自己也有种冷静的自我审视，他将自己年轻时对老帝国的轻慢看作是"愚蠢"和"轻浮"，(罗特 3: 3) 对自己曾经的态度颇感懊悔："我们反抗这种传统形式，因为我们不知，正确的形式与本质是一致的，强行分离它们的行为是幼稚可笑的。"(罗特 3: 31) 在 1935 年的一篇报道《在先王冢》(In der Kapuzinergruft) 中，约瑟夫·罗特煽情地写道：

所有的奥地利皇帝都是我的皇帝，但是皇帝弗兰茨·约瑟夫一世是

---

① Magris, 2000. S. 312.
② Vgl. Branscombe, 1996. S. 98.

> 我的一位特别的皇帝,他是我童年和年轻时代的皇帝。(Roth Ⅲ:672)

这里明显流露出的是后辈面对趋庭失训、陟岵空瞻的惆怅。这两部小说虽然都以哈布斯堡王朝作为背景,但《拉德茨基进行曲》是一部历史小说,①通过特罗塔一家三代人的故事,作者刻画了奥匈帝国的没落。而《先王冢》则不然,作者关注的是老帝国没落后时代的发展和走向,作品显然是一部更聚焦当下的社会小说,是对当下政治走向的批判和对未来的警示。

因此,若把《先王冢》简单当作《拉德茨基进行曲》的续写,认为这部作品是主题的重复和对哈布斯堡王朝的"过誉",显然有失偏颇。要正确理解这部作品,应该从约瑟夫·罗特创作这部作品时的流亡背景入手。在流亡期间,他想方设法与纳粹政权及其宣传机器抗争。在纳粹分子狂热和反人文的喧嚣中,他更强调没落的哈布斯堡王朝所代表和承载的传统价值的意义,这是正确信仰的基础,他的见解与纳粹的理论形成了强烈的反差。就此而言,约瑟夫·罗特在这部小说中所倾力营造的哈布斯堡神话,是围绕着反抗纳粹这一主题进行的。

在流亡时期,约瑟夫·罗特笔下的哈布斯堡王朝是反抗的象征,是法西斯意识形态和政权的对立面。纳粹推崇的极端排他、仇他的民族主义思潮与老帝国的兼容并蓄截然相反,作家希望在现实中通过唤醒和重塑帝国,来与纳粹的邪恶政权相抗衡。在1937年的一篇没有公开发表的稿件中,作家曾明确写道:"要是奥地利人民不想要暴政独裁,那现在就该高呼:'奥托万岁'。"(Roth Ⅲ:

---

① Müller, 1993. S. 298.

767)这里的奥托是哈布斯堡王朝最后一个王储。根据友人后来的回忆,约瑟夫·罗特还曾经试图复辟这个已经没落解体的王朝。在 1938 年,约瑟夫·罗特带着秘密使命回到维也纳。① 凭借着"纤笔一支谁与似,三千毛瑟精兵"的自信,试图让时任奥地利第一共和国总理的库尔特·冯·许士尼格(Kurt Schuschnigg)出面呼吁,由王储奥托接手政府重新登基,恢复昔日多瑙河流域的老大帝国。如同他在 1936 年的杂文《信仰与进步》中所写,这种尝试是"将天生和自然的尺度重新恢复起来"。(Roth III: 699)

这种与时代脱节的举动,最后自然无疾而终。作家在 1937 年的杂文《王朝和政党》中已经预料到:"可怜的奥地利还在等着一位皇帝!"(Roth III: 769)不过约瑟夫·罗特为此所付出的努力以及为老帝国献上的一曲曲挽歌,无一不淋漓尽致地表达了他对老帝国的感情以及"徒把金戈挽落晖"的无奈。因此,在《先王冢》这部小说中,已经完全看不到被约瑟夫·罗特视为榜样的海因里希·曼的影子。后者曾在 1918 年出版的批判现实小说《臣仆》中,再现了下臣对皇帝的愚忠。与此相反,约瑟夫·罗特对哈布斯堡王朝中的主仆关系的描述却带有强烈的伤感情绪和思乡之情。可以说,作家越是对现实政治形势的发展感到失望乃至绝望,对没落王朝的奉国之诚就越强烈。因为与作为精神寄托的哈布斯堡王朝一同消失的,还有过去时代的传统人文思想,对罗特而言,这才是国家和人性的根本。

在流亡时期,约瑟夫·罗特对哈布斯堡王朝的忠心耿耿到了爱屋及乌的地步,爱其所爱,恨其所恨。凡是与他笔下的哈布

---

① Vgl. Morgenstern, 1994. S. 185.

斯堡神话相抵触的,都会被钉上耻辱架。马丁·路德造成了基督教的分裂,于是在作家眼中,路德就该和极端民族主义对老帝国造成的伤害和打击相提并论。除了写作是约瑟夫·罗特与纳粹抗争的工具外,他后期的文学创作中,哈布斯堡王朝也是他理想化、但业已消失的精神家园的寄托。这种寄托早在他20年代的系列报道《白城》以及短篇小说《草莓》中便已初见端倪。而在流亡异国他乡的背景下,这个理想化的精神家园所描绘的画面,与现实形成了强烈的反差,更具警示意义。约瑟夫·罗特笔下的哈布斯堡王朝安稳有序,与早期社会批判作品中看不见的罗网不同,王朝意味着对人的保护和宽容。研究者也指出,哈布斯堡王朝本身就是一种由爱和秩序构成的文化。① 在这种万事有序的保证下,个体才得以保留和张扬其个性,这一点对犹太人而言尤为重要。

在流亡的背景下,小说《先王冢》对当前政局的未来走向充满了警示。在同一时期的另一部小说《第1002夜的故事》中,作家更是一针见血地指出:"现在,一个另类的时代,一个可怕的时代降临了。这是普鲁士人的时代,是路德和俾斯麦统领的'苏丹禁卫军'的时代。"(Roth IX: 14)孤灯游子的醉眼愁肠无论如何都容不下普鲁士的铁十字。在约瑟夫·罗特眼中,哈布斯堡和霍亨索伦之争代表着王霸之辩。正是因为礼崩乐坏,才会出现"天下以智力相雄长"的野蛮局面。1938年纳粹并吞了奥地利,约瑟夫·罗特的精神家园就此消失。这对他而言无疑是个巨大的打击,更让他对自己"漏船载酒泛中流"的处境有了清楚的认识。

---

① Magris, 2000. S. 10.

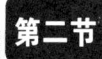 远离现代文明的乌托邦

如前所述,约瑟夫·罗特笔下的哈布斯堡神话是对没落帝国有选择性的管窥。故事发生的地点多在从前奥匈帝国东部斯拉夫边疆区,而不在象征着现代文明的奥地利大城市,如首都维也纳。现代大城市在他的描述中几乎等同于已完成异化的人类社会,1930 年出版的《约伯记》和 1934 年出版的《塔拉巴斯》中的纽约就是明显的例子。边疆区带有标志性的广袤辽阔,自然会给读者留下无拘无束的印象。其实这种极具倾向性的视角并非约瑟夫·罗特所独有,其他犹太作家如德布林在他 1924 年的《波兰之旅》中,也有过类似的描写。他对罗特故乡伦贝格的描述亦是首先提及东加利西亚地区的广袤无垠,他也同样将这里的广袤作为自由和宽容的象征,与一战后形成的诸多新国界形成了鲜明的对比。为此,约瑟夫·罗特在 1926 年还专门写了篇书评《德布林在东部》(Döblin im Osten),以此向德布林致敬。

历史上的加利西亚地区一般是作为地理概念存在,发展较为滞后,没有真正形成过一个区域性的政治统一体。在奥匈帝国的统治下,这一地区虽然有较快发展,但与帝国的大城市如维也纳、布拉格相比,仍然给人留下落后荒蛮的印象。约瑟夫·罗特在早期创作生涯中,曾以自己的故乡为主题,发表过许多报道。在 1924 年的一篇名为《加利西亚之旅》(Reise durch Galizien)的文章中,他就写道:

生活不易。加利西亚有八百多万人口。土地肥沃，居者贫穷。……这里有太多的商贩、太多的官员、太多的士兵、太多的军官。所有人都靠这里唯一从事生产的阶级——农民——活着。这里的农民虔敬、迷信、怕事。他们生活在对神父的敬畏中，还对"城市"有着一种极度的尊崇。因为从城里会走出怪异的大车，没有马拉着。从城里来的还有官员、犹太人、统治者、医生、工程师、大地测量师，还有电，也叫电器设备。在城里，人们会把女儿送去做女仆和妓女。在城里有法院，有人们要提防的狡猾律师，还有穿着长袍的公正法官，他们在金属十字架后边，头顶着耶稣基督彩色的圣像，以神的名义去判决别人数月、数年监禁，乃至死刑，送上绞架。人们养活着城市，为的是能靠这座城市活着，为的是能在这座城市里卖头巾和围裙。在城里有各种"委员会"，制定规章、法律条文，开办报纸。原来的皇帝弗兰茨·约瑟夫一世统治的时候就是这个样子，今天也是如此。（Roth II: 281）

在作者的描述里有着鲜明的伤感情绪，同时也带着些许玩世不恭。这位时年才三十岁的记者用他标志性的、带有距离感的语调讲述着这块遥远的土地，然而他并没有明言这是自己的故乡。不过显然，即便他的文章对加利西亚地区和当地人的抱怨不断，但用的总归还是自家人之间说话的口气，情绪中并不带有西欧文明人对东部落后边疆区由来已久的偏见。作家虽然报道了当地的贫穷甚至冥顽不化，但也有不为世人所见的美丽和神秘。

加利西亚带有沧桑感的辽阔和神秘，给约瑟夫·罗特笔下的哈布斯堡神话烙下了深深的印记。在他的描写中，随处都能感受到作家的忧郁和眷恋、关爱和悲伤。看似平铺直叙的讲述充满了激情，也充满了作家对卑微小人物所遭受的不公和痛苦的同情。

第二章　约瑟夫·罗特笔下的哈布斯堡神话

在约瑟夫·罗特笔下的哈布斯堡神话中,加利西亚色彩斑斓的景致独特而沧桑,时间似乎陷入了静止状态。1930 年,罗特发表的一部未完稿《草莓》中,对此就有出色的描写:

秋天时,人们到地里去烤土豆。春天时,他们去林子里摘草莓。

秋天的色彩在我们这里,如同流淌着的黄金和白银,被裹在风中,与群鸦和薄霜相伴。秋天差不多和冬天一样长。八月间树叶就泛黄了,到了九月的头几天,树叶就已纷纷飘落到地上。没人去把它们扫成一堆。我在西欧才看见,有人把秋天的落叶扫在一起,堆成整齐的肥料垛。在我们那儿,晴朗的秋日里没有一丝儿风,太阳还挺暖和,斜挂在空中,金灿灿的。太阳落山时,会把西边的天空染成红彤彤的一片。而后每天早上,它又会在雾气和银色织就的床上唤醒清晨。得过好一会儿,天空才会变得湛蓝,整个短短的一天中,它一直保持着这种颜色。

这里的耕地颜色发黄,土质粗糙,坚硬硌脚,它散发出的味道比春天时的更大、更冲,让人有点受不了。周边的树林一直都是深绿色——那都是些针叶林。在秋天,树冠上如同插着一把把银白色的梳子。我们在林中烤土豆,能闻得出火的味道、煤的味道、烧糊的土豆皮和烧焦了的土地的味道。这里有很多沼泽,上面铺着一床闪亮晶莹、轻霜织就的薄被。沼泽发出一股湿鱼网的味道,许多地方雾气蒸腾,时而笔直、时而袅袅地向天空飘去。许是嗅到了飘来的雾气,远近的农家院子里传出了鸡叫。

十一月份下的第一场雪薄薄的、亮亮的,而且还能留得住,化不了。我们不再烤土豆,而是待在家里不出门。我们的炉子不好使,门也关不严,地板还裂开了缝。窗框用的是轻薄而又潮湿的松木。夏天时,窗框走了形,所以也就关不上,于是我们用棉絮堵着窗户,把报纸塞进门缝。我们为过冬而伐木。

> 三月里，挂在房檐上的冰凌开始滴水，我们已然听到春天正迈着大步走来。没人去碰林子里的雪莲花。一直等到五月，我们就去摘草莓。(罗特4: 166 - 167)

这部未完稿被作家本人称为是描写自己童年的一部小说，①也是一部被寄予厚望的作品。② 据研究者推测，本来用于这部小说的一些素材后来被用在了流亡时期的另外一部作品《假秤》(Das falsche Gewicht)上。无论如何，在约瑟夫·罗特的小说和报道文章中，故乡加利西亚的景色或以加利西亚风景为背景的描述都是不可或缺的。

在约瑟夫·罗特笔下，哈布斯堡神话中的大自然对人的态度算不上友好，甚至对他们的谦卑恭顺也都熟视无睹。人在大自然面前永远如草芥般渺小而无助，根本没有西方现代文明中人定胜天的乐观与自信。在这种语境下，作家用平和的语气描写大自然的严苛，描写当地人面对此种严苛的无所谓乃至麻木，自然更能令读者印象深刻。在小说《假秤》中，有描写开春时河流冰层崩裂的一段话，读来令人后怕，但也令人颇感壮丽：

> 这片土地倾诉的一切很可怕：大雪、阴暗、寒冷、冰柱，尽管日历宣告了春天的来临，尽管波斯尼亚的驻地斯普里耶的森林里紫罗兰早已怒放。但是这里，在茨洛托格罗特地区，乌鸦却还在空落落的牧场和栗子树上发出嘶哑的哀鸣。他们成堆地挤在光秃秃的枝丫上，看上去一点都不像鸟类，倒像是长了翅膀的果实。小河的名字是施特鲁明卡，还沉睡在厚厚的冰面下，孩子们欢快地在冰上滑过，他们

---

① Kesten, 1970. S. 425.
② Kesten, 1970. S. 469.

的欢乐让可怜的检量官更加忧伤。

> 有一天夜里,教堂的塔楼还没敲响半夜的钟声,埃本旭茨突然听到了冰层融裂发出的巨响。刚才说了,现在是半夜,但是屋檐上的冰柱却顿时开始融化,水滴有力地落在木头人行道上。一股柔和甜美的南风融化了它们,这风儿是太阳在夜里的兄弟。所有的房子都打开了百叶窗,人们出现在窗口,许多人也离开房子走了出去。浅蓝色的天空中那几颗金色和银色的星星,看上去冰冷、永恒而绚丽,似乎也在空中偷听着地上的裂响和震动。许多居民火速穿上衣服赶赴河边。他们提着风灯或灯笼站到河两岸,观看着冰层是如何爆裂、河流是如何从冬天的沉睡中苏醒的。(罗特 8:152)

尽管如此,还"有的人如孩童般欢快地跳到一块巨大的浮冰上,随它一起漂流,手里举着灯笼,向留在两岸的人挥手致意,过了很久才跳回到岸上。大家都变得顽皮幼稚"。(罗特 8:152)当地人在这种条件下还能以此为乐,一方面体现了生命力的坚韧和顽强,另一方面则是因为他们看到的是春天带来的希望。

此外,在《拉德茨基进行曲》中,还有大段关于沼泽地的描写,读来同样令人不寒而栗:

> 这个地区的人一辈子走不出沼泽地,因为整个土地的表面都布满了大量的沼泽,大路两边尽是青蛙、热带菌和险恶的草丛,这种草丛对于毫无戒备或是不熟悉地形的行路人来说乃是引向死亡的一种可怕的诱惑,许多人在此丧命,连他们绝望的呼救声都没人听见。(罗特 2:185)

作家几乎是带着骄傲的口气描写能够吞噬一切的沼泽,并折服于那种给异乡人带来死亡的危险的,因为

> 不管是哪个外乡人,一旦来到这个地方,就会一步步地走向毁灭。谁

> 也没有沼泽厉害。在这个边界上谁也坚持不住。(罗特2:186)

与自然环境的险恶相对应的,却是小人物们在大自然中的游刃有余,因为

> 所有土生土长的人都熟悉沼泽的诡计,自然也掌握了对付这种诡计的某些办法。春夏之际,空气中充满了青蛙从不间歇的喧嚣声,云雀也在高空中无休止地欢唱。这是天空与沼泽之间不知疲倦的对话。(罗特2:185)

能与风险共存,适应严苛条件,本身就是一种力量的展示,而求生的本能不仅象征着希望,也饱含着希望。

在约瑟夫·罗特的笔下,东部边疆区的人比西欧所谓文明社会的人更坚强,这不仅表现在他们无与伦比的适应能力上,而且还表现在他们性格中展现出来的真诚上。研究者指出,在约瑟夫·罗特的作品中,东部边民更直爽,而且爽快中还带有一种无拘无束和孩童般的真诚。这种真诚只有在原生态的人身上才能看得见。这些人可以做任何自己愿意做的事,也总能保持着天真和淳朴。[①] 约瑟夫·罗特对大自然的一切有种天生的好感,虽然他后来一直住在大城市的宾馆中,但西方大城市的工业文明对他而言却是一种压抑,他渴望大自然中无人类痕迹的自由。这种倾向流露在笔端,便表现为理想化的人与自然之间达成的妥协和共存。于是,自然的严苛虽然给当地边民带来困苦,但其产生的负面效果却被大大弱化,人们总能找到对策,并且为能够求得生存感到庆幸:

---

① Bronsen. 1993. S. 374.

第二章 约瑟夫·罗特笔下的哈布斯堡神话

> 我们能说他们是生活在"夹缝"中吗？故乡的大自然并没有使他们产生这种感觉。大自然为边陲的人们铸造了一个辽阔无边的地平线，又以一个由绿色森林和蓝色丘陵构成的高贵的圆环把他们围抱在里面。当他们穿行在昏暗的冷杉林里时，他们甚至会相信这是上帝对他们的优待；他们为老婆孩子弄到面包时，他们便认为是上帝的恩赐。（罗特2：184）

小人物的乐观和豁达往往与现代文明格格不入，甚至形成对立，原生态的顽劣自然也为现代文明所不齿。例如说起本地人的生意经，作家的语调里便不无调侃的味道：

> 我们说它是一种特殊的买卖，因为无论就其货物而言，还是就其买卖习俗而论，都与我们这个文明世界里对买卖的概念大不相同。那个地方的商人做买卖与其说是靠眼力，不如说是靠运气；与其说靠生意上的算计，不如说是靠不可捉摸的天意。每个商人随时准备购进命运给他提供的货物；如果上帝没有赐给他任何货物，那他也准备发明一种货物。（罗特2：183）

在所有这些荒诞的背后，都有约瑟夫·罗特故乡加利西亚的影子。在看似自曝其短的描述中，读者感受到的却是对现代工业文明的道貌岸然和人文精神缺失的批判和拒绝。作家将这个荒蛮世界植入哈布斯堡神话，疏离感便油然而生，形成了与以城市为核心的现代文明的对立。恶劣和艰苦的环境依然不会熄灭人们心灵上的希望之光，也不会淡化他们彼此之间的人情味，这与西方文明世界中的人情冷漠、社会达尔文主义式的绝情，与狭隘民族主义的恶意排他形成了鲜明的对比。

从东部边疆区人与自然及当权者与百姓的关系来看，约瑟夫·罗特笔下的奥匈帝国就像一位面凶心善的老爷子。虽然他立下了无数的规矩,却早已无力去维护和执行了。人们偶尔要躲一躲老爷子手中的鞭子,但生活的节奏并未因此而被打乱。在最严酷的现实中,小人物也都练就了种种偷生的本领。家里虽然破烂,日子虽然贫寒,但并没有出现泯灭人性的你死我活。人们总能找到一条出路,不会因绝望而走上绝路。只不过这种起码的要求看似简单,但在 20 世纪大萧条后的混乱年代,要想实现梦想却也非属易事。不过总的来说,虽然环境险恶,人们总还能绝处逢生;前途未卜,但总能看到严寒中的希望。

在约瑟夫·罗特这里,荒蛮落后比文明现代更能得到青睐。这是因为,在帝国东部边疆区表面的荒蛮落后里,彰显出的是传统价值的坚韧。体现在人的身上,就是对信仰的"真正的虔诚",这是 1935 年出版的《皇帝的胸像》中莫施丁伯爵在回忆录中所说的话。具体说来,这是世世代代流传下来,以宗教形式得以确立的善恶标准。把握住这一点,人就可以在"世界历史的变幻无常"中不至于迷失方向,更不至于失去做人的根本——人性。

在《皇帝的胸像》这个篇幅不长的故事里,作者刻画了一个他眼中的理想人物——弗兰茨·克萨韦尔·莫施丁伯爵和一个乌托邦式的理想世界——哈布斯堡王朝的边陲小镇。莫施丁这个名字曾经出现在约瑟夫·罗特 1928 年写的一篇文章中,指的是波兰的一位历史人物。在作品中,作家塑造了一位"超越民族感情的奥地利哈布斯堡王朝的追随者"。① 这位伯爵被理想化为一位"最尊贵、最纯粹的奥地利人中的一员,也就是说,他是个超越民族界限的人,是个名副其实的贵族"(罗特 9:246)。"超越民族"成为这

---

① Bronsen, 1993. S. 240.

位老伯爵的标签,这从他的出身可见一斑:祖先来自意大利,后来生活在波兰,是奥匈帝国时期的一位伯爵。

在作家笔下的哈布斯堡神话中,与希望对立的是现实中的绝望。第一次世界大战使美好的家园变为废墟,帝国分崩离析,百姓流离失所。对一个犹太作家来说,这种绝望首先归咎于狭隘的民族主义。在《皇帝的胸像》里莫施丁伯爵与犹太人萨洛蒙的对话中,民族主义者被说得一文不值,甚至不如达尔文进化论中的猴子。极端排他的民族主义在一战后甚嚣尘上,这是缺乏理智和人文情怀的意识形态,是人与人以及国与国间隔阂敌视的主要原因。因此,战后在哈布斯堡王朝废墟上形成的许多新民族国家,在莫施丁伯爵的回忆录中被说成是"小格子间",令人感到局促不安。在当时的欧洲,民族主义者假以革命的口号,到处制造事端,欧洲充斥着血腥暴力和尔虞我诈。从一战后初期的革命,到希特勒夺权当政,直至最后第二次世界大战爆发,此时的人绝望痛苦,犹太人则还要面临更为可怕的种族灭绝。现实社会中虽然不乏各种信仰和思潮,但却是个传统价值缺失的时代。人们放弃了建立于人文精神之上的传统价值后,纳粹主义等极端思潮的传播和泛滥才会成为可能。这正是令作者感到绝望,也希望能警示世人的地方。在作家眼中,时代的发展并不等同于进步。他书中现代都市展现在世人眼前的文明,只能够满足人不断膨胀的欲望。而欲壑难填的各种野心造就的是一群对现实不满、渴望出人头地的战后世界的新主人。

约瑟夫·罗特在这部短篇小说中以奥匈帝国的没落崩溃为界限,描述了对比鲜明的两个时代。旧时代有着乌托邦式的祥和安宁,而此后的新时代却混乱纷争。这种黑白分明的对比流露出作者对没落帝国的强烈怀念和憧憬。过去时代的统治者与被统治者能够和谐相处,因此,以当地统治者身份出现的老伯爵成了强大却没人情味的国家机器与普通百姓之间的缓冲器。他所具有的"乐善好施"(罗特9:248)的性格,决定了他在行使职权时所做的往往是"体面的善事"(罗特9:249),例如豁免税务、兵役和各种法外施恩的宽宥与庇护。他代表的宽容和正义是普通百姓最看重也是最需要的,因为

> 老百姓最深切、最崇高的愿望就是遇见主持正义、品行高尚的当权者。因此,他们对那些令其失望的统治者的报复也是那么的残忍。(罗特9:250)

老伯爵的权力与威信并非建立在强权和暴力的基础上,而是一种和谐秩序的延续,"如同认为自己有责任帮助弱者一样,伯爵也尊敬、钦佩并服从地位更高的人。"(罗特9:251)这样的人物显然与作者笔下的塔拉巴斯和拿破仑形成了强烈的反差。换言之,老帝国严峻面孔的背后,也有睁只眼、闭只眼的豁达,人们感受到更多的是放任和宽容,而不是勉强和苛求。作家在对往昔的回忆当中,流露得更多的是温情。有小过而无大恶,这就是约瑟夫·罗特历史观中的评判标准,也是他对过去时代和奥匈帝国总的评价。性情散漫、荒蛮广阔,这其实是宽容的写照。争端纷起的现实生活,缺少的恰恰是彼此宽容的心态。如此说来,约瑟夫·罗特对过去宽容时代的缅怀,在流亡时期的背景下便有了现实的意义。

与理想化的统治者莫施丁伯爵相配,约瑟夫·罗特在这个篇幅不长的故事中,专门以哈布斯堡王朝为背景,塑造了一个乌托邦化的理想家园,这同时也是一首故乡的挽歌。这个理想家园与历

史上的奥匈帝国大相径庭,因为研究者指出,奥匈帝国从来没有将超越民族的思想和秩序当作自己的执政理念和目标。[①] 然而,在《皇帝的胸像》中,作者将逝去的哈布斯堡王朝描绘成"缤纷世界的一个小小缩影"(Roth IX: 246),人与人之间虽有差异,但并没有造成彼此之间的割裂,就像老伯爵有来自欧洲各国的亲戚一样,大家都能在一个屋檐下和睦相处,相安无事。同样,宅心仁厚的老伯爵推崇的正是昔日帝国的宽容与耐心,所以才把这个没落的帝国当作自己真正的祖国,经常伤感地回忆起过去的时光:

> 唉!我曾经有过一个祖国,一个真正的祖国,它是"没有祖国的人"的祖国,是我唯一可能有的祖国,这就是古老的哈布斯堡王朝。(罗特 9: 257)

这位波兰裔的真正贵族莫施丁伯爵上述的一番话,表达了约瑟夫·罗特对没落的哈布斯堡王朝深切的缅怀和向往。

在 20 世纪 30 年代纳粹政权风光得意的背景下,奥匈帝国那种超越民族和跨文化的特点显得尤其重要。莫施丁伯爵乌托邦式的祖国并没有绑缚在狭隘的民族主义之上,而是凭借着宽容,给不同背景的人提供了庇护和机会。祥和的气氛并不排斥变革和发展,但却不是极端的革命。变革和发展是平静柔和的改变,并不背离传统的价值体系:"像过去的每一位奥地利人一样,莫施丁热爱川流不息中的静止,钟情于变换中的常态,以及非同寻常中的了如指掌。"(罗特 9: 248)显而易见,乌托邦式的唯美画面与现实中流亡国外的作家的处境形成了巨大的反差。

过往和现今之间的巨大落差,在约瑟夫·罗特的文本中十分

[①] Vgl. Wandruszka, 1975. S. 7.

常见,表现各有不同,往往体现在细微之处。小说《先王冢》对风土人情的再现是具有代表性的画面,作者细致地描绘了街头的小吃——烤栗子,这令人联想起往日时光,在唤起乡愁的同时,也蕴含着象征意义。主人公的斯洛文尼亚堂兄约瑟夫·布兰科·特罗塔

> 从春天到秋天是个伺候田地的农民,在冬天则是个售卖烤栗子的商贩。……每年十一月初,他开始赶着骡车在帝国的领地上穿梭。如果他特别想在一个地方停留,他也可以在那儿度过整个冬季,直至鹤群返回。到了那时,他把空口袋系在骡子身上返回家乡,重新变回农民。(罗特3:7)

这里呈现出的是一个斯拉夫地区农民不受羁绊的身影。不受羁绊的人物性格凸显了老帝国边疆区的广阔,同时也是时空延续的象征。四季轮回,主人公的堂兄每年都像候鸟一样重复着边民简单的生活,给人以安详和与世无争的感觉。就如同小说中的人物肖耶尼基所说:

> 这简直是一个具有象征意义的职业。对于这个古老的帝国具有象征意义。这位先生四处售卖他的板栗,可以说,走遍了半个欧洲大陆。无论何地,吃到他烤栗子的地方都是奥地利——就是弗兰茨·约瑟夫统治的地方。(罗特3:164)

在第一次世界大战后,老帝国崩溃解体,远房堂兄烤栗子的行当也随之不续,因为"今年腐烂生虫了"。(罗特3:175)小说中被人当成疯子的肖耶尼基一语中的地说:

> 奥地利不是国家,不是故乡,不是民族。它是一种宗教信仰。现在掌权的教士和教会里的那些白痴在我们当中建立一个所谓的民族;在

第二章 约瑟夫·罗特笔下的哈布斯堡神话

> 我们这个超民族、世界上唯一存在的超民族当中。……我们是奥地利人;为什么我们不想做了呢?(罗特 3:170)

传统的价值体系,例如宽容和人文主义,在没落的奥匈帝国得以彰显和保留,并没有因为变革而消失。所以,像《皇帝的胸像》中老伯爵这样一个理想化的人物,也只可能存在于理想化的、逝去的多瑙帝国之中。值得玩味的是这个理想化家园的构成,约瑟夫·罗特笔下的祥和安宁是以天主教会为基础和保障的,因为

> 在这个世界上,任何美德都不能长久,只有一种美德是个例外,这就是真正的虔诚。信仰不会令我们失望,因为在世上,它不会给我们任何许诺。(罗特 9:274)

在老伯爵这里,对逝去的哈布斯堡王朝的信仰与对上帝的信仰是同一回事。在他看来,"古老的奥匈帝国绝非葬身于革命者空洞的激情,而是死于那些本该是帝国栋梁的嘲讽,死于那些本该是虔信者的怀疑。"(罗特 9:251)这一看法与罗兰·巴特的观点如出一辙。[①] 研究者指出,约瑟夫·罗特笔下的哈布斯堡王朝是一种世界主义的理想画面,天主教会多变的统一性以宗教的形式与这个理想世界相契合。[②] 作者理想化的故乡显然以对老帝国和上帝的信仰为前提:只要这种信仰存在,老成持重的帝国就可以四平八稳地往前走。所以,约瑟夫·罗特一再强调,老帝国不是毁于外因,而是毁于内部的虚弱和解体,毁于人的不虔诚。

在老伯爵莫施丁看来,第一次世界大战爆发前,人民已经被各种思潮裹挟,信仰逐步被排挤。他指出:"众所周知,19 世纪时人

---

① 巴特,2009 年,第 190 页。
② Hackert, 1969. S. 183f.

们发现,任何个体若是真想被人承认是市民阶层的个体,就必须得归属于某个民族或种族。"(罗特 9:252)民族问题和民族主义作为一种新兴的意识形态动摇了老帝国的根基,因为老帝国是不同族群共同的家园,其本质是一种超越民族的和谐共处。所以老伯爵引用了奥地利作家弗朗茨·格里尔帕策 1849 年写在《语言的斗争》中的诗句,①他认为这种民族主义的滥觞就是当下灾难性时局的前因。

老伯爵之所以对现代民族主义深恶痛绝,是因为这种理论使人彼此隔绝,把人分割成不同的民族团体。在他眼中,持有这种民族主义思想的人"都是些奥地利各民族中妄想在市民社会中出人头地者,他们心比天高,却郁郁不得志"。(罗特 9:253)除此之外,民族主义的思潮还从根本上否定了传统价值体系,最终使老伯爵的超越民族的祖国走向崩溃。所以老人丝毫不掩饰他对民族主义的愤怒,以至于"他没有什么明显的爱好,除了与所谓'民族问题'作斗争"。(罗特 9:252)同样,无论在何种场合,老人都不会放过任何对民族主义思潮表达憎恨的机会。他曾语带讽刺地对另一位犹太人说:

民族——听到了吗,萨洛蒙?!——连猴子都想不出这样的主意。在

---

① Vgl. Grillparzer, Franz: Sämtliche Werke. Erste Abteilung, zwölfter Band, Gedichte III. Sprüche und Epigramme. Herausgegeben von August Sauer. Wien 1937. S. 213. 约瑟夫·罗特引用的是诗人 1849 年 4 月 19 日所写的关于三月革命后形势的诗句。原文为:
  Der Weg der neuern Bildung geht
  Von Humanität
  Durch Nationalität
  Zur Bestialität.

第二章　约瑟夫·罗特笔下的哈布斯堡神话

我看来,达尔文的理论还算不上十全十美。也许猴子是从民族主义者变来的,因为猴子意味着进步。(罗特9：254)

另外,老伯爵还从自己的天主教信仰中引经据典,对民族主义的思潮表示拒绝,因为"你知道,《圣经》里写着,上帝在第六天创造了人,没说创造了哪个民族的人"。(罗特9：254)其实,约瑟夫·罗特与任何民族主义形式的割席在他对特立独行者的刻画上就已经十分明朗,弗兰茨·佟达和弗里德里希·卡尔干虽然不像老伯爵这样厌恶和憎恨民族主义,却也对现当代的民族主义思潮没有任何好感。

老伯爵知道自己与奥匈帝国崩溃后的时代格格不入,在别人的眼中因为不合时宜的言行显得古怪,例如他喜欢原先的军服,所以自称为"怪人"。这所谓古怪的行为表明了他对新时代的排斥,因为在第一次世界大战后原先老帝国的疆域中,冒出了许多新兴的民族国家,形成了新的国境线,限制曾经便利的通行。在约瑟夫·罗特笔下,边界就是限制自由的象征,划边界的做法与曾经超越民族的老帝国背道而驰。因此,在1927年发表的一篇名为《就像在原来的边境一样》(Wie es an der Grenze gewesen wäre)的报道中,作者的第一句话便直言不讳地表明:"我痛恨国与国之间的边界。"(Roth II：772)

《皇帝的胸像》给人留下深刻印象的一幕是当地居民为弗兰茨·约瑟夫一世的胸像举行的葬礼。当新政权要求移走作为过去时代象征的皇帝的胸像时,老伯爵为自己心中的祖国和寄托举办了一个正式的安葬仪式。这一幕有着强烈的象征意义,因为"三位不同宗教的代表走在送葬行列的前面"。(罗特9：272)三年后的1939年,不同宗教和世界观和谐共处的场面再次出现在作家自己的葬礼上。约瑟夫·罗特的确做到了让不同信仰的人聚集到自己周围。他的传记作家写道:"拥护君主制的人、共产党人、东部犹太人和天主教徒,都聚集在了他的葬礼前。"[①]

老伯爵莫施丁越来越难以在新成立的共和国中找到自己的一席之地。因为不合时宜的想法和行为,他不断地陷入与新政权的矛盾中。他身上体现的是新旧两个时代不同政权形式和性质间的差异,老伯爵靠宽宥而赢得民心与威望,新当权者却凭借手中握有的权柄维护自身的利益。皇帝的胸像被埋葬后,老伯爵莫施丁依旧保持着自己的尊严,他在回忆录中带着对失去家园的惆怅和向往写道:

> 我曾经的家乡哈布斯堡王朝,是一座有许多门户和许多房间的大厦,能容纳形形色色的人。现在这座大厦被分裂了,劈开了,肢解了,我没什么好指望的了。我习惯住在一座大厦里,而不是蜗居在小格子间。(罗特9: 274)

回忆录里既有对逝去家园的缅怀之情,也有对老帝国辉煌的骄傲之意。作为一个仁慈的长者,老人选择了有尊严地远离这个新的时代。因此,虽然老帝国已经解体,旧时代业已落幕,但他依旧作为一个理想化的人物成了大家眼中真正的贵族。

---

① Bronsen, 1993. S. 341.

第三章 奥地利哈布斯堡神话的余响

第二次世界大战结束后,奥地利第二共和国同样面临着战争罪责的清算问题。百废待兴之中,奥地利将自己定义为纳粹德国的第一批受害者。因为在1938年,首当其冲遭到纳粹德国并吞的正是奥地利第一共和国。所以,战后新奥地利的首要任务是全方位地与德国划清界限。在这种背景下,文化和生活中彰显出的特性无疑最具说服力,维也纳新年音乐会、萨尔茨堡音乐节等文化活动被重新唤醒。对此,战后奥地利临时政府在重建中表现出了强烈的实用主义精神,立刻着手重建歌剧院,在电影院和剧院的特殊用电方面给予方便。就在战事结束后没几个月的1945年至1946年的严冬,盟国对奥委员会的四国成员,已经可以在典雅的歌剧院中欣赏莫扎特的《费加罗的婚礼》,或在音乐厅聆听维也纳交响乐团的演奏了。另外,盟国本来就没打算把奥地利与德国等同视之,也认为"如果奥地利因被纳粹德国并吞而遭不幸,那么它在战时因与德国共过命运,而让人家把它的前途和德国问题联系起来考虑,这可是双重不幸了"。① 最终,双方相向而行的努力有了回报。1946年,奥地利就举行了选举,并产生了政府。同年6

---

① 迈克尔·鲍尔弗,约翰·梅尔:国际事务概览:第二次世界大战(10)——四国对德国和奥地利的管制,1945-1946,安徽大学外语系译,上海:上海译文出版社,2007年,第587页。

月,盟国委员会与新的奥地利政府签订了管制协定,给予奥地利政府很大程度的自由。这一结果与战后德国被分区占领,且最终一分为二,显然有天壤之别。

在这种背景下,类似茜茜公主或弗兰茨·约瑟夫一世这样的历史题材自然也受到了重视,人们更加突出和强调奥地利文学与德国文学的差异。因此,有研究者将二战后二十年的奥地利文坛称为稳定时期,指出奥地利文学应该从1938年被中断的地方继续前行,[1]信之不谬。同样,奥地利哈布斯堡神话因其历史背景和写作特点而极具独特性,在战后奥地利民族性和认同感,乃至所谓"奥地利精神"的构建中,显然能够发挥更大的作用。不过也有研究者指出,所谓的"奥地利精神"是把双刃剑。第三帝国覆灭后,这种精神在新国家的建立中无疑起到了正面作用,但负面影响则是有人会试图借此忘记历史。无论如何,战后的奥地利文学恢复得很快,随着青年一代作家的成长,在20世纪70—80年代德语文学的大框架下,奥地利现当代文学已经能与德国文学并立等身了。不过,有的奥地利学者也不无语带讽刺地指出,奥地利新生代作家的这种欣欣向荣的景象,主要表现在奥地利作家在德国而不是在奥地利图书市场的火热,因为根本就不存在什么奥地利的图书市场。[2] 为划清界限而强调与德国文学不同的奥地利文学,反而是借助德国的图书市场发展和繁荣起来,这种悖论就像奥地利哈布斯堡神话在第二共和国时期反而大行其道一样,其背后有着深刻的时代背景。

---

[1] Schmidt-Dengler, Wendelin: Bruchlinien. Vorlesungen zur österreichischen Literatur 1945 bis 1990. Salzburg, Wien 1995. S.378.
[2] Schmidt-Dengler, 1995. S.378.

第三章 奥地利哈布斯堡神话的余响

约瑟夫·罗特笔下的哈布斯堡神话至此本应该画上句号,他笔下的哈布斯堡神话与德语流亡文学的背景密切相关,因而随着第二次世界大战的结束,以及后来奥地利第二共和国的建立,作家惯常的叙事风格在新时代失去了存在的基础。尽管哈布斯堡神话作为一种文化现象还有其存在的政治与现实价值,它也的确不断被后来者所提及,但文学中的哈布斯堡神话作为一种文学现象实际上已经结束。不过这并不意味着约瑟夫·罗特及其笔下的哈布斯堡神话的痕迹就此消失。在德语文学史中,《无尽的逃亡》《约伯记》《拉德茨基进行曲》等依然是不可不读的名作。正因如此,他的好友兼作家赫尔曼·凯斯滕在1956年就结集出版了三卷本的约瑟夫·罗特文集,随着后来整理发现的新文本的增多,1975年又出版了拓展的四卷本文集,这些工作为后来1989年出版的六卷本全集奠定了坚实的基础。此后"国际约瑟夫·罗特协会"(Internationale Joseph Roth Gesellschaft)的成立,更是复兴和推动了约瑟夫·罗特研究。

虽然时隔渐远,但约瑟夫·罗特笔下哈布斯堡神话的余音依然回荡,并以其他的方式被延续。20世纪70年代末,奥地利研究者就曾指出,没落的老帝国时至今日还在产生影响,[1]此后的奥地利文学史家也持同样看法。[2] 例如,在年轻一代的作家笔下,约瑟夫·罗特的人物命运得以被续写。在英格博格·巴赫曼(Ingeborg Bachmann)1972年发表的小说集《同声》(Simultan)中收录了一部名为《三条通向湖滨的路》(Drei Wege zum See)的短篇小说,其中

---

[1] Greiner, Ulrich: Der Tod des Nachsommers. Aufsätze, Porträts, Kritiken zur österreichischen Gegenwartsliteratur. München, Wien 1979. S. 14f.
[2] Schmidt-Dengler, 1995. S. 375.

的人物弗兰茨·约瑟夫·欧根·特罗塔（Franz Josef Eugen Trotta）正是《先王家》主人公的后代，他活过了第二次世界大战并从流亡中返回奥地利，是一个"真正的流亡者和迷惘的人"。① 与约瑟夫·罗特一样，奥地利对他而言意味着"家乡的感觉"，是"乌托邦式的存在"。② 对此，巴赫曼自己在1971年的一次访谈中直接说道：

> 我并非无缘无故地重新拾起了约瑟夫·罗特笔下特罗塔这个人物形象。我想续写这个人物。罗特《先王家》的结尾处，正是1938年德国人来的时候，这个特罗塔知道自己的世界没落了。我们现在知道，罗特在他的笔下将自己的人物送去巴黎流亡。现在我在想：这个年轻的特罗塔怎样了？在我这里他的生活延续到50年代，我在这部短篇中通过一些片段描写了他在50年代的生活。③

而之所以要继续写特罗塔的故事，正是由于巴赫曼想找回自己笔下的"奥地利家园"，这是她在小说《玛丽娜》（Malina）中使用的概念："我越来越喜欢像人们原来说的那样，奥地利家园，因为一个国家对我来说太大，太空旷，太不舒服。"④这里的"奥地利家园"显然

---

① Bachmann, Ingeborg: Simultan. München 1972. S. 140.
② Agnese, Barbara: „Aus dem Hier-und-Jetzt Exil". Ingeborg Bachmann: Der Begriff „Heimat" im Lichte der „utopischen Existenz" des Dichters. In: Ferne Heimat nahe Fremde. Bei Dichtern und Nachdenkern. Herausgegeben von Eduard Beutner und Karlheinz Rossbacher. Würzburg 2008. S. 163.
③ Bachmann, Ingeborg: Wir müssen wahre Sätze finden. Gespräche und Interviews. Herausgegeben von Christine Koschel und Inge von Weidenbaum. München 1983. S.122.
④ Bachmann, Ingeborg: Malina. Werke Bd. III. München 1978. S. 96.

与巴赫曼对文学的理解相契合，正如她在法兰克福诗学讲座上所说的："文学是幻想——作家是幻想的生存。"①

以某种形式对约瑟夫·罗特的续写现象在战后奥地利文学中并不是孤例。在奥地利当代犹太作家罗伯特·辛德尔（Robert Schindel）于1992年出版的小说《原籍》（Gebürtig）中，也植入了《拉德茨基进行曲》的情节。《原籍》中的主人公丹尼·德曼特的叔叔曾是奥匈帝国驻加利西亚边防团的军医，因为妻子与他人的丑闻而决斗，最终死于非命。这本书的主人公正是《拉德茨基进行曲》中卡尔的好朋友、边防团军医德曼特。研究者指出，虽然经过纳粹对犹太人的迫害和屠杀，以及犹太人因流亡而离开奥地利，但在奥地利依然存在着犹太文学，这种现象本身就是一种记忆文化。② 同样，约瑟夫·罗特的文学作品，如《蛛网》和《拉德茨基进行曲》都被拍成了电影，得以为后人继续演绎这些历史故事。

文学中的哈布斯堡神话现在超越了政治神话。作为政治神话的哈布斯堡王朝随着最后一代王储奥托的去世，正式终结，在可以想见的未来也没有复盘的可能。但文学中的哈布斯堡神话却依然充满了生命力，其影响甚至可以反哺被其演绎过的历史。在历史学家的文本中，约瑟夫·罗特是哈布斯堡神话的代表作家，是历史的代言人。他的作品也成了以上帝视角解析这段历史不可缺少的注释。2019年，历史学家阿内尔·卡斯滕（Arne Karsten）甚至把讲述哈布斯堡王朝没落的历史书起名为《昨日世界的没落》，显然

---

① 英格博格·巴赫曼：巴赫曼作品集，韩瑞祥选编，北京：人民文学出版社，2006年，第1页。
② Schmidt-Dengler, 2012. S. 49.

是与茨威格的《昨日的世界》形成互应。书中更是用数页篇幅复述了《拉德茨基进行曲》中主人公的故事,再现了老帝国军队在第一次世界大战爆发前的窘境,以此指出帝国战败解体的必然性。① 由此可见,文学文本的生动性对于历史进程的叙述无疑有着无可比拟的优势。于是,在有关哈布斯堡的历史叙事中,也可看见史家会主动让出部分话语权,有意无意地成就文学中哈布斯堡神话的传承,并接受被文学演绎的结果。

赫尔弗里德·明克勒(Herfried Muenkler)在他的《德国人和他们的神话》一书中指出:"在第二次世界大战后,德国人斩断了自己的神话,态度之坚决达到了无以复加的程度。几乎所有的政治神话都遭到唾弃和否定。"② 与之相反,奥地利的哈布斯堡神话不但仍在延续,而且得到了认同。仅以一例为证:2011 年 7 月 4 日,奥匈帝国的最后一位王储奥托·冯·哈布斯堡以九十九岁高龄去世,哈布斯堡王朝的传承就此正式终结。7 月 6 日,维也纳老城按传统举行了棺椁安放仪式。在约万余名悼念者的陪同和护送下,奥托的棺椁被送往哈布斯堡的家族墓地安放。当护送棺椁的队伍来到家族墓地大门前时,一位深受哈布斯堡家族信赖的人用手杖叩响紧闭的大门。大门里传出的声音问道:"谁要进来?"(Wer begehrt Einlass?)门外人朗声应道:"奥托·冯·哈布斯堡,奥匈帝国皇储……"在紧闭的大门前念完众多世袭头衔需要两分多钟。不承想大门仍然紧闭,仅传出冷冰冰一句话:"我们不认识他!"(Wir kennen ihn nicht!)于是门外的人再次用手杖叩响大门。

---

① Vgl. Karsten, Arne, Der Untergang der Welt von gestern. Wien und die k.u.k, Monarchie 1911–1919. München 2019. S. 191.
② 明克勒,2017 年,第 11 页。

第三章 奥地利哈布斯堡神话的余响

里边依旧问道:"谁要进来?"门外的人再次高声回答:"奥托·冯·哈布斯堡博士,前欧洲议会议员……"接着是死者生前担任的众多世俗职务头衔。可大门依旧紧闭不开,里边答道:"这人我们不认识!"于是门外的人需第三次用手杖叩门,得到的还是"谁要进来?"这次,外边的人换了口气,用类似祈求的声音低声下气地说道:"奥托,一位尘世的有罪之人。"(Otto – ein sterblicher sündiger Mensch!)这次里边应到:"让他进来吧!"(So komme er herein!)于是大门洞开,行礼如仪,迎入棺椁。这一幕,尤其是护送棺椁的队伍进入家族墓地前的叩门礼,是哈布斯堡皇族葬礼上特有的仪式。此时距1918年哈布斯堡王朝治下的奥匈帝国崩溃已近百年,后世人看到的是帝国曲终最后的余音。这一幕并没有令今人悲古伤今,反而成了给各国旅游者献上的大戏,让人联想起往昔帝国的荣光。而此种联想正是哈布斯堡神话的生命力和活力所在。

  时光如梭,回眸百余年前的1916年,彼时一战正酣,奥匈帝国的老皇帝弗兰茨·约瑟夫一世、著名的茜茜公主的丈夫驾崩。其棺椁被全套军礼护送至家族墓地时,同样也上演了这一幕叩门礼。当时有一位年轻的少尉驻足于街道两边送葬致哀的人群中,将这一幕记录在1928年发表的一篇题为《奥匈帝国的圣徒陛下》的文章中。这位年轻军官就是日后凭借小说《拉德茨基进行曲》成为奥地利哈布斯堡神话代表作家的约瑟夫·罗特。

  行文至此,还是要再强调一遍,约瑟夫·罗特笔下的哈布斯堡神话绝非"攀龙鳞,附凤翼"。作为一个被纳粹侵占家园、被迫流亡国外的奥地利犹太作家,面对"太山坏!梁柱摧!哲人萎!"的局面,他的写作是一种真正的"于黑夜里举烛台,于奴役中发战

289

叫"。正因如此,约瑟夫·罗特以哈布斯堡王朝为背景的写作中,既有悲天悯人,也不乏现实批判。这样的写作,遵循的依然还是奥地利文人自启蒙运动以来所秉持的人文理念和学统。

第四部分 结 语

第四部分 结语

本书主要内容由两部分构成,其一是沿着纵向思路以时间为线索,梳理奥地利犹太作家约瑟夫·罗特的写作生涯,归纳总结他对所处时代中社会与人的思考。其二是沿着横向思路以作者笔下的哈布斯堡神话为主题,展开阐释。

在纵向研究中,作家的创作生涯被1926年和1933年切分为三个阶段。第一阶段是约瑟夫·罗特社会批判的写作,他以哀民生之多艰的同情心,刻画了第一次世界大战后社会底层民众的百般不幸。第二阶段是作家世界观的转折期,在考察了苏俄革命后的新兴国家后,约瑟夫·罗特改变了原先对底层民众无条件的同情,开始从更深的层面思考人性中的善与恶及两者间的转换。他注意到社会中的群氓现象已经成为不可忽视的时代潮流,群氓已不是原先受压迫被剥削、需帮助待拯救的民众。他们已经渐渐演变为丑陋社会的始作俑者。世界观的转变所带来的对现实的巨大失望,也使作家更加关注过去的时代,在没落的哈布斯堡帝国身上寻找慰藉和答案。第三阶段是作家因受纳粹迫害而被迫流亡国外的时期。在流亡生涯中,他全身心投入到反抗纳粹暴政的创作中,尝试以不同方式解析、揭露作为纳粹暴政重要组成部分的群氓及其偶像情结,希望借此唤醒人们心中真正的信仰——天主教,和真正的奥地利——哈布斯堡王朝。于是,无论作家写作历史题材还是现实题材,人们都可以明显读到二者的结合。在以上三个阶段的创作中,可以清楚地看到作家发展演变的脉络,把握其对社会与人的观察、臧否和期待。

在横向研究中,本书以约瑟夫·罗特笔下的哈布斯堡神话为主题,聚焦于小说中的人物特罗塔家族,以其华屋丘墟来体现奥匈帝国的世路荣枯。此外,本书以作家笔下的东部边疆区为例,解析在荒蛮辽远的表象下蕴含的人文传统和理念。二战结束以来,哈布斯堡神话作为奥地利文学与文化中所特有的对没落帝国乌托邦化的现象,得以继续存在。奥地利在语言、文学及文化方面强调自己的独特性,尤其强调与同宗的德国在文学、文化方面的差异,使得哈布斯堡神话更具活力,更显异彩纷呈。哈布斯堡王朝奥匈帝国时期的历史和文化研究备受推崇,并在此背景下构建起新的奥地利国家与民族认同感。本书力求通过作品解析与历史信息的梳理相结合,阐释哈布斯堡神话这一现象的发展演变。我们可以预见,在今天全球化和欧洲难民危机的背景下,哈布斯堡王朝这一多民族、多种族、多宗教、多元文化的政体及其历史会重新受到关注,成为学界研究的新热点。

本书的横向与纵向两条线索相辅相成,都从界定核心概念入手,以文本解析为据,以理论学说为辅,展开对奥地利犹太作家约瑟夫·罗特及其作品的阐释。

约瑟夫·罗特的作品被翻译成多国语言,其影响早就跨出了原先奥匈帝国的边界。每个倾心去听、去读的人,耳中、眼中都会有一个自己的约瑟夫·罗特。1991年获得诺贝尔文学奖的南非女作家纳丁·戈迪默也对约瑟夫·罗特推崇备至,她从罗特作品对斯洛文尼亚人和克罗地亚人的描述中,看到了1991年南斯拉夫动荡的影子,①而此时距《拉德茨基进行曲》出版已经有六十余年之久。由此可见,文学给人留下的想象空间并不会随着时间的流逝和距离的增大而衰减。

同样,约瑟夫·罗特及其多样化的作品,能给不同时期和文化背景下的读者带来不同的启迪。今天的人,未必一定要跟着前人"推寻衰柳枯兰意,刻画残山剩水痕"。但若有暇,不妨设想,若是身处1918年的动荡,放眼四顾,会发现哈布斯堡家族的奥匈帝国并非第一次世界大战唯一的牺牲品,霍亨索伦的德意志帝国、罗曼诺夫的沙俄帝国,甚至地跨欧亚的奥斯曼土耳其帝国,也都在此前后相继崩溃解体,共和取代帝制成了主流。若极目远眺,远在东方的天朝上国也在1912年为共和所取代。差别在于,相悖于此时代奥地利犹太作家和文人对往昔的神话情结,我们的文化先锋和旗手正以砸烂孔家店的热情去构建新文化,自然不会再做"痛哭古人,留赠来者"的事。此间径庭,值得深思。

惟其如此,才信诗之可以兴,可以观,可以群,可以怨。

---

① 纳丁·戈迪默著,在希望与历史之间,汪小英译,收录于《罗特小说集2》,桂林:漓江出版社,2018年,第2页。

参考文献

一、约瑟夫·罗特著作

1. 中文

罗特著作的中译文引文在本书以夹注形式标明。其中第一个阿拉伯数字指卷本数,冒号后阿拉伯数字为页码数。例如:罗特 2: 34 指罗特小说集 2,第 34 页。

约瑟夫·罗特著,罗特小说集 1,吴慎译,刘炜主编,桂林:漓江出版社,2018 年。

约瑟夫·罗特著,罗特小说集 2,关耳、望宁译,刘炜主编,桂林:漓江出版社,2018 年。

约瑟夫·罗特著,罗特小说集 3,聂华译,刘炜主编,桂林:漓江出版社,2018 年。

约瑟夫·罗特著,罗特小说集 4,周新建、刘炜译,刘炜主编,桂林:漓江出版社,2018 年。

约瑟夫·罗特著,罗特小说集 5,林中洋译,刘炜主编,桂林:漓江出版社,2018 年。

约瑟夫·罗特著,罗特小说集 6,刘炜译,刘炜主编,桂林:漓江出版社,2018 年。

约瑟夫·罗特著,罗特小说集 7,徐庆、刘美珅、吴麟绶、孙爱群译,刘炜主编,桂林:漓江出版社,2019 年。

约瑟夫·罗特著,罗特小说集 8,庄亦男、刘文杰、马文韬译,刘炜主编,桂林:漓江出版社,2019 年。

约瑟夫·罗特著,罗特小说集 9,刘炜、姚敏多译,刘炜主编,桂林:漓江出版社,2019 年。

2. 德文

罗特著作的德文引文在本书以夹注形式标明。其中第一个拉丁语数字指卷本数,冒号后阿拉伯数字为页码数。例如:Roth IV:23 指 1989 年德文版 6 卷本罗特文集 4,第 23 页。

Joseph Roth, Werke in sechs Bänden. Herausgegeben von Klaus Westermann und Fritz Hackert. Köln 1989.

Bijvoet, Theo und Madeleine Rietra (Hg.): Aber das Leben marschiert weiter und nimmt uns mit. Der Briefwechsel zwischen Joseph Roth und dem Verlag De Gemeenschap 1936–1939. Köln 1991.

Kesten, Hermann (Hg.): Joseph Roth. Briefe 1911–1939. Köln, Berlin 1970.

Kesten, Hermann (Hg.): Joseph Roth. Werke in vier Bänden. Band I. Amsterdam 1975.

Peschina, Helmut (Hg.): Joseph Roth. Kaffeehaus-Frühling. Köln 2001.

Siegel, Rainer-Joachim (Hg.): Joseph Roth. Unter dem Bülowbogen. Prosa zur Zeit. Köln 1994.

Rietra, Madeleine (Hg.): Der Briefwechsel zwischen Joseph Roth und den Exilverlagen Allert de Lange und Querido 1933–1939. Köln 2005.

二、其他参考文献

1. 中文

阿斯特莉斯·埃尔著,文化记忆理论读本,冯亚琳主编,北京:北京大学出版社,2012 年。

埃里希·玛利亚·雷马克著,西线无战事,李清华译,南京:译林出版社,2011 年。

安德鲁·卫克安著,哈布斯堡王朝:翱翔欧洲 700 年的双头鹰,李丹莉,韩微译,北京:中信出版社,2017 年。

安东尼拉·萨洛莫尼著,列宁与俄国革命,卡佳,吉娜,文娟译,北京:三联书店,2006 年。

迪特尔·拉夫著,德意志史——从古老帝国到第二共和国,慕尼黑:Max Hueber 出版社,1987 年。

恩斯特·卡西尔著,国家的神话,范进,杨君游,柯锦华译,北京:华夏出版社,2020 年。

冯亚琳等著,德语文学中的文化记忆与民族价值观,北京:中国社会科学出版社,2013年。

福尔克尔·魏德曼著,焚书之书,宋淑明译,北京:中信出版社,2017年。

高林著,皇帝圆舞曲:从启蒙到日落的欧洲,北京:东方出版社,2019年。

歌德著,浮士德,绿原译,北京:人民文学出版社,2015年。

汉娜·阿伦特著,极权主义的起源,林骧华译,上海:生活·读书·新知三联书店,2008年。

汉内斯·安德罗施主编,奥地利——过去、现在和未来,杨丽、李鸥、赵梦等译,维也纳:克里斯蒂安·布兰施塔特出版社,2010年。

韩瑞祥,马文韬著,20世纪奥地利瑞士德语文学史,青岛:青岛出版社,2004年。

赫尔弗里德·明克勒著,德国人和他们的神话,李维、范鸿译,北京:商务印书馆,2017年。

杰弗里·瓦夫罗著,哈布斯堡的灭亡:第一次世界大战的爆发和奥匈帝国的解体,北京:社会科学文献出版社,2016年。

克莱夫·詹姆斯著,文化失忆:写在时间的边缘,丁骏、张楠、盛韵、冯洁音译,北京:北京日报出版社,2020年。

林纯洁著,德意志之鹰:纹章中的德国史,杭州:浙江大学出版社,2016年。

李昌珂著,德国文学史(第5卷),南京:译林出版社,2008年。

林纯洁著,欧美纹章文化研究,武汉:武汉大学出版社,2019年。

罗兰·巴特著,神话修辞术,屠友祥、温晋仪译,上海:上海人民出版社,2009年。

鲁迅著,中国小说史略,北京:中国书籍出版社,2016年。

迈克尔·鲍尔弗,约翰·梅尔著,国际事务概览:第二次世界大战(10)——四国对德国和奥地利的管制,1945—1946,安徽大学外语系译,上海:上海译文出版社,2007年。

斯蒂芬·茨威格著,昨日的世界:一个欧洲人的回忆,舒昌善、孙龙生、刘春华、戴奎生译,桂林:广西师范大学出版社,2004年。

托马斯·曼著,布登勃洛克一家,黄淑航、龚嫚莉译,北京:北京理工大学出版社,2015年。

亚历山大·沃著,维特根斯坦之家,钟远征译,桂林:漓江出版社,2014年。

叶隽著,变创与渐常:侨易学的观念,北京:北京大学出版社,2014年。

英格博格·巴赫曼著,巴赫曼作品集,韩瑞祥选编,北京:人民文学出版社,2006年。

袁珂著,中国神话通论,成都:四川人民出版社,2019年。

约翰·麦克莱兰著,群众与暴民:从柏拉图到卡内蒂,何道宽译,上海:复旦大学出版社,2014年。

詹姆斯·费尔格里夫著,地理与世界霸权,胡坚译,北京:民主与建设出版社,2018年。

2. 德文

Agnese, Barbara: „Aus dem Hier-und-Jetzt Exil". Ingeborg Bachmann: Der Begriff „Heimat" im Lichte der „utopischen Existenz" des Dichters. In: Ferne Heimat nahe Fremde. Bei Dichtern und Nachdenkern. Herausgegeben von Eduard Beutner und Karlheinz Rossbacher. Würzburg 2008.

Allerhand, Jacob und Claudio Magris: Studien zur Literatur der Juden in Osteuropa. Eisenstadt 1977.

Antweiler, Anton: Der Mensch als Masse. Altenberge 1982.

Arnold, Heinz Ludwig (Hg.): Joseph Roth. Sonderband der Reihe text + kritik. München 1982.

Ausserhofer, Hansotto: Joseph Roth und das Judentum. Ein Beitrag zum Verständnis der deutsch-jüdischen Symbiose im zwanzigsten Jahrhundert. Bonn 1970.

Ausserhofer, Hansotto: Joseph Roth im Widerspruch zum Zionismus. In: Emuna. 5, 1970. S. 325 – 330.

Aust, Hugo: Der historische Roman. Stuttgart, Weimar 1994.

Bachmann, Ingeborg: Malina. Werke Bd. III. München 1978.

Bachmann, Ingeborg: Simultan. München 1972.

Bachmann, Ingeborg: Wir müssen wahre Sätze finden. Gespräche und Interviews. Herausgegeben von Christine Koschel und Inge von Weidenbaum. München 1983.

Bark, Joachim, Dietrich Steinbach und Hildegard Wittenberg (Hg.): Epochen der deutschen Literatur, Gesamtausgabe. Stuttgart 1989.

Baumgart, Reinhard: Auferstehung und Tod des Joseph Roth. München,

Wien 1991.

Bekič, Tomislav: Zur Rezeption Joseph Roths im jugoslawischen Raum. In: Literatur und Kritik. Heft 243/244. Salzburg 1990. S. 143 – 150.

Benjamin, Walter: Gesammelte Schriften Band VI. Herausgegeben von Rolf Tiedemann und Hermann Schweppenhäuser. Frankfurt am Main 1985.

Benz, Wolfgang: Die Juden im Dritten Reich. In: Deutschland 1933 – 1945. Neue Studien zur nationalsozialistischen Herrschaft. Herausgegeben von Karl Dietrich Bracher, Manfred Funke und Hans-Adolf Jacobsen. Bonn 1992. S. 273 – 291.

Berger, Peter L., Brigitte Berger und Hansfried Kellner: Das Unbehagen in der Modernität. Frankfurt, New York 1975.

Bergheim, Brigitte: Das gesellschaftliche Individuum. Untersuchungen zum modernen deutschen Roman. Tübingen, Basel 2001.

Die Bibel. Oder die heilige Schrift des alten und neuen Testaments nach der Übersetzung Martin Luthers. Herausgegeben von Deutscher Bibelgesellschaft. Stuttgart 1984.

Binder, Dieter A. und Ernst Bruckmüller: Essay über Österreich, Grundfragen von Identität und Geschichte 1918 – 2000. Wien, München 2005.

Boehm, Gottfried und Enno Rudolph (Hg.): Individuum. Probleme der Individualität in Kunst, Philosophie und Wissenschaft. Stuttgart 1994.

Böning, Hansjürgen: Joseph Roths „Radetzkymarsch". Thematik, Struktur, Sprache. München 1968.

Bracher, Karl Dietrich, Manfred Funke und Hans-Adolf Jacobsen (Hg.): Die Weimarer Republik 1918 – 1933. Politik, Wirtschaft, Gesellschaft. Bonn 1988.

Bracher, Karl Dietrich, Manfred Funke und Hans-Adolf Jacobsen (Hg.): Deutschland 1933 – 1945. Neue Studien zur nationalsozialistischen Herrschaft. Bonn 1992.

Branscombe, Peter: Symbolik in Radetzkymarsch. In: Joseph Roth. Der Sieg über die Zeit. Londoner Symposium. Herausgegeben von Alexander Stillmark. Stuttgart 1996. S. 96 – 111.

Brix, Emil und Wolfgang Mantl (Hg.): Liberalismus. Interpretationen und

Perspektiven. Wien, Köln, Graz 1996.

Broch, Hermann: Menschenrecht und Demokratie. Politische Schriften. Herausgegeben und eingeleitet von Paul Michael Lützeler. Frankfurt am Main 1978.

Broch, Hermann: Völkerbund-Resolution. Das vollständige politische Pamphlet von 1937 mit Kommentar, Entwurf und Korrespondenz. Salzburg 1973.

Broch, Hermann: Massenpsychologie. Zürich 1959.

Broch, Hermann: Die Schuldlosen. Frankfurt am Main 1974.

Bronsen, David: Phantasie und Wirklichkeit. Geburtsort und Vaterschaft im Leben Joseph Roths. In: Neue Rundschau. Herausgegeben von Golo Mann, Rudolf Hartung, Herbert Heckmann, Harry Pross und Gottfried B. Fischer. Jahrgang 1968, Band 79. Frankfurt am Main 1968.

Bronsen, David: Die journalistischen Anfänge Joseph Roths. Wien 1918 – 1920. In: Literatur und Kritik, Jahrgang 5. Salzburg 1970. S. 37 – 54.

Bronsen, David: Das Doppelbewußtsein als literarischer Prozeß bei Joseph Roth. In: Podium. Herausgegeben von Podium, Literaturkreis Schloß Neulengbach. Heft 32. Baden 1979. S. 4 – 5.

Bronnen, David: Joseph Roth. Eine Biographie. München 1981.

Bronsen, David: Joseph Roth. Eine Biographie. Köln 1993.

Bronsen, David (Hg.): Joseph Roth und die Tradition. Darmstadt 1975.

Brook-Shepherd, Gordon: Karl I. des Reiches letzter Kaiser. Wien, München 1968.

Bruckmüller, Ernst: Bürgertum in der Habsburgermonarchie. Wien, Köln, Weimar 1990.

Canetti, Elias: Masse und Macht. Düsseldorf 1998.

Chambers, Helen (Hg.): Co-existent contradictions. Joseph Roth in Retrospect. Papers of the 1989 Joseph Roth Symposium at Leeds University to commemorate the 50th anniversary of his death. California 1991.

Cronin, Vincent: Napoleon. Eine Biographie. Hamburg und Düsseldorf 1973.

Von Cziffra, Géza: Der heilige Trinker. Erinnerungen an Joseph Roth. Frankfurt am Main, Berlin 1989.

Dahlke, Hans: Die Geschichte als Dichterin. Braunschweig 1976.

Dahme, Heinz-Jürgen und Otthein Rammstedt (Hg.): Georg Simmel und die Moderne. Frankfurt am Main 1995.

Dittberner, Hugo: Über Joseph Roth. In: Joseph Roth, Sonderband der Reihe text + kritik. Herausgegeben von Heinz Ludwig Arnold. München 1982. S. 10-31.

Döblin, Alfred: Der historische Roman und Wir. In: Das Wort. Heft 4. Moskau 1936. Wiederabgedrückt in: A. D.: Aufsätze zur Literatur. Olten 1963. S. 163-186.

Dreitzel, Hans Peter: Die gesellschaftlichen Leiden und das Leiden an der Gesellschaft. Stuttgart 1980.

Dreitzel, Hans Peter: Die Einsamkeit als soziologisches Problem. Zürich 1970.

Düllo, Thomas: Zufall und Melancholie. Untersuchungen zur Kontingenzsemantik in Texten von Joseph Roth. Münster, Hamburg 1994.

Dufraisse, Roger: Napoleon. Revolutionär und Monarch. Eine Biographie. München 1994.

Durzak, Manfred (Hg.): Die deutsche Exilliteratur 1933-1945. Stuttgart 1973.

Eder, Karl: Der Liberalismus in Altösterreich. Geisteshaltung, Politik und Kultur. Wien, München 1955.

Eggers, Frank Joachim: „Ich bin ein Katholik mit jüdischem Gehirn" - Modernitätskritik und Religion bei Joseph Roth und Franz Werfel. Untersuchungen zu den erzählerischen Werken. Frankfurt 1996.

Ehalt, Hubert Christian (Hg.): Geschichte von unten. Fragestellungen, Methoden und Projekte einer Geschichte des Alltags. Wien, Köln, Graz 1984.

Ehalt, Hubert Christian (Hg.): Formen familialer Identität. Wien 2002.

Ehmer, Josef: Die Lebenstreppe. Altersbilder, Generationsbeziehungen und Produktionsweisen in der europäischen Neuzeit. In: Formen familialer Identität. Herausgegeben von Hubert Christian Ehalt. Wien 2002. S. 53-84.

Eicher, Thomas (Hg.): Joseph Roth: Grenzüberschreitungen. Oberhausen 1999.

Eisele, Ulf: Realismus und Ideologie. Zur Kritik der literarischen Theorie nach

1848 am Beispiel des Deutschen Museums. Stuttgart 1976.

Elias, Norbert: Die Gesellschaft der Individuen. Herausgegeben von Michael Schröter. Frankfurt am Main 1991.

Elfe, Wolfgang, James Hardin und Günther Holst (Hg.): Deutsche Exilliteratur. Literatur im Dritten Reich. Bern, Frankfurt am Main, Las Vegas 1979.

Emmerich, Wolfgang: Heinrich Mann, „Der Untertan". München 1980.

Erdheim, Mario: Die gesellschaftliche Produktion von Unbewußtheit. Eine Einführung in den ethnopsychoanalytischen Prozeß. Frankfurt am Main 1982.

Evangelische Akademie Baden (Hg.): „Die Schwere des Glücks und die Größe der Wunder". Joseph Roth und seine Welt. Köln 1994.

Fähnders, Walter: Avantgarde und Moderne 1890 – 1933. Stuttgart, Weimar 1998.

Faulstich-Wieland, Hannelore: Individuum und Gesellschaft. Sozialisationstheorien und Sozialisationsforschung. München, Wien 2000.

Feilchenfeldt, Konrad: Deutsche Exilliteratur 1933 – 1945. Kommentar zu einer Epoche. München 1986.

Fetz, Bernhard (Hg.): Ernst Fischer. Texte und Materialien. Wien 2000.

Fischer, Ernst: Erinnerungen und Reflexionen. Hamburg 1969.

Fischer, Ernst: Die Revolution ist anders. Ernst Fischer stellt sich zehn Fragen kritischer Schüler. Hamburg 1971.

Fischer, Ernst: Von Grillparzer zu Kafka. Sechs Essays. Wien 1975.

Flich, Renate: Aufbruch aus der Fremdbestimmung – Die Bürgerin auf der Suche nach ihrer Identität. In: Bürgertum in der Habsburgermonarchie II. „Durch Arbeit, Besitz, Wissen und Gerechtigkeit". Herausgegeben von Hannes Stekl, Peter Urbanitsch, Ernst Bruckmüller und Hans Heiss. Wien, Köln, Weimar 1992. S. 346 – 352.

Frank, Manfred und Anselm Haverkamp (Hg.): Individualität. In: Poetik und Hermeneutik XIII. München 1988.

Frank, Manfred: Die Unhintergehbarkeit von Individualität. Reflexionen über Subjekt, Person und Individuum aus Anlaß ihrer „postmodernen" Toterklärung. Frankfurt am Main 1986.

Frenzel, Elisabeth: Motive der Weltliteratur. Ein Lexikon dichtungsgeschichtlicher Längsschnitte. Stuttgart 1988.

Freud, Sigmund: Massenpsychologie und Ich-Analyse. Leipzig, Wien, Zürich 1921.

Freud, Sigmund: Psychologische Schriften. In: Sigmund Freud Studienausgabe, Band IV. Herausgegeben von Alexander Mitscherlich, Angela Richards und James Strachey. Frankfurt am Main 1970.

Frey, Reiner: Kein Weg ins Freie. Joseph Roths Amerikabild. Frankfurt am Main 1983.

Fronk, Eleonore und Werner Andreas: „Besoffen, aber gescheit" : Joseph Roths Alkoholismus in Leben und Werk. Oberhausen 2002.

Gerhardt, Volker: Individualität. Das Element der Welt. München 2000.

Gilman, Sander L.: Jüdischer Selbsthaß. Antisemitismus und die verborgene Sprache der Juden. Aus dem Amerikanischen von Isabella König. Frankfurt am Main 1993.

Gorki, Maxim: Über Literatur. Gesammelte Werke in Einzelbänden. Herausgegeben von E. Kosing und E. Mirowa-Florin. Band 23. Berlin, Weimar 1968.

Graf Gobineau, Arthur: Versuch über die Ungleichheit der Menschenrassen. Deutsche Ausgabe von Ludwig Schemann. Stuttgart 1939.

Greiner, Ulrich: Der Tod des Nachsommers. Aufsätze, Porträts, Kritiken zur österreichischen Gegenwartsliteratur. München, Wien 1979.

Grillparzer, Franz: Sämtliche Werke. Erste Abteilung, zwölfter Band, Gedichte III. Sprüche und Epigramme. Herausgegeben von August Sauer. Wien 1937.

Hackert, Fritz: Kulturpessimismus und Erzählform. Studien zu Joseph Roths Leben und Werk. Bern 1967.

Hackert, Fritz: Kaddisch und Miserere. Untergangsweisen eines jüdischen Katholiken. Joseph Roth im Exil. In: Die deutsche Exilliteratur 1933 – 1945. Herausgegeben von Manfred Durzak. Stuttgart 1973. S. 220 – 231.

Hammer, Almuth: Erwählung erinnern. Literatur als Medium jüdischen Selbstverständnisses. Mit Fallstudien zu Else Lasker-Schüler und Joseph Roth. Göttingen 2004.

Hastedt, Claudia: Selbstkomplexität, Individualität und soziale Kategorisierung. Münster 1998.

Haumann, Heiko: Geschichte der Ostjuden. München 1990.

Heizmann, Jürgen: Joseph Roth und die Ästhetik der Neuen Sachlichkeit. Heidelberg 1990.

Herre, Franz: Radetzky. Köln 1981.

Hesse, Hermann: Gesammelte Werke in zwölf Bänden. Zwölfter Band: Schriften zur Literatur 2. Eine Literaturgeschichte in Rezensionen und Aufsätzen. Herausgegeben von Volker Michels. Frankfurt am Main 1970.

Heymann, Kajo, Klaus Meschkat und Jürgen Werth (Hg.): Die Klassentheorie von Marx und Engels. Frankfurt am Main 1970.

Hiebel, Hans: Individualität und Totalität. Zur Geschichte und Kritik des bürgerlichen Poesiebegriffs von Gottsched bis Hegel anhand der Theorien über Epos und Roman. Bonn 1974.

Hochedlinger, Micheal: Abschied vom Klischee. Für eine Neubewertung der Habsburgermonarchie in der Frühen Neuzeit. In: Österreich in Europa. Herausgegeben von Thomas Angerer. Wiener Zeitschrift zur Geschichte der Neuzeit. Innsbruck 2001.

Hofstätter, Peter R.: Gruppendynamik. Kritik der Massenpsychologie. Hamburg 1986.

Huß-Michel, Angela: Literarische und politische Zeitschriften des Exils 1933 – 1945. Tübingen 1987.

Israel, Joachim: Der Begriff Entfremdung. Zur Verdinglichung des Menschen in der bürokratischen Gesellschaft. Hamburg 1985.

Jaspers, Karl: Die geistige Situation der Zeit. Berlin, New York 1979.

Jehmüller, Wolfgang: Zum Problem des „zweifachen Zeugnisses" bei Joseph Roth. In: Joseph Roth, Sonderband der Reihe text + kritik. Herausgegeben von Heinz Ludwig Arnold. München 1982. S. 67 – 75.

Jonsson, Stefan: Masse und Demokratie. Zwischen Revolution und Faschismus. Göttingen 2015.

Juergens, Thorsten: Gesellschaftskritische Aspekte in Joseph Roths Romanen. Leiden 1977.

Jungk, Peter Stephan: Franz Werfel. Eine Lebensgeschichte. Frankfurt am Main 1987.

Kaes, Anton (Hg.): Weimarer Republik. Manifeste und Dokumente zur deutschen Literatur 1918 – 1933. Stuttgart 1983.

Kaiser, Gerhard K. und Erika Tunner (Hg.): Paris? Paris! Bilder der französischen Metropole in der nicht – fiktionalen deutschsprachigen Prosa zwischen Hermann Bahr und Joseph Roth. Heidelberg 2002.

Karsten, Arne: Der Untergang der Welt von gestern. Wien und die k. u. k. Monarchie 1911 – 1919. München 2019.

Kaszynski, Stefan H.: Kurze Geschichte der österreichischen Literatur. Frankfurt am Main 2012.

Keller, Hiltgart L.: Reclams Lexikon der Heiligen und der biblischen Gestalten. Legende und Darstellung in der bildenden Kunst. Stuttgart 1984.

Kessler, Michael und Fritz Hackert (Hg.): Joseph Roth. Interpretation – Rezeption – Kritik. Tübingen 1990.

Keun, Irmgard: Begegnung in der Emigration. In: Joseph Roth und die Tradition. Herausgegeben von David Bronsen. Darmstadt 1975. S. 36 – 38.

Kiefer, Sebastian: Braver Junge – gefüllt mit Gift. Joseph Roth und die Ambivalenz. Stuttgart, Weimar 2001.

Kinder, Hermann und Werner Hilgeman: dtv-Atlas zur Weltgeschichte. Band 1. Von den Anfängen bis zur Französischen Revolution. Köln 1987.

Kliche, Dieter: Joseph Roths Napoleon-Roman „Die hundert Tage". In: Joseph Roth. Interpretation – Rezeption – Kritik. Herausgegeben von Michael Kessler und Fritz Hackert. Tübingen 1990. S. 157 – 166.

Knipp, Wolfgang: Zum Verhältnis von Individuum und Gesellschaft in ausgewählten Romanen der DDR-Literatur. Köln 1980.

Kochs, Angela Maria: Chaos und Individuum. Robert Musils philosophischer Roman als Vision der Moderne. Freiburg, München 1996.

Kocka, Jürgen (Hg.): Bürger und Bürgerlichkeit im 19. Jahrhundert. Göttingen 1987.

Köpke, Wulf und Michael Winkler (Hg.): Exilliteratur 1933 – 1945. Darmstadt 1989.

Kofler, Leo: Avantgardismus als Entfremdung. Ästhetik und Ideologiekritik. Frankfurt am Main 1987.

Kolb, Eberhard: Die Weimarer Republik. München 1998.

Kracauer, Siegfried: Das Ornament der Masse. Essays. Frankfurt am Main 1963.

Krappmann, Lothar: Soziologische Dimensionen der Identität. Stuttgart 1969.

Kraus, Karl: Die demolierte Literatur. Wien 1897.

Kriechbaumer, Robert: Die großen Erzählungen der Politik. Politische Kultur und Parteien in Österreich von der Jahrhundertwende bis 1945. Wien, Köln, Weimar 2001.

Kuh, Anton: Sekundentriumph und Katzenjammer. Herausgegeben von Traugott Krischke. Wien 1994.

Kulturstiftung der Länder in Verbindung mit der Deutschen Schillergesellschaft (Hg.): Der „Berliner Nachlaß" von Joseph Roth. Berlin, Marbach am Neckar 1995.

Lasky, Melvin J. (Hg.): Wie tot ist der Liberalismus? Nachdenken über ein Grundprinzip. Weinheim 1983.

Le Bon, Gustave: Psychologie der Massen. Mit einer Einführung von Prof. Dr. Peter R. Hofstätter. Stuttgart 1911.

Lenin, W.I.: Werke, Band 28. Institut für Marxismus-Leninismus beim ZK der KPdSU. Die deutsche Ausgabe wurde vom Institut für Marxismus-Leninismus beim Zentralkomitee der SED besorgt. Berlin 1959.

Lepsius, M. Rainer: Zur Soziologie des Bürgertums und der Bürgerlichkeit. In: Bürger und Bürgerlichkeit im 19. Jahrhundert. Herausgegeben von Jürgen Kocka. Göttingen 1987. S. 79 – 100.

Lessing, Theodor: Der jüdische Selbsthass. Berlin 1930.

Lethen, Helmut: Neue Sachlichkeit 1924 – 1932. Studien zur Literatur des „Weißen Sozialismus". Stuttgart 1975.

Leuschner, Udo: Entfremdung Neurose Ideologie. Eine Studie über Psychoanalyse und die Entfremdungs-Theorie von Karl Marx. Köln 1990.

Lützeler, Paul Michael: Hermann Broch. Biographie. Frankfurt am Main 1988.

Magris, Claudio: Der habsburgische Mythos in der modernen österreichischen

Literatur. Übersetzt von Madeleine von Pásztory 1966. Wien 2000.

Magris, Claudio: Weit von wo. Verlorene Welt des Ostjudentums. Übersetzt von Jutta Prasse. Wien 1974.

Marchand, Wolf R.: Joseph Roth und völkisch-nationalistische Wertbegriffe. Untersuchungen zur politisch-weltanschaulichen Entwicklung Roths und ihrer Auswirkung auf sein Werk. Bonn 1974.

Margetts, John: Die Vorstellung von Männlichkeit in Joseph Roths Radetzkymarsch. In: Joseph Roth. Der Sieg über die Zeit. Londoner Symposium. Herausgegeben von Alexander Stillmark. Stuttgart 1996. S. 79 - 95.

Massing, Paul W.: Vorgeschichte des politischen Antisemitismus. Aus dem Amerikanischen übersetzt von Felix J. Weil. Mannheim 1959.

Von Matt, Peter: Literaturwissenschaft und Psychoanalyse. Stuttgart 2001.

Mead, George H.: Geist, Identität und Gesellschaft. Frankfurt am Main 1995.

Mehrens, Dietmar: Vom göttlichen Auftrag der Literatur. Die Romane Joseph Roths. Ein Kommentar. Hamburg 2000.

Michler, Werner: Darwinismus und Literatur. Naturwissenschaftliche und literarische Intelligenz in Österreich, 1859 - 1914. Wien 1999.

Mörchen, Helmut: Schriftsteller in der Massengesellschaft. Stuttgart 1973.

Mohler, Armin: Die konservative Revolution in Deutschland 1918 - 1932. Ein Handbuch. Darmstadt 1972.

Morgenstern, Soma: Joseph Roths Flucht und Ende. Erinnerungen. Lüneberg 1994.

Moscovici, Serge: Das Zeitalter der Massen. München, Wien 1984.

Mrozek, Slawomir: Stücke II. Aus dem Polnischen übertragen von Ludwig Zimmerer. Berlin 1967.

Müller, Friedrich: Entfremdung, Folgeprobleme der anthropologischen Begründung der Staatstheorie bei Rousseau, Hegel, Marx. Berlin 1985.

Müller, Klaus-Detlef: Joseph Roth: Radetzkymarsch. Ein historischer Roman. In: Romane des 20. Jahrhunderts. Band 1. Stuttgart 1993. S. 298 - 321.

Müller-Funk, Wolfgang: Joseph Roth. München 1989.

Nürnberger, Helmuth: Joseph Roth. Hamburg 1995.

Ochse, Katharina L.: „1922 France = la lumière, la liberté PERSONELLE, (pas une ‚phrase'!)". Roths Reise durch Frankreich 1925. In: Joseph Roth, Der Sieg über die Zeit. Londoner Symposium. Herausgegeben von Alexander Stillmark. Stuttgart 1996. S. 158 - 181.

Ortega y Gasset, Josè: Der Aufstand der Massen. Stuttgart 1993.

Ort, Claus-Michael: Zeichen und Zeit. Problem des literarischen Realismus. Tübingen 1998.

Parkes, James: Antisemitismus. München 1964.

Pauli, Klaus: Joseph Roth: Die Kapuzinergruft und Der stumme Prophet. Frankfurt am Main 1985.

Pflug, Günther (Hg.): Joseph Roth 1894 - 1939. Eine Ausstellung der Deutschen Bibliothek Frankfurt am Main. Frankfurt am Main 1979.

Picard, Max: Wie der letzte Teller eines Akrobaten... Eine Auswahl aus dem Werk. Herausgegeben und mit einem Nachwort von Manfred Bosch. Sigmaringen 1988.

Picard, Max: Briefe an den Freund Karl Pfleger. Stuttgart 1970.

Plank, Ilse: Joseph Roth als Feuilletonist. Erlangen 1968.

Pöttker, Horst: Entfremdung und Illusion. Soziales Handeln in der Moderne. Tübingen 1997.

Portales, Gonzalo: Hegels frühe Idee der Philosophie. Zum Verhältnis von Politik, Religion, Geschichte und Philosophie in seinen Manuskripten von 1785 bis 1800. Stuttgart 1994.

Portenkirchner, Andrea: Die Einsamkeit am „Fensterplatz" zur Welt. Das literarische Kaffeehaus in Wien 1890 - 1950. In: Michael Rössner (Hg.), Literarische Kaffeehäuser. Kaffeehausliteraten. Wien, Köln, Weimar 1999. S. 31 - 65.

Powell, Ward Hughes: The Problem of Primitivism in the Novels of Joseph Roth. Colorado 1956.

Rath, Alfred: Berliner Caféhäuser (1890 - 1933). In: Literarische Kaffeehäuser. Kaffeehausliteraten. Herausgegeben von Michael Rösser. Wien, Köln, Weimar 1999.

Reich Ranicki, Marcel: Joseph Roth, der Romancier. In: Joseph Roth.

Interpretation – Rezeption – Kritik. Herausgegeben von Michael Kessler und Fritz Hackert. Tübingen 1990. S. 261–268.

Rietra, Madeleine und Rainer Joachim Siegel: „Jede Freundschaft mit mir ist verderblich". Joseph Roth und Stefan Zweig. Briefwechsel 1927 – 1939. Göttingen 2011.

Ritschl, Albrecht: Wirtschaftspolitik im Dritten Reich – Ein Überblick. In: Deutschland 1933 – 1945. Neue Studien zur nationalsozialistischen Herrschaft. Herausgegeben von Karl Dietrich Bracher, Manfred Funke und Hans-Adolf Jacobsen. Bonn 1992. S. 118–134.

Rossbacher, Karlheinz: Der Einbruch des Journalisten in die Nachwelt: Joseph Roth. In: Informationen zur Deutschdidaktik. Zeitschrift für den Deutschunterricht in Wissenschaft und Schule. Herausgegeben von Arbeitsgemeinschaft für Deutschdidaktik am Institut für Germanistik der Universität für Bildungswissenschaften Klagenfurt. Jahrgang 19, Heft 2/1995. Klagenfurt 1995. S. 128–139.

Rossbacher, Karlheinz: „Der Merseburger Zauberspruch": Joseph Roths apokalyptische Phantasie. In: Co-existent contradictions. Joseph Roth in Retrospect. Papers of the 1989 Joseph Roth Symposium at Leeds University to commemorate the 50th anniversary of his death. Herausgegeben von Helen Chambers. California 1991. S. 78 – S. 106.

Rossbacher, Karlheinz: Literatur und Liberalismus: Zur Kultur der Ringstraßenzeit in Wien. Wien 1992.

Rossbacher, Karlheinz: Literatur und Bürgertum: Fünf Wiener jüdische Familien von der liberalen Ära zum Fin de Siècle. Wien 2003.

Rozenblit, Marsha L.: Die Juden Wiens 1867 – 1914. Assimilation und Identität. Wien 1989.

Rüther, Günther (Hg.): Literatur in der Diktatur. Schreiben in Nationalsozialismus und DDR – Sozialismus. Paderborn, München, Wien, Zürich 1997.

Sasse, Sonja: Der Prophet als Außenseiter. In: Joseph Roth, Sonderband der Reihe text + kritik. Herausgegeben von Heinz Ludwig Arnold. München 1982. S. 76–78.

Schaff, Adam: Entfremdung als soziales Phänomen. Wien 1977.

Scheible, Hartmut: Joseph Roth. Mit einem Essay über Gustave Flaubert. Berlin 1971.

Scheible, Hartmut: Joseph Roths Reise durch Geschichte und Revolution. Das Europa der Nachkriegszeit: Deutschland, Frankreich, Sowjetunion. In: Joseph Roth. Interpretation – Rezeption – Kritik. Herausgegeben von Michael Kessler und Fritz Hackert. Tübingen 1990. S. 307–334.

Schmidt-Dengler, wendelin: Bruchlinien. Vorlesungen zur österreichischen Literatur 1945 bis 1990. Salzburg, Wien 1995.

Schnitzler, Arthur: Tagebuch. Herausgegeben von der Österreichischen Akademie der Wissenschaft. Band II. Wien 1995.

Schorske, Carl E.: Wien, Geist und Gesellschaft im Fin de Siécle. Deutsch von Horst Günther. Frankfurt am Main 1982.

Schroer, Markus: Das Individuum der Gesellschaft. Frankfurt am Main 2000.

Schunck, Peter: Geschichte Frankreichs. Von Heinrich IV. bis zur Gegenwart. München 1994.

Schwabe, Klaus: Der Weg der Republik vom Kapp-Putsch 1920 bis zum Scheitern des Kabinetts Müller 1930. In: Die Weimarer Republik 1918 – 1933. Politik Wirtschaft Gesellschaft. Herausgegeben von Karl Dietrich Bracher, Manfred Funke und Hans-Adolf Jacobsen. Bonn 1988. S. 95–133.

Schwanda-Arnbom, Marie-Therese: Bürgerlichkeit nach dem Ende des bürgerlichen Zeitalters. Eine Wiener Familienkonfiguration zwischen 1900 und 1930. In: Bürgertum in der Habsburgermonarchie II. „Durch Arbeit, Besitz, Wissen und Gerechtigkeit". Herausgegeben von Hannes Stekl, Peter Urbanitsch, Ernst Bruckmüller und Hans Heiss. Wien, Köln, Weimar 1992. S. 378–389.

Schweikert, Uwe: „Der Rote Joseph". Politik und Feuilleton beim frühen Joseph Roth (1919–1926). In: Joseph Roth, Sonderband der Reihe text + kritik. Herausgegeben von Heinz Ludwig Arnold. München 1982. S. 40–55.

Sieferle, Rolf Peter: Die Konservative Revolution. Frankfurt am Main 1995.

Sieg, Werner: Zwischen Anarchismus und Fiktion. Eine Untersuchung zum Werk von Joseph Roth. Bonn 1974.

Siegel, Rainer-Joachim (Hg.): Joseph Roth-Bibliographie. Göttingen 1995.

Simmel, Georg: Das Individuum und die Freiheit. Frankfurt am Main 1993.

Sloterdijk, Peter: Weltfremdheit. Frankfurt am Main 1993.

Sonntag, Michael, Gerd Jüttemann (Hg.): Individuum und Geschichte. Heidelberg 1993.

Spengler, Oswald: Der Untergang des Abendlandes. Umrisse einer Morphologie der Weltgeschichte. Zweiter Band. München 1922.

Steierwald, Ulrike: Leiden an der Geschichte. Zur Geschichtsauffassung der Moderne in den Texten Joseph Roths. Würzburg 1994.

Steiner, Carl: Frankreichbild und Katholizismus bei Joseph Roth. In: The German Quarterly. Volume 46, January, Number 1. Appleton 1973.

Steinmann, Esther: Von der Würde des Unscheinbaren. Sinnerfahrung bei Joseph Roth. Tübingen 1984.

Stekl, Hannes, Peter Urbanitsch, Ernst Bruckmüller und Hans Heiss (Hg.): „Durch Arbeit, Besitz, Wissen und Gerechtigkeit". Bürgertum in der Habsburgermonarchie II. Wien, Köln, Weimar 1992.

Stekl, Hannes (Hg.): Bürgerliche Familien. Lebenswege im 19. und 20. Jahrhundert. Bürgertum in der Habsburgermonarchie VIII. Wien, Köln, Weimar 2000.

Stephan, Alexander und Hans Wagener (Hg.): Schreiben im Exil. Zur Ästhetik der deutschen Exilliteratur. Bonn 1985.

Stillmark, Alexander (Hg.): Joseph Roth. Der Sieg über die Zeit. Londoner Symposium. Stuttgart 1996.

Stober, Rudolf: Die erfolgverführte Nation. Deutschlands öffentliche Stimmungen 1866 bis 1945. Stuttgart 1998.

Strelka, Joseph P.: Exilliteratur: Grundprobleme der Theorie, Aspekte der Geschichte und Kritik. Bern 1983.

Strelka, Joseph: Das epische Universum Joseph Roths. In: Joseph Roth und die Tradition. Herausgegeben von David Bronsen. Darmstadt 1975. S. 241 – 257.

Sültemeyer, Ingeborg: Das Frühwerk Joseph Roths 1915 – 1926. Studien und Texte. Plöchl, Freistadt 1976.

Sültemeyer, Ingeborg: Eine stille Entwicklung – Gedanken zum Roman „Die Rebellion". In: Joseph Roth und die Tradition. Herausgegeben von David

Bronsen. Darmstadt 1975. S. 258 - 275.

Swales, Martin: Epochenbuch Realismus. Romane und Erzählungen. Berlin 1997.

Thal, Ortwin: Realismus und Fiktion. Literatur und filmtheoretische Beiträge von Adorno, Lukács, Kracauer und Bazin. Dortmund 1985.

Thomae, Hans: Das Individuum und seine Welt. Göttingen 1996.

Trommler, Frank: Roman und Wirklichkeit. Eine Ortsbestimmung am Beispiel von Musil, Broch, Roth, Doderer und Gütersloh. Stuttgart, Berlin, Köln, Mainz 1966.

Tyrell, Albrecht: Der Aufstieg der NSDAP zur Macht. In: Die Weimarer Republik 1918 - 1933. Politik Wirtschaft Gesellschaft. Herausgegeben von Karl Dietrich Bracher, Manfred Funke und Hans-Adolf Jacobsen. Bonn 1988. S. 467 - 483.

Tyrell, Albrecht: Auf dem Weg zur Diktatur: Deutschland 1930 bis 1934. In: Deutschland 1933 - 1945. Neue Studien zur nationalsozialistischen Herrschaft. Herausgegeben von Karl Dietrich Bracher, Manfred Funke und Hans-Adolf Jacobsen. Bonn 1992. S. 15 - 31.

Vocelka, Karl: Geschichte Österreichs, Kultur - Gesellschaft - Politik. München 2002.

Wandruszka, Adam und Peter Urbanitsch (Hg.): Die Habsburgermonarchie 1848 - 1918, Band II, Verwaltung und Rechtswesen. Wien 1975.

Weinzierl, Ulrich: Alfred Polgar. Eine Biographie. Wien, München 1985.

Wendelin, Schmidt-Dengler: Inselwelten. Zum Caféhaus in der österreichischen Literatur des 20. Jahrhunderts. In: Michael Rössner (Hg.), Literarische Kaffeehäuser. Kaffeehausliteraten. Wien, Köln, Weimar 1999.

Werfel, Franz: „Leben heisst, sich mitteilen". Betrachtungen, Reden, Aphorismen. Frankfurt am Main 1992.

Westermann, Klaus: Joseph Roth, Journalist. Eine Karriere 1915 - 1939. Bonn 1987.

Wierlacher, Alois und Regina Bendix (Hg.): Kulinaristik. Forschung-Lehre-Praxis. Berlin 2008.

Wild, Reiner: Beobachtet oder gedichtet? Joseph Roths Roman „Die Flucht ohne Ende". In: Neue Sachlichkeit im Roman. Neue Interpretationen zum Roman der Weimarer Republik. Herausgegeben von Sabina Becker und Christoph Weiß. Stuttgart, Weimar 1995. S. 27 - 48.

Wilkens, Heten: Individualität und Menschheit. Stuttgart 1987.

Willerich – Tocha, Margarete: Bezugsfelder der Roth-Rezeption. In: Joseph Roth. Interpretation – Rezeption – Kritik. Herausgegeben von Michael Kessler und Fritz Hackert. Tübingen 1990. S. 407 - 416.

Wirthensohn, Andreas: Die „Skepsis der metaphysischen Weisheit" als Programm. Das Fragment Der stumme Prophet im Lichte von Joseph Roths Romanpoetik. In: Deutsche Vierteljahrsschrift für Literaturwissenschaft und Geistesgeschichte (DVjs). Jahrgang 72, Heft 2. Herausgegeben von Richard Brinkman, Gerhart V. Graevenitz und Walter Hung. Stuttgart 1998. S. 268 - 314.

Wirtz, Irmgard: Joseph Roths Fiktionen des Faktischen. Das Feuilleton der Zwanziger Jahre und „Die Geschichte von der 1002. Nacht" im historischen Kontext. Berlin 1997.

Zeyringer, Klaus und Helmut Gollner: Eine Literaturgeschichte: Österreich seit 1650. Innsbruck 2012.

Zimmermann, Arthur: Der poetische Realismus bei Joseph Roth. In: Jahrbuch für Internationale Germanistik. Herausgegeben von Hans – Gert Roloff. Jahrgang XII, Heft 2. Bern, Frankfurt am Main, Las Vegas 1980. S. 56 - 75.

Zweig, Friderike Maria: Spiegelungen des Lebens. Wien, Stuttgart, Zürich 1964.

Zweig, Stefan: Die Welt von Gestern. Gütersloh 1960.

跋

    2011年夏天，我获得奥地利学术交流中心（OeAD）的博士后研究奖学金，赴老东家萨尔茨堡大学查阅资料，正好看到电视里在实况转播哈布斯堡王朝最后一位王储奥托的葬礼。没想到共和体制多年的奥地利，居然还有这么多官方和非官方组织对百余年前的老帝国念念不忘。且不论刻意营造的肃穆气氛是否达到了效果，因为道路两边挤满了举着相机兴高采烈看热闹的各国游客，但维也纳政府允许甚至参与这一活动，就令人有时光穿越，乃至时光错乱的感觉。但同时也惊叹于奥地利文化和文学中哈布斯堡神话的生命力。因为，国内毕竟除了日后谥号忠武的辫帅之外，再也找不到一个凭实力给穿黄袍的爱新觉罗氏抬轿子的人。不过二者的迥异，倒是提醒了我，应该更系统地研究哈布斯堡神话的代表作家约瑟夫·罗特。

    许多年前，我在德国蒂宾根大学（Universität Tübingen）遇到了日后的导师Fritz Hackert先生，正是他鼓励并带领我接触和阅读了约瑟夫·罗特的作品，并由此结下了不解之缘。还记得当年硕士答辩时，他问国内是否有罗特的中文译本，我凭着考生在考场上常见的无所知做了否定回答，于是他便鼓励我将来翻译罗特的作品。后来也许是已归道山的老师在天有灵，放不下这件事，2016年，我还真得到了主编翻译罗特小说集的差事。不敢推诿，算是对自己也是对老师的一个交代。接受漓江出版社的这项工作后,我才在编辑同仁的帮助下,整理了约瑟夫·罗特在国内的译介,并且吃惊地发现,国内业已出版的中文译本还真不少,于是经过译者们的同意修订后,收在了陆续出版的十二卷本罗特小说集中。遗憾的是,在本书定稿时,最后三卷因受2020年大疫的影响,还在出版社的排版校对中。因此,本书虽然引用了顾牧、张晏、王彦会、王怡、黄河清的译文,但却无法将所涉及作品——《白城》《漂泊中的犹太人》《齐珀和他的父亲》《右与左》《沉默的先知》——的确切书籍信息列于参考目录中,诚为憾事。

不过正是因为有了主编翻译罗特小说集的准备,我后来才敢以国家社科项目的名义撰写这部书稿。翻译加著述,前后凡五载。晨登蓬馆,夜继兰膏。稍有所得,或惊或乍,唯恐人之不已知。而其中艰辛,则不敢为外人道哉!交稿之时,除了感慨自己的抛砖之勇外,当然更期待后来者的点拨和超越。

行文至此,也终于可以放下斯文架势,举浊酒一杯过顶,叩谢那些指引和帮助我走上这条学术人生之路上的人。当年硕士毕业后的假期,我和几个同学去看望在萨尔茨堡大学访学的本科老师韩瑞祥教授,顺便请他帮忙修订我攻读博士的大纲。至今还记得吃完韩老师自制的一大碗蒸菜后,被他用指头点着改得密密麻麻的二十多页稿子喝问"你这是写的什么?!"时的情景。不过后来还是经韩老师引荐,投在萨尔茨堡大学 Karlheinz Rossbacher 及 Hans Höller 两位教授门下,在这两位老师身边,得以继续读书,继续写作。两位严师也待我如家人,从来都是先叫去馆子里大吃一餐压惊,然后才掏出改得不见天日的稿子,柔和地问道"Was ist hier die Logik?"。最终愚钝如我者,也能忝列师门得以博士毕业,实在是靠师者的连拉带拽。而一直有幸遇见好老师,就如同能遇见参与十二卷本罗特小说集的诸位优秀译者一样,自然是值得炫耀的别样运气和资本。

蹉跎日久,最能体会家人所受的煎熬。他们对我任何所谓成果的由衷欣喜和溢美之辞,以及对我因工作不顺而引起的各种偏执的包容,让我得以在自己选择的这条坎坷之路上继续前行。所以,自从获得教职以来,我谨记一切的来之不易。而能有学生陪伴,且容我指点,容我卖弄些许所知,或痴或癫,更是幸中之幸。

2020 年 12 月 26 日于文科楼